21世纪高校计算机应用技术系列规划教材

丛书主编 谭浩强

计算机维护与维修

宁 玲 主编 姜洪才 等编著

中国铁道出版社
CHINA RAILWAY PUBLISHING HOUSE

内 容 简 介

本书从实用角度出发，介绍了计算机维护与维修的基础、Windows 系统的维护与故障的处理、Windows 操作系统的备份与还原、微软办公软件的应用与故障处理、数据与文件的管理与修复、计算机网络的使用与故障处理、维护工具软件的使用以及笔记本式计算机的维修基础等知识。

本书注重理论与实践相结合，从实用性、易懂性出发，重点突出、内容丰富、可操作性强。

本书适于作为高等学校"计算机维护与维修"相关课程的教材，也可作为计算机维护与维修人员的参考用书以及计算机用户的维护指导书。

图书在版编目（CIP）数据

计算机维护与维修 / 宁玲主编. —北京：中国铁道出版
社，2009.8
（21 世纪高校计算机应用技术系列规划教材·基础教育
系列）
ISBN 978-7-113-10459-7

Ⅰ.计… Ⅱ.宁… Ⅲ.电子计算机－维修－高等学校－
教材 Ⅳ.TP307

中国版本图书馆 CIP 数据核字（2009）第 149025 号

书　名：计算机维护与维修	
作　者：宁 玲 主编	

策划编辑：秦绪好	
责任编辑：崔晓静	编辑部电话：（010）63583215
编辑助理：侯 颖	封面制作：白 雪
版面设计：郑少云	
责任印制：李 佳	

出版发行：中国铁道出版社（北京市宣武区右安门西街 8 号　　邮政编码：100054）
印　　刷：北京京海印刷厂
版　　次：2009 年 11 月第 1 版　　　　2009 年 11 月第 1 次印刷
开　　本：787mm×1092mm　1/16　印张：15.75　字数：377 千
印　　数：5 000 册
书　　号：ISBN 978-7-113-10459-7/TP·3543
定　　价：25.00 元

21 世纪高校计算机应用技术系列规划教材

序

21 世纪是信息技术高度发展且得到广泛应用的时代，信息技术从多方面改变着人类的生活、工作和思维方式。每一个人都应当学习信息技术、应用信息技术。人们平常所说的计算机教育其内涵实际上已经发展为信息技术教育，内容主要包括计算机和网络的基本知识及应用。

对多数人来说，学习计算机的目的是为了利用这个现代化工具工作或处理面临的各种问题，使自己能够跟上时代前进的步伐，同时在学习的过程中努力培养自己的信息素养，使自己具有信息时代所要求的科学素质，站在信息技术发展和应用的前列，推动我国信息技术的发展。

学习计算机课程有两种不同的方法：一是从理论入手；二是从实际应用入手。不同的人有不同的学习内容和学习方法。大学生中的多数人将来是各行各业中的计算机应用人才。对他们来说，不仅需要"知道什么"，更重要的是"会做什么"。因此，在学习过程中要以应用为目的，注重培养应用能力，大力加强实践环节，激励创新意识。

根据实际教学的需要，我们组织编写了这套"21 世纪高校计算机应用技术系列规划教材"。顾名思义，这套教材的特点是突出应用技术，面向实际应用。在选材上，根据实际应用的需要决定内容的取舍，坚决舍弃那些现在用不到、将来也用不到的内容。在叙述方法上，采取"提出问题–解决问题–归纳分析"的三部曲，这种从实际到理论、从具体到抽象、从个别到一般的方法，符合人们的认知规律，且在实践过程中已取得了很好的效果。

本套教材采取模块化的结构，根据需要确定一批书目，提供了一个课程菜单供各校选用，以后可根据信息技术的发展和教学的需要，不断地补充和调整。我们的指导思想是面向实际、面向应用、面向对象。只有这样，才能比较灵活地满足不同学校、不同专业的需要。在此，希望各校的老师把你们的要求反映给我们，我们将会尽最大努力满足大家的要求。

本套教材可以作为大学计算机应用技术课程的教材以及高职高专、成人高校和面向社会的培训班的教材，也可作为学习计算机的自学教材。

由于全国各地区、各高等院校的情况不同，因此需要有不同特点的教材以满足不同学校、不同专业教学的需要，尤其是高职高专教育发展迅速，不能照搬普通高校的教材和教学方法，必须要针对它们的特点组织教材和教学。因此，我们在原有基础上，对这套教材作了进一步的规划。

本套教材包括以下五个系列：

- 基础教育系列

- 高职高专系列

- 实训教程系列

- 案例汇编系列

- 试题汇编系列

其中基础教育系列是面向应用型高校的教材，对象是普通高校的应用性专业的本科学生。高职高专系列是面向两年制或三年制的高职高专院校的学生，突出实用技术和应用技能，不涉及过多的理论和概念，强调实践环节，学以致用。后面三个系列是辅助性的教材和参考书，可供应用型本科和高职学生选用。

本套教材自 2003 年出版以来，已出版了 70 多种，受到了许多高校师生的欢迎，其中有多种教材被国家教育部评为**普通高等教育"十一五"国家级规划教材**。《计算机应用基础》一书出版三年内发行了 60 万册。这表示了读者和社会对本系列教材的充分肯定，对我们是有力的鞭策。

本套教材由浩强创作室与中国铁道出版社共同策划，选择有丰富教学经验的普通高校老师和高职高专院校的老师编写。中国铁道出版社以很高的热情和效率组织了这套教材的出版工作。在组织编写及出版的过程中，得到全国高等院校计算机基础教育研究会和各高等院校老师的热情鼓励和支持，对此谨表衷心的感谢。

本套教材如有不足之处，请各位专家、老师和广大读者不吝指正。希望通过本套教材的不断完善和出版，为我国计算机教育事业的发展和人才培养做出更大贡献。

全国高等院校计算机基础教育研究会会长
"21 世纪高校计算机应用技术系列规划教材"丛书主编

谭浩强

前言

FOREWORD

计算机是 20 世纪中期的产物，在短短的六十多年中得到了飞速发展，它的应用领域早已不再局限于科学计算，它已进入到千家万户，成为人们生活中不可缺少的信息处理工具。而 Internet 的快速发展，成为计算机应用领域的又一突破。计算机利用 Internet 给全世界人们的生活和工作带来了无限生机，真正实现了无国界的地球村。

当计算机走进人们生活，给人们带来极大方便和快乐的同时，也带来了烦恼，往往由于一个细小的问题就会造成计算机的瘫痪，面对这些问题很多人束手无策，认为计算机出现了很大故障，甚至认为需要更换新的计算机硬件。其实，在所有计算机故障中，硬件的损坏率还不到 20%，造成计算机不能够正常工作的大多数原因都是由软件引起的。因而了解和掌握计算机软件的使用和维护显得尤为重要。本书从使用者的角度，对在使用计算机过程中遇到的一些故障问题提供了一些实用的解决方法，让计算机真正成为用户得心应手的工具。

本书主要的内容有：第 1 章简要介绍了有关计算机维护与维修的基本知识，包括计算机故障的分析方法、计算机故障的分类以及产生的原因和一般的处理方法，为计算机的维护与维修打下基础。第 2 ~ 3 章主要介绍操作系统故障与备份的有关内容。操作系统是整个计算机正常工作的基础，保证系统的正常运行十分重要。在这部分内容中重点讲述有关操作系统故障的处理和系统备份的方法。第 4 ~ 5 章主要介绍了办公软件和文件的管理和修复。对在使用计算机过程中经常遇到的文件丢失、转换类型等问题进行了阐述，对如何修复办公文档和多媒体文件提供了比较完善的解决方法。第 6 章主要介绍在使用网络过程中所遇故障的处理方法。随着网络应用的不断普及，网络应用风险也越来越大，正确地使用网络和做好网络安全管理是十分重要的方面。第 7 章主要介绍了计算机中一些常用工具软件的使用方法。要想保证计算机的正常运行，合理地使用计算机工具软件是很重要的，同时，工具软件的使用也减轻了管理和使用计算机、网络的难度。第 8 章主要介绍有关笔记本式计算机维修与维护方面的知识。随着笔记本式计算机的不断普及，使用的用户越来越多。根据笔记本式计算机的特点，了解和掌握一些维修和维护知识，将给用户的工作和学习带来很大的帮助。

本书注重理论与实践相结合，从实用性、易懂性出发，重点突出、内容丰富，具有很强的操作性。希望通过对本书的学习，读者能够掌握计算机故障处理的方法，使计算机真正成为工作、学习和生活的好伴侣。

本书由宁玲主编。宁玲对全书的结构进行设计、统稿和文字修改；姜洪才为主要编著者。本书在编写过程中，得到了同事们的支持和帮助，在此表示感谢。同时感谢中国铁道出版社为此书的出版所付出的一切！

编　者
2009 年 8 月

目录

第 *1* 章 | 计算机维护与维修基础

1.1　认识计算机的故障

在使用计算机的过程中有时会遇到计算机故障，多数情况是带上有故障的计算机跑去找厂商或维修服务部门去处理，搬着计算机跑来跑去既耽误时间又影响工作。如果能够对计算机产生故障的原因有所了解，就可避免许多的麻烦。因此，我们有必要对计算机的故障有所了解，分清计算机故障的类型后再做处理。

1.1.1　计算机产生故障的原因

计算机作为现代信息处理的重要工具，日常使用一般都要连续运行几小时甚至几天，有些作为服务器的计算机甚至需要常年运行；另外，无论是哪种类型的计算机都需要安装和运行各种应用软件，因此计算机在工作中出现故障是正常现象。由于使用环境、人员和计算机的设置不同，造成计算机故障的原因也是多方面的。总体来说主要有以下几个方面的原因：

1．硬件原因

系统散热不良、主机移动不当、灰尘过多、湿度过大、设备之间不匹配等。

2．软、硬件不兼容

内存条的故障、硬盘的故障、CPU 超频幅度过大、中断资源冲突、内存容量过小、使用了劣质的零配件等。

3．软件原因

主机感染病毒、CMOS 参数设置不当、系统文件的误删除、初始化文件遭破坏、动态链接库文件（DLL）丢失、硬盘系统分区剩余空间太少或碎片太多、软件升级不当、滥用测试版软件、非正常卸载软件、使用盗版软件、应用软件存在缺陷（BUG）、工作时同时运行程序太多、非正常操作、非正常关闭计算机、软件在内存中产生冲突等。

从以上列举的故障原因可以看出，计算机由于软件原因造成的故障远远高于硬件。这是因为，随着现代科技水平的不断提高，大大改进了芯片的生产技术，使芯片的集成性更高、稳定性更强、适应性更广。软件原因造成的故障之所以高于硬件，主要原因是计算机作为现代社会处理信息的主要工具，普及的程度越来越广，但使用者的水平参差不齐。另外，使用群体的不同，安装的应用软件也十分繁杂，加上大量非正版软件被使用，网络病毒的飞速传播等因素，由软件造成的计算机故障高于硬件也就不足为奇了。

1.1.2　故障示例分析

了解了计算机产生故障的原因后，为了对计算机所产生的故障有感性认识，下面先来看一个故障实例。

【实例】计算机黑屏

计算机黑屏是比较容易发生的故障。故障现象为打开计算机主机电源开关后，显示器没有任何显示。计算机出现黑屏的硬件原因有许多，例如显示器损坏、显卡损坏、显卡接触不良等。要排除黑屏故障，应采用正确的判断方法，其基本原则是先替换可疑性最大的计算机部件。具体排查、分析故障原因的步骤如下：

1．由硬件原因引起

（1）检查计算机部件是否安插牢固

首先检查显示器的电缆是否牢固地插入到主机的接口中，然后再检查显卡与主板 I/O 插槽之间的接触是否良好。如有必要，请将显卡取下，重新安插一次，确保安插到位，接触良好。

（2）确认显示器是否损坏

如果显示器和显卡安装牢固，则更换一台确认正常的显示器试验。如果不再黑屏，则原因是显示器可能已损坏。

（3）确认 CPU 风扇是否损坏

如果显示器未损坏，则进一步检查 CPU 风扇是否运转。如果运转，则用万用表测量电压输出是否正常（±12V 或 ±15V），若不正常需换电源再测。

（4）检测 CPU、显卡和内存条

若仍出现黑屏，则可将 CPU、显卡、内存条更换好的，然后接通电源启动计算机。若内存有故障，则会有报警声；如果不是内存原因，再更换一个正常的 CPU，开机重新检测；若还出现黑屏，则只能更换主板了。

除了硬件方面的原因引起黑屏现象外，以下三个方面的"软"原因也可能引发计算机黑屏。

2．由软件原因引起

（1）硬件加速设置过高

硬件加速可以使得要处理大量图形的软件运行得更加流畅，但是如果计算机硬件加速设置得过高，计算机在进入系统前则可能导致"黑屏"现象。为解决"黑屏"故障，可首先尝试降低硬件加速。

打开计算机主机电源后，按【F8】键选择"安全模式启动"选项，系统启动后按下列步骤操作：

① 选择"开始"|"控制面板"|"显示"命令，打开"显示属性"对话框。

② 选择"设置"选项卡，单击"高级"按钮，在新打开的对话框中选择"疑难解答"选项卡，在"硬件加速"选项组中将滑块从"全"逐渐拖动到接近"无"的位置。

③ 单击"确定"按钮退出，重新启动计算机。

（2）禁用 3D 加速或升级显卡驱动程序

如果 Windows 已为 3D 加速进行了配置，但显卡却不支持该功能，那么当运行游戏或多媒体程序时，可能会出现"黑屏"故障。

① 选择"开始"|"运行"命令，打开"运行"对话框，在"打开"文本框中输入 dxdiag 命令，按【Enter】键，打开"DirectX 诊断工具"窗口，如图 1-1 所示。

② 选择"显示"选项卡，在"DirectX 功能"选项组中单击"测试 Direct 3D"按钮，弹出"DirectX 诊断工具"提示框，单击"是"按钮进行测试获得正确的 Direct 3D 功能。

③ 如果屏幕中没有出现一个旋转的立方体，则表明显卡不支持 3D 加速。此时，单击"Direct 3D 加速"后的"禁用"按钮，以禁用该功能。

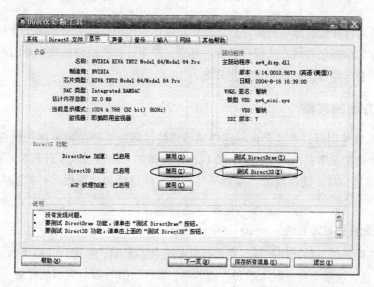

图 1-1　"DirectX 诊断工具"窗口

如果计算机的显卡不支持 3D 加速，除禁用该功能外，还可与显卡生产厂商联系或到网上下载更新驱动程序，以使其支持 DirectX 的 3D 加速。

（3）显卡的驱动程序与显卡不兼容

DirectX 安装程序可能会错误地检测显卡，并安装不能正常驱动的驱动程序，请确认使用的显卡驱动程序是否正确。

① 选择"开始"|"控制面板"|"系统"命令，打开"系统属性"对话框，如图 1-2 所示。

② 选择"硬件"选项卡，单击"设备管理器"按钮，在打开的窗口中单击"显示卡"或者"显示适配器"前的"+"号，再右击其下的显示适配器，然后从弹出的快捷菜单中选择"属性"命令，打开其属性对话框。

③ 选择"驱动程序"选项卡，单击"驱动程序详细信息"按钮，以显示所使用的显卡驱动程序。如果所使用

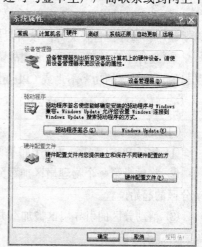

图 1-2　"系统属性"对话框

的驱动程序与显卡不兼容，那么在"驱动程序"选项卡中，单击"更新驱动程序"按钮，然后按屏幕指示操作，安装显卡新版本的驱动程序。

通过上面介绍的方法，基本上可以解决计算机运行中大部分的黑屏情况了。

综上所述，可以看出当计算机出现故障时，能够正确的判断和分析是相当重要的。面对各种各样的计算机故障如何查找其原因，这就需要对计算机故障的类型有一个了解，掌握分析计算机故障的方法。学会必要的计算机维修判断原则和方法，是学习和掌握计算机维护和维修的重要基础之一。

1.2   计算机故障的诊断和测试方法

通过前一节对计算机故障示例的分析，可以知道计算机出现故障的原因十分复杂，因而学习一些计算机故障的诊断和测试方法很有必要。其实，产生计算机故障的根本原因不是硬件就是软件，关键是要学会故障部位的诊断和检测方法。

1.2.1   硬件方面的故障

一台新计算机使用后，难免会出现这样或那样的故障，这些故障可能是硬件故障，也可能是软件故障。一般情况下，刚刚使用的计算机出现故障的可能性较大，计算机运行一段时间后，其故障率相对降低。对于硬件故障，需要从计算机配件特性和计算机运行的基本过程来进行故障诊断。

1. 计算机配件的故障特性

计算机配件同其他电器元件一样，受外界环境变化的影响，可能产生以下故障：

① 接触不良。接触不良一般反映在各种卡类、内存、CPU 等与主板的接触不良，或电源线、数据线、音频线等。其中各种接口卡、内存与主板接触不良的现象较为常见，通常只要更换相应的插槽位置或用橡皮擦一下金手指，即可排除故障。

② 未正确设置参数。CMOS 参数的设置主要有硬盘、软驱、内存的类型，以及口令、计算机启动顺序、病毒警告开关等。没有设置或没有正确设置参数，系统都会提示出错。

③ 硬件本身故障。硬件出现故障，除了本身的质量问题外，也可能是负荷太大或其他原因引起的，如电源的功率不足或 CPU 超额使用等，都有可能引起计算机的故障。

2. 计算机正常运行过程

（1）预引导阶段

① 运行 POST 程序，POST 将检测系统的总内存以及其他硬件设备的状况。

② 将磁盘第一个物理扇区加载到内存，加载硬盘主引导记录并运行，主引导记录会查找活动分区的起始位置。

③ 活动分区的引导扇区被加载并执行，最后从引导扇区加载并初始化 NTLDR 文件。

（2）引导阶段

在引导阶段，Windows XP 将会依次经历初始引导加载器、操作系统选择、硬件检测以及配置选择这四个子阶段。

（3）加载内核阶段

在加载内核阶段，NTLDR 将加载 NTOKRNL.EXE 内核程序，然后 NTLDR 将加载硬件抽象层（HAL.dll），接着系统将加载注册表中的 HKEY_LOCAL_MACHINE\SYSTEM 键值，这时 NTLDR 将读取 HKEY_LOCAL_MACHINE\SYSTEM\Select 键值来决定哪一个 ControlSet 将被加载。所加载的 ControlSet 将包含设备的驱动程序以及需要加载的服务。再接着 NTLDR 加载注册表 HKEY_LOCAL_MACHINE_SYSTEM\…\Services 下 start 键值为 0 的底层设备驱动。当 ControlSet 的镜像 CurrentControlSet 被加载时，NTLDR 将把控制权传递给 NTOSKRNL.EXE，至此引导过程将结束。

启动结束，出现初始画面，运行操作系统。在启动过程中，主板上的 BIOS 程序始终监测硬件是否异常，包括硬件故障、接线情况、各类板卡的安装等。如果发生错误，会发出声音，通过这个声音可以判断是何种错误，根据 BIOS 的版本不同，声音的表示也有所不同。同时屏幕画面上什么也不出现，启动停止。这种情况下很可能是硬件故障。

3．易混淆为软件故障

有些软件故障通常是由硬件驱动程序安装不当引起的。如驱动程序或驱动程序之间产生冲突，则在 Windows 下的资源管理器中可以发现一些标记。其中"?"表示未知设备，通常是设备没有正确安装；"!"表示设备间有冲突；"×"表示所安装的设备驱动程序不正确。

病毒对计算机的危害是众所周知的，轻则影响计算机速度，重则破坏文件或造成死机。为方便对计算机进行保养和维护，必须准备配件的驱动程序，如光驱、声卡、显卡、modem 等。软驱和光驱的清洗盘及其清洗液等也应常备。

4．硬件故障的测试方法

下面介绍硬件故障的基本测试方法。当显示器没有任何图像出现时可以使用下面的方法测试出故障的部件：

① 首先准备一个工作台。

② 将主板从机箱拔出，再把主板上的所有部件拔出，只留下 CPU 和 RAM。然后把主板放到工作台上。

③ 将稳压电源连接在主板上。

④ 将显卡插入 AGP 插槽中，如果是 PCI 显卡则插入 PCI 插槽中。插入时要注意将显卡镀金的部分完全地插入插槽中。

⑤ 连接显示器电源插口后将显卡与显示器连接起来。

⑥ 打开显示器电源，再接通机箱电源。然后用金属棒接触主板的电源开关。主板的电源开关是与机箱电源开关连接的部分，一般标记为 PWR SW 或 POWER SE。

⑦ 如果画面上出现 BIOS 的版本信息，没有异常的话，说明 CPU、主板、RAM、显卡、电源都正常。通常，易出现故障的部件排序是显卡、主板和硬盘。

⑧ 连接硬盘和软区进行检测。连接 CD - ROM 进行检测，然后连接声卡、modem 等进行检测。如果不出现画面，说明后连接的那个部件有故障或是有兼容性问题。只需处理出故障的部件即可。

⑨ 机箱的问题。有时将主板安装到机箱时发生问题，导致启动失败。因此，如果在上面的部件检查中没有任何问题，可以将主板安装到机箱上进行测试。如果在测试中没有任何的错误，则说明是 CMOS Setup 错误，即驱动程序等的软件问题。

1.2.2 软件方面的故障

绝大多数的计算机故障都是软故障。而在软故障中，操作人员的疏忽或误操作又占了较大的比重。最常见的现象是：当维修人员检修计算机时，发现计算机或应用程序是正常的，无论怎样"折腾"也发现不了问题。但离开维修人员正常使用时，同样的故障却又重复出现——这就是典型的由于操作人员误操作引起的"故障"。因此，在进行故障检查时，第一步就应该请发现故障的操作人员再重复一遍故障的发生过程，以确定故障是否由误操作引起的。

1. 软件方面故障的排除方法

排除软件引起的故障主要集中在五个方面：

（1）检查 CMOS 设置

CMOS 的设置是非常重要的，相信大多数计算机使用者都对自己计算机中的 CMOS 进行过设置。但不是每个人都了解自己的计算机资源状况，也不是每个人都对 CMOS 中的每项内容都了如指掌。如果对 CMOS 内容进行了不正确的设置，那么就会出现问题。因此，有必要对 CMOS 中的内容进行一次"检阅"，用 LOAD BIOS DEFAULTS 或 LOAD SETUP DEFAULTS 选项恢复其默认的设置，再对一些比较特殊的或是后添加的设备进行设置，以确保 CMOS 设置正确。

（2）虚拟设备驱动程序（VxD）问题

现在的设备驱动程序大多数都是由硬件厂商针对不同的操作系统开发的，人们称之为虚拟设备驱动程序（VxD）。由于它们是不同的人员独立开发出来的，因此与操作系统的联系往往很脆弱，VxD 遭到破坏或是被更改都有可能造成计算机故障。因此，当遇到操作系统错误提示中出现 VxD 字样，可以肯定是由于某些设备的驱动程序受到了破坏导致系统故障。遇到这种情况，应先询问操作人员近期是否更改了某些设备的驱动程序，如有则设法恢复其以前的版本。重装出现故障设备的驱动程序往往也是解决问题的办法之一。

更新 VxD 的正确方法如下：

① 备份原有的设备驱动程序，并确保新的设备驱动程序在出现问题时能用它进行恢复。

② 使用新的设备驱动程序，然后将所有与该设备有关的软件都测试一遍，确保没有故障出现。

③ 运行一段时间后，如果不出现新的问题，基本上就可以放心地使用新的设备驱动程序了。

（3）动态链接库（DLL）问题

DLL 是动态链接库的缩写，是由执行某些特定任务的许多小程序组成的一个文件。一是它能被许多程序共享，因而如果它遭到了破坏，将会影响到许多程序的运行。二是安装新程序后，新程序用自身的某些 DLL 文件替代了系统中原有的 DLL 文件，或是干脆删除了某些 DLL 文件，用自身所在路径的同名文件代替。当该程序存在时，一切正常；如果该程序被删除，则会造成使用这些 DLL 文件的程序发生错误。三是因为某种原因（如病毒等）使 DLL 文件遭到了破坏。一般来说，可以通过查看系统安装目录中 System 目录下 DLL 文件的日期，找到最近被更新的 DLL 文件，或是将本机的 DLL 文件库与正常的 DLL 文件库进行比较，发现可能引起问题的 DLL 文件，设法将其恢复。

（4）内存常驻（TSR）程序问题

TSR 程序是实现 DOS 下多任务操作的好方法。它们在启动后将自己装入系统内存，然后把系统控制权交回用户,直到外界某种条件来激活它们。常见的磁盘缓冲程序、游戏修改工具(如 FPE、GB4 等)是典型的 TSR 程序。如果两个或以上的 TSR 程序共存于同一系统内,都执行对系统的某项控制权,或者它们定义的激活热键相同,那么它们就会发生冲突,导致系统发生异常现象。因此,当软件在 DOS 下发现异常时,可通过去掉 Autoexec.bat 文件中的 TSR 程序后重新引导。然后再一项一项加载 TSR 程序,直至找到产生相互冲突的 TSR 程序。注意,在 Windows XP 等多任务的操作系统下,是不存在 TSR 程序冲突问题的。

(5)病毒问题

病毒是一种类似于 TSR 的程序,通常由每次磁盘访问或定时器时间片激活,然后进行自我复制或对其他程序进行破坏。如果正常使用的系统出现莫名其妙的故障或是产生一些不可理解的问题,如硬盘不能格式化;某些操作系统受到损坏而想重装时却遭到拒绝;硬盘上还有很大的空间,但安装程序时却总是提示"空间不够";或是系统在使用过程中突然崩溃或瘫痪;那么最大的可能就是计算机感染了病毒。此时应立即关闭计算机,然后用可以引导系统的杀毒光盘从光驱引导系统,进行杀毒。

如果进行以上几步检查后,计算机故障还没有得到解决,那么很有可能是计算机的硬件出现问题,按照硬件故障的检查方法进行排除。

2.软件故障的测试方法

对于软件方面的故障也可以用诊断程序来帮助确定问题的所在:著名的 QAPIus 可用来检查系统资源状况和系统内存,Displaymate 几乎可以彻底地检测出所有的显示器问题。关于测试软件的使用,会在以后的章节中陆续介绍。

计算机的故障种类繁多,计算机配置、个人使用习惯、环境影响、部件质量等各方面的因素,决定了计算机故障的复杂性和多样性。平时如果不注意对计算机进行维护,就容易导致问题集中爆发;反之,只要平时注意维护,就可以"防患于未然",确保计算机最大限度地正常运作。

1.3 计算机故障的分类

为了做好计算机故障的维护与维修,对计算机故障进行正确分类是很重要的,这样有利于快速确定故障部位,提高维修的效率,尽快地使计算机重新投入使用。计算机故障的划分一般是按计算机从开机到关机其中各阶段的故障进行分类的。每一类的故障判断、定位过程还需要与上一节讲到的"诊断和测试方法"等部分相结合使用。

以下各故障类型中所列的故障现象只是众多故障现象中的一部分,对于未列出的故障现象,有的可归类到其中。可以按照下面讲解的基本方法,在实践中逐步进行总结,进一步加以完善,不断丰富自己的知识库。

1.3.1 计算机加电类故障

1.定义举例

此类故障是指从计算机打开电源开关(或复位)开始,到 BIOS 自检过程结束的这一段过程中计算机可能会发生的故障。

2．故障现象

- 主机不能正常加电（如电源风扇不转或转一下即停等）、有时不能加电、开机掉闸、机箱金属部分带电等。
- 开机无显示，开机出现报警声。
- 自检过程报错或死机、自检过程中所显示的配置与实际不符等。
- 反复重新启动。
- 不能进入 BIOS、刷新 BIOS 后计算机死机或报错。CMOS 掉电、时钟不准。
- 计算机噪声大、自动（定时）开机、电源设备问题等其他故障。

3．可能涉及的部件

电网环境。主机中的电源、主板、CPU、内存、显示卡或其他板卡。BIOS 的设置（可通过放电恢复到初始状态）；开关及连线、复位按钮及复位线本身的故障。

4．故障判断要点

（1）主机电源无电

① 主机电源在不接负载时，将电源连到主板的插头中的绿线与黑线直接短接，看能否加电，并用万用表检查是否有电压输出。

② 用万用表检查电源直流输出的电压值是否在规定的范围内，如表 1-1 所示。

表 1-1　ATX 主要电源输出值

标准电压值	电线颜色	最小电压值值	最　大　电　压
+5V	红色	4.75V	5.25V
-5V	白色	-4.75V	-5.25V
+12V	黄色	11.4V	12.6V
-12V	蓝色	-11.4V	-12.6V

③ 在接有负载的情况下，用万用表检查输出电源的波动范围是否超出允许范围。

④ 出现电源一加电，只动作一下即停止工作的情况，应首先判断电源是否空载，或检查将其接在其他计算机上是否能正常工作（即检查上面提到的三点）。

（2）在开机无显示时，用 POST 卡[①]检查硬件最小系统中的部件是否正常

① 查看 POST 卡显示的代码是否为正常值。

② 对于 POST 卡所显示的代码，应检查与之相关的所有部件。如显示的代码与内存有关，就应检查主板和内存。

③ 在硬件最小系统下，查听是否有报警声音：若无，则检查的重点应在最小系统中的部件上。

④ 检查中还应注意的是，当硬件最小系统有报警声时，要求插入无故障的内存和显示卡（集成显示卡除外）；若此时没有报警声，且有显示或自检完成的声音，证明硬件最小系统中的部件基本无故障，否则，应主要检查主板。

---

① POST 卡：一种用十六进制数来显示 BIOS 自检过程的 PIC 卡。

⑤ 准备更换 CPU 检查时，应先检查 CPU 负载，检查主板的供电电压是否在允许范围内，在电压正常的情况下才可进行 CPU 更换操作。如果超出范围，直接更换主板。CPU 电压的允许值请参见产品说明书。

（3）部件的检查

① 如果硬件最小系统中的部件经 POST 卡检查正常后，要逐步加入其他的板卡及设备，以检查其中哪个部件或设备有问题。

② 对于通过需要插拔来解决加电故障的部件，应检查部件所对机箱后挡板尺寸是否合适，可通过去掉机箱后挡板进行检查。

（4）BIOS 设置检查

① 通过还原 CMOS，检查故障是否消失。

② BIOS 中的设置是否与实际的配置不相符（如磁盘参数、内存类型、CPU 参数、显示类型、温度设置等）。

③ 根据需要更新 BIOS，检查故障是否消失。

（5）其他方面的检查

① 在接有漏电保护器的环境中，一定要先检查市电插座上的接线是否正确（即按左零右火。零线不可短接，零线不能悬空），再检查漏电保护器是否正确地接在火线上、容量是否过小，接着检查在一路市电线路上所接的设备的数量（特别是计算机的数量——在漏电保护器的动作电流为 30mA 时，可接 16～20 台计算机），最后检查整机设备中有无漏电或电流是否过大的现象。

② 检查设备环境有无地线。在无地线的环境中，触摸主机箱的金属部分会有麻手的感觉。这时只要将主机箱的金属部分接地后，计算机就可正常运行，且麻手现象消失，则属正常现象，不是故障。

③ 对于不能进入 BIOS 或不能刷新 BIOS 的情况，可先考虑主板方面的故障。

④ 对于主机反复重启或关机的情况，除注意检查电网的环境（如插头是否插好等）外，要注意电源或主板是否有故障。

⑤ 系统中是否加载有第三方的开、关机控制软件，若有应先卸载。

1.3.2　启动与关闭类故障

1. 定义举例

此类故障是指计算机启动或关闭过程中出现的故障。启动过程是指从自检完毕到进入操作系统应用界面这一过程。关闭系统是指从单击关闭按钮后到电源断开之间的所有过程。

2. 故障现象

- 启动过程中死机、报错、黑屏或反复重启等。
- 启动过程中显示某个文件有错误。
- 启动过程中，总是执行一些不应该执行的操作（如磁盘扫描、启动一个不正常的应用程序等）。
- 只能以安全模式或命令行模式启动。

- 登录操作系统时失败、报错或死机。
- 关闭操作系统时死机或报错。

3．故障可能涉及的部件

BIOS 设置、启动文件、设备驱动程序、操作系统/应用程序配置文件。电源、磁盘及磁盘驱动器、主板、信号线、CPU、内存、其他板卡。

4．故障判断要点

主要因为操作系统不能正常运行的引起，如系统文件的丢失、驱动程序的出错或操作不当。

（1）BIOS 设置检查

① 是否更换过不同型号的硬件。如果主板 BIOS 支持 BOOT Easy 功能或 BIOS 防写开关被打开，则建议将其关闭，待完成一次完整启动后，再开启。

② 检查 BIOS 中的设置，如启动顺序、启动磁盘的设备参数等。建议通过对 CMOS 放电来恢复。

③ 在某些特殊情况下，应考虑升级 BIOS 来检查。如对于在第一次开机启动后，某些应用或设备不能工作的情况，除检查设备本身的问题外，就可考虑更新 BIOS 来解决。

（2）磁盘逻辑检查

以下检查应在软件最小系统下进行。

① 根据启动过程中的错误提示，应检查硬盘上的分区是否正确、分区是否激活、是否格式化。

② 加入一个无故障的驱动器（如软驱或光驱）来检查系统能否从其他驱动器中启动。若不能启动，先将硬盘驱动器去除，看是否可启动，若仍不能启动，应对硬件最小系统中的部件进行逐一检查，包括硬盘驱动器和磁盘传输的公共部件——磁盘接口、电源、内存等。若故障不消失，则再更换硬盘。否则继续执行下面的步骤。

③ 硬盘上的启动分区是否已被激活，其上面是否有系统启动时所必需的启动文件或命令。

④ 检查硬盘驱动器上的启动分区是否可访问，若不能，用厂商的磁盘检测程序检查硬盘是否有故障。若有故障，应更换硬盘。在无故障的情况下，可以通过初始化硬盘来检测，若故障依然存在，需更换硬盘。

（3）操作系统配置检查

① 对于出现文件错误的提示，可以使用相应软件（在后面第 3 章中专门介绍）的调试方法来修复文件。

② 在系统不能正常启动的情况下，建议开机后按【F8】键进入启动菜单，选择"选择上一次启动"（对于 Windows 2000 或 Windows XP）选项或用 scanreg.exe 命令，恢复前期备份注册表的方法检查故障是否能够消除。

③ 检查系统中有无第三方程序在运行，系统中有不当的设置或设备驱动引起启动不正常。在这里需特别注意 Autoexec.bat 和 Config.sys 文件，应屏蔽这两个文件，检查启动故障是否消失。

④ 检查启动设置、启动组中各项、注册表中的键值等，是否加载了不必要的程序。

⑤ 检查是否存在病毒。一个系统中要求只能安装一个防病毒软件。

⑥ 必要时，可以用恢复安装等方法，检查启动方面的故障。

⑦ 在启动中显示器不正常时（如黑屏、花屏等），应按显示类故障的判断方法进行检查，但首先要注意显示设备的驱动程序是否正常、显示设置是否正确，最好将显示模式改变到标准的 VGA 方式检查。

（4）硬件检查

① 如果启动的驱动器是通过控制卡连接的，请将驱动器直接连接在默认的驱动器接口（主板上）。

② 当用最小系统方法启动正常后，应逐步将原来的硬件恢复到原始配置状态，来定位引起不能正常启动的部件。

③ 要注意检查电源的供电能力，即输出电压是否在允许的范围内，波动范围是否超出允许的范围，可参见相关说明书要求。

④ 驱动器的检查，可参考磁盘类故障的判断方法进行。

⑤ 硬件方面原因的考虑顺序，应从内存开始。使用内存检测程序进行判断内存部分是否有故障；内存安装的位置，应从第一个内存槽开始安装；当安装多条内存时，应检查内存规格是否一致、是否兼容等。

（5）对于不能正常关机的检查

① 通过日志服务查看计算机的开、关机时间。因为事件日志服务会随计算机一起启动和关闭，并在事件日志中留下记录。 在这里有必要介绍两个 ID 号：6006 和 6005。在事件查看器里 ID 号为 6006 的事件表示事件日志服务已停止，如果没有在当天的事件查看器中发现 ID 号为 6006 的事件，那么就表示计算机没有正常关机，可能是因为系统原因或者直接按下了计算机电源键，没有执行正常的关机操作造成的。当启动系统的时候，事件查看器的事件日志服务就会启动，这就是 ID 号为 6005 的事件。

② 日志文件存放位置：

* 安全日志文件：%systemroot%\system32\config \SecEvent.Evt。
* 系统日志文件：%systemroot%\system32\config \SysEvent.Evt。
* 应用程序日志文件：%systemroot%\system32\config \AppEvent.Evt。

③ 升级 BIOS 到最新版本，注意 CMOS 的设置（特别是 APM、USB、IRQ 等项）。

④ 检查是否有系统文件损坏或未安装。

⑤ 应用程序引起的问题，需关闭启动组中的应用程序，检查关机时的声音程序是否损坏。

⑥ 检查是否有些设备引起无法正常关机，如网卡、声卡等，可通过更新驱动或更换硬件来检查。

⑦ 通过安装补丁程序或升级操作系统进行检查。

1.3.3　磁盘类故障

1. 定义举例

这里所指的磁盘类故障有两个方面：一是硬盘、光驱、软驱及其介质等引起的故障；二是对硬盘、光驱、软驱访问的部件（如主板、内存等）引起的故障。

2．故障现象

（1）硬盘驱动器

- 硬盘运行有异常声响，噪声较大。
- BIOS 中不能正确地识别硬盘、硬盘指示灯常亮或不亮、硬盘干扰其他驱动器的工作等。
- 硬盘不能分区或格式化、容量不正确、有坏道、数据损失等。
- 逻辑驱动器盘符丢失或被更改、访问硬盘时报错。
- 硬盘数据的保护故障，或第三方软件造成硬盘故障。
- 硬盘保护卡引起的故障。

（2）光盘驱动器

- 光驱运行的噪声较大、光驱划盘、托盘不能弹出或关闭、读盘能力降低等。
- 光驱盘符丢失或被更改、系统检测不到光驱等。
- 访问光驱时死机或报错等。
- 光盘介质造成光驱不能正常工作。

3．故障可能涉及的部件

硬盘、光驱、软驱等的设置，主板上的磁盘接口、电源、信号线。

4．硬盘驱动器故障判断要点

（1）在最小系统下进行检查

建议在最小系统下进行检查并判断故障现象是否消失。这样做可排除由于其他驱动器或部件对硬盘访问的影响。

（2）参数与设置检查

① 硬盘能否被系统正确识别，识别到的硬盘参数是否正确。BIOS 中对 IDE 通道的传输模式设置是否正确（最好设为"自动"）。

② 显示的硬盘容量是否与实际相符、格式化容量是否与实际相符（注意，一般标称容量是按 1 000 为单位标注的，而 BIOS 中及格式化后的容量是按 1 024 为单位显示的，二者之间有 3%左右的差距。另外格式化后的容量一般会小于 BIOS 中显示的容量）。

③ 检查当前主板的技术规格是否支持所用硬盘的技术规格，如对大于 120GB 硬盘的支持、对高传输速率的支持等。

（3）硬盘逻辑结构检查

（参考启动类故障判断要点中的相关部分）

① 检查磁盘上的分区是否正常、分区是否被激活、是否被格式化、系统文件是否存在或完整。

② 对于不能分区或进行格式化操作的硬盘，在无病毒的情况下，应更换硬盘。更换仍无效的，应检查软件最小系统下的硬件部件是否有故障。

③ 必要时进行修复或初始化操作，或完全重新安装操作系统。

（4）系统环境与设置检查

（参考启动类故障判断要点中的相关部分）

① 注意检查系统中是否存在病毒，特别是引导型病毒（用 KV3000/K 命令，或用 MEM.EXE 程序等进行检查）。

②　认真检查在操作系统中有无第三方磁盘管理软件在运行。设备管理器中对 IDE 通道的设置是否恰当。

③　是否开启了不恰当的服务。在这里要注意的是，ATA 驱动在有些应用下可能会出现异常，建议将其卸载后查看异常现象是否消失。

（5）硬盘性能检查

①　当加电后，如果硬盘声音异常、根本不工作或工作不正常时，应检查一下电源是否有问题、数据线是否有故障、BIOS 设置是否正确等，然后再考虑硬盘本身是否有故障。

②　应使用相应硬盘厂商提供的硬盘检测程序检查硬盘是否有坏道或其他故障。

（6）安装硬盘保护卡所引起的问题

①　安装硬盘保护卡，应注意将 CMOS 中的病毒警告关闭、将 CMOS 中的映射地址设为不使用（disable）、将 CMOS 中的第一启动设备设为 LAN。光驱和硬盘应接在不同的 IDE 数据线上。

②　如果忘记了硬盘保护卡的管理员密码，应与厂家联系或访问相应的网站查找。

③　对于在某个引导盘下，看不到某些数据盘的情况，要检查：这些数据盘是否为该引导盘专属的数据盘；分区类型是否为引导盘的操作系统所识别。

④　硬盘保护卡不起保护功能，要检查是否关闭了硬盘保护功能，要启用硬盘保护功能，如果不行，可重新插拔一下硬盘保护卡。在 Windows 下，则应检查其驱动软件是否已安装。

⑤　目前，硬盘保护卡只能保护用操作系统自带的 FDISK 进行分区的系统，当使用其他第三方软件进行分区时，在启动了硬盘保护功能后，硬盘上原来的系统不被保留。

5.　软盘驱动器故障判断要点

①　软驱的检查，应在软件最小系统中加入软驱，或去掉硬盘后进行检查判断。在必要时，将软驱移出机箱外检查。

②　类似硬盘驱动器的检查。但要注意查看 BIOS 中对软驱可读写的设置是否为允许或禁止。

③　检查软驱的读、写能力，一方面是自身读写能力的检查，另一方面是软盘的互换读写能力的检查，即在可能有故障的软驱中写过的软盘能否在另一正常的软驱中读出。如果不能，则应更换软驱。

④　软盘是最易感染病毒的介质，因此在检查中一定要注意对病毒的检查。

6.　光盘驱动器故障判断要点

（1）光驱的检查

①　应用光驱替换软件最小系统中的硬盘进行检查判断。且在必要时，移出机箱外检查。

②　检查时，用一个可启动的光盘来启动，以初步检查光驱的故障。如不能正常读取，则在软件最小系统中检查。最先考察的是光驱。

（2）类似硬盘驱动器的检查方法

（3）光驱性能检查

①　对于读盘能力差的故障，先考虑防病毒软件的影响，然后用随机光盘进行检测，如故障重复出现需更换维修。

② 通过刷新光驱来检查光驱的故障现象是否消失（由于光驱中放入了一张 CD 光盘，导致系统第一次启动时，光驱工作不正常，就可尝试此方法）。

（4）操作系统中配置检查

① 在操作系统下的应用软件能否支持当前所用光驱的技术规格。

② 设备管理器中的设置是否正确，IDE 通道的设置是否正确。必要时卸载光驱驱动重启，以便让操作系统重新识别。

1.3.4　显示类故障

1．定义举例

这类故障不仅包含了由于显示设备或部件所引起的故障，还包含由于其他部件不良所引起的在显示方面不正常的现象。也就是说，显示方面的故障不一定是由显示设备引起的，应全面进行观察和判断。

2．故障现象

- 开机屏幕无显示、显示器有时或经常不能加电。
- 显示偏色、抖动或滚动、显示发虚、花屏等。
- 在某种应用或配置下显示器花屏、发暗（甚至黑屏）、重影、死机等。
- 屏幕参数不能设置或修改。
- 亮度或对比度不可调或可调范围小、屏幕大小或位置不能调节或范围较小。
- 休眠唤醒后显示异常。
- 显示器异味或有声音。

3．故障可能涉及的部件

显示器、显卡等的设置。主板、内存、电源，及其他相关部件。特别要注意计算机周边设备及其磁场对计算机的干扰。

4．故障判断要点

（1）调整显示器与显卡

① 通过调节显示器的 OSD 选项，最好是回复到 RECALL（出厂状态）状态来检查故障是否消失。对于液晶显示器，需按一下 auto 按钮。

② 显示器的参数是否调得过高或过低（如 H/V-MOIRE，这是不能通过 RECALL 来恢复的）。

③ 显示器各按钮可否调整，调整范围是否偏移显示器的规格要求。

④ 显示器的异常声响或异常气味，是否超出了显示器技术规格的要求（如新显示器刚用时，会有异常的气味。刚加电时由于消磁的原因而引起的响声、屏幕抖动等，这些都属于正常现象）。

⑤ 显示卡的技术规格是否可用在主机中（如 AGP 2.0 卡是否可用在主机的 AGP 插槽中等）。

（2）BIOS 配置调整

① BIOS 中的设置是否与当前使用的显卡类型或显示器连接的位置匹配（即是用板载显卡还是外接显卡；是 AGP 显卡还是 PCIE 显卡）。

② 对于不支持自动分配显示内存的板载显卡，需检查 BIOS 中显示的内存大小是否符合应用的需要。

（3）检查显示器、显卡的驱动

以下的检查应在软件最小系统下进行：

① 显示器、显卡的驱动程序是否与显示设备匹配、版本是否恰当。

② 显示器的驱动是否正确，如果有厂家提供的驱动程序，最好使用厂家的驱动。

③ 是否加载了合适的 Direct X 驱动（包括主板驱动）。

④ 如果系统中装有 Direct X 驱动，可用其提供的 dxdiag.exe 命令检查显示系统是否有故障。该程序还可用来对声卡设备进行检查。

（4）显示属性、资源的检查

① 在设备管理器中检查是否有其他设备与显卡有资源冲突的情况，如有，先去除这些冲突的设备。

② 显示属性的设置是否恰当（如不正确的显示器类型、刷新速率、分辨率和颜色深度等，会引起重影、模糊、花屏、抖动、甚至黑屏的现象）。

（5）操作系统配置与应用检查

① 系统中的一些配置文件（如 SYSTEM.INI 文件）中的设置是否恰当。

② 显卡的技术规格或显示驱动的功能是否支持应用的需要。

③ 是否存在其他软、硬件冲突。

（6）硬件检查

① 当显示调整正常后，应逐个添加其他部件，以检查是何种部件引起的显示不正常。

② 通过更换不同型号的显卡或显示器，检查它们之间是否存在匹配问题。

③ 通过更换相应的硬件，检查是否由于硬件故障引起显示不正常（建议更换的顺序为：显示卡、内存、主板）。

1.3.5　安装类故障

1．定义举例

此类故障主要是在安装操作系统或应用软件时出现。

2．故障现象

- 安装操作系统时，在进行文件复制过程中死机或报错；在进行系统配置时死机或报错。
- 安装应用软件时报错、重启、死机等（包括复制和配置过程）。
- 硬件设备驱动程序安装后系统异常（如黑屏、不启动等）。
- 应用软件卸载后安装不上或卸载不了等。

3．故障可能涉及的部件

磁盘驱动器、主板、CPU、内存，及其他部件、软件。

4．操作系统安装故障判断要点

（1）检查 BIOS 中的设置

① 开机后按【Delete】键，进入 BIOS 设置，选择恢复出厂设置。

② 关闭 Boot Easy 功能、关闭防病毒功能和 BIOS 防写开关。

③ 特别注意硬盘的参数、CPU 的温度等。注意观察自检时显示出来的信息是否与实际的硬件配置相符。

（2）安装介质与目标介质检查

① 检查是否有病毒。

② 检查分区表是否正确、分区是否被激活。使用 fdisk / mbr 命令来确保主引导记录是正确的（注意，使用此命令后如果计算机不能启动，可证明原系统中存在病毒或有错误。硬盘应做初始化操作）。

③ 检查系统中是否有第三方内存驻留程序。

以下过程，建议在软件最小系统下检查（注意，在最小系统下，需要添加与安装有关的其他驱动器）。

（3）安装过程检查

① 如果在复制文件时，报 CAB 等文件错，可尝试将原文件复制到另一介质（如硬盘）上再行安装。如果正常通过，则原安装介质有问题，可去检查介质及相应的驱动器是否有故障。若仍然不能复制，应检查相应的磁盘驱动器、数据线、内存等部件。

② 如果是采用覆盖安装而出现上述问题，在更换安装介质后仍不能排除故障，建议先对硬盘进行初始化操作，再重新安装（初始化操作时，最好将硬盘分区彻底清除后进行）。如果仍不能解决，再考虑硬件。

③ 安装过程中，在检测硬件时出现错误提示、蓝屏或死机等：一是通过多次重新启动（应该是关机重启），看能否进入系统；二是在软件最小系统下检查是否能通过。如果不能通过，应该依次检查软件最小系统中的内存、磁盘、CPU（包括风扇）、电源等部件；如果能正常安装通过，则是软件最小系统之外的部件故障或配置问题，可在安装完成后，逐步添加那些部件，并判断是否存在故障或配置不当。

（4）硬件及其他应注意的问题

① 如果安装系统时重启或掉电，要求在软件最小系统下进行测试。如果故障消失，在安装好系统以后，将软件最小系统之外的设备逐一连接上，检查故障是由哪个部件引起，并用替换法解决。如果故障不能消失，应检查软件最小系统中的电源、主板、内存、甚至磁盘驱动器。

② 在 IDE 设备上安装如 UNIX 的操作系统时，或需要安装多个操作系统时，需要注意：一是 8.4GB 限制（UNIX 的开始部分必须在 8.4GB 之内，在 SCSI 设备上无这一要求）；二是多操作系统间的安装顺序及配合关系。

5. 应用软件安装故障判断要点

（1）检查安装应用软件问题时应注意的问题

① 应用软件的安装问题，部分可参考上述的操作系统安装的检查方法。

② 在进行安装前，要求先备份注册表，再进行安装。

（2）软件与软件之间、软件与硬件之间的冲突检查

① 可采用两种软件问题隔离的方法：一是在软件最小系统下，关闭正在运行的应用程序，然后安装需要的应用软件；二是在原系统下直接关闭正在运行的应用程序，然后安装需要的应用

软件。关闭已有应用程序的方法是：使用 msconfig 命令禁用启动组、autoexevc.bat、config.sys、WIN.INI、SYSTEM.INI 中在启动时调用的程序。

② 使用任务管理器检查系统中有无不正常的进程，并将其删除。

③ 对于基本满足软件技术手册要求但安装不上的情况，看能否通过设置调整来解决。如果不能解决，则视为不兼容。

④ 利用其他计算机（最好是不同配置的），检查是否存在软、硬件方面的兼容问题。

⑤ 检查系统中是否已经安装过该软件，如果已经安装过应先将其卸载后再重新安装，如果无法正常卸载，可以手动卸载或通过恢复注册表来卸载（对于 Windows XP 可使用系统还原功能来卸载）。

⑥ 必要时，可从网络上查阅相关资料，之后再与软件厂商联系，看是否有其他注意事项。

（3）硬件检查

在以上检查步骤都没有效果时应考虑硬件问题，可检查光驱、安装介质、硬盘线等配件。

6．硬件设备安装故障判断要点

（1）冲突检查

① 所安装的设备、部件是否在系统启动前的自检过程中被识别到，或能由操作系统识别到（非即插即用设备除外）。如果不能识别，应检查 BIOS 设置及设备本身，包括跳线及相应的插槽或端口。

② 检查新安装的设备与原系统中的设备是否有冲突。通过改变驱动的安装顺序、去除原系统中的相应部件或设备、更换插槽，看故障是否消除。如果不能消除，则为不兼容。

③ 加装的设备是否与现有系统的技术规格或物理规格匹配。

④ 检查当前系统中的一些设置（主要是*.INI 文件中的设置）是否与所安装的部件或设备驱动有不匹配的地方。

（2）驱动程序检查

所安装的设备驱动是否为合适的版本（即不一定是最新的）。

（3）硬件检查

① 所安装的部件或设备是否本身就有故障。

② 检查原系统中的部件是否有问题（如插槽损坏、供电能力不足等）。

1.3.6　操作与应用类故障

1．定义举例

此类故障主要是指在操作系统启动后到关机前所发生的应用方面或系统方面的故障。

2．故障现象

● 系统休眠后无法正常唤醒。

● 系统运行中出现蓝屏、死机、非法操作等故障现象。

● 系统运行速度慢。

● 运行某个应用程序时导致硬件功能失效。

● 应用程序不能正常运行。

3．故障可能涉及的部件

主板、CPU、内存、电源、磁盘、键盘、接插的板卡等。

4．故障判断要点

（1）检查是否由误操作引起的故障

① 计算机出现死机、蓝屏或无故重启时，首先要考虑操作是否符合规范和要求。

② 若操作正常而故障依然存在，可用系统文件检查器检查计算机系统是否有丢失的 DLL 文件，并尝试恢复。

③ 在 Windows XP 中启用"系统文件检查器"选项。

- 选择"开始" | "运行"命令，打开"运行"对话框，在"打开"文本框中输入 cmd 命令并按【Enter】键。然后在弹出的"命令提示符"窗口中的光标提示符后输入 Sfc/Scannow 并按【Enter】键，弹出"Windows 文件保护"对话框。

- 检查系统文件：系统文件检查器开始检查当前的系统文件是否有损坏、版本是否正确，如果发现错误，系统会弹出提示框要求插入 Windows XP 安装光盘，修复或者替换不正确的文件，如图 1-3 所示。

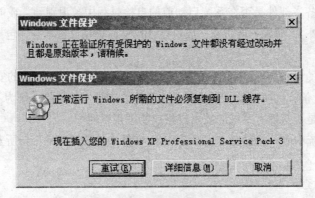

图 1-3　系统文件检查器

④ 注意观察计算机在死机、蓝屏或无故重启时有没有规律，找出可能引起计算机故障的原因（如计算机在运行某一程序时或计算机开机后一定时间内死机）。

⑤ 与另一台软、硬件相同且无故障的计算机进行比较，查看故障计算机中文件大小是否相同，主程序的版本是否一致。

（2）检查是否由病毒或防病毒程序引起故障

① 使用最新版本的杀毒软件检查计算机是否被感染病毒。

② 检查是否安装了两个或两个以上的杀毒软件，建议使用一个，并卸载其他的杀毒软件。

③ 检查是否有木马程序，用最新版的杀毒程序可以查出木马程序。通过安装补丁来弥补程序中的安全漏洞，或者安装防火墙。

（3）检查是否由操作系统问题引起故障

① 检查硬盘系统分区是否有足够的剩余空间，检查临时文件是否太多。整理硬盘空间，删除不需要的文件。

② 对于系统文件损坏或丢失，可以使用"系统文件检查器"进行检查和修复。

③ 检查操作系统是否安装了合适的系统补丁（可在启动时观察 service pack 的版本，Windows XP 推荐使用 SP2）。

④ 检查 Direct X 驱动是否正常，升级 Direct X 的版本。

⑤ 检查是否正确安装了设备驱动程序，并且驱动程序的版本是否合适。检查驱动安装的顺序是否正确（例如，首先安装主板驱动，其次为显卡驱动）。

（4）检查是否存在软件冲突、兼容性问题

① 检查应用软件的运行环境是否与现有的操作系统相兼容，通过查看软件说明书或到应用软件网页上查找相关资料，查看网页上有没有对于此软件的升级程序或补丁可安装。

② 可用任务管理器观察故障计算机的后台是否运行着不正常的程序，关闭这些程序，只保留最基本的后台程序。

③ 查看故障计算机内是否有共用的 DLL 文件，可通过改变安装顺序或安装目录来解决。

（5）检查硬件设置是否正确

① 检查 CMOS 设置是否正确，可恢复默认值。

② 在设备管理器中检查硬件是否正常，中断是否有冲突，如有冲突，调整系统资源（对于某些硬件，要按照说明的要求设置硬件）。

③ 在设备管理器中将硬件驱动删除，重新安装驱动程序（最好安装版本正确的驱动程序），查看硬件驱动是否恢复正常。

④ 运行硬件检测程序，如 AMI 等检测硬件是否有故障。

⑤ 在软件最小系统情况下，重新更新硬件驱动，观察故障是否消失。

（6）检查兼容性问题

① 遇到兼容性问题时，应检查硬件的规格和标准（如同时使用多条内存时检查内存是否为同一厂家、同一规格、同一容量、内存芯片同一批次），是否允许在一起使用。

② 阅读说明书或在网上查找相关资料，检查硬件正常使用所需的软件要求，现在的软件环境是否符合要求，软、硬件之间是否相互支持。

③ 在设备管理器中检查系统资源是否有冲突，如有冲突，手动调整系统资源。

④ 在设备管理器中检查计算机硬件的驱动是否安装正确，更新合适版本的设备驱动（如某些显卡用 Windows XP 自带的 OEM 版驱动，会造成某些大型 3D 游戏无法运行）。

（7）检查是否由于网络故障引起

① 碰到计算机连接在网络上，出现死机、运行慢、蓝屏等故障时，应首先关闭网络，与网络环境隔离，观察故障是否消失。如故障消失，则为网络问题引起故障。

② 若为网络问题引起的故障，则判断与解决的方法和步骤参考下一节的网络部分。

（8）检查是否由于硬件性能不佳或损坏引起

① 使用相应的硬件检测程序，检查硬件是否存在故障。如有故障，利用替换法排除相应的硬件。

② 用替换法检查检测程序无法判断的硬件故障。

1.3.7　局域网类故障

1. 定义举例

此类故障主要涉及局域网、宽带网等网络环境中的故障。

2．故障现象

- 网卡不工作，指示灯状态不正确。
- 计算机不能连通 Internet 或只有几台计算机不能上网、使用 ping 命令检测网络通畅，但不能上网、网络传输速度慢。
- 数据传输错误、网络应用出错或死机等。
- 在"网上邻居"窗口中只能看见自己或个别计算机。
- 网络设备安装异常；网络时通时断。

3．故障可能涉及的部件

网卡、交换机（包括 hub、路由器等）、网线、主板、硬盘、电源等相关部件。

4．故障判断要点

（1）寻求网络管理员的配合

尽可能与网管联系，以得到网管的帮助。

（2）网络环境检查

① 对于掉线、丢包等故障，要注意检查网卡与交换机间的兼容性。

② 网络连接正常，但不能进行域登录，要从以下几点进行检查：

- 所指的域名是否存在或已工作。
- 是否已按服务器、操作系统的要求（如在服务器端启用了 WINS 解析服务、DNS 服务等，Windows XP 版不能登录到域中），设置终端允许登录到域中，计算机名是否已注册到域中。
- 检查使用的协议是否正确。

③ 检查是否安装了防火墙，是否被授权访问。

④ 在必要时，使用直连线只连接两台计算机，在对等网环境下检查是否可连网（这样做可排除网络环境因素的影响）。

（3）网络适配器驱动与属性检查

① 检查网卡的驱动程序是否正确。网卡驱动程序的安装，建议由系统自动识别，并尽可能使用与操作系统匹配和更新的驱动程序。

② 网卡在某一网络环境下工作不正常，可调整网速，如对于 10/100Mbps 的网卡，如果工作在 10Mbps 的网络环境下，网络工作不正常，应特别指定网卡工作在 10Mbps 的速度上。

③ 检查网络通信方式，如是否为全双工等。

（4）网络协议检查

① 检查网络中的协议等项设置是否正确（无论使用哪种协议，必须保证网内计算机使用的协议一致）。网络中是否有计算机重名。

② 如果不能看到自己或其他计算机，先按【F5】键，多次刷新检查。然后再检查是否安装并启用了文件和打印共享服务、是否添加了 NETBEUI 协议（如果网络环境中有 WINS 服务器，则不需添加，如没有则要添加）。

③ 如能 ping 通网络，但不能在网上邻居中访问其他终端或服务器，可用 ipconfig /all（命令行方式）或 netstat 等命令查看具体信息，检查网络属性的设置，如域、工作组等，并进行相应的更改。

④ 如果 ping 不通，可尝试在网络属性中把所有的适配器和协议删除，重启后，进行重新安装。

⑤ 通过执行 tracert <目标 IP 地址>命令，检查网络中的 IP 包在哪个网段出错。

（5）系统设置与应用检查

① 计算机自检完成后，所列资源清单中网卡是否被列其中（非 PnP 网卡除外），其所用资源与其他设备有无共享。

② 检查系统中是否有与网卡所用资源相冲突的其他设备，如有，可通过更换设备间的安装位置，或手动操作更改冲突的资源。对于 ISA 总线的网卡，可能需要在 CMOS 中关掉它所占中断的 PnP 属性，并且它所用资源一般不宜与其他设备共享。较老的 PCI 设备也不宜与其他设备共享资源。

③ 检查系统中是否存在病毒。

④ 当某一特定的应用使用网络时不能正常工作，检查 CMOS 设置是否正确，重点检查网卡的驱动程序是否与其匹配，必要时，关闭其他正在运行的应用程序及启动中加载的程序，看是否能正常工作。

⑤ 通过重新安装系统，检查是否由于系统原因而导致网络工作不正常。

（6）硬件检查

① 用网卡自带程序和网卡短路环检测网卡是否完好。

② 更换网卡后仍不能正常工作，可更换主板，更换主板仍不能解决时，可考虑更换其他型号网卡。

1.3.8　Internet 类故障

1．定义举例

此类故障主要是浏览 Internet 时有关的软、硬件故障。如不能拨号、不能浏览网页等。

2．故障现象

- 不能拨号、无拨号音或有杂音、上网掉线。
- 上网速度慢、个别网页不能浏览。
- 上网时死机、蓝屏报错等。
- 能收邮件但不能发邮件。
- 网络设备安装异常。
- 与调制解调器相连的其他通信设备损坏。

3．故障可能涉及的部件

调制解调器、电话机、电话线、局端。其余同"局域网类故障"。

4．故障判断要点

（1）modem 配置检查

① 检查 modem 设备是否被系统识别。

② 用软件最小系统加 modem，检查故障现象是否消失。如果消失，则是硬件之间的不兼容或资源冲突造成的故障。

③ 在设备管理器中检查 modem 驱动是否正确、是否有资源冲突。modem 支持的协议是否与局端不兼容。当驱动不正确时，可能会造成上网掉线、上网速度慢等现象。将原 modem 驱动删除（最好在控制面板——调制解调器中将 modem 删除），安装主板驱动后重新安装 modem 驱动程序。

④ modem 设备属性设置是否正确（如使用的连接速度等）。

（2）拨号器/拨号过程检查

① 检查所用的拨号程序，是否为第三方的软件，建议用新建的拨号连接拨号上网（最好能不用旧的账号），检查是否能拨号，是否报错。

② 注意查看报错信息，初步判断故障原因（例如，报 680 错误，是没有拨号音；678 错误，是远程服务器没响应等）。

③ 是否有权访问 Internet。

（3）网络属性及协议检查

① 如果是通过服务商来拨号上网的，除要安装 TCP/IP 协议外，还应对 IP 地址等参数进行设定。其他上网方式应按要求进行相关的设定。

② 使用的拨号协议是否与服务商要求的一致（如使用 PPP 协议等）。

（4）IE 浏览器的检查

① 对于 Windows XP 系统，如果 IE 浏览器有故障，建议升级 IE 浏览器到 6.0 版本或以上，或打补丁。

② 检查 IE 浏览器属性设置是否正确，检查是否因上某一网站而被修改。如果临时文件过多，可造成上网后无法浏览网页。可用鼠标右击 IE 图标，在弹出的快捷菜单中选择"属性"命令，打开"属性"对话框，在"Internet 属性"对话框中的 IE 浏览器属性中删除临时文件等）。是否因为没有安装某些网站所必需的插件，而造成不能浏览该网页。检查 IE 浏览器中的安全级别和分级检查设置，恢复成默认值。

③ 检查是否因上某些网站，造成系统被修改（如注册表被禁用等）。

④ 检查软件环境，是否由于杀毒、防火墙之类的软件，或其设置不正确，造成浏览困难。

（5）操作系统检查

① 检查系统中是否有病毒。

② 在 msconfig 中关掉所有启动时加载的程序，关掉所有正在运行的程序。防止软件冲突造成的无法上网。

③ 必要时重新安装操作系统进行测试。

（6）硬件检查

① 更换 modem 所在的插槽，重新检测 modem 并安装驱动。如果仍无法上网，更换 modem 再进行测试。

② 如果是在雷雨后出现不能拨号等现象，除检查电线及其他设备是否损坏外，还应检查 modem 是否已损坏。

③ 如果还不能上网，则注意检查其他硬件。

（7）宽带上网故障的检查

① 检查网卡驱动是否安装正确。

② 用闭环测试网卡是否正常。

③ 根据当地实际情况将拨号属性设置正确，根据宽带上网说明重新安装拨号软件，调整各项设置。

④ 更换不同型号的网卡进行测试，排除不兼容现象。

⑤ 联系电信局或小区网络管理员检查网络环境或连接设备。

⑥ 对于自动上网的计算机，不要进行代理服务器的设置；对于早期的宽带网，还需要设置 IP 地址。

1.3.9　端口与外设故障

1．定义举例

此类故障主要涉及串（并）口、USB 端口、键盘、鼠标等设备的故障。

2．故障现象

- 键盘工作不正常、功能键不起作用。
- 鼠标工作不正常。
- 不能打印或在某种操作系统下不能打印。
- 外部设备工作不正常。
- 串口通信错误（如传输数据报错、丢数据、串口设备识别不到等）。
- 使用 USB 设备不正常（如 USB 硬盘带不动，不能接多个 USB 设备等）。

3．故障可能涉及的部件

装有相应端口的部件（如主板）、电源、连接电缆、BIOS 中的设置。

4．故障判断要点

（1）尽可能简化系统设备

先去掉无关的外设。

（2）端口设置检查（BIOS 和操作系统两方面）

① 检查主板 BIOS 设置是否正确、端口是否打开、工作模式是否正确。

② 更新 BIOS、更换不同品牌或不同芯片组主板，测试是否存在兼容问题。

③ 检查系统中相应的端口是否有资源冲突。在端口上的外设驱动是否已安装，其设备属性是否与外接设备相适应。在设置正确的情况下，检测相应的硬件，如主板等。

④ 检查端口是否可在 DOS 环境下使用，可通过接一外设或用下面介绍的端口检测工具检查。

⑤ 对于串、并口等端口，须使用相应端口的专用短路环，配以相应的检测程序（推荐使用AMI）进行检查。如果检测出有错误，则应更换相应的硬件。

⑥ 检查应用软件中是否有不当的设置，导致外设在此应用下工作不正常。如设置了不当的热键组合，使某些键不能正常工作。

（3）设备及驱动程序检查

① 驱动程序重新安装时优先使用设备驱动自带的卸载程序。

② 检查设备软件设置是否与实际使用的端口相对应，如 USB 打印机要设置 USB 端口输出。

③ USB 设备、驱动、应用软件的安装顺序要严格按照使用说明操作。

④ 最好使用较新版本的驱动程序，可到厂商的网站上升级。

1.3.10　音视频类故障

1．定义举例

与多媒体播放、制作有关的软、硬件方面的故障。

2．故障现象

- 播放 CD、VCD 或 DVD 时报错、死机。
- 当运行多媒体软件时，有图像无声或无图像有声音。
- 播放声音时有杂音；声音异常、无声；声音过小或过大，且不能调节。
- 不能录音、播放的录音杂音很大或声音较小。

3．故障可能涉及的部件

故障可能涉及的部件包括音、视频板卡或设备、主板、内存、光驱、磁盘介质、机箱等。

4．故障判断要点

① 对声音类故障（无声、噪声、单声道等），首先确认音箱是否有故障。方法：将音箱连接到其他音源（如录音机、随身听）上检测，声音输出是否正常。此举可以判定音箱是否有故障。

② 检查是否未安装相应的插件或补丁，造成多媒体功能不能正常工作。

③ 多媒体播放、制作类故障。如果故障是在不同的播放器下、播放不同的多媒体文件均同样出现，则应检查相关的系统设置（如声音设置、光驱属性设置、声卡驱动及其设置）及相关的硬件是否有故障。

④ 如果是在特定的播放器下才会出现故障，在其他播放器下正常，应从有问题的播放器软件着手，检查软件设置是否正确，是否能支持被播放文件的格式。可以重新安装或升级该软件，看故障是否排除。

⑤ 如果故障是在重装系统、更换板卡、用系统恢复盘恢复系统或使用一键恢复等情况下出现的，应首先从板卡驱动安装入手进行检查，如驱动是否与相应设备匹配等。

⑥ 对于视频输入、输出相关的故障应首先检查视频应用软件采用信号制式的设定是否正确，即应该与信号源（如有线电视信号）、信号终端（电视等）采用相同的制式。我国普遍利用 PAL 制式。

⑦ 进行视频导入时，应注意视频导入软件和声卡的音频输入设置是否相符，如软件中音频输入为 MIC，则音频线接声卡的 MIC 口，且声卡的音频输入设置为 MIC。

⑧ 当仅从光驱读取多媒体文件时出现故障，如播放 DVD/VCD 速度慢、不连贯等，先检查光驱的传输模式是否设为 DMA 方式。

⑨ 检查有无第三方软件干扰系统音视频功能的正常使用。另外，杀毒软件会引起播放 DVD/VCD 速度慢、不连贯等现象（如瑞星等，应将其关闭）。

⑩ 软件检查：

- 检查系统中是否有病毒。
- 声音/音频属性设置：音量的设定，是否使用数字音频等。
- 视频设置：视频属性中分辨率和色彩深度。

- 检查 Direct X 的版本，安装最新的 Direct X，同时使用其提供的 Dxdiag.exe 程序，对声卡设备进行检查。
- 设备驱动检查：在 Windows 下的"设备管理"器中，检查多媒体相关的设备（显卡、声卡、视频卡等）是否正常，即不应存在"?"或"!"等标识，设备驱动文件应完整。必要时，可卸载驱动再重新安装或进行驱动升级。对于说明书中注明必须手动安装的声卡设备，应按要求删除或直接覆盖安装（此时，不应让系统自动搜索，而应手动在设备列表中选择）。
- 如果重装过系统，可能在安装驱动时没有按正确的步骤进行操作（如重启等），从而导致系统显示设备正常，但实际上驱动程序并没有正确工作。此时应该重装驱动，方法可同上。
- 用系统恢复盘恢复系统或使用一键恢复后有时会出现系统识别的设备不是实际使用的设备，而且在 Windows 下的"设备管理器"中不报错，这时必须仔细核对设备名称是否与实际的设备一致，不一致则需重装驱动（如更换过可替换的主板后声卡芯片与原来的不一致）。
- 重装驱动仍不能排除故障，应考虑是否需要进行驱动升级或安装补丁程序。

⑪ 硬件检查：

- 用内存检测程序检测内存部分是否有故障。应考虑的硬件有主板和内存。
- 首先采用替换法检查与故障直接关联的板卡、设备。声音类问题可能涉及的部件：声卡、音箱、主板上的音频接口跳线。显示类问题可能涉及的部件：显卡。视频输入、输出类问题可能涉及的部件：视频盒/卡。
- 仅当从光驱读取多媒体文件时出现故障，在软件设置无效时，用替换法确定光驱是否有故障。
- 对于有噪声的问题，应检查：光驱的音频连线是否安装正确，音箱自身是否有问题，音箱电源适配器是否有故障，以及其他匹配问题等。
- 用磁盘类故障判断方法检测硬盘是否有故障。
- 采用替换法确定 CPU 是否有故障。
- 采用替换法确定主板是否有故障。

对于计算机故障大体上可分为以上十个种类，通过类型定义、故障现象、故障可能涉及的部件和故障判断要点，就可以很快地确定计算机故障情况。其中第 5～8 类故障主要由软件引起，其实计算机在使用过程中出现最多的就是软件故障。为了能够更好地进行计算机的维护与维修，还必须掌握一些计算机维修的基本原则和方法。

1.4　计算机维修的基本原则和方法

维修计算机是在计算机出现故障后必须完成的一项工作。如果对故障处理不当，则有可能造成更大的损失。所以，在维修计算机的过程中必须了解和掌握以下几个问题。

1.4.1　进行计算机维修应遵循的基本原则

1. 进行维修判断须从最简单的事情做起：观察和简捷的环境

（1）观察

- 计算机周围的环境情况——位置、电源、连接、其他设备、温度与湿度等。
- 计算机所表现的现象、显示的内容以及它们与正常情况下的异同。
- 计算机内部的环境情况——灰尘、连接、器件的颜色、部件的形状、指示灯的状态等。
- 计算机的软、硬件配置——安装了何种硬件，资源的使用情况；使用的是哪种操作系统，安装了何种应用软件，硬件的设置和驱动程序的版本等。

（2）简捷的环境

- 最小软、硬件系统环境。
- 在判断的环境中，仅包括最基本的运行部件、软件和被怀疑有故障的部件、软件。
- 在一个干净的系统中，对添加的应用（硬件、软件）来进行分析判断。
- 从简单的事情做起，有利于精力的集中，有利于进行故障的判断与定位。一定要注意，必须通过认真的观察后，才可进行判断与维修。

2. 观察后要"先想后做"

① 先想好怎样做、从何处入手，再开始动手。也可以说是先分析判断，再进行维修。

② 对于所观察到的现象，先查阅相关的资料，看有无相应的技术要求、使用特点等，然后根据查阅到的资料，进行分析判断，再着手维修。

③ 在分析判断的过程中，要根据自身已有的知识、经验来进行判断，对于自己不太了解或根本不了解的，一定要先向有经验的人咨询，寻求帮助。

3. 在大多数的计算机维修判断中，必须做到"先软后硬"

从整个维修判断的过程看，应先判断是否为软件故障，当判断软件环境正常时，再从硬件方面着手检查。

4. 在维修过程中要分清主次，即"抓住主要矛盾"

在出现故障现象时，有时可能会看到一台故障机不止有一种故障现象，而是有两个或两个以上的故障现象（如启动过程中无显示，但计算机也在启动，而且启动完后，有死机的现象等），这时应该先判断、维修主要的故障，当修复后，再维修次要故障，有时甚至可能次要故障现象已不需要维修了。

1.4.2　计算机维修的基本方法

1. 观察法

观察是维修判断过程中第一要法，它贯穿于整个维修过程中。观察不仅要认真，而且要全面。要观察的内容主要包括：

- 周围的环境。
- 硬件环境。包括接插头、插座和插槽等。
- 软件环境。
- 操作的习惯和过程。

2．最小系统法

最小系统是指从维修判断的角度能使计算机开机或运行的最基本的硬件和软件环境。最小系统有两种形式：

- 硬件最小系统：由电源、主板和 CPU 组成。在这个系统中，没有任何信号线的连接，只有电源到主板的电源连接。在判断过程中是通过 BIOS 给出的声音来判断这一核心组成部分是否可正常工作。
- 软件最小系统：由电源、主板、CPU、内存、显卡、显示器、键盘和硬盘组成。这个最小系统主要用来判断系统是否可完成正常的启动与运行。

对于软件最小环境，有以下几点需要说明：

① 硬盘中的软件环境，保留着原有的软件环境，只是在分析判断时，根据需要进行隔离（如卸载、屏蔽等）。保留原有的软件环境，主要是用来分析判断应用软件方面的问题。

② 硬盘中的软件环境，只有一个基本的操作系统，然后根据分析判断的需要，加载需要的应用。使用一个干净的操作系统环境，来判断系统问题，软件冲突或软、硬件间的冲突问题。

③ 在软件最小系统下，可根据需要添加或更改适当的硬件。如在判断启动故障时，由于硬盘不能启动，想检查一下能否从其他驱动器启动。这时，可在软件最小系统下加入一个软驱替换硬盘启动来检查故障。在判断网络问题时，就应在软件最小系统中加入网卡等。

最小系统法，主要是判断在最基本的软、硬件环境中，系统是否正常工作。如果不能正常工作，即可判定最基本的软、硬件部件有故障，从而起到故障隔离的作用。

最小系统法与逐步添加法结合，能较快速地定位故障部件，提高维修效率。

3．逐步添加/去除法

逐步添加法，以最小系统为基础，每次只向系统添加一个部件、设备或软件，检查故障现象是否消失或发生变化，以此来判断并定位故障部位。

逐步去除法，正好与逐步添加法的操作相反。

逐步添加/去除法一般要与替换法配合使用，才能较为准确地定位故障部位。

4．隔离法

隔离法是将妨碍判断故障的硬件或软件屏蔽起来的一种判断方法。将怀疑相互冲突的硬件、软件隔离开，观察故障是否发生变化。软硬件屏蔽的含义：对于软件，是停止其运行或是卸载；对于硬件，是在设备管理器中，禁用、卸载设备驱动，或干脆将硬件从系统中去除。

5．替换法

替换法是用没有故障的部件去代替可能有故障的部件，以判断故障现象是否消失的一种维修方法。没有故障的部件可以是同型号的，也可以是不同型号的。替换的顺序一般为：

① 根据故障的现象和类别，考虑需要进行替换的部件或设备。

② 按先简单后复杂的顺序进行替换。如先内存、CPU，后主板；又如，要判断打印故障时，可先考虑打印驱动是否有问题，再考虑打印机电线是否有故障，最后考虑打印机或接口是否有故障等。

③ 优先检查与有故障部件相连接的连接线、信号线等，之后替换怀疑的故障部件，再后替换供电部件，最后是与之相关的其他部件。

④ 从部件故障率的高低来考虑最先替换的部件。故障率高的部件先进行替换。

6．比较法

比较法与替换法类似，即用好的部件与怀疑有故障的部件进行外观、配置、运行等现象的比较，可在两台计算机间进行比较，以判断故障计算机在环境设置、硬件配置方面的不同，从而找出故障部位。

7．升降温法

升降温法是设法降低计算机主机的通风能力。

降温的方法有：

① 一般选择环境温度较低的时段，如清早或较晚的时间。

② 使计算机停机 12～24h 以上。

③ 用电风扇对着故障机吹，以加快降温速度。

8．敲打法

敲打法是指怀疑计算机中的某部件接触不良时，通过振动、适当的扭曲，甚至用橡胶锤敲打部件或设备的特定部件来使故障复现，从而判断故障部件的一种维修方法。

9．对计算机产品进行清洁

有些计算机故障往往是由于计算机内灰尘较多而引起的，这就要求在维修过程中，注意观察故障机内、外部是否有较多的灰尘，如果有应该先进行除尘，再进行后续的判断维修。在除尘操作中，要特别注意以下几个方面：

① 注意风道的清洁。

② 注意风扇的清洁。在风扇的清洁过程中，最好在清除灰尘后，能在风扇轴处点一点儿钟表油，加强润滑。

③ 注意接插头、座、槽、板卡金手指部分的清洁。

金手指的清洁：可以用橡皮擦拭金手指部分，或用酒精棉擦拭也可以。

去除插头、座、槽的金属引脚上的氧化：可用酒精擦拭，或用金属片在金属引脚上轻轻刮擦。

④ 注意大规模集成电路、元器件等引脚处的清洁。用小毛刷或吸尘器等除掉灰尘，同时要观察引脚有无虚焊和潮湿的现象，元器件是否有变形、变色或漏液现象。

⑤ 注意使用的清洁工具。清洁用的工具要能防静电，如清洁用的小毛刷应使用天然材料制成的毛刷，禁用塑料毛刷。若用金属工具进行清洁时，必须切断电源，并对金属工具进行放静电的处理。

用于清洁的工具包括：小毛刷、吸尘器、抹布、酒精（不可用来擦拭机箱、显示器等塑料外壳）。

10．软件调试的方法

（1）操作系统的设置与调试

主要的调整内容是操作系统的启动文件、系统配置参数、组件文件、病毒等。修复操作系启动文件的方法如下：

①　对于 Windows 2000 或 Windows XP 系统有两种方法：用 fixboot 命令修复分区引导扇区；用 fixmbr 命令修复硬盘的主引导记录。

②　对于 Windows 2000 或 Windows XP 系统，主要是使用 msconfig 命令。

③　调整电源管理和有关的服务，可以通过选择"开始"|"运行"命令，打开"运行"对话框，在"打开"文本框中输入 gpedit.msc 命令来进行。

④　所有操作系统的调试都可通过控制面板、设备管理器、计算机管理器来进行系统的调试。

⑤　组件文件（包括.dll、.vxd 等）的修复（通过添加/删除程序来重新安装）通过从.cab 文件中提取安装。可用系统文件检查器（sfc.exe 命令）来修复有错误的文件，或者从正常的计算机上复制覆盖。

（2）设备驱动的安装与配置

①　主要调整设备驱动程序是否与设备匹配、版本是否合适、设备在驱动程序的作用下能否正常响应。

②　设备驱动程序的安装，先由操作系统自动识别（有特别要求的除外，如一些有特别要求的显示卡驱动、声卡驱动、非即插即用设备的驱动等），而后考虑强行安装。这样有利于判断设备的好坏。

③　如果操作系统自带驱动，则先使用此驱动，仍不正常或不能满足应用需要，再使用设备自带的驱动。

④　更换设备时应先卸载驱动再更换。卸载驱动，可从设备管理器中卸载，或在安全模式下卸载，也可以从 INF 目录中删除，最后通过注册表卸载。

⑤　更新驱动程序时，若直接升级有问题，则须先卸载再更新。

（3）磁盘状况

①　检查磁盘上的分区是否能访问、介质是否有损坏、保存在上面的文件是否完整等。可用的调整工具有：

• DiskMap 可以方便地找回正确的分区。

• fdisk 及 fdisk /mbr 用来检查分区是否正确及使主引导记录恢复到原始状态。

当硬盘容量大于 64GB 时，如果要重新分区或查看分区，要求使用随机附带的磁盘分区软盘中的 fdisk 命令。这个命令可用 Windows Me 下的 fdisk 命令来代替。

• format、Scandisk 是厂商提供的磁盘检测程序，检查磁盘介质是否有坏道。

②　文件不完整时，要求对不完整的文件先进行特殊作用重命名，再来用"操作系统方面"中所述的方法重建。

（4）应用软件

检测应用软件是否与操作系统或其他应用有兼容性的问题、使用与配置是否与说明手册中所述的相符、应用软件的相关程序和数据等是否完整等。

（5）BIOS 设置

①　必要时应先恢复到最优状态。建议：在维修时先把 BIOS 恢复到最优状态（一般是出厂时的状态），然后根据应用的需要，逐步设置到合适值。

②　BIOS 刷新不一定要刷新到最新版，有时应考虑降低版本。

（6）重新建立系统

① 在硬件环境正常时，可通过重建系统的方法来判断操作系统之类软件故障，重建系统可选择恢复安装。

对于 Windows XP 或 Windows 2000 系统，直接使用其安装光盘启动，在安装界面中选择修复安装，选择 R 时会出现两个选项：一是快速修复，对于简单问题用此选择；另一是故障修复台，只要选择正确的安装目录就可启用故障修复台。故障修复台界面类似于 DOS 界面。

② 为保证系统干净，安装前，可执行 fdisk /mbr 命令；此之后执行 format <驱动器盘符> /u [/s] 命令。

③ 一定要使用随机带的或正版的操作系统安装介质进行安装。

1.4.3　计算机的日常维护

1．建立良好的工作环境

环境对计算机寿命的影响不可忽视。计算机理想的工作温度应在 10℃～35℃，太高或太低都会影响配件的寿命；相对湿度应为 30%～80%，太高会影响配件的性能发挥，甚至引起一些配件的短路。例如，天气较为潮湿时，最好每天让计算机通电一段时间。有人认为使用计算机的次数少或使用的时间短就能延长计算机寿命，这是片面的观点。相反，计算机长时间不用，由于潮湿或灰尘的原因，会引起配件的损坏。当然，如果天气潮湿到了极点，如显示器或机箱表面有水汽，这时是绝对不能给计算机通电的。湿度太低易产生静电，同样对配件的使用不利。另外，空气中灰尘含量对计算机影响也较大。长期灰尘过大，会腐蚀各配件的电路板。所以，要经常对计算机进行除尘。

计算机对电源也有要求。交流电正常的范围应在 220（1±10%）V，频率范围是 50（1±5%）Hz，并且具有良好的接地系统。有条件的话，应使用 UPS（uniterruptible power system）来保护计算机，使得计算机在市电中断时能继续运行一段时间。

2．养成良好的操作习惯

个人使用习惯对计算机的影响也很大，首先是要正常开/关机。开机的顺序是：先打开外设（如打印机，扫描仪等）的电源，显示器电源不与主机电源相连的，还要先打开显示器电源，然后再开主机电源。关机顺序相反：先关闭主机电源，再关闭外设电源。这样可以尽量减少对主机的损害，因为在主机通电的情况下，关闭外设的瞬间，对主机产生的冲击较大。关机后一段时间内，不能频繁地做开/关机的动作，因为这样对各配件的冲击很大，尤其是对硬盘的损伤更加严重。一般关机后距离下一次开机至少间隔 10s。特别要注意当计算机工作时，应避免进行关机操作，如计算机正在读写数据时突然关机，很可能会损坏驱动器（如硬盘、软驱等）。更不能在计算机工作时搬动计算机。当然，即使计算机未工作时，也应尽量避免搬动计算机，因为过大的振动会对硬盘一类的配件造成损坏。另外，关机时必须先关闭所有的程序，再按正常的顺序退出，否则有可能损坏应用程序。

3．注意硬件日常维护

安装好一台计算机后，难免会出现这样或那样的故障，这些故障可能是硬件的故障，也可能是软件的故障。一般情况下，刚刚安装的计算机出现硬件故障的可能性较大，计算机运行一段时间后，其故障率相对降低。对于硬件故障，只要了解各种配件的特性及常见故障的发生现象，就能逐个排除各个故障。

（1）接触不良的故障

计算机部件接触不良一般反映在各种插卡、内存、CPU 等与主板的接触不良以及电源线、数据线、音频线等的连接不良。其中各种适配卡、内存与主板接触不良的现象较为常见，通常只要更换相应的插槽位置或用橡皮擦一擦金手指，就可排除故障。

（2）未正确设置参数

CMOS 参数的设置主要有硬盘、软驱、内存的类型，以及口令、计算机启动顺序、病毒警告开关等。由于参数没有设置或没有正确设置，系统会提示出错。例如，病毒警告开关打开，则有可能无法成功安装其他软件。

（3）硬件本身故障

硬件出现故障，除了本身的质量问题外，也可能是负荷太大或其他原因引起的，如电源的功率不足或 CPU 超频使用等，都有可能引起计算机的故障。

4．计算机软件的日常维护

软件故障通常是由硬件驱动程序安装不当或是病毒破坏引起的。

如未安置驱动程序或驱动程序之间产生冲突，则在 Windows XP 下的资源管理中可以发现一些标记。其中"？"表示未知设备，通常是设备没有正确安装；"！"表示设备间有冲突；"×"表示所安装的设备驱动程序不正确。

病毒对计算机的危害是众所周知的，轻则影响计算机速度，重则破坏文件或造成死机。为方便随时对计算机进行保养和维护，必须准备工具如干净的 DOS 启动盘或 Windows 启动光盘以及杀毒软件和磁盘工具软件等，以应付系统感染病毒或硬盘不能启动等情况。此外，还应准备各种配件的驱动程序，如光驱、声卡、显示卡、modem 等的驱动程序。软驱和光驱的清洗盘及其清洗液等也应常备。

本 章 小 结

本章主要对计算机的故障现象进行归类和总结。另外，通过了解计算机的故障掌握了计算机维护与维修的基础知识，主要阐述了怎样认识计算机的故障、计算机产生故障的原因、计算机故障类型的分类等，讲述了不同的故障可能出现的现象和可能涉及的部件以及检查的方法。

为了保障计算机的正常运行，环境对计算机寿命的影响是不可忽视的，保持周围环境的清洁是一个重要的因素，在日常的使用过程中要注意电源、CPU 等冷却风扇的清洁和内存金手指的清洁，建立一个良好的工作环境。

实验思考题

1．打开主机箱，逐一认识计算机中的主要部件。
2．在老师的指导下，为使用中的计算机清除一次灰尘。
3．查看本机网络设置情况。

第 2 章　Windows 系统的维护与故障的处理

目前，大部分的计算机都安装 Windows 操作系统，这是一个使用比较广泛的操作系统，因而难免出现各种故障，但这些故障并非无规律可循，随着使用经验的不断丰富，对系统故障的修复能力也会越来越高。要想保证系统的正常运行，最主要做好三个方面的工作：首先对系统进行正确的配置；其次做好系统的维护；最后能对出现常见故障的系统进行处理。

2.1　系统的安装与基本的设置

为了保障操作系统稳定、安全地使用，从系统的安装到安全优化设置都是很重要的。下面以 Windows XP 为例，介绍正确的系统安装与设置。

2.1.1　Windows XP 系统的安装

1. 选择安装方式

安装之前，先了解一下 Windows XP 的安装方式，因为不同的安装方式会导致不同的结果。安装方式可以大致分为三种：升级安装、全新安装和多系统共享安装。

① 升级安装即覆盖原有的操作系统，想将操作系统替换为 Windows XP，升级安装可以在 Windows 98/Me/2000 等操作系统中进行。

② 全新安装是在没有任何操作系统的情况下安装 Windows XP 操作系统。

③ 多系统共享安装是指在保留原操作系统的基础上与新安装 Windows XP 系统，两系统共存的安装方式。安装时不覆盖原有操作系统，将新操作系统安装在另一个分区中，与原有的操作系统可分别使用，互不干扰。

对于新的计算机一般选择全新安装，升级安装和多系统共享安装主要是为了保留原有计算机中的数据和软件而采用的一种安装方式。

全新安装也有两种方式：一种是通过 Windows XP 安装光盘引导系统并自动运行安装；另一种是通过启动光盘，启动 DOS 系统后手工运行在光盘中或硬盘中的 Windows XP 安装程序进行安装。

第一种情况下，必须有一张可以引导系统的 Windows XP 安装光盘。安装前只要在 BIOS 中将启动顺序设置为 CDROM 优先，并用 Windows XP 安装光盘进行启动，启动后即可开始安装。

第二种情况下，只要有系统安装程序的备份（可以在硬盘或光盘）就可以安装。DOS 系统启动后要运行 smartdrv.exe 磁盘缓冲程序，否则安装速度会很慢。然后手动运行在硬盘或光盘中的安装程序，Windows XP 的安装执行文件一般为 winnt.exe，在安装光盘或硬盘安装文件的 i386 目录下。可在 DOS 提示符下输入 E:/soft/winxp/I386/winnt 命令（系统备份位置在 E:\Soft 下），也可用 DOS 的 cd 命令，转到 i386 所在的目录，运行 winnt 命令，如图 2–1 所示，即可运行 Windows XP 的安装程序。

图 2–1　硬盘安装操作命令

2. 安装 Windows XP 系统

安装程序运行后会出现"欢迎使用安装程序"的界面，如图 2–2 所示，按【Enter】键开始安装。

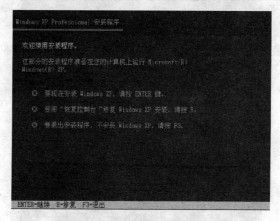

图 2–2　安装初始界面

① 根据提示选择安装方式（选"按 ENTER"方式），接下来会出现 Windows XP 的安装许可协议界面，在这里要按【F8】键同意后，才可进行下一步操作。

② 接着会显示硬盘中的现有分区或尚未划分的空间，如图 2–3 所示，这时要用【↑】、【↓】键选择 Windows XP 将要使用的分区，选定后按【Enter】键执行。

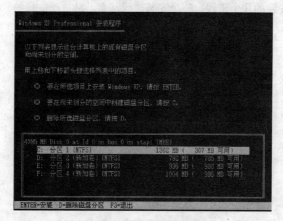

图 2–3　选择系统安装分区

③ 选定或创建好分区后，要对磁盘进行格式化，如图 2-4 所示。可使用 FAT（FAT32）或 NTFS 文件系统来对磁盘进行格式化，建议使用 NTFS 文件系统，它的最大优点就是安全性比较高。用【↑】、【↓】键来选择，选择好后按【Enter】键即开始格式化。

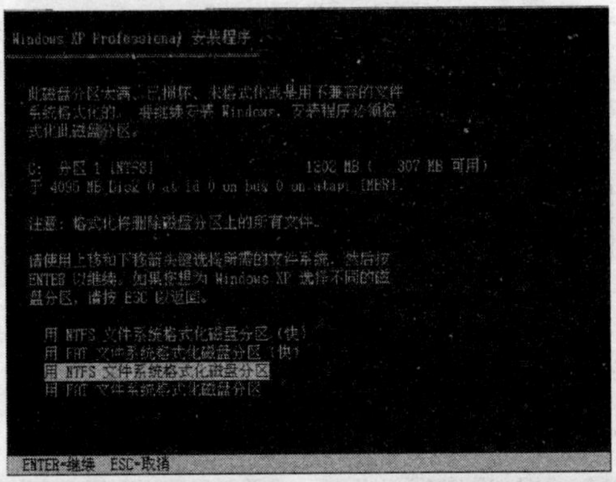

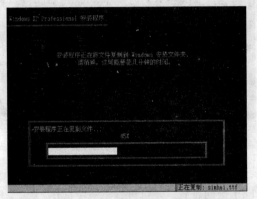

图 2-4　选择 NTFS 文件系统格式化磁盘分区

格式化完成后，安装程序向硬盘的系统分区复制安装文件，如图 2-5 所示，复制完成后会自动重新启动。

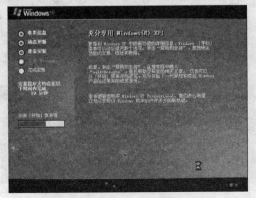

图 2-5　复制安装文件

④ 重新启动后，会看到熟悉的 Windows XP 启动界面。接下来的安装过程非常简单，在安装界面（见图 2-6）左侧显示了安装的几个步骤，整个安装过程基本上是自动进行的，要人工干预的地方不多。

图 2-6　图形安装界面

　　首先会弹出"区域和语言选项"对话框，可使用默认设置，单击"下一步"按钮即可。接下来会弹出"自定义软件"对话框，要求填入姓名和单位，可随意填写。随后会要求填入一个 25 位的产品密钥，如图 2-7 所示，这个密钥一般会附带在软件的光盘或说明书中，据实填写即可。

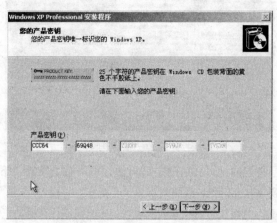

图 2-7　密钥输入界面

　　⑤ 在"计算机名和系统管理员密码"界面中要求填入计算机名和系统管理员密码，如果计算机不在网络中可自行设定计算机名和密码，如图 2-8 所示。

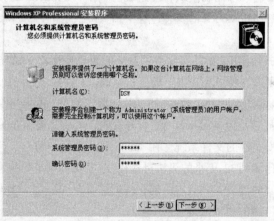

图 2-8　"计算机名和系统管理员密码"界面

　　⑥ 接下来要求设置日期和时间，可直接单击"下一步"按钮。以上完成后还要对网络进行设置，计算机不在局域网中可使用默认的设置，单击"下一步"按钮即可；如果是局域网中的用户，可在网络管理员的指导下安装。

　　⑦ 安装程序会自动进行其他的设置和文件复制，期间可能会有几次短暂的黑屏，不过不用担心，这是正常现象。安装完成后系统会自动重新启动。

　　这一次的重启是真正运行 Windows XP 了。不过第一次运行 Windows XP 时还会要求设置 Internet 和用户，并进行软件激活。Windows XP 至少要设置一个用户账户，可在"谁会使用这台计算机"的界面（见图 2-9）中输入用户名称（中文英文均可）。

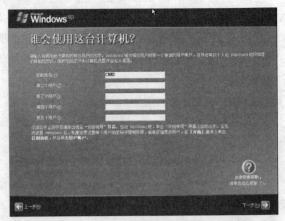

图 2-9　用户设置窗口

　　至于其他步骤都不是必需的，可在启动之后再做，单击右下角的"下一步"按钮跳过去。当一切完成后，就可以看到 Windows XP 桌面。

　　系统安装完成后，还必须对系统进行一系列的设置，才能保证计算机的正常运行。这些设置主要包括系统的安全设置、系统的优化设置、系统的强化设置等，这些设置的内容和方法将在下一节中介绍。

3. 文件系统简介

　　文件系统是指文件命名、存储和组织管理组成的整体。Windows 的文件系统主要有 FAT16、FAT32、NTFS 三种，在 Windows XP 的安装过程中，只提供了 FAT32 和 NTFS 两种选择。它们之间的区别如下：

　　① FAT32 是 FAT16 派生出来的一种文件系统，它可以使用比 FAT16 更小的簇，大大提高磁盘空间的利用率，并且可以支持 32GB 以上的磁盘空间。FAT32 是目前使用最为广泛的磁盘文件系统，除了早期的 Windows 3.X/95/NT 4.0 之外，其他版本的 Windows 系统均支持 FAT32。

　　② NTFS 文件系统最早是为 Windows NT 所开发的，之后又被 Windows 2000 和 Windows XP 所支持。它是一个基于安全性的文件系统，在 NTFS 文件系统中可对文件进行加密、压缩、设置共享的权限。它使用了比 FAT32 更小的簇，可以比 FAT 文件系统更为有效地管理磁盘空间，最大限度地避免了磁盘空间的浪费，并且它所能支持的磁盘空间高达 2TB（2 047GB），这使得它在大容量硬盘的时代有了广阔的用武之地。

2.1.2　Windows 系统中的安全设置

1. 对 Administrator 账户进行设置

　　对于 Windows XP 系统来说，Administrator 账户有着极大的权限。Windows 环境下的 Administrator 账户必须受到重点保护，下面介绍保护管理员特权账户的方法。

　　在 Windows XP 安装过程中，决定把本机安装成独立的工作站，系统就会询问"谁将使用这台计算机？"，要求创建至少一个用户账户，若不创建账户，安装过程将无法继续下去。任何在这里创建的账户都会被指派一个空白的密码，并成为 Administrators 组的成员。因此，哪怕仅创建了一个账户，计算机中也会有两个管理员账户：系统内建的 Administrator 账户和新创建的账户。独立工作站形式的 Windows XP 系统要一个额外的管理员账户，最好不使用系统内建的 Administrator 账户进行本地登录；

但在域环境中，额外的管理员账户会带来安全隐患。在 Windows XP 中，使用空白密码的本地账户无法通过网络登录，只能本地登录。因此在域环境中，要删除额外的管理员账户，并确保系统内只有一个管理员账户。如果还需要额外的管理员账户，则要确保该账户有一个安全级别高的密码。

（1）删除用户账户

选择"开始"｜"控制面板"｜"管理工具"｜"计算机管理"命令，打开"计算机管理"窗口，如图 2-10 所示。展开"本地用户和组"｜"用户"，在右侧窗口中右击要删除的用户，在弹出的快捷菜单中选择"删除"命令。

图 2-10　删除用户账户

（2）Administrator 账户的使用以及 runas 命令

管理员应当有两个账户：一个具有管理员特权，一个只是普通用户。系统管理员应该在需要的时候才使用管理员账户，而日常任务使用普通账户。管理员决不能用管理员账户访问互联网，因为网页上可能包含各种恶意代码，并且这些代码可能会以当前登录用户的身份运行。

当系统使用管理员权限操作时，可以使用 runas 命令。这个命令允许没有特权的用户，以其他用户的身份运行某些程序。选择"开始"｜"运行"命令，打开"运行"对话框，在"打开"文本框中输入 ruas/?命令可获得详细的参数解释，该命令的使用格式如下：

runas/user:domain_name\administrator_account program_name

runas 命令用法如图 2-11 所示。

图 2-11　runas 命令参数

runas 命令的使用：在 Windows XP 中的 Secondary Logon 服务或 Windows 2000 中的 RunAs 服务启动的状态下运行，这些服务默认是启动的。

2. 共享资源的管理

（1）共享资源的权限

Windows 系统的共享意味着一些资源，如文件夹、打印机和其他一些资源可以通过网络发布出去，供远程访问。一般用户不能在本机上创建共享，只有 Administrators 组和 Power Users 组的用户具有创建共享的权限。要创建共享，首先要保证共享文件夹至少具有只读的权限。因为共享的文件中可能包含重要数据，同时也是通向本机系统的窗口，因此对共享资源的权限设置一定要慎重。

在共享权限的设置中，可以对一个用户或用户组指派以下的共享权限：完全控制、更改、只读。

共享权限是不依赖于 NTFS 权限存在的，然而共享权限又与 NTFS 权限密不可分。当访问一个远程共享时，将会应用两者结合得更具有限制性的权限。例如，一个用户访问一个具有完全控制权限的共享文件夹，但本地系统只有只读的 NTFS 权限时，那么远程只能获得对该文件夹只读的权限。

系统安装完成后，给 Everyone 组的默认共享是完全控制权限，为了限制访问，必须编辑共享权限，用 NTFS 权限限制远程访问用户权限。远程用户访问共享文件夹时，要获得比本机登录后的权限稍小的共享权限，就可以使用 NTFS 权限更进一步地限制它的访问。

要注意的是，当简单文件共享被禁用（如 Windows XP 计算机加入域）后，系统不允许共享 Documents and Settings、Program Files 和%SystemRoot%文件夹，以及%SystemRoot%的子文件夹。

（2）设置共享权限

创建共享并设置权限的方法：双击"我的电脑"图标，打开"我的电脑"窗口，双击本地磁盘盘符，打开本地磁盘窗口。右击要共享的文件夹，在弹出的快捷菜单中选择"共享和安全"命令，如图 2-12 所示。

图 2-12　设置共享权限

打开文件夹属性对话框，选择"共享"选项卡，如图 2-13 所示，设置共享名称、用户和权限。单击"权限"按钮，在共享的访问列表框中添加、删除或者编辑用户和用户组的权限。

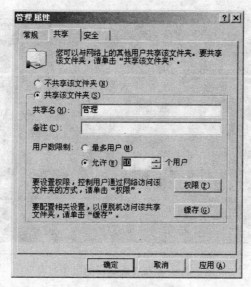

图 2-13　共享管理窗口

注意：打开简单文件共享，这个对话框将会完全不同。在使用简单文件共享的情况下，所有的网络用户无论登录使用的账户都被识别为来宾用户。

（3）共享的安全建议

创建共享和设置共享权限时，应遵循下列建议：

- 确保所有的共享权限都没有指派给 Everyone 组。
- 使用经过验证的用户或者用户组代替 Everyone 组。
- 只给用户或用户组所要的最低权限。

为了保护重要数据的共享安全，创建共享时，在共享名后添加一个 "$" 符号来隐藏共享，这种情况下用户仍然可以访问隐藏的共享文件夹，但是必须输入准确的共享路径（隐藏的共享不会出现在网络邻居中）。

2.1.3　禁止系统中多余的服务

服务是 Windows 2000/XP/2003 中一种特殊的应用程序类型，它在后台运行，因此在任务管理器中看不到它们。

安装 Windows XP 后，系统会默认启动许多服务，其中有些服务是普通用户根本用不到的，多余的服务不但占用系统资源，还有可能被黑客所利用。

1. 查看正在启用的服务项目

以 Windows XP 为例，首先要用系统管理员账户或拥有 Administrator 权限的用户身份登录，然后选择 "开始" | "运行" 命令，打开 "运行" 对话框，在 "打开" 文本框中输入 cmd.exe 命令，打开命令行窗口，输入 net start 命令，按【Enter】键，显示出系统正在运行的服务，如图 2-14 所示。

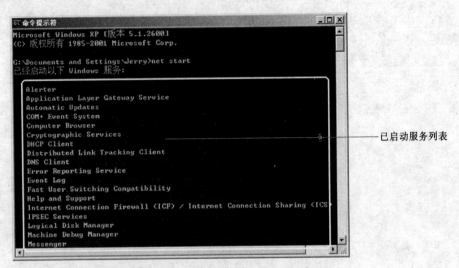

图 2-14　系统正在运行的服务列表

　　为了详细地查看各项服务的信息，选择"开始"|"控制面板"|"管理工具"命令，打开"管理工具"窗口，双击"服务"选项；或者直接选择"开始"|"运行"命令，打开"运行"对话框，在"打开"文本框中输入 services.msc 命令。按【Enter】键，打开服务设置窗口，如图 2-15 所示，显示出系统正在运行的服务。

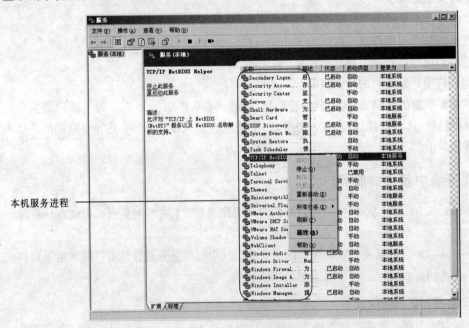

图 2-15　服务设置窗口

2．关闭、禁止与重新启用服务

启动服务分为以下三种类型：

　　① 自动：一些无用服务被设置为自动，它就会随计算机一起启动，这样会延长系统启动时间，成为计算机的漏洞。与系统有紧密关联的服务才必须设置为自动。

② 手动：服务的启动只有在需要时，才会被手动启动。

③ 已禁用：表示这种服务将不再启动，即使是在需要它时，也不会被启动，除非修改为上面两种类型。

要关闭正在运行的服务，右击它，在弹出的快捷菜单中选择"停止"命令即可。但是下次启动计算机时，该项服务还会自动或手动运行。

对于确实无用的服务项目，可以选择禁止服务。右击选择要禁止的服务项，在弹出的快捷菜单中选择"属性"命令，打开"属性"对话框，选择"常规"选项卡，在"启动类型"列表框中选择"已禁用"选项，如图 2-16 所示，这项服务就会被彻底禁用。

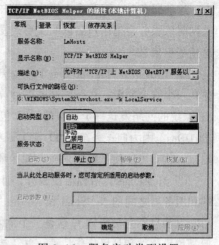

图 2-16　服务启动类型设置

以后要重新启用服务只要在启动类型中，选择"自动"或"手动"选项即可；还可以通过命令行"net start　服务名"来启动服务，如 net start Clipbook 命令，可以启动 Clipbook 服务。Clipbook 服务是为"剪贴簿查看器"储存信息并与远程计算机共享。如果此服务终止，"剪贴簿查看器"将无法与远程计算机共享信息。如果此服务被禁用，任何依赖它的服务将无法启动。

3．恢复对服务设置的误操作

若不小心把某项服务设置成"已禁用"，从而导致了系统运行异常，可以在"服务"窗口设置，通过恢复默认值进行修复。如果无法进入服务窗口或者运行 services.msc 命令也不能进行修改时，可以通过修改注册表，依次展开 HKEY_LOCAL_MACHINE\SYSTEM\CurrentControlSet\Services 主键，其中显示的是系统存在的所有服务，找到出问题的服务项，在右窗口中会看到一个二进制值 Start 项（见图 2-17），修改它的键值数：2 表示自动，3 表示手动，4 表示已禁用。

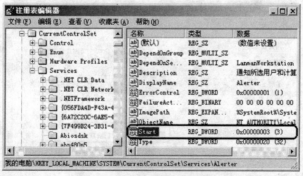

图 2-17　恢复默认服务

当因为停止服务造成系统死机或无法启动，可以通过重启系统进入安全模式下进行服务设置。

4．必须禁止的服务

为了系统的运行安全，远离黑客和木马的干扰，在安装完 Windows XP（2000）系统后，要禁止一些不必要的服务。建议首先要禁止以下九项对安全威胁较大的服务。

① NetMeeting Remote Desktop Sharing：允许受权的用户通过 NetMeeting 在网络上互相访问对

方。这项服务对大多数个人用户来说并没有多大用处，而且服务的开启还会带来安全问题。因为上网时该服务会把用户名以明文形式发送到连接它的客户端，黑客的嗅探程序很容易就能探测到这些账户信息。

② Universal Plug and Play Device Host：此服务是为通用的即插即用设备提供支持。这项服务存在一个安全漏洞，运行此服务的计算机很容易受到攻击。攻击者只要向某个拥有多台 Windows XP 系统的网络发送一个虚假的 UDP 包，就可能会造成这些 Windows XP 主机对指定的主机进行攻击(DDos)。因为向该系统 1900 端口发送一个 UDP 包，令 Location 域的地址指向另一系统的 chargen 端口，就有可能使系统陷入一个死循环，消耗掉系统的所有资源。

③ Messenger：俗称信使服务，计算机用户在局域网内可以利用它进行资料交换（传输客户端和服务器之间的 Net Send 和 Alerter 服务消息，此服务与 Windows Messenger 无关。服务停止，Alerter 消息不会被传输 ）。这是一个危险的服务，Messenger 服务基本上是用在企业的网络管理上，但是垃圾邮件和垃圾广告厂商，也经常利用该服务发布弹出式广告，标题为"信使服务"。这项服务还有漏洞，MSBlast 和 Slammer 病毒就是用它来进行快速传播的。

④ Terminal Services：允许多位用户连接并控制一台计算机，并且在远程计算机上显示桌面和应用程序。如果不使用 Windows XP 的远程控制功能，可以禁止它。

⑤ Remote Registry：使远程用户能修改本计算机上的注册表设置。注册表可以说是系统的核心内容，一般用户都不建议自行更改，更不能让别人远程修改，这项服务是极其危险的。

⑥ Fast User Switching Compatibility：在多用户下为要协助的应用程序提供管理。Windows XP 允许在一台计算机上进行多用户之间的快速切换，但是这项功能有个漏洞，选择"开始"|"注销"|"快速切换"命令，在传统登录方式下重复输入一个用户名进行登录时，系统会认为是暴力破解，而锁定所有非管理员账户。如果不经常使用该功能，可以禁止该服务。或者选择"开始"|"控制面板"命令，在打开的"控制面板"窗口中双击"用户账户"图标，在打开的"用户账户"窗口中选择"更改用户登录或注销方式"链接，在新打开的界面中取消选中"使用快速用户切换"复选框，如图 2-18 所示。

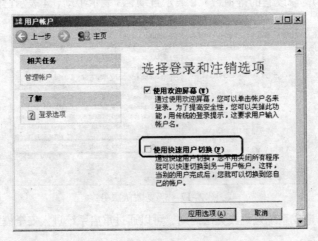

图 2-18　用户快速切换设置

⑦ Telnet：允许远程用户登录到此计算机并运行程序，并支持多种 TCP/IP Telnet 客户，包括基于 UNIX 和 Windows 的计算机。这又是一个危险的服务，启动它，远程用户就可以登录、访问本地的程序，甚至可以用它来修改 ADSL modem 等的网络设置。

⑧ Performance Logs And Alerts：收集本地或远程计算机基于预先配置的日程参数的性能数据，然后将此数据写入日志或触发警报。为了防止被远程计算机搜索数据，应禁止该服务。

⑨ Remote Desktop Help Session Manager：此服务被终止，远程协助将不可使用。

5. 可以禁止的服务

以上服务是对系统运行安全威胁较大的服务，普通用户一般最好禁用它们。此外还有一些普通用户可以按需求禁止的服务：

① Alerter：通知所选用户和计算机有关系统管理级的警报。如果未连上局域网且不要管理警报，则可将其禁止。

② Indexing Service：本地和远程计算机上文件的索引内容和属性，提供文件快速访问。这项服务对个人用户没有多大用处。

③ Application Layer Gateway Service：为 Internet 连接共享并为 Internet 连接防火墙提供第三方协议插件的支持。如果没有启用 Internet 连接共享或 Windows XP 的内置防火墙，可以禁止该服务。

④ Uninterruptible Power Supply：管理连接到计算机的不间断电源，没有安装 UPS 的用户可以禁用。

⑤ Print Spooler：将文件加载到内存中以便稍后打印。没装打印机，可以禁用。

⑥ Smart Card：管理计算机对智能卡的读取访问。基本用不上，可以禁用。

⑦ Ssdp Discovery Service：启动家庭网络上的 UPnP 设备自动发现。具有 UPnP 的设备不多时，这个服务是不起作用的。

⑧ Automatic Updates：自动在 Windows Update 网络更新补丁。利用 Windows Update 功能进行升级，速度太慢，建议通过多线程下载工具下载补丁到本地硬盘后，再进行升级。

⑨ Clipbook：启用"剪贴板查看器"储存信息并与远程计算机共享。不想与远程计算机进行信息共享，可以禁止该服务。

⑩ Imapi Cd-burning Com Service：用 Imapi 管理 CD 录制，虽然 Windows XP 中内置了此功能，但是大多数人会选择专业刻录软件，或者没有安装刻录机的话，可以禁止该服务。

⑪ Workstation：创建和维护到远程服务的客户端网络连接。该服务停止，这些连接都将不可用。

⑫ Error Reporting Service：服务和应用程序在非标准环境下运行时，允许错误报告。不是专业人员，这个错误报告基本没用。

以下几种服务对普通用户而言也没有太大作用，可以自己决定取舍，如 Routing and Remote Access、Net Logon、Network DDE 和 Network DDE DSDM 等。

2.1.4　Windows 操作系统强化设置

人们在享受 Windows 系统给工作带来方便的同时，也不得不承受有时系统会崩溃而需要重装的痛苦。于是如何延长 Windows 系统的使用时间，减少重装系统的次数，也就提上了日程。

事实上，出现的一些诸如蓝屏、死机等现象，多数原因是某些系统文件操作不当或者感染病毒而造成文件损坏、丢失，只要稍做努力，就能解决这些故障，而根本不必重装整个操作系统。

由于目前计算机使用的 Windows 系统，主要是 Windows XP 为核心的系列产品。因此，主要介绍对它们的设置。

1. 使用最后一次配置

Windows XP 会在每次启动时自动备份注册表，当发现系统不稳定甚至无法正常启动时，可以重新启动计算机，并在出现"正在启动 Windows"提示信息时按【F8】键，选择"最后一次正确的配置"选项，就可以恢复计算机最后一次成功启动时的有效注册表信息和驱动程序设置。如果安装了错误的驱动程序且尚未重新启动计算机，则可以使用该功能恢复。

2. 新建用户

如果 Windows 系统运行变得不稳定，那可以打开"控制面板"窗口，双击"用户和密码"选项，在打开的窗口中单击"添加"按钮，输入新用户名，单击"下一步"按钮，在新界面相应文本框中输入密码，再选择把该用户添加到 Administrators 组中，如图 2-19 所示。

把桌面上的一些快捷方式备份到一个临时文件夹下，选择"开始"|"关闭"命令，再选择"注销 xxx"（xxx 代表当前用户）命令注销当前用户，然后输入新建立的用户名和密码，用新建的用户名登录系统。然后把备份到临时文件夹下的一些快捷方式再复制到新用户的桌面上来。一般情况下，计算机会变得较为稳定，可以继续使用一段时间。

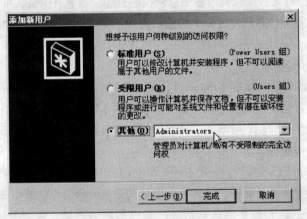

图 2-19 添加新用户

3. 用 SFC 扫描恢复系统文件

在 Windows XP 系统运行的情况下，按【Win + R】组合键，在打开的对话框中输入 sfc /scannow 命令，开始自动扫描系统文件，遇到损坏的文件或者发现不正确的版本，系统则自动提示要插入系统安装光盘，并开始修复系统，如图 2-20 所示。

SFC 是 Windows 系统自带的系统文件检查器，有了它，当出现系统文件被损坏时就可以不用重新安装操作系统了。

4. 用系统准备工具

把 Windows 安装光盘插入到光驱中，打开光盘中的 SUPPORT\TOOLS 文件夹，双击 DEPLOY.CAB 文件，把其中的所有文件解压到一个文件夹下（如 C:\Sysprep），双击其中的 sysprep.exe 文件，再单击"确定"按钮接受警告信息。选中窗口中"不重置激活的宽限期"、"使用最小化安装"和"检测非即插即用硬件"复选框，单击"重新封装"按钮，计算机会自动关闭，如图 2-21 所示。

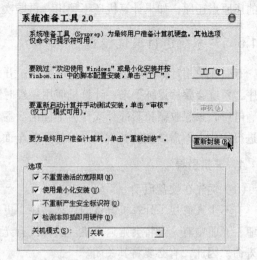

图 2-20　扫描损坏的系统文件　　　　　　图 2-21　系统重新设置

重新启动系统后，Windows XP 会接受协议，要求输入序列号，接下来再做一些必要的设置就可以使用了。

要提醒注意的是，在 Windows 2000 系统中，运行该工具会在开始时出现一个警告对话框，一旦选择"确定"接受后就无法反悔操作。

在 Windows XP 系统安装光盘中没有集成 SP2，其中的系统准备工具界面和图 2-21 有所不同。

5．系统还原

如果使用 Windows XP 系统，可以进行系统还原操作：选择"开始"|"程序"|"附件"|"系统工具"|"系统还原"命令，打开图 2-22 所示的窗口。

图 2-22　系统还原/备份窗口

选中"恢复我的计算机到一个较早的时间"单选按钮，单击"下一步"按钮。再选择一个还原点，单击"下一步"按钮，按照向导操作即可还原系统。一般情况下，在还原系统时先选择最近的还原点还原，如果计算机还不稳定，再顺次选择较近的还原点。

2.1.5　对系统进行最优设置

有时在使用计算机时会遇到这样的情况：开机引导系统时，启动过程比较缓慢；启动一些大程序，系统会骤然迟钝下来；计算机使用一段时间后，硬盘空间慢慢被吞噬；网上下载的美妙音乐、电影，只想收藏精彩部分或作为个性论坛签名……。事实上，解决这些问题完全可以对计算机进行优化，不需要破费，就可以给计算机全面提速。

1. 开机引导

（1）优先在硬盘启动

有不少人忽视了计算机设备的启动顺序，更多的人默认为光驱启动，这样在启动时就会读取光驱，光驱中有光盘将会延迟开机。就算没有光盘，也会让系统启动时读取一下光驱，减短光驱的寿命。因此，有必要将其关闭。

按【Del】键进入 BIOS 设置程序，选择 BIOS Features Setup 菜单，然后按【Enter】键，进入参数设置选项界面，在这个界面中找到并选中 Boot Sequence 选项，然后按【PageDown】键或【PageUp】键，选择 CDROM,C,A 设置系统优先在 C 盘启动，最后连续按【Esc】键退回到根菜单中并选择"保存"命令或直接按【F10】键保存设置即可。

使用 Phoneix 的 BIOS 设置，需在开机时按【F2】键，进入 BIOS 设置后，选择 Boot 选项，然后找到 HardDrive 选项，连续按【+】键，使其调到最前即可保证计算机优先在硬盘启动。

（2）启用 Quick Boot

多数的计算机 BIOS 中有 Quick Boot 选项，在"Advanced BIOS Features（BIOS 高级选项）"选项下，将其设置为 Enable，这样 BIOS 在每次启动时都不会对硬件进行检测，可以大大加快系统启动速度。

2. 屏蔽掉不必要的设备

尽管现在的并口和串口已经不再流行，但有不少主板上仍有这些接口。这时，完全可以将其在 BIOS 中屏蔽掉，这样也可以加快系统的启动速度。进入 BIOS，然后选择"PNP, PCI&ONBOARD I/O"项，选中其下的 Onboard Serial Port1 选项后，按【PageUp】或【PageDown】键，将它设置为 Disable（禁止）状态即可关掉串口，按【F10】键，保存修改，重新启动系统即可。当然，利用此法也可以锁住 IDE2、并口、USB 和软驱等，这样可以让 Windows 不加载它们的驱动程序，自然会提速许多。

3. 在 Windows 中禁止不必要的硬件

对于计算机上并不使用的硬件，不必让 Windows 系统加载它们的驱动程序。打开"控制面板"窗口，双击"系统"图标，打开"系统属性"对话框，选择"硬件"选项卡，单击"设备管理器"按钮，打开"设备管理器"窗口，右击相应的设备，从弹出的快捷菜单中选择"属性"命令，在打开的窗口中单击"设备用法"下拉按钮，选择"使用这个设备（停用）"选项，单击"确定"按钮，确认更改，如图 2-23 所示。

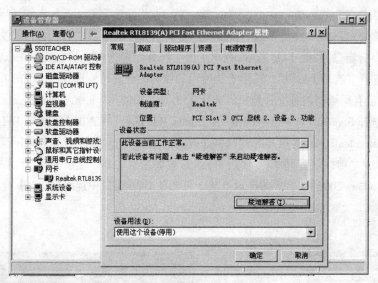

图 2-23 禁止硬件设备

4．禁止不必要的服务

Windows XP SP2 共计 79 个系统服务，34 个服务会自动运行，38 个服务会在需要时启动，只有 7 个服务没有被激活。在多数情况下，有大约 20 个自动运行的服务是不必要运行的，关掉它们会提高系统运行效率和安全性。禁止所有不需要服务将节省 12～70MB 的内存，让计算机运行的速度更快。

（1）以 Windows XP 系统为例，系统正常运行必须启动的服务

① Event Log。在事件查看器查看基于 Windows 的程序和组件颁发的事件日志消息。无法终止此服务。启动类型：自动。

② Plug and Play。自动检测新硬件，实现即插即用功能的关键。启动类型：自动。

③ Remote Procedure Call（RPC）。提供终结点映射程序（endpoint mapper）以及其他 RPC 服务，属于系统核心服务。启动类型：自动。

④ Windows Audio。管理基于 Windows 程序的音频设备。如果此服务被终止，音频设备及其音效将不能正常工作。如果此服务被禁用，任何依赖它的服务将无法启动。启动类型：自动。

⑤ Windows Management Instrumentation。提供共同的界面和对象模式以便访问有关操作系统、设备、应用程序和服务的管理信息。如果此服务被终止，多数基于 Windows 的软件将无法正常运行。启动类型：自动。

⑥ Workstation。创建和维护到远程服务的客户端网络连接。如果服务停止，这些连接将不可用。如果服务被禁用，任何直接依赖于此服务的服务将无法启动。启动类型：自动。

（2）禁止不必要的服务

按【Win+R】组合键，在打开的对话框中输入 services.msc 命令，按【Enter】键后可以调出系统服务管理窗口，可以看到系统中的服务，每一个名称后面紧跟着描述，双击任何一个服务，都会弹出一个属性对话框，如图 2-24 所示。停止一个服务，可以单击"停止"按钮；单击"启动"按钮可开启该服务。调整完服务的开启状态后，重启系统即可生效。

记住系统中所有服务的用途并不容易，有时禁止某个不能禁止的服务，会造成系统的崩溃。一个较好的方法是在 http://www.ntsvcfg.de/svc2kxp.cmd（此网站为德文，如不能访问此网站，也可以通过百度搜索 svc2kxp.cm 文件下载）中下载一个脚本程序。下载之后，运行该文件，会打开一个 Windows 命令行窗口，如图 2-25 所示，列出了四个服务配置选项：LAN、Standard、ALL 和 Restore。按数字键进行选择，选择 LAN 项，适用于要使用局域网的计算机；选择 Standard 项，适用于带有 Internet 连接但没有局域网的独立计算机；选择 ALL 项，则使用（http://www.ntsvcfg.de/）网站给出的优化方案；选择 Standard 选项，Security Accounts Manager、TCP/IP NetBIOS Helper 和 Windows Management Instrumentation 等服务的运行状态改为"手动"。对修改后的效果不满意，可以选择 Restore 选项，恢复之前的设置。该脚本使用了 sc.exe 程序来启动和终止服务，若计算机上没有 sc.exe 程序（使用 Windows 2000），会自动提示下载，只要在 DOS 窗口中连续按【Y】键即可。

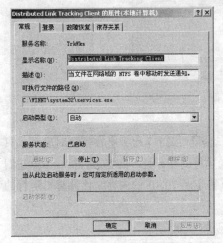

图 2-24   "服务启动方式设置"窗口

图 2-25   服务自动设置程序

5. 禁止自动运行的程序

每次启动计算机，总感觉很慢。在启动完成后，发现右下角的托盘区总会显示着一些图标，这是自动启动程序过多造成的。将它们清除掉，也可以加快启动速度，更重要的是，可以将一些隐藏的木马去掉。

先到 http://www.mlin.net/files/StartupCPL.zip 上下载软件，然后用 WinRAR 打开，再双击其中的 StartupCPL.exe 完成安装。接着打开"控制面板"，双击其中的 Startup 项，在弹出的对话框中对"启动"文件夹和注册表中的启动项目进行管理，如新建一个启动项，编辑、删除、禁用和立刻运行启动项目等操作。

6. 防止计算机死机的几个提示

只要使用计算机，计算机的死机问题就时刻相伴，而造成死机的原因却有很多。其实，在使用计算机的过程中，注意规范操作，死机现象是可以避免的。使用计算机时，要避免发生以下错误：

① 在同一个硬盘上安装过多的操作系统会引起系统的不稳定，造成系统死机。如果需要使用两个以上的操作系统，建议使用支持多系统的硬盘保护卡或虚拟主机软件。

② 对 CPU、显示卡等配件不要超频过高，要注意温度，否则，在启动或运行时会莫名其妙地重启或死机。

③ 在更换计算机配件时，一定要插好，因为配件接触不良也会引起系统死机。

④ BIOS 设置要恰当，虽然建议将 BIOS 设置为最优，但所谓最优并不是最好的，有时最优的设置反倒会引起系统启动或者运行时死机。

⑤ 最好配备交流稳压电源，以免电网电压不稳定引起计算机在运行时死机。

⑥ 对来历不明的 U 盘和光盘，不要轻易使用，对 E-mail 中的附件，要用杀毒软件检查后再打开，以免传染病毒后造成系统死机。

⑦ 在应用软件运行不能正常结束时，不要强制关闭电源，否则会造成系统文件损坏或丢失，引起系统在启动或运行中死机。

⑧ 在安装应用软件当中，出现"是否覆盖文件"提示对话框，最好选择不要覆盖。因为当前系统文件是最好的，不能根据时间的先后来决定覆盖文件。

⑨ 在卸载软件时，不要删除共享的 DLL 文件，因为共享的 DLL 文件可能被系统或者其他程序使用，一旦删除这些文件，会使应用软件无法启动而死机，或者出现系统运行死机。

⑩ 设置硬件设备时，最好检查有无保留中断号（IRQ），不要与其他设备共同使用该中断号，否则引起 IRQ 冲突，而引起系统死机。

⑪ 在加载软件时，要注意先后次序，由于有些软件编程不规范，在运行时不能排在第一，而要放在最后运行，才不会引起系统管理的混乱。

⑫ 在内存较小的情况下，最好不要运行占用内存较大的应用程序，否则在系统运行时容易出现死机。建议在运行这些程序时应及时保存当前正在使用的文件。

⑬ 修改硬盘主引导记录时，最好先保存原来的记录，防止因修改失败而无法恢复到原来的操作系统。

⑭ 在计算机中最好少安装测试版的软件，因为测试版软件运行不够稳定，使用后会使系统无法启动。

⑮ 在升级 BIOS 之前，应确定所升级的 BIOS 版本，同时应保存原先的版本，以免升级错误而使系统无法启动。

⑯ 不要使用盗版软件，这些软件中有可能隐藏着病毒，一旦执行，会自动修改系统，使系统在运行中出现死机。若需使用，请先查杀病毒以防万一。

⑰ 长期使用的计算机在机箱中会积累大量的灰尘，过多的灰尘会造成配件的电路接触不良，使得系统不稳定或死机。

⑱ 在执行磁盘碎片整理或用杀毒软件检查硬盘期间，不要运行大型应用软件，以防止系统死机。

⑲ 在上网的时候，不要一次打开太多的浏览窗口，引起资源不足，导致死机。

⑳ 在关闭计算机的时候，不要直接使用机箱中的电源按钮，因为直接使用电源按钮会引起文件的丢失，使下次不能正常启动，而造成系统死机。

2.2　系统的基本维护

对于使用 Windows 操作系统的用户来说，当操作系统出现崩溃或使用时出现一些莫名其妙的错误时，一般都是采用重装系统或者使用 Ghost 进行系统恢复等方法修复。这些方法各有缺陷，比如重新安装系统，原来的系统设置和软件都必须重新安装，非常麻烦。其实每一项系统错误都有方法能进行修复，况且 Windows XP 操作系统自带的系统修复功能也非常强大，通过它可以修复系统中的错误以及更新系统文件，原来的系统设置和所安装的程序也不会改变。其实，要想让计算机的系统长久运行离不开日常的维护。

2.2.1　用好操作系统中的硬件配置文件

对于操作系统中的硬件配置文件，往往忽略了它在 Windows XP 中所起的作用，如果利用得当的话，可以大大提高系统维护的质量和工作效率。

1. 什么是硬件配置文件

所谓硬件配置文件，是指在计算机启动时告诉 Windows 系统应该启动哪些设备，以及使用每个设备中的哪些设置的一系列指令。以 Windows XP 为例，当第一次安装 Windows 系统时，会自动创建一个名为 Profile 1 的硬件配置文件，默认设置下，在 Profile 1 硬件配置文件中包含了所有安装 Windows 系统时，在这台计算机上安装的设备。

打开"系统属性"对话框，选择"硬件"选项卡，单击"硬件配置文件"按钮，打开"硬件配置文件"对话框，如图 2-26 所示，在"可用的硬件配置文件"列表中显示了本地计算机中可用的硬件配置文件清单。

2. 硬件配置文件的作用

系统仅加载硬件配置文件中"可用硬件配置文件"下的设备驱动程序，使用箭头按钮可以将需要作为默认设置的硬件配置文件移到列表的顶端，这

图 2-26　"硬件配置文件"对话框

样 Windows 系统启动时就只会加载顶端配置文件中启用的硬件设备。当安装不同的硬件设备时，可以创建不同硬件配置文件，可以使用设备管理器禁用配置文件中的设备，在下一次启动计算机时就不会加载该设备的驱动程序，从而提高系统启动速度。

3. 快速切换不同的工作环境

前面已经提到，可以同时创建多个不同的硬件配置文件，以适应不同的工作环境，只要在"硬件配置文件"对话框中选中"等待用户选定硬件配置文件"单选按钮即可，以后启动计算机时就会出现与多重启动菜单相类似的"硬件配置文件"选择菜单，选择不同的硬件配置文件，可以任意切换不同的工作环境。

使用笔记本式计算机时，建立多个硬件配置文件是非常实用的，因为大多数笔记本式计算机都是在移动的场合使用，当笔记本式计算机从一个地方移动到另一个地方时，硬件配置文件允许用户更改计算机中使用的设备，这样可以创建多个适用于不同场合的硬件配置文件，切换起来就非常方便了。

4. 提高系统的启动速度

如果创建多个不同的硬件配置文件，希望启动期间自动加载默认的硬件配置文件而不显示列表项，那么将"硬件配置文件"对话框中的"启动 Windows"选项设置为 0s。如果仍然从列表中选择不同的硬件配置文件，只要在启动时按住空格键就会显示硬件配置文件列表。

5. 恢复默认配置

如果硬件更改过度，Windows XP 系统会重新激活系统，造成计算机不能正常使用。如果在安装或更改硬件之前备份了原来的硬件配置文件，一旦系统出现故障，选择启用备份的硬件配置文件，就可以排除故障使计算机正常启动。操作方法是：以系统管理员的身份登录，在图 2-26 所示的对话框中单击"复制"按钮，然后在图 2-27 所示的"复制配置文件"对话框中输入一个新的文件名就可以了，以后出现问题时，就可以重新导入这个事先备份的硬件配置文件。

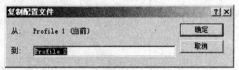

图 2-27 复制硬件配置文件

6. 清空系统中多余的硬件信息

由于工作环境的需要有时要经常去插拔硬件设备，这样重复安装驱动程序的过程将会在系统中遗留下很多硬件注册信息，系统启动时就会反复与这些并不存在的设备进行通信，从而导致系统速度的减缓，清空这些多余的硬件信息可以解决系统启动过慢的现象。

可以将 Profile 1 这个硬件配置文件删除，然后再重新创建一个新的硬件配置文件，这样就是新的系统了。为了预防新建硬件配置文件失败，先单击"复制"按钮将其备份（Profile 2），然后再进行重命名，如重命名为 Profile。重新启动计算机，此时会出现如下提示：

Windows Cannot determine what configuration your computer is in select one of the following:

1.Profile

2.Profile 2

3.None of the above

这里的 1 和 2 是系统中已经存在的硬件配置文件，选择 3，可以让 Windows 系统重新检测硬件，此时屏幕上会出现"检测硬件"对话框，并提示"第一次使用新配置启动计算机时，Windows 系统必须进行一些调整。此过程大约需要几分钟时间"，稍后会出现"配置设置"对话框，提示"Windows 已经成功设置了新计算机的配置，其名称为 Profile 1"，单击"确定"按钮，就可以重新安装硬件设备的驱动程序，以 Profile 1 文件启动计算机了。

重新启动系统后，最好将除 Profile 1 外的另两个硬件配置文件删除，否则以后开机时仍然会询问使用哪一个配置文件。

2.2.2 Windows XP 系统配置程序的使用

Windows XP 系统为管理计算机的自启动程序、查看加载的系统服务、从安装光盘提取丢失的系统文件等提供了一个很好的实用工具——系统配置实用程序（msconfig）。

使用 msconfig 命令是用系统管理员身份登录系统后，单击"开始" | "运行"命令，打开"运行"对话框，在"打开"文本框中输入 msconfig 命令，按【Enter】键启动系统配置实用程序，如图 2-28 所示。

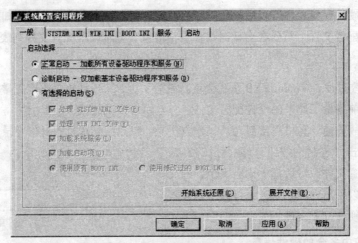

图 2-28 "系统配置实用程序"窗口

1: "一般"选项卡的设置

默认情况下，Windows 系统采用的是正常启动模式（即加载所有驱动和系统服务），但是有时候由于设备驱动程序遭到破坏或服务故障，会导致启动出现一些故障，可以利用 msconfig 的其他启动模式来解决问题。选择"一般"选项卡，在"启动选择"选项组中选中"诊断启动 - 仅加载基本设备驱动程序和服务"单选按钮，如图 2-29 所示。这种启动模式有助于快速找到启动故障原因。另外，还可以选中"有选择的启动"单选按钮，在其下选中需要启动项目的即可。

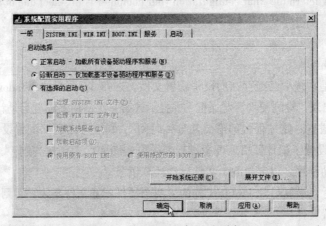

图 2-29 设置"一般"选项卡

诊断启动选项是指系统在启动时仅加载基本设备驱动程序如显卡驱动，而不加载 modem、网卡等设备，服务也仅启动系统必须的一些服务。这时系统是最小系统，如果启动没有问题，可以依次加载设备和服务来判断问题出在哪里。

2. 从系统安装光盘中提取丢失的系统文件

虽然 Windows XP 具备强大的文件保护功能，不过有时由于安装、卸载软件或误操作，还会造成系统文件的丢失。这些丢失的系统文件，在系统安装光盘的 CAB 文件中都可以找到。

① 单击图 2-29 中的"展开文件"按钮，在弹出的对话框中依次输入"要还原的文件"（填入丢失文件名）、"还原自"（单击"浏览自"按钮，在弹出的对话框中选择安装光盘的 CAB 压缩

文件)、"保存文件到" (选择保存文件路径), Windows XP (2000) 系统一般为 c:\windows\system32。

② 单击"展开"按钮, 如图 2-30 所示, 系统会自动解压 CAB 文件, 将系统文件从安装光盘中提取到计算机的系统目录中。

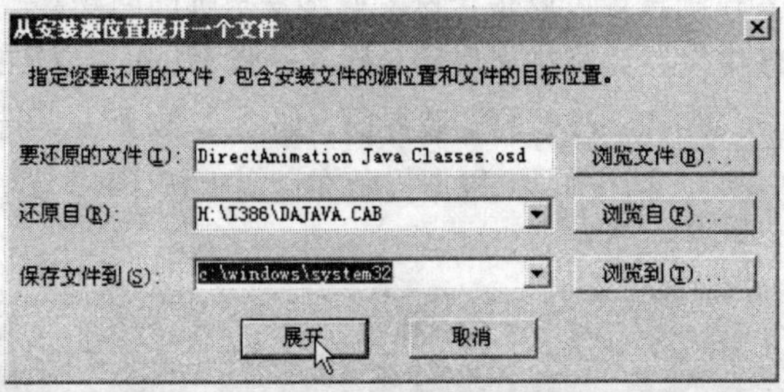

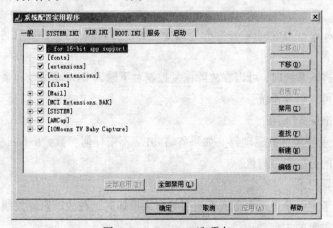

图 2-30　系统文件提取窗口

还可以先用系统的 sfc 命令来扫描系统文件的改动, 找出变化的系统文件, 命令格式: sfc [/scannow] [/scanonce] [/scanboot] [/revert] [/purgecache] [/cachesize=x]。

/scannow: 立即扫描所有受保护的系统文件。

/scanonce: 下次启动时扫描所有受保护的系统文件。

/scanboot: 每次启动时扫描所有受保护的系统文件。

/revert: 将扫描返回到默认设置。

/purgecache: 清除文件缓存。

/cachesize=x: 设置文件缓存大小。

3. 查看 SYSTEM.INI 和 WIN.INI 文件

SYSTEM.INI 包含整个系统的信息, 是存放 Windows 系统启动时所需要的重要配置信息的文件。WIN.INI 控制了 Windows 系统用户窗口环境的概貌 (如窗口边界宽度、加载系统字体等)。使用 msconfig 实用工具, 可以快速地查看和编辑这两个 INI 文件。

选择 WIN.INI 选项卡, 可以看到该文件的详细内容, 如图 2-31 所示。要禁止某一选项的加载, 只要选中目标后单击"禁用"按钮即可。若需要对 WIN.INI 进行编辑, 选中目标后单击"编辑"按钮, 可以对该项目进行编辑操作 (按【Backspace】键可以删除该项目)。

对 SYSTEM.INI 的操作同 WIN.INI 一样。

图 2-31　WIN.INI 选项卡

2.2.3　操作系统故障恢复控制台

在 Windows 系统崩溃后，一般都选择重新安装，这样即浪费时间又耗费精力。其实只要利用好 Windows XP 的故障恢复控制台，可以很快恢复或修复系统的问题。

启动计算机，在 BIOS 中设置光驱优先启动，插入一张 Windows XP 的系统安装光盘。经光盘引导启动后，系统自动进入 Windows XP 的安装界面，如图 2-32 所示。选择第二项"要使用'故障控制台'修复 Windows XP 安装，请按 R"，根据提示在键盘上按【R】键，输入管理员密码，即可自动登录到故障恢复控制台。

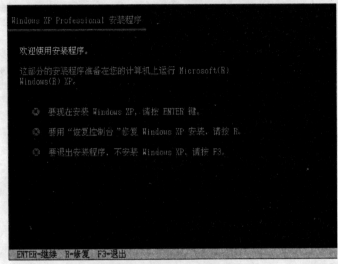

图 2-32　Windows 安装界面

进入控制台后，可以看到与 DOS 系统一样的字符控制界面，可以使用 DOS 命令对计算机进行如下操作：

（1）复制/备份文件

当计算机崩溃时，仍可以在恢复控制台下复制文件，使用 copy 命令即可。

命令格式为：copy source [destination]

参数 source 指定要被复制的文件的位置和名称；destination 指定要复制到其中的文件或文件集的位置和名称。

例如，输入 "copy c:\data\back.rar　d:\" 命令，可以将 c:\data\back.rar 文件复制到 d:\下。

（2）修复 boot 区

当计算机无法进入系统时，可以在故障恢复控制台下输入 fixboot 命令向系统分区写入新的分区引导扇区，使其可以引导系统。

命令格式为：fixboot [drive]

drive 为要写入引导扇区的驱动器。如果省略 drive 不带任何参数，fixboot 命令将向用户登录的系统分区写入新的分区引导扇区。

（3）修复主引导记录

当计算机遭遇了主引导记录病毒或者主引导记录损坏时，在故障恢复控制台下输入 fixmbr 命令，可以修复启动磁盘的主启动记录。

命令格式为：fixmbr [device_name]

参数 device_name 是要写入新的主引导记录的设备（驱动器）。如输入 fixmbr \Device\HardDisk0 则会修复 C 盘上的主引导记录。

- 不指定 device_name，新的主引导记录将被写入引导设备，即装载主系统的驱动器。
- 系统检测到无效或非标准分区表标记，将提示用户是否继续执行该命令。除非访问驱动器有问题，否则不要继续进行。向系统分区写入新的主引导记录可能会破坏分区表并导致分区无法访问。

（4）格式化坏的分区

用 format 命令，将指定的驱动器格式化为指定的文件系统，此命令可以用于恢复并格式化一些坏区。

命令格式为：format [drive:][/fs:file-system]

参数 drive 是指定要格式化的驱动器。/q 表示对驱动器进行快速格式化。/fs:file-system 指定要使用的文件系统：FAT、FAT32 或 NTFS。未指定文件系统，将使用现有的文件系统格式。

例如，输入 "format d: /fs:ntfs" 将会把 D 区格式化为 NTFS 分区。

（5）解压压缩包中的文件

用 expand 命令可以在*.cab 文件或压缩文件中提取驱动程序文件。

命令格式为：expand source [/F:filespec]] [destination] [/d] [/y]

参数意义如下：

source：指定要展开的文件。源文件只包含一个文件，请使用该选项。source 可由驱动器号和冒号、目录名、文件名或组合所组成，但不能使用通配符。

/f:size：指定要提取的文件名称。可以对要提取的文件使用通配符。

destination：指定提取文件或每个单独文件的目标目录和（或）文件名。

/d:　列出 cab 文件中包含的文件而不展开或提取。

/y:　在展开或提取文件时不出现覆盖提示。

例如，输入 "expand d:\i386\driver.cab \f:msgame.sys c:\winnt\system32\drivers" 将会在安装 CD 上的驱动程序 cab 文件中提取 msgame.sys 文件并将其复制到 c:\winnt\system32\drivers 文件夹下。该命令将发现某一驱动程序无法使用时，替换相应文件时特别有用。

又如，输入 "expand d:\i386\access.cp_ c:\winnt\system32\access.cpl" 将把 Windows 安装在 CD 上 i386 文件夹下的 access.cp_解压到 c:\winnt\system32\access.cpl 下，使控制面板中相应的项目可用。

再如，输入 "expand /d d:\i386\driver.cab" 将会列出安装 CD 上的驱动程序 CAB 文件中的所有文件，驱动程序 CAB 文件包含成千上万的文件，其中包括由 Windows 提供的大部分驱动程序。将所有 CAB 文件展开到硬盘上要花较长的时间和大量的磁盘空间。建议仅在该文件中提取需要的文件。

（6）收回丢失的分区

由于对分区的误操作或病毒等会造成硬盘分区的信息丢失，系统就无法启动。对于硬盘分区信息丢失的故障可以通过 diskpart 命令找回来。

　　① 在故障恢复控制台状态下输入 diskpart 命令，即可出现一个全中文的分区界面，如图 2-33 所示。

　　② 利用这个命令可以看到原有的分区，还可以重新建立丢失的分区。如果分区中存有数据，应尽力恢复数据再删除后重建。

　　③ 此命令也可以用来创建分区，在中文状态下就可以对新硬件进行分区，非常方便。

　　④ 当遇到一些 Windows 操作系统无法识别的分区时，可以利用该命令先删除，再重建，然后即可在 Windows 下识别并使用。

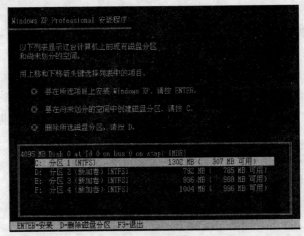

图 2-33　重新建立丢失的分区

（7）禁止某些服务

使用 disable 命令，可以禁止、关掉 Windows NT/XP 中的系统服务或设备驱动程序。

命令格式为：disable {service_name} | [device_driver_name]

参数 service_name 是要禁用的系统服务名称。device_driver_name 是要禁用的设备驱动程序名称。当确认某一不正确的服务影响了计算机的启动，可以输入相应命令禁止掉它。

例如，输入"disable eventlog"将禁用 eventlog 服务。

* disable 命令将指定的服务或驱动程序的启动类型设为 service_disabled。
* 使用 disable 命令禁用系统服务或设备驱动程序时，该系统服务或设备驱动程序上次启动类型的名称将显示在屏幕上。记下该名称，以便需要时使用 enable 命令将启动类型恢复为上次的设置。

2.3　操作系统产生故障的原因与类型

　　尽管 Windows 系统 20 多年持续的创新，为生活和工作带来了翻天覆地的变化，Windows 系统也早已超越了当初桌面操作系统的范畴，但是 Windows 本身是一个非常开放、同时也是非常脆弱的系统，使用不慎就可能会导致系统受损，甚至瘫痪。经常进行不同应用程序的安装与卸载，也会造成系统的运行速度降低、系统应用程序冲突明显增加等现象。

　　什么原因造成操作系统的故障呢？主要是随着计算机应用的日益广泛，难免在操作过程中存在一些误操作，有些看似不经意的误操作可能会使计算机即刻瘫痪。另一方面，由于 Internet 的飞速发展，大多数计算机都接入了网络，网络上的病毒很容易侵害到网络上的计算机，影响系统的正常运行，造成操作系统的故障或系统的崩溃。

在第一章中已经讲过，故障的类型一般分为开机故障、关机故障和死机故障。在不同的阶段，故障的现象不尽相同。开机故障主要表现为计算机不能正常的进入 Windows 系统；关机故障主要表现为，关闭计算机时 Windows 系统始终不能够退出；死机故障主要发生在计算机工作过程中，由于种种原因使本来能够正常工作的计算机，突然无法进行操作，键盘和鼠标像被锁住一样不能自由移动。下面对这三种类型的故障进行一下全面的分析。

2.3.1　系统开机故障的原因

1. 自检报错信息

计算机开机自检时，若系统出现问题会出现各种各样的英文短句，其中有九种最常见的情况，读懂这些信息可以解决一些出现的故障。

① CMOS battery failed （CMOS 电池失效），这说明 CMOS 电池已经快没电了，只要更换新的电池并重新保存设置即可。

② CMOS check sum error–Defaults loaded（CMOS 执行全部检查时发现错误，要载入系统预设值），一般来说出现这句话说电池快没电了，可以先换个电池试一试，如果问题还是没有解决，那么说明 BIOS 芯片可能有问题，只要更换掉有问题的芯片，并写入 BIOS 程序即可解决问题。

③ Keyboard error or no keyboard present（键盘错误或者未接键盘），检查一下键盘的连线是否松动或者损坏。

④ Hard disk install failure（硬盘安装失败），这是因为硬盘的电源线或数据线可能未接好或者硬盘跳线设置不当。可以检查一下硬盘的各根连线是否插好，看看同一根数据线上的两个硬盘的跳线设置是否一样，如果一样，只要将两个硬盘的跳线设置为不一样即可（一个设为 Master，另一个设为 Slave）。

⑤ Secondary slave hard fail（检测硬盘失败），可能是 CMOS 设置不当，如没有硬盘但在 CMOS 里设为有硬盘，那么就会出现错误，这时可以进入 COMS 设置选择 IDE HDD AUTO DETECTION 进行硬盘自动检测。也可能是硬盘的电源线、数据线未接好或者硬盘跳线设置不当，解决方法参照上面一条。

⑥ Hard disk(s) diagnosis fail（执行硬盘诊断时发生错误），出现这个问题一般是硬盘本身出现故障了，可采用问题部件测试法，来测试一下硬盘是否出现了坏道或者是控制芯片缓存损坏等故障。

⑦ Memory test fail（内存检测失败），重新插拔一下内存条，看是否能好转；系统中有多条内存，有可能是内存的不兼容造成的，依次拔掉插上内存开机，检测出问题内存。

⑧ Override enable–Defaults loaded（当前 CMOS 设定无法启动系统，载入 BIOS 中的预设值以便启动系统），一般是在 CMOS 内的设定出现错误，只要进入 CMOS 设置选择 LOAD SETUP DEFAULTS 载入系统原来的设定值后重新启动计算机。

2. Windows XP 启动故障

（1）Windows XP 启动项出错

【故障现象】Windows XP 系统出现故障，重新安装后，启动菜单就多出了"从原来的操作系统启动"一项，如果选择这一项还是无法启动任何操作系统。

【解决方法】这是启动文件的问题，找到系统盘根目录下的 BOOT.INI 文件，然后用记事本将其打开，然后找到并删除 "C:\="Previous Operating System on C:"" 项即可解决该问题。另外，如果在启动菜单中还有其他不需要的启动项，也可以通过上述方法将其删除。

（2）Windows XP 连续重启

【故障现象】计算机在 Windows XP 启动画面出现后，登录画面显示之前，计算机重启，无限循环重启，无法进入 Windows 系统。

【解决方法】一般说来，导致此错误发生的原因是 Kernel32.dll 文件丢失或者被损坏。解决办法是，用 Windows 故障恢复控制台重新从 Windows XP 的安装光盘上提取一个新的 Kernel32.dll 文件。具体操作步骤如下：

① 启动故障恢复控制台。

② 在命令提示符中，输入 cd system32，然后按【Enter】键。

③ 输入 ren kernel32.dll kernel32.old，然后按【Enter】键。

④ 输入 map，然后按【Enter】键。

⑤ 注意放有 Windows XP 光盘的光驱的驱动器名，如为 F:。在实际应用时，请用自己实际的光驱盘符代替。

⑥ 输入 expand f:\i386\kernel32.dl_，然后按【Enter】键（kernel32.dl_ 中的 "l" 后面是一个下划线）。

⑦ 输入 exit，当计算机重启时，取出 Windows XP 光盘，使计算机正常启动。

（3）网络故障导致无法开机

【故障现象】计算机启动后滚动条滚动数次后，出现黑屏，但硬盘灯还在闪动，等了一段时间后，还是无法恢复正常。虽然可以进入安全模式，但比平常慢了许多。

首先查杀病毒，如果没有任何发现，用 Ghost 软件恢复系统。如果还是不行，把网线拔了下来，如果故障顺利地解决了，但只要连上网线便无法开机。启动 Windows XP 后，如果再把网线插上，系统马上反应迟钝，连移动鼠标都很困难。

【解决方法】经检查后发现，网线的水晶头存在轻微短路现象，一根非常细的铜丝搭在两个弹片上，因此才会造成上述现象。用镊子夹出小铜丝后，插上网线，启动计算机，即可顺利地进入到了 Windows XP。

3. Windows 2003 开机故障

对于 Windows 2003 系统无法启动故障一般可以分成两种情况：一是 Windows 2003 系统可以引导，但不能正常登录，屏幕上有错误提示信息；二是 Windows 2003 系统不能引导，当选择启动 Windows 2003 系统时，显示出错信息。

了解掌握 Windows 2003 系统的启动过程，对于我们解决无法启动的问题是有很大帮助的。Windows 2003 具体的启动过程大致分为以下四步：

① 加电自检。

② 加载主引导记录到内存中，主引导记录寻找分区引导表，并将活动分区上的引导扇区加载到内存中。

③ 从引导扇区读初始化 NTLDR。

④ 如果有 SCSI 设备，NTLDR 将 NT－BOOOTDD.SYS 加载到内存并运行 NTLDR 读取 BOOT.INI 文件，再显示启动菜单。

如果选择 Windows 2003 系统，则 NTLDR 运行 NTDETECT.COM 检测计算机硬件设备，并将结果保存到注册表中，最后加载 NTOSKRN 1 .EXE、HAL.DLL 等文件和设备驱动程序，引导过程结束。如果选择 Windows 9X 或 DOS，则运行 BOOTSECT.DOS 以启动 Windows 9X 或 DOS 操作系统。

对于第一种情况，故障原因主要是由注册表错误引起的，可以重新启动机器，按【F8】键，在 Windows 2003 系统启动菜单中选择"最后一次正确的配置"选项，系统会自动选择使用上一次正常启动的注册表进行启动。如果已经非正常启动了多次，无法正确引导时，可以在系统启动菜单中选择"安全模式"选项，系统会对注册表进行自动修复工作，在安全模式启动成功后，即可选择正常启动方式。

对于第二种情况，故障原因主要是由系统文件被破坏而引起的。可以使用"安装引导盘"启动机器，当屏幕上出现"欢迎使用安装程序"界面时，按【R】键选择"要用紧急修复过程修复"。按【R】键后，出现"手工修复"和"自动修复"两个选项，系统默认"检查启动环境"、"验证 Windows 2003 系统文件"、"检查启动扇区"，无论选择"手工修复"还是"自动修复"都需要提供 Windows 2003 系统"紧急修复盘"，如果没有"紧急修复盘"，可以按【L】键自动寻找硬盘的 Windows 2003 系统文件。修复过程结束后，重新启动机器，即可重新引导并允许用户按照原来的配置登录 Windows 2003 系统。如果安装了双系统，一般来说不会出现两个系统同时损坏崩溃，除非 C 盘引导扇区被破坏。我们可以进入 Windows 9X 或 DOS 直接执行 Windows 2003 系统的安装文件 SETUP. EXE，直接选择修复功能对 Windows 2003 系统进行完整性修复。

在实际应用中发现，Windows 2003 系统不能正常启动的故障大都是由于用户误操作引起的，不小心删除了硬盘引导分区中 NTLDR、BOOT.INI、NTDE－TECT.COM、BOOTSECT.DOS 等文件，致使系统不能自动引导。虽然可以通过上述方法来解决，但是太烦琐。根据上面介绍的 Windows 2003 系统启动过程可以看到，一旦安装了 Windows 2003 系统，就会在硬盘安装引导分区的根目录下生成 NTLDR、BOOT.INI、NTDETECT.COM、BOOTSECT.DOS 等文件，由它们负责完成对系统的引导。如果这些文件被破坏，Windows 2003 系统就无法启动了。因此，完全可以在 Windows 2003 系统安装成功，继制作了四张"安装引导盘"、一张"紧急修复盘"后，还需要再补做一张"紧急启动磁盘"，当系统无法启动时，可以利用它来启动并修复。制作方法如下：先在 Windows 2003 系统下格式化一张 3.5 英寸软盘；再将硬盘主引导分区根目录下可能存在的 Windows 2003 系统的所有文件分别复制到该软盘上。注意：这些文件都具有隐含、只读、系统等属性。一旦 Windows 2003 系统中的启动文件被破坏，引起系统无法自动引导时，可以利用该"紧急启动磁盘"来引导，引导成功后，将该软盘上的所有文件都复制到硬盘主引导分区的根目录下，从而可以达到快速修复系统的目的。此修复方法快速便捷，具有很高的实用性。

4. 操作系统加载前的启动故障

【故障现象 1】启动了计算机后，屏幕上可以正常的显示自检的信息（屏幕上显示该计算机使用的是 P4 2.4GCPU、512MB 内存、100G 硬盘和 50XCDROM）。但是当自检画面消失之后，计算机并没有出现加载操作系统的画面，只有左上角有光标在闪烁，如图 2-34 所示，然后长时间系统也没有反应，但是这时系统并没有死机，按下键盘上的【CTRL+ALT+DEL】热启动组合键，依然可以将系统重新启动。

【故障现象 2】将系统的启动顺序设置为优先在光驱启动后，在光驱里放入了一张启动光盘，利用光盘来引导系统。可是系统启动之后，屏幕上根本没有出现在光驱引导的选项，系统仍然无法启动，依然只有屏幕的左上角有光标在闪动。

光标闪烁 ——

图 2-34　"操作系统加载前的启动故障"截屏

【故障分析】从现象上判断计算机无法启动不是由于软件的原因，问题应该出在硬件上，到底是哪部分出了故障呢？重新启动了几次计算机，正当屏幕上正在显示自检的画面时，发现这台计算机在自检时只显示了 CPU、主板、内存、硬盘和光驱的相关信息，而没有显示主板上所使用的 ISA 和 PCI 等板卡设备的相关信息。打开计算机机箱，发现主机内安装了一块 PCI 声卡和一块百兆网卡，首先将这两块板卡从主板上拔下来，然后再启动计算机，这时系统在自检时，屏幕上显示出了板卡设备的相关信息，并且可以成功地经光驱引导系统。接下来把取下来的网卡和声卡分别安装到主板上，发现只要将声卡安装到主板上，系统在自检时就无法显示出板卡设备的信息，也无法启动系统。现在问题已经很明显了，故障原因在 PCI 的声卡上。

计算机在开机到启动操作系统，是按照以下步骤来进行的：

自检 CPU→自检内存→自检 IDE 设备（包括光驱和硬盘）→自检 PCI 和 ISA 板卡设备→在指定设备读取操作系统。可以在计算机启动时在屏幕上看到以上各个步骤的相关信息（某些主板或者品牌机在系统启动时会显示一幅 LOGO 画面，这时只要按【ESC】键或【TAB】键就可以显示自检信息了），系统在这个阶段出现无法启动的故障，只要注意系统是进行到哪一步之后停止的，那么问题就出现在这个步骤上。结合本例，可以很容易地发现计算机启动是在自检 PCI 板卡设备时停止的，就应该将注意力放在计算机所使用的板卡上，这样才能迅速的找到问题的根源，避免在判断时走弯路。在启动阶段，出现一些硬件方面的故障，系统也会显示一些提示信息。

2.3.2　系统死机故障的原因

发生在工作中的计算机故障，多为死机故障，这个阶段产生故障的原因较多。大多使用计算机的用户都遇见过死机的情况，在计算机故障中，运行中死机是一种常见的故障现象，同时也是难于找到原因的故障之一。

在运行 Windows 系统的过程中出现的死机情况，一般与应用程序和操作系统之间存在冲突有关，也可能是应用程序自身的 bug、病毒的影响等原因，下面就对运行中出现的死机现象加以说明。

1. 运行某些应用程序时出现的死机现象

造成这种故障的原因大致有三种可能：一是应用程序被病毒感染；二是应用程序本身存在 bug；三是应用程序与操作系统之间存在一些冲突。

2. 资源不足造成的死机

① 在使用过程中打开应用程序过多，占用了大量的系统资源，致使在使用过程中出现了资源不足现象，因此在使用比较大型的应用软件时，最好少打开与正在使用的应用程序无关的软件。

② 硬盘剩余空间太少或者是碎片太多造成的死机：硬盘的剩余空间太少，一些应用程序运行需要大量的内存，这样就需要虚拟内存，而虚拟内存则是硬盘所赋予的，因此硬盘要有足够的剩余空间以满足虚拟内存的需求；还有就是要养成定期定时整理硬盘的习惯。

3. 一些文件被覆盖而造成运行一些应用程序时发生死机

在安装新的应用程序时出现一些文件覆盖提示，建议最好不对任何文件进行覆盖操作，以防造成运行一些应用出现死机现象。

4. 一些文件被删除而造成运行一些应用程序时发生死机

在卸载一些应用程序时往往会出现对某些文件是否删除的提示，不是特别清楚该文件与其他文件有无关系的话，最好不要将其删除，否则可能会造成在运行某些应用程序时因缺少某些文件而出现死机，甚至造成整个系统崩溃。

5. 程序运行后鼠标键盘均无反应

应用程序运行后死机，说明该应用程序使用后没有正常结束运行，一直占用系统资源，操作系统一直在处理故障程序，不能接受其他设备的请求。故障的处理只有强制结束正在运行的程序，即同时按住【Ctrl+Alt+Del】组合键，结束任务即可。

6. 设置省电功能导致显示器频繁黑屏死机

一般是由于在 BIOS 中将节能时间设置过短，或者是在屏幕保护程序中设置的时间太短。

7. 硬件超频造成运行中的死机

超频后计算机能够启动，说明超频是成功的，为什么运行会出现死机呢？一般是由于超频后硬件产生大量的热量无法及时地散发而造成的死机现象，因此往往超频的同时也要对散热装置进行合理的改善。

8. 避免死机的要点

① 不要在同一个硬盘上安装太多的操作系统，这样容易引起系统死机。

② CPU、显示卡等配件不要超频过高，要注意其工作温度，否则，在启动或运行时都会莫名其妙地重启或死机。

③ 在更换计算机配件时，一定要插牢，因配件接触不良也会引起系统死机。

④ BIOS 设置要恰当，虽然建议将 BIOS 设置为最优，但最优并不是最好的，有时最优的设置反倒会引起启动或者运行死机。

⑤ 最好配备交流稳压电源，以免由于供电电压不稳引起死机。

⑥ 对来历不明的光盘，不要轻易使用。对 E-mail 中所附的软件，要用杀毒软件检查后再使用，以免传染病毒后，使系统死机。

⑦ 在应用软件未正常结束时，不要关闭电源，否则会造成系统文件损坏或丢失，引起自动启动或者运行中死机。对于 Windows NT 等系统来说，这点非常重要。

⑧ 在安装应用软件当中，若出现提示"是否覆盖文件"，最好选择不要覆盖。因为当前系统文件是最好的，不能根据时间的先后来决定是否覆盖文件。

⑨ 在卸载软件时，不要删除共享文件，因为某些共享文件可能被系统或者其他程序使用，一旦删除这些文件，会使应用软件无法启动而死机，或者出现系统运行死机。

⑩ 安装新的硬件设备驱动程序时，最好检查有无保留中断号（IRQ），不要让其他设备使用该中断号，否则可能因引起 IRQ 冲突，而导致系统死机。

⑪ 在内存较小的情况下，最好不要运行占用内存较大的应用程序，否则在运行时容易出现死机。建议在运行这些程序时应及时保存当前正在使用的文件。

⑫ 对于系统文件或重要文件，最好使用隐含属性，这样才不致因误操作而删除或者覆盖这些文件。

⑬ 最好少用测试版的软件，因为测试版软件在某方面不够稳定，使用后会使系统无法启动。

⑭ 在升级 BIOS 之前，应确定所升级的 BIOS 版本，同时应先保存原先的版本，以免升级错误而使系统无法启动。

⑮ 不要使用盗版的软件，因为这些软件里隐藏着大量病毒，一旦执行，可能会自动修改系统，使系统在运行中出现死机。

⑯ 在机箱中，可能蕴藏了大量的灰尘，灰尘若接触了配件的电路，会使系统不稳定或死机。

⑰ 在执行磁盘碎片整理时，不要运行大型应用软件，否则会引起死机。

⑱ 用杀毒软件检查硬盘期间，不要运行其他的应用程序，以防止系统死机。

⑲ 在上网的时候，一次不要打开太多的浏览窗口，否则将导致资源不足，引起死机。

⑳ 在关闭计算机的时候，不要直接按机箱上的电源按钮，因为直接关闭电源可能会引起文件的丢失，使下次不能正常启动，而造成系统死机。

2.3.3 系统关机故障的原因

系统关机故障多表现在退出 Windows 系统或者退回 DOS 状态时出现的死机现象。退出 Windows 系统时不能彻底关机，就会把磁盘缓冲区里的数据写到硬盘上，这将进入一个死循环，除非用户重新启动系统，否则无法关闭系统。造成这一现象的原因可能与操作系统设置和某些驱动程序设置不当有关，一般当 Windows 在退出系统或者退回 DOS 状态时都会关闭正在使用的驱动程序，而这些驱动程序也会根据当时的情况进行一次数据回写操作，要是驱动程序设置不当，驱动程序就找不到使用设备，因此它就不停地进行设备的搜索动作，在而形成一种假死机现象。

1. Windows XP 系统不能正常关机，按下电源开关后又重新启动系统

自动关机是通过操作系统支持的 ACPI（advanced configuration and power interface，高级系统配置和电源管理）技术来实现的（当然 ACPI 的功能不仅仅是自动关机）。ACPI 是由英特尔、微软和东芝等多家公司共同开发的，可以在 BIOS 上通过操作系统进行电源管理。该技术要求主板控制芯片和其他 I/O 芯片与操作系统建立标准联系通道，使操作系统可以通过瞬间软电源开关（momentary soft power switch，MSPS）进行电源管理。因此，只有在硬件（控制芯片）、电源（ATX 电源）及操作系统都支持 ACPI 技术的前提下，自动关机才能实现。为了保证自动关机的实现，在 BIOS 设置中，必须把 ACPI function 设置为 Enabled，同时必须启用 APM（高级电源管理）功能。

自动关机是由 Csrss 和 Winlogon 两个系统进程配合并调用关机函数 Shutdown System 和 SetSystemPowerState 关闭驱动程序和其他的当前执行程序子系统（如即插即用管理器、电源管理

器、I/O 管理器 、配置管理器、内存管理器等）过程。执行自动关机时，系统还要检查当前系统中各种外部设备的状态以及尚未关闭的应用程序的状态，处理各个数据缓冲器中的数据等。上述工作中发生错误就不能正常关机。Windows 系统出现自动关机失败的原因和处理办法有以下几个方面：

（1）系统文件中自动关机程序有缺陷

为了确认是否是这个原因所致，可以做下述实验。选择"开始"∣"运行"命令，打开"运行"对话框，在"打开"文本框中输入 rundll32 user.exe,exitWindows 命令。

- 在这个命令下可以正常关机，表示自动关机程序可能有某种缺陷。选择"开始"∣"程序"∣"附件"∣"系统工具"∣"系统信息"命令，在打开的窗口中选择"工具"∣"系统文件检查器"命令，检查系统文件的完整性并修补文件。修补文件若不能解决问题，则只能重新安装系统。
- 运行 rundll32 user.exe,exitWindows 也不能正常关机，则可能是操作系统中某些系统程序有缺陷，处理办法仍然是修补系统或者重新安装系统。

（2）病毒和有缺陷的应用程序造成关机失败

首先用最新版本的杀毒软件查杀病毒，在关机前关闭所有的应用程序。由于有些应用程序是系统启动时加载的，因此可在"启动"菜单（选择"开始"∣"运行"命令，打开"运行"对话框，在"打开"文本框中输入 msconfig 命令）中逐个减去加载的程序，以便查看有无影响关机的文件。

（3）外设和驱动程序兼容性不好影响快速关机

选择"开始"∣"运行"命令，打开"运行"对话框，在"打开"文本框中输入命令 msconfig，在打开窗口的"常规"选项卡中选择"高级"选项，再在打开的窗口中选择"禁用快速关机"选项。如果怀疑外设驱动程序有故障，可以逐个卸载外设进行检查，以便找到有影响的外设。

2. 计算机 Windows XP 不能够自动关机

如果由于控制面板中的电源选项设置不正确引起，可检查设置，保证 ACPI 和 APM 能够正常工作。也有的主板系统 BIOS 中的 APM（高级电源管理）和 Windows XP 之间不完全兼容（以 AMI BIOS 为多），引起不能自动关机。选择关机却变成重新启动系统，在这种情况下只能手动关机了（按下电源开关保持 4s 后放开，少于 4s 则无效）。解决问题的根本办法是升级主板的系统 BIOS，采用新的版本。

3. Windows XP 系统关机蓝屏

（1）Windows XP 有 bug

Windows XP 有一个关机故障的 bug，如果计算机在关机过程中时常出现关机蓝屏，而且该故障是间歇性的，按【Ctrl+Alt+Del】组合键也毫无反应，那么可以肯定系统还没有打上相应的补丁，请下载 SP2 补丁包打上补丁。

（2）创新声卡的驱动有问题

如果使用的是创新声卡，并且在关机过程中出现蓝屏，错误码是 0X0A，那么，进入设备管理器，将声卡删除，刷新后，手动安装最新的带有数字签名的驱动程序。

（3）罗技鼠标、键盘不完善

如果使用的是罗技的网络键盘,并且安装了 Key Commander 软件来驱动键盘相应的网络功能,则有可能造成关机变成重启故障。罗技鼠标的驱动程序 MouseWare8.6 会造成关机蓝屏故障，只有卸载该驱动才能解决此问题。

此外，USB 设备也可能经常造成关机故障。当出现关机变成重启故障时，检查计算机上是否接有 USB 设备，拔掉 USB 设备再试。确信是 USB 设备的故障，最好是连接一个外置 USB hub，将 USB 设备接到 USB hub 上，而不要直接连到主板的 USB 接口上。

（4）Office XP 引起的系统死机

在 Office XP 当中 Ctfmon.exe 一直是一个颇有争议的问题。Ctfmon.exe 是微软的文本服务文件，只要用户安装了 Office XP 并且安装了可选用户输入方法组件，这个文件就会自动调用它，为语音识别、手写识别、键盘以及其他用户输入技术提供文字输入支持。即使没有启动 Office XP，Ctfmon.exe 照样在后台运行。这个程序往往造成了关机故障，可以卸掉 Ctfmon.exe 后，再测试。

选择"开始"|"设置"|"控制面板"命令，在打开的"控制面板"窗口中双击"添加/删除程序"图标，在打开的窗口中已安装的程序中选中 Microsoft Office XP Professionain With FrontPage 选项，单击"更改"按钮，在"维护模式选项"对话框中选择"添加或删除功能"选项，单击"下一步"按钮，弹出"为所有 Office 应用程序和工具选择安装选项"对话框，展开"Office 共享功能"选项，选中"中文可选用户输入方法"选项，在弹出菜单中选择"不安装"命令，单击"更新"按钮即可。

（5）APM/NT Legacy Node 没有开启

一般情况下 APM/NT Legacy Node 没有开启可能造成关机后不能自动切断电源。进入设备管理器，单击菜单栏中的"查看"|"显示隐藏的设备"命令，显示出系统中所有的隐藏设备。在设备列表框中查看有无 APM/NT Legacy Node 选项。如果计算机支持此功能，就会有该选项，双击，在弹出的属性对话框中，单击"启用设备"按钮即可。

2.4 系统常见故障的处理

Windows 系统不断地更新，出现的故障千变万化，但只要掌握了对典型故障的处理方法，就可以举一反三地处理其他故障。前面曾经提到所有的操作系统的故障都可以归类到开机故障、关机故障和死机故障，全面了解一些典型故障产生的原因和处理的方法，对保障计算机的正常运行会有很大的帮助。本节将通过几个典型实例，阐述对故障的处理方法，达到融会贯通的目的。

2.4.1 常见系统故障的解决方法

1. 一般保护错误的故障

计算机以正常模式启动 Windows 系统时，出现一般保护错误，发生此类故障的原因一般有以下几点：

（1）内存条原因

可以改变一下 CAS 延迟时间看能否解决此问题，通过降低外频或者内存频率来试一下，否则只能更换内存。

（2）硬盘磁盘出现坏道

由磁盘出现坏道引起，可用安全模式引导系统，再用磁盘扫描程序修复硬盘错误。硬盘出现坏道后，如不及时予以修复，可能会导致坏道逐渐增多或硬盘彻底损坏，因此，应尽早予以修复。

（3）在 CMOS 设置内开启了防病毒功能

此类故障一般在系统安装时出现，在系统安装好后开启此功能一般不会出现问题。

2．计算机经常出现随机性死机现象

病毒原因造成计算机频繁死机，由于此类原因造成该故障的现象比较常见，当计算机感染病毒后，主要表现在以下几个方面：

- 系统启动时间延长。
- 系统启动时自动启动一些不必要的程序。
- 无故死机。
- 屏幕上出现一些乱码。

此原因造成的故障表现形式层出不穷，因为病毒损坏了一些系统文件，导致系统工作不稳定，可以在安全模式下用系统文件检查器对系统文件予以修复。

3．按任意键继续的故障

计算机在 Windows 启动系统时出现*.vxd 或其他文件未找到，按任意键继续的故障。

此类故障一般是由于在卸载软件时未删除彻底或安装硬件时驱动程序安装不正确造成，对此，可以进入注册表管理程序，利用其查找功能，将提示未找到的文件在注册表中删除后即可。

4．操作不当故障

在 Windows 以正常模式引导到登录对话框时，单击"取消"或"确定"按钮后桌面无任何图标，不能进行任何操作。此类故障一般是由于用户操作不当，造成系统损坏。

解决方法是首先以安全模式引导系统，进入控制面板，单击"密码"选项，将用户配置文件设置为此桌面用户使用相同的桌面及首选项。再进入网络，将"拨号网络适配器"以外的各项删除，使其登录方式为 Windows 登录。再重新启动计算机即可。

5．关机时重启故障

在 Windows 下关闭计算机时计算机重新启动。产生此类故障一般是由于用户在不经意或使用一些系统设置软件时，设置了 Windows 系统的快速关机功能而引发的故障。

解决方法是选择"开始"|"运行"命令，打开"运行"对话框，在"打开"文本框中输入 msconfig 命令，单击确定按钮打开"系统配置"对话框。在"系统配置实用程序"面板中选择高级，选中"禁用快速关机"选项，重新启动计算机即可予以解决。

6．汉字乱码故障

Windows 中汉字丢失，在安装 Windows 系统后又安装了其他软件，整理硬盘碎片时，系统提示"硬盘碎片含有错误"。

根据故障现象，中文 Windows 发生汉字乱码，是因注册表中有关汉字显示的内容丢失而造成。此时，打开注册表编辑器（WINDOWS\REGEDIT.EXE），再打开有 Associated Default Fonts 及 Associated Char Set 的两行关键字。当只有"默认"一行而无其他内容，表明无法定义有关的汉字显示，此为汉字乱码的原因。

解决方法如下：

① 选择"开始"|"运行"命令，打开"运行"对话框，在"打开"文本框中输入 regedit 命令，单击"确定"按钮，打开注册表编辑器。

② 展开"计算机\HKEY_LOCAL_MACHINE\System\current Control Set\Control\Fontassoc"子键，找到 Aossiated Char Set 文件夹图标，在窗口的右栏中将增加以下内容：

```
ANSI(00)"Yes"
GB2312(86)"Yes"
WEM(FF)"Yes"
SYMBOL(02)"on"
```

增加方法为：选择"编辑"|"新建"|"字符串值"命令，再在右栏中出现的文字框中，输入 ANSI(00)，之后双击该文字框，在出现的"编辑字符串"对话框中输入 Yes，单击"确定"按钮结束，其余增加的内容依此类推。

③ 按照上述方法，单击 Associated Default Fonts 文件图标，其窗口的右栏中将增加以下内容：

```
Assoc System Font"Simsun、ttf"
Font Package Decorative"宋体"
Font Package Dont Care"宋体"
Font Package Modern"宋体"
Font Package Roman"宋体"
Font Package Script"宋体"
Font Package Swiess"宋体"
```

④ 当没有 Associated Char Set 及 Associated Default Fonts 两行关键字时，则选择 Fontassoc 文件夹，再选择"编辑"|"新菜单"|"主键"命令，在弹出的文字框中，分别输入上述两行关键字，之后按步骤③增加所列的内容。

⑤ 关闭系统，重新启动计算机。

7. 在 Windows 下打印机不能打印

在确认打印机完好的情况下，首先进入 DOS 状态（纯 DOS），在命令提示行输入 dir>prn 或按键盘上的【Pr Scrn SysRq】键，看打印机能否打印，若不能打印，一般可判断主板的打印口或打印线缆有问题，也有可能与 Cmos 中的打印口模式（一般有 Ecp、Epp、Spp 几种）设置有关，可相应调换试验，若在 Dos 下能够打印，可按以下方法来予以解决：

① 在 Windows 系统下，打开控制面板的系统属性，看打印端口 LPT1 是否存在，若没有可进入控制面板——添加新硬件。

② 驱动程序是否已经正确安装，重新安装打印机驱动程序。

③ 安装系统文件的磁盘是否有剩余空间，一般空间不足会有内存不足的提示，只要卸除一些软件就可以了。

④ 计算机可能感染病毒。

8. 在 Windows 下运行应用程序时出现非法操作的提示

引起此类故障的原因较多，大致有如下几种可能：

① 系统文件被更改或损坏。若由此原因引发的问题，在打开一些系统自带的程序时就会出现非法操作的提示，如打开控制面板。

② 驱动程序未正确安装。此类故障一般表现在显卡驱动程序上，若由此引发，则打开一些游戏程序时均会产生非法操作的提示，有时在打开某些网页时也会出现非法操作的提示。

③ 由内存质量不佳引起。有时提高内存延迟时间，即将系统默认的 3 改为 2 可以解决此类故障。

④ 程序运行时，若未安装声卡驱动程序亦会产生此类故障。如抢滩登录战游戏，若未安装声卡驱动程序，运行时就会产生非法操作错误。

9. 计算机自动重新启动

此类故障表现为在系统启动时或在应用程序运行了一段时间后出现此类故障。引发该故障的原因一般是由于内存热稳定性不良或电源工作不稳定所造成，还有一种可能就是 CPU 温度太高引起。还有一种比较特殊的情况，有时由于驱动程序或某些软件有冲突，也会导致 Windows 系统在引导时产生该故障。

2.4.2　Explorer 进程在系统运行中出错的解决方法

Windows 的操作系统运行时都会启动一个名为 explorer.exe 的进程[①]，这个进程主要负责显示系统桌面上的图标以及任务栏的管理。为了对 explorer.exe 有进一步的了解，选看一下不同 Windows 版本的系统中有着什么样的作用。

1. Windows XP 中的应用

在 Windows XP 或其他 Windows NT 内核的系统中，explorer.exe 进程并不是系统运行时所必需的，因此可以用任务管理器来结束它。这并不影响系统的正常工作，反而可以巧妙地实现"保密+个性化+加速"系统的作用。下面以 Windows XP Pro 版为例，讲述一下 explorer.exe 进程在 Windows XP 中的应用。

（1）为自己的计算机加密

打开要运行的程序，如 Word 文档等。右击"任务栏"，在弹出的快捷菜单中选择"任务管理器"命令，打开"Windows 任务管理器"窗口。在"任务管理器窗口"中选择"进程"选项卡，在进程列表中选择 explorer.exe 进程，单击"结束进程"按钮，如图 2-35 所示。这时会看到桌面上除了壁纸（活动桌面 Active Desktop 的壁纸除外），所有图标和任务栏都消失了，此时编辑的 Word 文档仍可以正常工作。当要离开计算机一会儿，又不想别人操作计算机，但设置密码觉得又不太妥，用这种方法可以起到一定程度的保密效果。当然，仍可以用任务管理器的"新任务"来重新运行 explorer.exe。但对于一般用户，这种保密措施已经足够了。

图 2-35　进程列表窗口

（2）临时解决计算机运行慢的问题

当运行某个程序，感觉速度有些慢，这时可以用结束 explorer.exe 进程的方式提高计算机的运行速度。因为，结束 explorer.exe 进程可以减少 4 520KB 左右的系统已使用内存，这样会加快系统的运行速度，为资源紧张的用户腾出了宝贵的空间。

提示： 重新启动 Explorer.exe 进程后，有些软件在任务栏系统托盘的小图标会消失，不过该软件还是在正常运行当中。觉得有些不方便，可以再次打开该软件来显示小图标。

[①] 进程：进程是应用程序的一次动态执行。

2. 一则典型的 explorer.exe 故障分析

当上网一段时间或切换文件夹时会出现 explorer.exe 崩溃的提示窗口，如图 2-36 所示。当遇到这样的问题时，就是对操作系统进行修复安装也不会有效果。

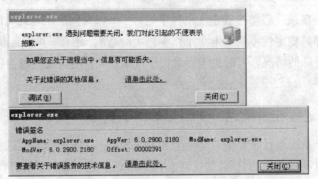

图 2-36　Explorer.exe 出错提示窗口

【故障分析】explorer.exe 程序是系统的一个外壳程序，负责显示桌面、任务栏等任务，而很多的应用程序也需要该进程的支持，并且病毒、木马等程序也会利用该进程启动或运行。出现该问题以后，首先怀疑是否有病毒，用升级到最新版本的病毒软件查杀，若没有发现任何问题，则是纯粹的系统故障。求助于微软的"知识库"，根据提示窗口中对错误类型与错误现象的描述，可以看到：错误类型是 InPageError，错误特征是 P1:c0000C9c P2:00000003。打开浏览器，在地址栏中输入 http://support.microsoft.com/default.aspx?scid=fh;ZH-CN;KBHOWTO，进入微软的知识库搜索界面，在搜索栏中输入 inpageerror 后按【Enter】键进行搜索，如图 2-37 所示。

图 2-37　查找结果窗口

在打开的页面中详细介绍了症状、解决方法以及更多相关信息和适用范围。仔细阅读"更多信息"和"适用范围"内容，发现该解决方案的确适用于 Windows XP 系统，而且在"更多信息"对错误签名的描述包含本节实例的信息，如图 2-38 所示。

EventTypeName	NTStatusCode
InPageError	c000009c 或 C0000185 或 C0000102 或 C000003F 或 00000002 或 00000003

图 2-38 "错误签名的描述"信息

【解决方法】根据知识库文件中给出的解决方法进行修复。选择"开始"|"运行"命令，打开"运行"对话框，输入 eventvwr 命令并按【Enter】键，打开"事件查看器"窗口，在窗口左窗格中单击"应用程序"选项，在右窗格中单击"来源"列标题，将所有 Application Error 来源列在列表的上方，查看来源为 Application Error 和事件 ID 为 1005 的事件，发现列表中果然存在很多错误事件提示信息，如图 2-39 所示。双击该事件，在"描述"框中会有以下提示内容：

"Windows 无法访问文件 C:\Documents and Settings\HZ\Local Settings\Temporary Internet Files\Content.IE5\index.dat，可能是下列原因之一。网络连接；存储文件的磁盘或此计算机上安装的存储驱动器有故障；或找不到磁盘。"由于该错误，Windows 关闭了 index.dat 程序。在 index.dat 文件位置（C:\Documents and Settings\ZH\Local Settings\Temporary Internet Files\Content.IE5\ index.dat），可以看出它是一个 IE 缓存文件。也就是说本实例是由于 IE 缓存文件出现了问题，对系统造成了影响。

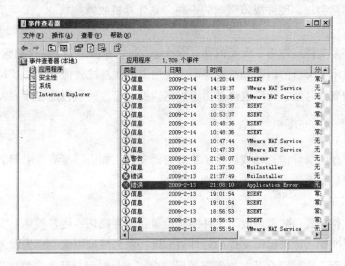

图 2-39 Application Error 事件信息

这时只要在 IE 浏览器中单击"工具"|"Internet 选项"选项，再单击"删除文件"命令按钮，选中"删除所有脱机内容"复选框后，再单击"确定"按钮，即可清除 IE 缓存文件。最好同时把 C 盘扫描一次，清理一下其中的碎片文件，本例故障即可解决。

explorer.exe 崩溃不一定就是由于病毒、木马所引起的，磁盘碎片过多，同样会造成系统在读取文件时出现错误，因此，养成定期进行碎片整理的良好习惯是非常必要的。

3．导致 explorer.exe 出错的几种原因

① 系统资源不足。建议不要同时开启过多的应用程序，可适当加大虚拟内存设置，特别是经常运行大型游戏软件的情况下。

② 系统文件损坏。可运行 sfc/scannow 扫描系统文件。若 explorer.exe 程序本身损坏，可以到另外一个计算机上复制 explorer.exe 文件到本机，调用任务管理器，结束 explorer.exe 进程，然后新建任务运行新复制的 explorer.exe 文件。

③ 软件冲突。譬如输入法，清华紫光输入法 3.0 版本有的时候会出现 explorer.exe 出错，取消清华紫光输入法，用其他输入法输入会没有问题。清华紫光输入法 4.0 版本未发现类似问题。

④ 病毒。因为病毒会破坏任何 EXE 文件，因此 explorer.exe 程序也不可幸免。

⑤ 其他原因。计算机运行某个程序等待时间过长，如读取数据，尤其是光盘或者外界设备的数据，也会出现 explorer.exe 出错。

⑥ 系统内核错误。需重新安装系统。

2.4.3　判断计算机是否感染了病毒

如何判断是计算机本身的故障还是感染了病毒？下面介绍计算机是否中病毒的判断方法。

1. 病毒与软、硬件故障的区别和联系

计算机出现故障不只是因为感染病毒，个人计算机在使用过程中出现的各种故障现象多是因为计算机本身的软、硬件故障引起的，网络上的故障多是由于权限设置不当所致。只有充分地了解两者的区别与联系，才能做出正确的判断，在真正病毒到来之时才会及时发现。下面简要列出了分别分析了因病毒和软、硬件故障引起的一些常见计算机故障症状。

（1）经常死机

病毒打开了许多文件或占用了大量内存；不稳定（如内存质量差，硬件超频性能差等）；运行了大容量的软件占用了大量的内存和磁盘空间；使用了一些测试软件（有许多 bug）；硬盘空间不够；运行网络上的软件时经常死机也许是由于网络速度太慢，所运行的程序太大，或者自己的工作站硬件配置太低。

（2）系统无法启动

病毒修改了硬盘的引导信息，或删除了某些启动文件，如引导型病毒引起文件损坏；硬盘损坏或参数设置不正确；系统文件人为地误删除等。

（3）文件打不开

病毒修改了文件格式；病毒修改了文件链接位置；文件损坏；硬盘损坏；文件快捷方式对应的链接位置发生了变化；原来编辑文件的软件被删除；在局域网中多表现为服务器中的文件存放位置发生了变化，而工作站没有及时刷新服务器的内容（长时间打开了资源管理器）。

（4）经常报告内存不够

病毒非法占用了大量内存；打开了大量的软件；运行了需内存资源的软件；系统配置不正确；内存较小（目前基本内存要求为 512MB）等。

（5）提示硬盘空间不够

病毒复制了大量的病毒文件（例如，有时近 10GB 硬盘安装了一个 Windows NT4.0 系统就提示没空间了，一安装软件就提示硬盘空间不够；硬盘每个分区容量太小；安装了大量的大容量软件；所有软件都集中安装在一个分区之中；硬盘本身容量小；在局域网中系统管理员为每个用户设置了工作站用户的"私人盘"使用空间限制，因查看的是整个网络盘的大小，其实"私人盘"容量已用完了。

（6）光盘等设备未访问时出读/写信号

病毒感染；光盘取走了还在打开曾经在光盘中打开过的文件。

（7）出现大量来历不明的文件

病毒复制文件；一些软件安装中产生的临时文件；一些软件的配置信息及运行记录。

（8）启动黑屏

病毒感染；显示器故障；显卡故障；主板故障；超频过度；CPU 损坏等。

（9）数据丢失

病毒删除了文件；硬盘扇区损坏；因恢复文件而覆盖原文件；可能是网络上的文件；由于其他用户误删除。

2. Windows XP 运行中 CPU 占用 100%分析

使用计算机时会经常遇到的一种现象，当 CPU 占了 100%资源时计算机就会慢下来，如图 2-40 所示。引起这种现象的因素有很多，因为这种现象既是可能由于某些感染病毒，也可能是操作不当。因此正确的判断与处理尤为重要。

（1）svchost.exe 进程造成 CPU 使用率为 100%

当计算机慢下来的时候，首先应想到打开任务管理器，看看到底是哪个程序占了较多资源，若是某个正常运行的大程序造成的，则可以关闭该程序，只要 CPU 正常那就没问题了。有一些常用的软件，如浏览器占用 CPU 的资源很高，那么可以升级或用其他浏览器替代。

svchost.exe 进程是最难处理的，因为在微软知识库 314056 中对 svchost.exe 有如下描述：svchost.exe 是在动态链接库（DLL）中运行服务的通用主机进程名称。因此，svchost.exe 是 Windows XP 系统中的一个核心进程。svchost.exe 不单出现在 Windows XP 中，在使用 NT 内核的 Windows 系统中都会有 svchost.exe 的存在。一般在 Windows 2003 Windows XP 中 svchost.exe 进程的数目为四个及四个以上。因此，系统的进程列表中有几个 svchost.exe 不用担心。

在 Windows 系统中的进程分为独立进程和共享进程两种。由于 Windows 系统中的服务越来越多，为了节约有限的系统资源微软把很多的系统服务做成了共享模式。svchost.exe 的工作就是作为这些服务的宿主，即由 svchost.exe 来启动这些服务。svchost.exe 只是负责为这些服务提供启动的条件，其自身并不能实现任何服务的功能，也不能为用户提供任何服务。svchost.exe 通过为这些系统服务调用动态链接库（DLL）的方式来启动系统服务。

由于 svchost.exe 程序可以作为服务的宿主来启动服务，因此病毒、木马的编写者也挖空心思的要利用 svchost.exe 的这个特性来迷惑用户达到入侵、破坏计算机的目的。

如何才能辨别哪些是正常的 svchost.exe 进程，而哪些是病毒进程呢？

① 用查看注册表键值的方法来判断。选择"开始"|"运行"命令，打开"运行"对话框，在"打开"文本框中输入 regedit 命令，打开注册表编辑器。svchost.exe 的键值是 HKEY_LOCAL_MACHINE\SOFTWARE\Microsoft\Windows NT\CurrentVersion\Svchost，如图 2-41 所示。图中每个键值表示一个独立的 svchost.exe 组。

图 2-40　CPU 占用 100%性能窗口

图 2-41　独立的 svchost.exe 组

　　② 微软还提供了一种查看系统正在运行在 svchost.exe 列表中的服务的方法。以 Windows XP 为例：选择"开始"|"运行"命令，打开"运行"对话框，在"打开"文本框中输入 cmd 命令，在命令行模式中输入 tasklist /svc。系统列出图 2-42 所示的服务列表。图中包括 svchost.exe 启动的服务列表。怀疑计算机有可能被病毒感染或 svchost.exe 的服务出现异常的话通过搜索 svchost.exe 文件就可以发现异常情况。一般只会找到一个在 C:\Windows\System32 目录下的 svchost.exe 程序。在其他目录下发现 svchost.exe 程序的话，那很可能就是中毒了。

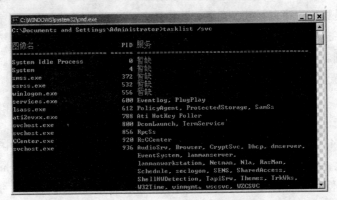

图 2-42　svchost.exe 的部分服务列表

　　③ 还可以查看 WIN.INI 文件，在 WIN.INI 文件中的[Windows]下面，run= 和 load= 是可能加载 "木马"程序的途径，必须仔细留心它们。一般情况下，它们的等号后面什么都没有，发现后面跟有路径与文件名不熟悉的启动文件，计算机就可能中"木马"了。当然也得看清楚，因为好多"木马"，如"AOL Trojan 木马"，它把自身伪装成 command.exe 文件，不注意可能不会发现它不是真正的系统启动文件。

　　④ 在 SYSTEM.INI 文件中的[BOOT]下面有个"shell= 文件名"。正确的文件名应该是 explorer.exe，结果不是 explorer.exe，而是"shell=explorer.exe 程序名"，那么后面跟着的那个程序就是"木马"程序，这就表明中"木马"了。

　　⑤ 注册表中的情况最复杂，通过 regedit 命令打开注册表编辑器，进入 HKEY–LOCAL–MACHINE\Software\Microsoft\Windows\CurrentVersion\Run 目录下，查看键值中有没有自己不熟悉的自动启动文件，扩展名为.exe，这里切记：有的"木马"程序生成的文件很像系统自身文件，想通过伪装蒙混过关，如"Acid Battery v1.0 木马"，它将注册表"HKEY_LOCAL_MACHINE\SOFTWARE\Microsoft\Windows\CurrentVersion\Run 下的 explorer 键值改为 explorer= "C:\Windows\expiorer.exe"，"木马"程序与真正的 explorer 之间只有 i 与 l 的差别。当然在注册表中还有很多地方都可以隐藏

"木马"程序，如 HKEY_CURRENT_USER\Software\Microsoft\Windows\CurrentVersion\Run 、HKEY_USERS\ ****\Software\Microsoft\Windows\CurrentVersion\Run"的目录下都有可能，最好的办法就是在 HKEY_ LOCAL_MACHINE\Software\Microsoft\Windows\CurrentVersion\ Run 下找到"木马该病毒又称为"Code Red II（红色代码 2）"病毒，与早先在西方英文系统下流行"红色代码"病毒有点相反，在国际上被称为 VirtualRoot（虚拟目录）病毒。该蠕虫病毒利用 Microsoft 已知的溢出漏洞，通过 80 端口传播到其他的 Web 页服务器上。黑客通过 Http Get 的请求运行 scripts/root.exe 来获得对受感染计算机的完全控制权。

（2）services.exe 造成 CPU 使用率占用 100%

计算机 services.exe 中的 CPU 使用率可能间歇性地达到 100%，计算机可能停止响应（挂起）。 Esent.dll 错误地处理将文件刷新到磁盘的方式，则会出现此症状。要解决此问题，请获取最新的 Microsoft Windows 2003 Service Pack。有关其他信息，请单击下面的文章编号，以查看 Microsoft 知识库中相应的文章。

要立即解决此问题，请与"Microsoft 产品支持服务"联系，以获取此修补程序。有关"Microsoft 产品支持服务"电话号码和支持费用信息的完整列表，请访问 Microsoft Web 站点。

（3）正常软件造成 CPU 使用率占 100%

开机后就发生上述情况直到关机。有可能是由某个随系统同时启动的软件造成的。可以通过选择"打开" | "运行"命令，打开"运行"对话框，在"打开"文本框中输入 msconfig 命令，单击"确定"按钮，打开"系统实用配置工具"对话框。单击"启动"选项卡，依次取消选中可疑复选框，然后重新启动计算机。反复测试直到找到造成故障的软件。

使用计算机过程中出现这类问题，可以打开"任务管理器"对话框，选择"进程"选项卡，在 CPU 栏中找到占用资源较高的程序，通过搜索功能找到这个进程属于哪个软件。然后，通过升级、关闭、卸载这个软件即可得到解决。

（4）超线程导致 CPU 使用率占用 100%

这类故障的共同原因就是都使用了具有超线程功能的 P4 CPU。目前还没有明确的原因解释，也只有通过在 BIOS 中关闭超线程功能解决。

（5）AVI 视频文件造成 CPU 使用率占用 100%

在 Windows XP 中，运行一个较大的 AVI 视频文件后，出现系统假死现象，并且造成 exploere.exe 进程的使用率 100%。这是因为系统要先扫描该文件，并检查文件所有部分，建立索引。文件较大需要时间较长，造成 CPU 占用率 100%。

右击保存视频文件的文件夹，从弹出的快捷菜单选择"属性"命令，打开其属性对话框，选择"常规"选项卡，单击其中的"高级"按钮，在弹出的"高级属性"对话框中取消选中"为了快速搜索，允许索引服务编制该文件夹的索引"复选框即可。

（6）杀毒软件 CPU 使用率占用 100%

现在的杀毒软件一般都加入了对网页、邮件、个人隐私的即时监控功能，这样无疑会加大系统的负担。关闭该杀毒软件是解决这个问题的最直接办法。

（7）处理较大的 Word 文件时 CPU 使用率过高

上述问题一般还会造成计算机假死，这些都是因为 Word 的拼写和语法检查造成的，只要选择 Word 窗口中的"工具" | "选项"命令，在打开的对话框中选择"拼写和语法"选项卡，取消选中其中的"输入时检查拼写"和"输入时检查语法"两个复选框即可。

（8）网络连接导致 CPU 使用率占用 100%

当把 Windows 2003 作为服务器，收到来自端口 445 的连接请求后，系统将分配内存和少量 CPU 资源来为这些连接提供服务，访问量过重，就会出现上述情况。可以通过修改注册表来解决这个问题，打开注册表，找到 HKEY_LOCAL_MACHNE\SYSTEM\CurrentControlSet\Services\lanmanserver，在右窗格中新建一个名为 maxworkitems 的 DWORD 值。然后双击该值，计算机有 512KB 以上内存，就设置为 1 024KB；小于 512KB，就设置为 256KB。

（9）一些不完善的驱动程序也可以造成 CPU 使用率过高

经常使用待机功能，也会造成系统自动关闭硬盘 DMA 模式。这不仅会使系统性能大幅度下降，系统启动速度变慢，也会使系统在运行一些大型软件和游戏时 CPU 使用率占 100%，产生停顿。

总之，当计算机中出现 CPU 使用率占用 100% 的情况时，一定要冷静的进行分析，不要盲目的处理。下面列出一些系统中的关键进程，以供辨别。

3．Windows XP 进程资料（见表 2-1）

表 2-1　进程功能表

进 程 名	功 能 描 述
smss.exe	Session Manager
winlogon.exe	管理用户登录
lsass.exe	管理 IP 安全策略以及启动 ISAKMP/Oakley （IKE）和 IP 安全驱动程序
spoolsv.exe	将文件加载到内存中以便接下来打印
internat.exe	托盘区的拼音图标
regsvc.exe	允许远程注册表操作。用于访问在远程计算机的注册表
llssrv.exe	证书记录服务
RsSub.exe	控制用来远程储存数据的媒体
clipsrv.exe	支持"剪贴簿查看器"，以便可以在远程剪贴簿查阅剪贴页面
grovel.exe	扫描零备份存储（SIS）卷上的重复文件，并且将重复文件指向一个数据存储点，以节省磁盘空间（只对 NTFS 文件系统有用）
ntfrs.exe	在多个服务器间维护文件目录内容的文件同步
locator.exe	管理 RPC 名称服务数据库
msdtc.exe	并列事务，是分布于两个以上的数据库，消息队列，文件系统或其他事务保护资源管理器
snmp.exe	包含代理程序可以监视网络设备的活动并且向网络控制台工作站汇报
csrss.exe	子系统服务器进程
services.exe	包含很多系统服务
svchost.exe	Windows XP 的文件保护系统
explorer.exe	资源管理器
mstask.exe	允许程序在指定时间运行
tftpd.exe	实现 TFTP Internet 标准。该标准不要求用户名和密码

表中所列进程都对计算机的运行起着至关重要的作用，千万不要随意删除，否则可能直接影响系统的正常运行。

2.4.4　Windows 系统中内存出错的解决案例

当运行某些程序时，出现内存错误的提示（0x 后面内容有可能不一样），然后该程序关闭。0x????????指令引用的 0x????????内存，该内存不能为 read。或 0x????????指令引用的 0x????????内存，该内存不能为 written。

一般出现这类故障的现象有以下几个方面：一是硬件，即内存方面有问题；二是软件，这就有多方面的问题了。

1. 硬件原因

内存坏了或质量有问题，还有两个不同品牌、不同容量的内存混插，容易出现不兼容的情况，同时还有散热问题，特别是超频。可以使用 MemTest 这个软件来检测一下内存，它可以彻底的检测出内存的稳定度。

2. 软件方面排除故障

内存有个存放数据的地方叫缓冲区，当程序把数据放在这一位置时，因为没有足够空间，就会发生溢出现象，系统则会在屏幕上显示提示。这个问题，经常出现在 Windows XP 系统中，Windows XP 对硬件的要求是很苛刻的，一旦遇到资源死锁、溢出，系统为保持稳定，就会出现上述情况。

3. 实例分析

【实例 1】打开 IE 浏览器或者几分钟内会出现 0x70dcf39f 指令引用的 0x00000000 内存。该内存不能为 read。要终止程序，可单击"确定"按钮，出现"发生内部错误，正在使用的其中一个窗口即将关闭"的信息框，关闭该提示信息后，IE 浏览器也被关闭。

【解决方法】"0x70dcf39f"提示，主要指 IE 浏览器的错误。可以用修复或升级 IE 浏览器，同时打上补丁的方法进行修复。还可以采用 Windows 自动升级方式安装系统补丁，安装的新的 IE 浏览器的方法解决。

【实例 2】在 Windows XP 下双击光盘里面的 AutoRun.exe 文件，显示 0x77f745cc 指令引用的 0x00000078 内存，该内存不能为 written。要终止程序，可单击"确定"按钮。

【解决方法】这可能是系统的兼容性问题，右击 AutoRun.exe 文件，从弹出的快捷菜单中选择"属性"命令，打开"属性"对话框，选择兼容性，并选择"用兼容模式运行这个程序"选项和 Windows 98/Me 选项。

【实例 3】RealOne Gold 关闭时出现错误。以前一直使用正常，最近却在每次关闭时出现 0xffffffff 指令引用的 0xffffffff 内存，该内存不能为 read 的提示。

【解决方法】当使用的输入法为微软拼音输入法 2003，并且隐藏语言栏时（不隐藏时没问题），关闭 RealOne 就会出现这个问题。因此，在关闭 RealOne 之前可以显示语言栏或者将任意其他输入法作为当前输入法来解决这个问题。

【实例 4】豪杰超级解霸自在上网后就不能播放了，每次都提示 0x060692f6（每次变化）指令引用的 0xff000011 内存，该内存不能为 read。

【解决方法】重装豪杰超级解霸，重装后还不正常，到官方网站下载相应版本的补丁。还不行，只好换别的播放器了。

【实例5】双击一个游戏的快捷方式，0x77f5cd0 指令引用 0xffffffff 内存，该内存不能为 read，并提示 Client.dat 程序错误。

【解决方法】重装显卡的最新驱动程序，然后下载并且安装 DirectX 9.0。

【实例6】一个朋友发信息过来后，计算机中出现了错误信息：0x772b548f 指令引用的 0x00303033 内存，该内存不能为 written。然后 QQ 自动下线关闭，而再打开 QQ，发现了它发过来的十几条信息。

【解决方法】这是对方利用 QQ 的 bug，发送特殊的代码，使 QQ 出错，只要打上补丁或升级到最新版本即可。

本 章 小 结

本章主要对 Windows 操作系统在使用中产生故障的原因进行了分析。提出了对系统经常出现的一些故障的处理方法。分析了对系统的维护和安全设置的方案，使操作系统更安全、可靠，打造一个不易崩溃的 Windows 系统。

实验思考题

1. 通过微软的知识库查找以下系统故障的原因和处理方法。

① Application Error　② 0x70dcf39f　③ Esent.dll

2. 设置三个 Windows XP 的还原点。

3. 利用控制台修复 Windows 系统。

4. 关闭多余的系统服务，使他们变成手动启动。

5. 优化 Windows 系统，完成系统的备份还原实验。

第 **3** 章 | Windows 操作系统的备份与还原

为什么要进行系统的备份呢？每一位计算机使用者都有这样的经历，在操作计算机的过程中进行了一次误操作，系统就有可能崩溃，几个小时甚至是几天的工作成果付之东流。据统计，80%以上的数据丢失都是由于误操作引起的。当系统瞬间崩溃时，如何在最短的时间内使系统正常工作，是人们最关心的问题。

本章将介绍对 Windows 操作系统关键信息进行备份、还原的方法，以及备份工具软件 Ghost 的使用等，保证操作系统安全。

3.1 系统备份概述

随着操作系统的不断升级更新，数据备份已不是一件烦琐的事情。由于高性能软、硬件产品的不断推出，使得数据备份具有速度快、可靠性高、自动化强等特点，完全解决了系统管理员的负担。计算机和网络的普及，人们更多地是通过网络来传递大量信息。网络环境中各种各样的病毒感染、系统故障、线路故障等，使得数据信息的安全无法得到保障。在这种情况下，数据备份就成为日益重要的事情。

3.1.1 系统中重要数据的备份

使用计算机的过程中，一定要注重系统中重要文档、个人资料、IE 收藏夹、Foxmail 与 Outlook Express 中的信件和地址簿、QQ 聊天记录等信息的备份。要养成数据区与系统区隔离的习惯，否则一旦系统出错，造成的损失是非常大的。个人资料或者文档都可以直接复制到硬盘的其他分区进行备份，或者复制到可移动存储器，如 U 盘等。对于重要资料，要养成经常备份的习惯。

1. 保存与恢复 IE 浏览器的设置

为了上网安全和方便，对 IE 浏览器的设置要有一定的要求。由于 IE 浏览器的设置项目比较多，项目位置不集中，在恢复时造成困难。所以在完成 IE 浏览器的设置后，要对其进行备份。

选择"开始"｜"运行"命令，打开"运行"对话框，在"打开"文本框中输入 regedit 命令，单击"确定"按钮，打开注册表编辑器。展开注册表到 HKEY_CURRENT_USER\Software\Microsoft\Internet Explorer，选中 Internet Explorer 选项，选择"注册表编辑器"窗口中的"文件"｜"导出"命令，把这部分注册表信息导出，保存为.reg 文件。

要恢复 IE 浏览器设置时，双击导出的.reg 文件，IE 浏览器的设置恢复成导出时的状态。

2．IE 浏览器收藏夹的备份与还原

IE 浏览器是上网的重要工具，为了上网查找网站更方便，上网时可将重要的网站地址保存到浏览器的收藏夹中，经过不断地积累，收藏夹中可保存大量的网络域名资料，以备快速查找网络资源。下面就介绍几种备份 IE 收藏夹的方法。

（1）利用 IE 浏览器的导出功能进行备份

① 运行 IE 浏览器，选择"文件"|"导入和导出"命令，如图 3-1 所示。

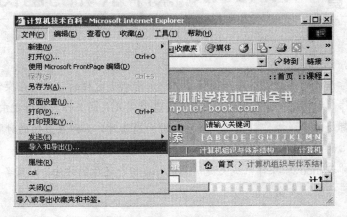

图 3-1　收藏夹的导入与导出命令

② 打开"导入/导出向导"对话框，单击"下一步"按钮，打开"导入/导出选择"界面，选择"导出收藏夹"选项，如图 3-2 所示。

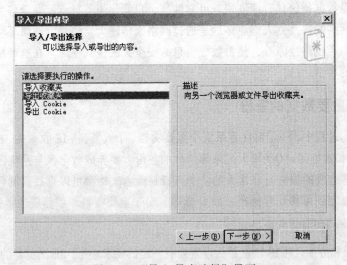

图 3-2　"导入/导出选择"界面

③ 连续单击"下一步"按钮，打开"导出收藏夹目标"界面，选择备份文件的存放位置，如图 3-3 所示。单击"浏览"按钮，选择备份（bookmark.htm）文件的存放位置。单击"下一步"按钮，在新弹出的界面中，单击"完成"按钮，IE 收藏夹备份完成。

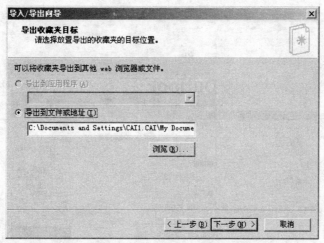

图 3-3　"导出收藏夹目标"界面

（2）用文件复制方法进行备份

通过文件复制的方法将系统中收藏夹进行备份。对于 Windows XP 系统，是对 Documents and Settings% Username% \ Favorites 目录进行备份，如图 3-4 所示。

图 3-4　Windows XP 系统中的收藏夹目录位置

找到 Favorites 目录后，将它复制到其他分区或文件夹保存，需要恢复的时候可以直接用保存后的 Favorites 文件夹覆盖原来的文件夹即可。注意%username%指的是当前登录名。

两种方法相比，采用前一种更为方便一些，而且对各种 Windows 操作系统通用。

（3）利用 IE 浏览器的导出功能进行还原

要恢复备份的收藏夹，打开"导入/导出选择"对话框，选择"导入收藏夹"选项即可。

3. Outlook Express 信件的备份

Outlook Express（简称 OE）是集成在 Windows 系统中一个电子邮件发送\接收的工具。为了避免一些有价值的信件丢失，平时要注意做好信件的备份。OE 信件的备份可以使用文件菜单中的导出功能来完成，如图 3-5 所示。

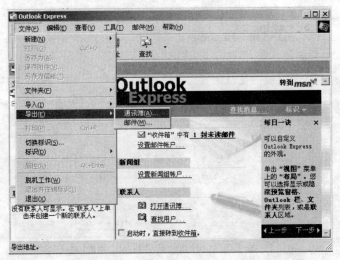

图 3-5　导出"通讯簿"窗口

选择 OE 窗口上"文件"|"导出"|"通讯簿"命令，打开一个新的窗口，如图 3-6 所示。

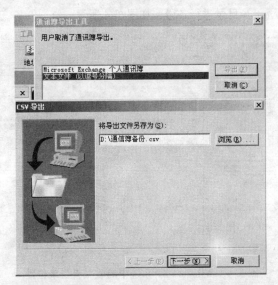

图 3-6　导出通讯簿文件的存放路径

选择文件的保存格式和路径后，单击"下一步"按钮，再单击"完成"按钮退出，完成对通讯簿的备份。

对于邮件的备份可以使用直接复制的方法进行。对于 Windows XP 系统来说（若系统名为 GAVIN CHEUNG），邮件存放位置位于 C:\Documents and Settings\GAVIN CHEUNG\Local Settings\Application Data\Identities\{896603A2- B3EB-406C-9364-8D0C9A8A2E79}\Microsoft\Outlook Express 目录下，如图 3-7 所示。

无论任何系统都可以按以下方法找到默认邮件的存放位置：选择"工具"|"选项"|"维护"|"存储文件夹"按钮（或直接单击 OE 框内左窗格的各邮箱，右击空白处，从弹出的快捷菜单中选择"属性"命令），就可查看到。也可以在"存储文件夹"位置自定义默认邮件的存放位置。

图 3-7　Windows 2000/XP 邮件保存位置

4．病毒库的备份

要让病毒防护程序起到防护作用，必须定时更新病毒库，更新后的病毒库也要进行即时的备份。在系统重新恢复或是重装系统时，恢复更新过的病毒库保证系统的安全。下面以瑞星病毒防护程序为例，介绍一下对病毒库进行备份的操作过程。其他病毒防护程序的备份，可参照相应的软件说明书完成。

（1）瑞星杀毒软件病毒库的备份

瑞星杀毒软件中有备份当前病毒库的应用工具。依次选择"开始"|"程序"|"瑞星杀毒软件"|"瑞星杀毒软件"命令，弹出瑞星的主界面。单击"工具列表"选项卡，然后选择"瑞星安装包制作程序"选项，最后单击"运行"按钮。如图 3-8 所示。

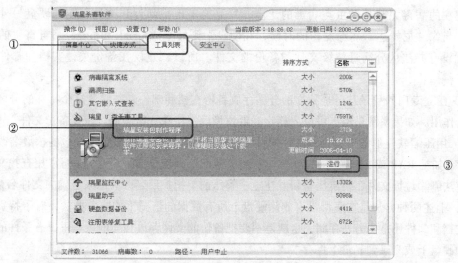

图 3-8　瑞星安装包的制作向导

随后，瑞星弹出一个"瑞星安装包制作程序"的制作向导，如图 3-9 所示。询问将做好的备份文件放在什么地方，可以根据需要指定一个存放位置（建议不使用默认路径，也不要存放在系统分区中）。剩下的操作按照瑞星向导提示去做，最后，会弹出一个备份完成的提示。此时，就可以在备份目录下找到做好的备份文件。

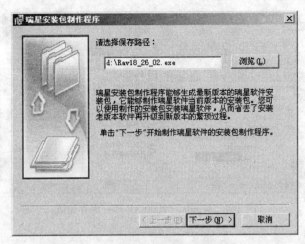

图 3-9　"瑞星安装包制作程序"向导

（2）恢复更新后的病毒库

恢复备份非常简单，当重装完系统后，只需双击制作好的备份文件即可，它会把备份前的设置和病毒库恢复到系统中。

3.1.2　系统备份的注意事项

为了保证系统安全，在进行系统备份之前，还要对系统备份过程中的一些关键问题进行了解。

1．关键文档和邮件要做重点备份

现在的病毒尤其是蠕虫类病毒的泛滥，只是简单地把邮件和文档复制到硬盘另外一个目录里，当像"尼姆达"病毒发作的时候，在硬盘上到处生成*.eml 和*.new 病毒寄生的垃圾文件，就没有办法区分病毒垃圾文件和备份的文件。所以，建议在备份关键文档和邮件时应采取以下措施：

① 建立专门的目录甚至是独立的分区存放备份文档和邮件，并隐藏这个特殊的分区，也起到保密作用。如果系统染毒，可以先删除病毒垃圾后把特殊分区激活，恢复备份文件。

② 用压缩软件把备份文档和邮件的目录制成压缩包保存，然后把压缩包的扩展名改成特殊的名字，如把 RAR 或 ZIP 换成 MYDOC 这样的扩展名，即使感染了病毒，也可以用查找文件扩展名的方法删除垃圾文件，再解压备份。注意：解压前要把扩展名改为原来正确的文件名格式。

③ 上述两种方法是在病毒没有删除硬盘上所有数据的情况下的应急办法，对于特别重要关键的文档和邮件还是要另外存储，也就是不要把备份的文件存放在当前硬盘里，有条件的可存放到移动硬盘上或刻录到光盘上保存。

2．对要备份的系统不要过度的"优化"

为了便于存放，对需要备份的系统都要进行一些优化。系统的优化一定要注意适度，否则将会影响其他应用软件正常工作。如非法操作频繁或是提示丢失了关键的文件，这样就丧失系统备份的作用，只有重装系统。

建议： 系统优化工具的选择应尽量使用公认的工具，起码不会导致系统崩溃。系统优化一至两次即可，切勿盲目追求 Windows 的"小巧玲珑"，最后使得系统落得个"残疾"。

3. 中毒或出现磁盘错误后不备份就运行杀毒软件或磁盘工具

没做分区表和引导区数据备份是危险的，在系统染毒后，马上运行杀毒程序或是磁盘工具软件，如果是分区表共生类病毒寄生，杀毒软件会将病毒和分区表及引导区信息一起杀掉，这时的硬盘将不能被任何系统识别；磁盘工具也是这样，如果在没有分区表及引导区数据备份的情况下，把分区表"修复"成面目全非的话，只能靠低级格式化硬盘来恢复使用，硬盘数据将全部丢失。

建议：先备份分区表和引导区数据后再杀毒或运行磁盘工具。特别要指出的是，有些硬盘的错误是在临界边缘，运行磁盘工具可能"激发"这些故障。如果在运行磁盘扫描或修复工具的时候听到硬盘发出异常的响声，要终止工具软件的运行，并对硬盘内的所有数据转移，因为潜在的故障很可能已经被激发。

3.2　系统注册表的备份与恢复

从 Windows 95 以来，微软就将 Windows 系统的配置信息存储在一个名为注册表的数据库中。它是 Windows 系统管理所有软、硬件的核心，其中包含了每个计算机的配置文件以及有关的系统硬件、已安装程序和属性设置等重要信息。因此，保持注册表的"健康"就显得尤为重要。

3.2.1　认识 Windows XP 注册表

Windows 系统的注册表有很大的用处，功能非常强大，是 Windows 的核心。通过修改注册表，可以对系统进行限制、优化等。例如，不想让别人使用"开始"菜单，就可以通过修改注册表来实现。

查看、修改和备份注册表都可以通过运行注册表编辑器完成。运行注册表编辑器十分简单，选择"开始"|"运行"命令，打开"运行"对话框，在"打开"文本框中输入 regedit 命令，按【Enter】键，打开"注册表编辑器"窗口，如图 3-10 所示。

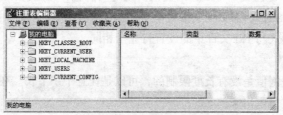

图 3-10　注册表编辑器窗口

1. 注册表的键结构

在注册表中，所有的数据都是通过一种树状结构以键和子键的方式组织起来，十分类似于目录结构。每个键都包含了一组特定的信息，每个键的键名都是和它所包含的信息相关的。如果这个键包含子键，则在注册表编辑器窗口中代表这个键的文件夹的左边将显示"＋"符号，以表示在这个文件夹中有更多的内容。如果这个文件夹被打开了，那么 "＋"就会变成"－"。

（1）HKEY_USERS

该根键保存了存放在本地计算机口令列表中的标识和密码列表。每个用户的预配置信息都存储在 HKEY_USERS 根键中。HKEY_USERS 是远程计算机中访问的根键之一。

（2）HKEY_CURRENT_USER

该根键包含本地工作站中存放的当前登录信息，包括登录名和暂存的密码（注意：此密码在输入时是隐藏的）。

（3）HKEY_CURRENT_CONFIG

该根键存放着定义当前桌面配置（如显示器等）的数据、最后使用的文档列表（MRU）和其他有关当前系统的安装信息。

（4）HKEY_CLASSES_ROOT

包含注册的所有 ole 信息和文档类型，是从 HKEY_LOCAL_MACHINE\Software\Classes 复制的。

（5）HKEY_LOCAL_MACHINE

该根键存放本地计算机硬件数据，此根键下的子关键字包括在 SYSTEM.DAT 中，用来提供 HKEY_LOCAL_MACHINE 所需的信息，或者在远程计算机中可访问的一组键中。

该根键中的许多子键与 SYSTEM.INI 文件中的设置项类似。

（6）HKEY_DYN_DATA

该根键存放了系统在运行时的动态数据，此数据在每次显示时都是变化的，因此，此根键下的信息没有放在注册表中。

2．认识键和子键

注册表通过键和子键来管理各种信息。但是，注册表中的所有信息是以各种形式的键值项数据保存下来。在注册表编辑器右窗格中，保存的都是键值项数据。这些键值项数据可分为如下三种类型：

（1）字符串值

在注册表中，字符串值一般用来表示文件的描述、硬件的标识等。通常它由字母和数字组成，最大长度不能超过 255 个字符。如 D:\pwin2000\trident 即为键值名 a 的键值，它是一种字符串值类型的。同样地，ba 也为键值名 MRUList 的键值。通过键值名、键值就可以组成一种键值项数据，这就相当于 WIN.INI、SSYT-EM.INI 文件中小节下的设置行。其实，使用注册表编辑器将这些键值项数据导出后，其形式与 INI 文件中的设置行完全相同。

（2）二进制值

在注册表中，二进制值是没有长度限制的，可以是任意个字节长。在注册表编辑器中，二进制是以十六进制的方式显示出来的。

（3）DWORD 值

DWORD 值是一个 32bit（4 B，即双字）长度的数值。在注册表编辑器中，会发现系统会以十六进制的方式显示 DWORD 值。在编辑 DWORD 数值时，可以选择用十进制还是十六进制的方式进行输入。

3.2.2　Windows XP 注册表的备份与恢复

Windows XP 系统在安装应用系统时都要把信息写进注册表，为了防止在修改注册表时发生致命错误，需要备份注册表数据库文件。

1．备份注册表

选择"开始"｜"运行"命令，打开"运行"对话框，在"打开"文本框中输入 regedit 命令，单击"确定"按钮，打开注册表编辑器窗口。

选择"注册表"｜"导出注册表文件"菜单命令，打开"导出注册表文件"对话框，如图 3-11 所示。选择注册表备份文件的保存类型、文件名以及保存全部还是只保存注册表的某个键值。根据需要设定好后，单击"保存"按钮即可完成注册表的备份。

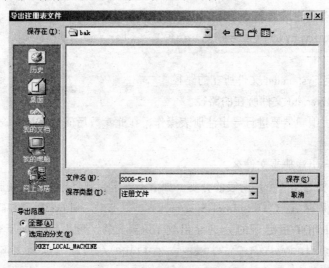

图 3-11　"导出注册表文件"对话框

2．注册表的恢复

打开注册表编辑器后，选择"注册表"｜"导入注册表文件"命令，打开"导入注册表文件"对话框，如图 3-12 所示。

图 3-12　"导入注册表文件"对话框

找到需保存的注册表备份文件，单击"打开"按钮即完成注册表的恢复，恢复完成后将弹出一个提示对话框，单击"确定"按钮并重新启动计算机，注册表生效。

3. 在 DOS 环境下备份/恢复注册表

注册表编辑器不仅可以在 Windows 下运行使用，还可以在 DOS 模式下运行。虽然 DOS 系统已成为过去，有时注册表受到损坏而无法启动 Windows 时，就只有在 DOS 模式下修改、恢复注册表备份文件。注册表的实际物理文件为 System.dat 和 User.dat，也就说注册表中的数据保存在这两个文件中。

（1）导出注册表

此命令可以实现对注册表文件进行备份。

命令格式：Regedit/L:system/R:user/E filename.reg Regpath

参数含义：

/L：system 指定 System.dat 文件所在的路径。

/R：user 指定 User.dat 文件所在的路径。

/E：指定注册表编辑器要进行导出注册表操作，在此参数后面空一格，输入导出注册表的文件名。

filename.reg：导出注册表文件名。

Regpath：指定要导出哪个注册表的分支。如果不指定，则将导出全部注册表分支。

如果打算将保存在 C:\Windows\System.dat 和 C:\Windows\Profiles\User.dat 中所有 HKEY_CLASSES_ROOT 根键下的分支导出到 file.reg 中，可以执行如下命令：

Regedit /L:C:\Windows\/R:C:\Windows\Profiles\/e file1.reg HKEY_CLASSES_ROOT

（2）导入注册表

此命令可以实现对注册表文件进行导入。

命令格式：Regedit/L:system/R:user file.reg

参数含义：

/L：system 指定 System.dat 文件所在的路径。

/R：user 指定 User.dat 文件所在的路径。

（3）重建注册表

重建注册表，即重新建立 System.dat 和 User.dat 文件。重建注册表可以使因注册表无法修复的 Windows 系统恢复运行，抢救硬盘中存放的重要数据。

命令格式：Regedit/L:system/R:user/C file.reg

参数含义：

/L：system 指定 System.dat 文件所在的路径。

/R：user 指定 User.dat 文件所在的路径。

/C：此参数将告诉注册表编辑器，用所指定的.reg 文件中的内容重新建立注册表。

如果要用 file.reg 文件中的内容重新建立整个注册表，并将其保存到 C:\Windows\System.dat 和 C:\Windows\Profiles\User.dat 中，可执行命令：

Regedit/L:C:\Windows\/R:C:\Windows\ Profiles\/C file1.reg

（4）删除注册表分支

此命令可以将注册表中的一个子键分支删除。

命令格式：Regedit/L:system/R:user/D Regpath

参数含义：

/L：system 指定 System.dat 文件所在的路径。

/R：user 指定 User.dat 文件所在的路径。

/D：此参数告诉注册表编辑器，将 Regpath 所指定的注册表子键分支删除。

（5）恢复注册表

Scanreg.exe 可以检查、备份、恢复、修复注册表，此命令存放在 Windows\Command 目录下。

命令格式：`Scanreg [/<option>]`

option 有以下几个可选项：/backup、/restore、/fix、/comment="<comment>"。各选项含义如下：

/backup 参数是备份注册表和相关的配置文件，这些文件分别在 Windows 目录下的 System.dat、User.dat、win.ini、system.ini 四个文件。把这些文件压缩成 rb???.cab 一个文件，存放在\Windows\ sysbckup 目录下，多次使用此命令会产生多个 CAB 文件，一般从 000 开始，系统默认最大备份数为五。可在\Windows\scanreg.ini 文件中对最大备份数进行修改，通过修改"maxbackupcopies=?"的数值即可。

/restore 参数是选择一个备份进行恢复注册表，此命令必须关机后，重新启动进入纯 DOS 方式下运行。

/fix 参数是修复损坏的注册表，此命令也只能在 DOS 方式下运行。

/comment="< comment >"参数是在备份注册表时增加一些详细的注释到 CAB 文件中。

恢复遭到破坏的注册表文件，可以使用 Scanreg 命令进行修复，方法是：首先进入 DOS 系统操作环境，然后执行以下命令：

`Scanreg/restore`

此时系统会提示注册表备份情况，包括 CAB 文件名及备份时间等，可以选择要恢复的 CAB 文件进行恢复。

如果要查看所有的备份文件及同备份有关的部分，可以执行命令：

`Scanreg/restore/comment`

如果注册表有问题，可以使用 Scanreg 来修复，命令为：

`Scanreg/fix`

4．注册表的快速恢复

进入纯 DOS 方式，在 C:\WINDOWS 下输入：

```
attrib -s -h -r *.dat
extract/e/y sysbckup\rb00x.cab *.dat
```

若 system.ini 与 win.ini 也要恢复，则将＊.dat 改成＊.＊，即：

```
attrib -s -h -r *.*
extract/e/y sysbckup\rb00x.cab *.*
```

其中，rb00x 中 x 为未知数，操作时应具体为备份文件名。

完后输入 exit 或按【Ctrl + Alt + Del】组合键重新启动系统。

3.3　Windows 系统中的备份工具

随着 Windows 操作系统不断完善，系统本身也集成了许多备份工具，学会使用这些工具，对系统安全有很大的帮助。

3.3.1 系统还原工具的使用

Windows XP 提供了很多的系统恢复方法，这些方法包括 "系统还原"、使用紧急恢复盘及备份功能等，当然还有熟悉的 "高级选项菜单" 等恢复方法。

1. 系统还原点的建立

单击 "开始" 按钮，依次选择 "程序" | "附件" | "系统工具" | "系统还原" 命令，打开系统还原向导，如图 3-13 所示。

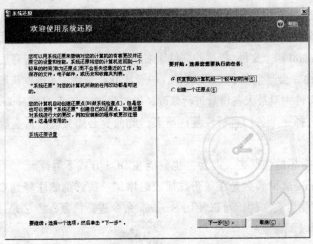

图 3-13　"系统还原" 向导

在打开的 "选择一个还原点" 的窗口中进行系统还原点的设置，一般选择 "恢复的计算机到一个较早的时间" 选项。单击 "下一步" 按钮，选择好系统还原点，单击 "下一步" 按钮即可进行系统还原。

注意：系统还原支持在 "安全模式" 下使用，但是计算机运行在安全模式下，"系统还原" 不能创建任何还原点。因此，当计算机运行在安全模式下，无法撤销所执行还原点操作。

2. 还原驱动程序

在设备管理器中，选择要恢复驱动程序的硬件，双击并打开 "属性" 窗口，选择 "驱动程序" 选项卡，然后单击 "返回驱动程序" 按钮，如图 3-14 所示。

图 3-14　"还原驱动程序" 窗口

3.3.2　使用 Windows 高级选项菜单恢复系统

Windows XP 的启动菜单先进了很多，系统自检完成后，按【F8】键后，会出现一个全中文界面的"Windows 高级选项菜单"，如图 3-15 所示，这里面的选项比较多。当系统出现故障时，可以使用菜单中的选项恢复系统，下面就介绍这些项目的具体应用。

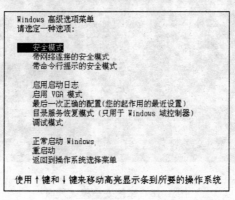

图 3-15　高级选项菜单界面

1．全能武器——安全模式

（1）系统问题举例

最近给 Windows XP 打上了 SP2 补丁（非正式版本）之后，在安装瑞星杀毒软件的过程中出现了蓝屏现象，而且每次在出现 Windows 登录窗口时都会自动重启，这是怎么回事，该如何解决？

（2）问题分析

这是因为安装的 SP2 补丁与瑞星杀毒软件不兼容造成的，要解决该问题，可以在"安全模式"中来完成。

（3）模式说明

"安全模式"是系统仅次于"正常模式"之后的最常用的启动模式，该模式仅使用最基本的驱动程序（如键盘、鼠标等）启动 Windows XP，不支持网络功能。通过"安全模式"可以解决 Windows 在启动或使用过程中出现的大部分问题，如感染病毒、不能正常启动、账户被停用等。

（4）解决方法

① 在"Windows XP 高级选项菜单"中选择"安全模式"选项，并按【Enter】键。

② 在出现的提示窗口中单击"是"按钮，这样可以在安全模式下工作；单击"否"按钮可以使用系统还原来还原计算机到以前的状态。

③ 进入"安全模式"后，会发现桌面的四个角都有"安全模式"的字样，如图 3-16 所示。打开"我的电脑"窗口，找到瑞星软件的安装目录，如"系统安装盘\Program Files\rising"，然后分别打开.rav、.rfw 文件夹，分别运行其中的 UnInst.exe 删除程序即可。这样重新启动到正常模式后就不会出现自动重启现象了。

图 3-16　系统安全模式界面

2．网络诊断专家——带网络连接的安全模式

（1）系统问题举例

给创新 SB Live 声卡安装了新的驱动程序，结果每次登录 Windows XP 的时候速度特别慢，而且经常死机。

（2）问题分析

可能是因为安装了不兼容的驱动程序造成的。创新 SB Live 声卡有很多种驱动程序，要解决该问题，可以先卸载已安装的驱动，再重新安装通用驱动程序。

（3）模式说明

该模式顾名思义就是指加载了网络功能的"安全模式"，在启动时会加载网络设备驱动程序和网络服务，这样就能访问局域网和 Internet，并能从网上下载相应的修复工具和驱动程序来解决各种软件问题，以及因为硬件驱动程序造成的问题。

（4）解决方法

① 在"Windows XP 高级选项菜单"中选择"带网络连接的安全模式"选项，并按【Enter】键。

② 同样在出现的提示窗口中单击"是"按钮进入"安全模式"，然后上网下载通用的 SB Live! 驱动程序。

③ 打开"设备管理器"，卸载已经安装的声卡驱动程序，然后安装下载的驱动程序。安装完成后，重新启动即可。

3．高手利器——带命令行提示的安全模式

（1）系统问题举例

为了禁止网络游戏运行，可以通过设置 Windows XP 系统的"组策略"完成。但是，该计算机机根本无法运行"组策略"和其他程序，总是出现本次操作被取消的提示。

（2）问题分析

这是因为错误的"组策略"设置造成的，可以在"带命令行提示的安全模式"中打开"组策略”窗口改回设置，即可解决问题。要想再阻止的话，可以双击“不要运行指定的 Windows 应用程序”。

（3）模式说明

该模式其实就是在“安全模式”中打开 cmd.exe（命令提示符）窗口，通过输入相应的命令来解决各种问题，可实现的功能跟“安全模式”完全一样。

（4）解决方法

① 在“Windows XP 高级选项菜单”中选择“带命令行提示的安全模式”选项，并按【Enter】键。

② 进入安全模式后，在命令提示符下输入 mmc 命令，按【Enter】键打开控制台窗口。

③ 选择“文件”|“添加/删除管理单元”|“添加”命令，选择“组策略”管理单元，单击“添加”按钮，再单击“完成”|“关闭”|“确定”按钮。这样，“组策略”管理单元将被添加到控制台窗口中。

④ 展开“配置”|“管理模板”|“系统”，双击右窗格中的“只运行许可的 Windows 应用程序”选项，在属性窗口中选择“未配置”选项，单击“确定”按钮即可。

⑤ 按【Ctrl+Alt+Del】组合键，在弹出的对话框中单击“关机”按钮，并重新启动计算机即可。

4．对故障了如指掌——启用启动日志

（1）系统问题举例

VIA 主板板载的 AC'97 声卡，在安装了从网上下载的 WDM 驱动后，发现每次重启后计算机不能正常发声，而且在“设备管理器”中没有发现声卡设备。

（2）问题分析

这是因为安装了不兼容的驱动程序造成的，在启动 Windows XP 的时候没有加载 AC'97 声卡驱动程序。要解决该问题可以“启用启动日志”运行系统，再找到问题根源。

（3）模式说明

启用启动日志模式可以在系统启动后生成一个名为 ntbtlog.txt 文件，将系统启动过程中加载的和未加载的驱动程序记录到该文件中。

（4）解决方法

① 打开“系统盘:\Windows”目录，删除其中的 ntbtlog.txt 文件。

② 重新启动 Windows，在“Windows XP 高级选项菜单”中选择“启用启动日志”选项。

③ 进入 Windows XP，打开 ntbtlog.txt 文件，Loaded driver 部分表示加载的驱动程序，而 Did not load driver 部分表示未加载的驱动程序，通过查找 viaudio.sys 查看是否加载。如果没有加载，就重新安装驱动程序；如果已经加载，但是不能用，就重新寻找并安装兼容的驱动程序。

5．显示器“还原法宝”——启用 VGA 模式

（1）系统问题举例

一次给显示器手工设置了高刷新频率后，显示黑屏，而且重新启动计算机后，如故。该怎么办？

（2）问题分析

这是因为设置了过高的显示器刷新频率造成的黑屏，可以尝试“启用 VGA 模式”来重新设置合适的刷新频率。

（3）模式说明

VGA 模式可以使用标准的 VGA 驱动程序来启动 Windows XP，这样可以重新设置显示器的刷新频率。还可以删除安装错误的显卡和显示器驱动程序。

（4）解决方法

① 重新启动 Windows XP，在"Windows XP 高级选项菜单"中选择"启用 VGA 模式"选项，并按【Enter】键。

② 打开"桌面属性"窗口，选择"设置"选项卡，单击右下角"高级"按钮。

③ 选择"监视器"选项卡，在"屏幕刷新频率"中选择合适的刷新频率，连续单击"确定"按钮即可。

6. 系统"恢复助手"——最后一次正确的配置

（1）系统问题举例

计算机重装 Windows XP 系统，安装过程中一切正常，可是在安装完成后，重新启动计算机时出现蓝屏，并提示"Stop:0x0000000A……"。

（2）问题分析

是由于安装了与 Windows XP 不兼容的硬件驱动程序造成的，可使用"最后一次正确的配置"恢复驱动程序。

（3）模式说明

该模式可以利用系统在最近一次保存的正确的系统配置来启动 Windows XP，包括注册表、驱动程序等配置信息。

（4）解决方法

① 重新启动 Windows XP，按【F8】键，在"Windows XP 高级选项菜单"中选择"最后一次正确的配置"选项，并按【Enter】键来让系统恢复注册表及其他文件。

② 如果还不能解决问题，可以再次重新启动 Windows XP，进入"安全模式"，打开"设备管理器"。

③ 打开不兼容的硬件属性窗口，选择"驱动程序"选项卡，单击"返回驱动程序"按钮来卸载当前的驱动程序，并还原到以前的驱动程序。另外，还可以使用"系统还原"将系统还原到以前的 Windows XP 状态。

7. 活动目录修复工具——目录服务恢复模式

（1）系统问题举例

如果用 AD（active directory，活动目录）管理数据，当 AD 数据库数据丢失了，需要通过以前的备份进行恢复，怎么办？

（2）问题分析

因为恢复 AD 数据库不能在 AD 服务正常运行时进行，那么可以借助于"目录服务恢复模式"，通过系统还原工具来完成。

（3）模式说明

"目录服务恢复模式"是安全模式的一种，通过该模式可以进行 Windows XP 域控制器的 AD 修复以及恢复。

（4）解决方法

① 重新启动 Windows XP，在"Windows XP 高级选项菜单"中选择"目录服务恢复模式（只用于 Windows 域控制器）"选项，并按【Enter】键。

② 在登录对话框中，输入具有管理器权限的名和密码登录系统。在出现提示窗口时，单击"是"按钮进入"安全模式"。

③ 选择"开始"|"所有程序"|"附件"|"系统工具"|"备份"命令，在打开的"备份或还原向导"窗口中单击"下一步"按钮。选择"还原文件和设置"选项，单击"下一步"按钮继续。

④ 在"还原项目"中选择已经备份的 AD 数据库，单击"下一步"按钮继续。然后按提示进行相应的操作即可，最后重新启动计算机就完成 AD 数据库的恢复。

8. 硬件故障排查工具——调试模式

（1）系统问题举例

Windows XP 系统经常不能正常启动，但是又找不到具体的原因。

（2）问题分析

造成这种故障的原因很多，可能是由于硬件驱动程序不兼容或者病毒等问题造成的。如果是前者，可以尝试使用"调试模式"来反复调试，找到原因；如果是后者，可以通过杀毒软件进行病毒扫描以解决问题。

（3）模式说明

在该模式下可以检查硬件使用的驱动程序是否和 Windows XP 发生冲突，以找出硬件问题的所在。

（4）解决方法

① 重新启动 Windows XP，在"Windows XP 高级选项菜单"中选择"调试模式"选项，并按【Enter】键。

② 在进入 Windows XP 后，分别用记事本打开 C 盘中 autoexec.bat 和 config.sys 文件。

③ 删除或增加要启动的硬件驱动程序，再重新启动 Windows 系统，并选择"调试模式"反复进行测试，最终查出有冲突的硬件。

3.3.3　使用故障恢复控制台修复系统

当 Windows XP/2003 出现了启动故障，在安全模式或其他模式下都启动无效时，人们首先想到的就是重装系统，其实不必。这时应考虑使用 Windows 的"故障恢复控制台"来挽救系统。

要使用恢复控制台，必须用操作系统的安装光盘启动计算机。当在文本模式设置中出现提示时，按【R】键，启动恢复控制台；按【C】键选择"恢复控制台"选项。如果系统安装了多操作系统，选择要恢复的那个系统，然后根据提示输入管理员密码，并在系统提示符后输入系统所支持的操作命令。从恢复控制台中，可以访问计算机上的驱动程序，可以启用或禁用设备驱动程序或服务；从操作系统的安装光盘中复制文件；从其他可移动媒体中复制文件；创建新的引导扇区和新的主引导记录（MBR），如果从现有扇区启动存在问题，则可能需要执行此操作。故障恢复控制台可用于 Windows XP 的所有版本。下面介绍利用故障恢复控制台解决一些问题的实例。

1. 系统文件 Ntfs.sys 丢失

（1）问题举例

将分区从 FAT32 文件系统转换到 NTFS 文件系统后，重新启动 Windows XP 时出现 Missing or Corrupt Ntfs.sys（Ntfs.sys 丢失或损坏）错误信息，导致系统无法正常启动。

（2）解决方法

① 在故障恢复控制台下先输入 cd \Windows\system32\drivers，按【Enter】键。

② 输入"ren ntfs.sys ntfs.old"，将损坏的 Ntfs.sys 文件重命名为 Ntfs.old。如果提示没有找到 Ntfs.sys 文件，则该文件丢失。

③ 把 Windows XP 的安装光盘放进光驱，假设 Windows XP 安装在 C 盘、光驱的盘符为 H，输入 copy h:\i386\ntfs.sys c:\Windows\system32\drivers，然后退出故障恢复控制台，重新启动 Windows XP 即可。

2. 系统文件 NTLDR 丢失

（1）问题举例

系统不能正常启动，提示一些文件丢失。出现以下错误信息：NTLDR is missing Press any key to restart，提示 NTLDR 文件丢失。

（2）解决方法

对此类系统文件的丢失问题，可以使用故障恢复控制台从系统安装光盘上复制丢失的文件。

① 进入故障恢复控制台，把系统的安装光盘放进光驱（光驱盘符为 H：），输入 copy h:\i386\ntldr c:\，并按【Enter】键（从光驱复制 ntldr 文件至 C 盘根目录下）。

② 输入 copy h:\i386\ntdetect.com c:\，并按【Enter】键(从光盘复制 ntdetect.com 文件到 C 盘根目录下)。如果系统提示是否覆盖文件，输入 y，然后按【Enter】键。

③ 输入 c:\boot.ini，如果正常显示 boot.ini 中的内容则可重启，问题已经解决。如果显示为"系统找不到指定的文件或目录"，表示 boot.ini 文件损坏或丢失，可到其他计算机中复制该文件，将它复制到 C 盘，然后重启。利用此法可以解决大部分系统文件丢失的问题。

3. 误删除 sam 文件

（1）问题举例

在 Windows XP 中不小心把 Windows/system32/config/下的 sam 文件删除了，结果 Windows XP 账号丢失，不能进入 Windows XP 的登录界面。由于安装有很多软件，不想重新安装系统。

（2）解决方法

进入故障恢复控制台，把 Windows XP 的安装光盘放进光驱（假设光驱盘符为 H：），输入 copy h:\Windows\repair\sam c:\Windows\system32\config\sam 后按【Enter】键，将 H:\Windows\repair\sam 文件复制到 c:\Windows\system32\config 文件夹即可。

提示：repair 下的 Sam 文件是当初安装 Windows XP 时产生的，这样操作会丢失安装系统以及在系统中创建的组（信息回到全新安装时状态）。如果系统还原，可以先成功地登录 Windows XP，再还原到最新的还原点恢复全部设置。在系统的安装光盘：\Windows\repair 目录下有很多的文件，这里面是系统刚装好时的注册表、硬件信息等。另外，如果忘记了系统的登录密码，可以利用此方案来解决问题。

4．多系统下的 Windows XP 无法启动

（1）问题举例

一个多系统的计算机，原先安装了 Windows XP，然后安装了 Windows 98，结果将位于系统启动分区根目录下的 Windows XP 启动文件覆盖了，导致 Windows XP 系统不能启动了。

（2）解决方法

① 启动故障恢复控制台，输入 BOOTCFG /ADD(将 Windows 安装添加到启动菜单列表中)，故障恢复控制台会扫描 Windows 安装，几秒钟后扫描完成，提示选择要添加的安装。

② 选"1"，会提示输入加载识别符(就是启动菜单项名称，比如要恢复的是 Windows XP 系统，可输入 Windows XP)。

③ 提示输入 OS 加载选项。输入 fastdetect 命令，按【Enter】键。

④ 输入 exit，重新启动计算机。

经过以上的四步操作，会看到多系统启动菜单又恢复了。如果还有其他的系统可以继续执行上述的步骤，直至所有的系统都添加到多系统启动菜单中。

5．误删除 BOOT.INI 文件

（1）问题举例

不慎将 BOOT.INI 等启动文件删除。原来的 Windows XP 系统安装在 C 盘，现在重装，将系统装在 D 盘，安装完毕后，将 C 盘格式化了，结果 C 盘根目录下的 BOOT.INI 等系统文件没有了。

（2）解决方法

① 执行 bootcfg /scan 命令在所有磁盘上扫描 Windows 安装，找到 D 盘上的 Windows XP 后，输入 bootcfg /redirect 重建 BOOT.INI。

② 使用 copy 命令将 Windows XP 的安装光盘上 i386 目录下的 NTDETECT.com 和 NTLDR 复制到 C 盘根目录下。

③ 执行 fixboot c:命令，把 Windows XP 的系统分区写入启动扇区。

如果计算机是单操作系统，在把 C 盘上的系统格式化或删除的同时，不小心把 BOOT.INI 也一并删除了，可以用此方案来恢复。如果是多操作系统，可以参考上一案例，建立引导菜单，或者手动编辑 BOOT.INI 文件。

3.3.4　在 Windows XP 中配置并使用自动系统恢复功能（ASR）

对于 Windows XP 系统来说，当系统出现崩溃或者系统使用时出现一些莫名其妙的错误时，采用什么方法解决呢？一般都是采用重装系统或者使用 Ghost 软件恢复。但是使用这些方法有些缺陷，如重新安装系统后，原来的系统设置和应用软件都必须重新安装。使用 Windows XP 的系统修复功能就不同了，修复其中的系统错误以及更新系统文件，原来的系统设置和所安装的应用程序也不会改变。下面以 Windows XP Professional 版本为例来介绍系统修复的操作方法。

在 Windows XP 中配置并使用自动系统恢复功能（ASR），是一种由 ASR 备份与 ASR 恢复两部分组成的恢复系统。

作为系统故障情况下完整系统恢复计划中的一个组成部分，可以定期创建自动系统恢复集合。ASR 应作为系统恢复过程中最后采取的手段，它只在诸如安全模式启动或最后一次正常模式等恢复措施无效时方可使用。

1. ASR 备份

备份部分的功能通过位于"备份"程序中的 ASR 向导实现。该向导对系统状态、系统服务以及与操作系统组件相关联的所有磁盘进行备份。同时，它还创建一个包含备份信息、磁盘配置（包括基本卷和动态卷）以及恢复方式等内容的文件。

如需使用备份程序创建一个自动系统恢复集合，可以按照以下步骤来进行配置：

注意： 需要用以保存系统设置信息以及备份文件所需的存储介质。

① 打开"备份"程序。选择"开始"|"所有程序"|"附件"|"系统工具"|"备份"命令，打开"备份或还原向导"对话框，单击"高级模式"文字链接，启动"备份工具"窗口，如图 3–17 所示。

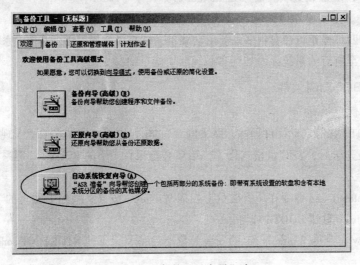

图 3–17　"备份工具向导"窗口

② 选择"工具"|"ASR 向导"命令，依照屏幕上所显示的指令完成各项操作步骤。

说明： 通过执行以上操作步骤，只有启动系统所必需的系统文件将予以备份。

2. ASR 恢复

当安装程序在文本模式部分中提示相关信息时，可以通过单击【F2】键的方式访问 ASR 的恢复功能。ASR 将从先前创建的文件中读取磁盘配置信息，并在启动计算机所需的磁盘上恢复磁盘标记、卷及分区。此后，ASR 将安装一套简易 Windows 操作系统并利用通过 ASR 向导所创建的备份数据自动启动恢复过程。

如需使用自动系统恢复功能从系统故障中进行恢复，请依次执行以下操作步骤：

① 在开始执行恢复过程前，确保已具备以下资料：

- 先前创建的自动系统恢复软盘。
- 先前创建的备份介质。
- 最初使用的操作系统安装光盘

② 在 CD 驱动器中插入最初使用的操作系统安装光盘。

③ 重新启动计算机。

④ 当安装程序在文本模式下提示相关信息时，按【F2】键。此时，安装程序将要求插入创建的 ASR 软盘。依照屏幕指示完成各项操作。ASR 将恢复其他的数据文件。

3.3.5　还原常规数据

当安装新的应用程序或误操作，造成 Windows XP 出现数据破坏时，还可以使用 Windows XP 中"备份"工具的还原向导，还原整个系统或被破坏的数据。

1. 使用系统还原点还原

选择"开始"｜"所有程序"｜"附件"｜"系统工具"｜"备份"命令，打开"备份或还原向导"对话框，单击"高级模式"文字链接，启动"备份工具"窗口。选择"欢迎"选项卡，然后单击"还原向导（高级）"按钮，打开"还原向导"对话框。单击"下一步"按钮，打开"还原项目"对话框，如图 3–18 所示。选择还原文件或还原设备之后，单击"下一步"按钮继续按向导操作即可。

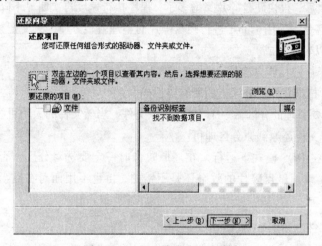

图 3–18　"还原项目"对话框

2. 备份 Windows XP 的激活信息

重新安装 Windows XP 系统后，需要将系统重新激活才能够正常使用。事实上，并非每次都要进行这样的操作。可以在第一次激活 Windows XP 系统后，将 Windows\System32 文件夹中的 Wpa.dbl 和 Wpa.bak 文件备份到一个安全的分区或移动硬盘上。当再次安装 Windows XP 系统后，将备份的文件复制到系统文件夹下即可恢复激活状态。不过需要注意的是，这种激活只适合于重新安装 Windows XP 系统，不适合硬件等条件改变的情况。

3.4　Norton Ghost 备份工具的使用

Norton Ghost 是一个极为出色的硬盘"克隆"（clone）工具，它可以把一个硬盘中的全部内容完全相同地复制到另一个硬盘中，还可以将一个磁盘中的全部内容复制为一个磁盘映像文件备份至另一个磁盘中，这样就能用镜像文件还原系统或数据，最大限度地减少安装操作系统和恢复数据的时间，它能节省 90% 的系统安装时间。

3.4.1　Norton Ghost 工具概述

Ghost 这款软件是每一位装机人员必备的工具软件。用 Ghost 来克隆出正常的系统，当系统出现问题时，用可以开机的 U 盘或光盘，在几分钟内就可以把计算机恢复到原来的正常状态。使用 Ghost 恢复系统相当方便和高效，它支持 FAT16/32、NTFS、OS/2 等多种分区，这使得它能够在 Windows NT、Windows XP, UNIX 等操作系统下进行硬盘备份，并且备份工作还可以在不同的存储系统之间进行。克隆目标硬盘过程中具备自动分区并格式化目标硬盘的能力。但是，如果只是用 Ghost 来备份和还原数据的话，那可委屈了这款"功能强大"的软件了。其实 Ghost 还有一些比较另类的功能，别看这些不是它的专长，但是使用起来还是相当出色的。下面就详细的介绍一下这款软件。

1. 用 Ghost 整理硬盘碎片

使用磁盘碎片整理程序整理硬盘是提高程序执行速度的一种好方法。但硬盘碎片整理过程非常费时，而且整理之后，很快硬盘碎片又增多了，程序执行速度再次明显下降。如此这般做下去，硬盘也会缩短使用寿命。使用 Ghost 进行硬盘碎片的整理就很方便，只要把整理分区克隆下来然后克隆回去，就可以轻松完成。

用 Ghost 整理碎片的具体方法是：

① 用 Scandisk 扫描并修复分区上的所有错误码。

② 用 Ghost 给要整理的分区做一个 GHO 映像文件，当然文件的大小可视分区的使用情况而定，然后再将 GHO 文件还原到原分区即可。

这些操作最好在 DOS 模式下运行，在还原映像时一定要选对分区，否则会造成数据的丢失。总之，用 Ghost 整理磁盘碎片的效果还是不错的，再也不用面对在磁盘碎片整理时的尴尬局面了。

2. 用于备份软件

使用 Ghost 还可以将硬盘分区进行压缩备份，生成一个扩展名为.gho 的文件，需要的时候再复原即可。到目前，很少有病毒可以感染 GHO 文件，这样也就保证了 GHO 文件中软件的安全。但在实际使用的时候，经常会遇到一个问题，就是在硬盘备份后如何在备份文件中添加或移除应用程序（如果找到比较好的软件需要添加到备份文件中，或者发现原先制作的备份文件有一些过时没有用的软件）。若想按照意愿来修订备份文件的话，只有先恢复备份文件，然后删除或增加相关的软件，最后还要对这个分区进行再次备份。这样一来，就会浪费许多宝贵的时间，但幸运的是还有一个 Ghost 备份的好帮手——Ghost Explore 软件。

Ghost Explore 实际上是一个 GHO 文件的编辑软件，可以在 Windows 系统中直接查看 GHO 文件中的信息，它采用了类似资源管理器的界面，所以在使用的时候很容易。更重要的是通过这个工具，可以直接对 GHO 文件中的文件进行添加、删减。如果需要安装某一款软件，只需要把它单独从 GHO 文件中提取出来，保存到硬盘上，安装完毕后再将其删除就可以了。利用该软件，还可以向 GHO 文件中加入新的内容，这样如果有了新的软件，也可以不断地添加进去，免去了重新制作 GHO 映像文件的麻烦。通过这样处理后的软件，也不会被病毒感染，可以放心大胆的使用。

3. 用 Ghost 分区格式化

随着计算机新技术的迅速诞生和产品的普及，使用 200GB、300GB 的硬盘已经很普遍了，可是这么大容量的硬盘要想进行分区格式化的话——也是件极不容易的事。通常，200GB 的硬盘分区格式化少则一个小时多则两个小时，再加上装系统的时间……

其实利用 Ghost 这个软件就可以对大硬盘进行快速分区和格式化。

① 找一块硬盘，最好是小一点的，接在一台可以运行的计算机上，把这块硬盘按照大硬盘分区的比例作好分区和格式化，切记在这块硬盘上不要存储任何文件。

② 然后运行 Ghost，利用 "local-disk-to image" 命令将刚刚分区和格式化好的硬盘镜像成一个文件。由于这个硬盘内没有文件，所以形成的镜像文件非常小，可以将 Ghost.exe 文件与这个镜像文件存储在一张启动光盘上。

③ 下次哪个硬盘需要分区、格式化，可以用这张光盘启动计算机，运行 Ghost，选择 Local｜Disk｜From Image 命令，然后选择光盘上的镜像文件，选择目标硬盘，只需几秒，一个上百 GB 大硬盘就完成了分区和格式化。

Ghost 软件的应用还有很多，如果需要了解更多的内容，可在 DOS 状态下输入 "ghost.exe –h" 命令来查看帮助。

3.4.2　Ghost 硬盘备份与还原

1. 安装

Ghost 安装非常简单，只要将 Ghost.exe 复制到硬盘或软盘即可执行。

注意：由于操作需要鼠标，建议最好将鼠标驱动程序复制到和 Ghost.exe 同一个目录下，这样方便使用（不使用鼠标可使用【Tab】键）。

2. 启动程序

在纯 DOS 下请先运行鼠标驱动程序 mouse.exe，再运行 Ghost.exe，如图 3-19 所示。

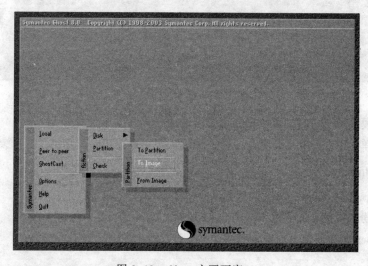

图 3-19　Ghost 主画面窗口

3. 主画面操作说明

Ghost 复制、备份可分为硬盘（Disk）和磁盘分区（Partition）两种。其中：

- Disk——表示硬盘功能选项。
- Partition——表示磁盘分区功能选项。
- Check——表示检查功能选项。

硬盘功能分为三种：

- disk to disk（硬盘复制）。
- disk to image（硬盘备份）。
- disk from image（备份还原）。

注意：若要使用硬盘功能，必须有两个硬盘以上才能实现硬盘功能。另外，所有被还原的硬盘或磁盘，原有资料将完全丢失。（请慎重使用，把重要的文件或资料提前备份以防不测。）

4. disk to disk

① 先选择来源硬盘 Source drive 的位置。

② 选择目的硬盘 Destination drive 的位置，如图 3-20 所示。

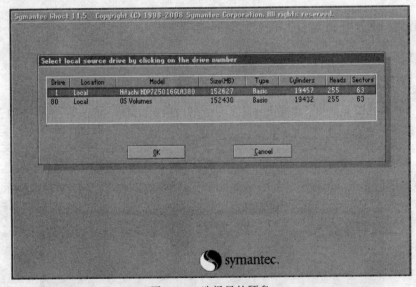

图 3-20　选择目的硬盘

③ 在磁盘复制或备份时，可依据使用要求设定分区大小。

④ 选定后单击 OK 按钮，出现确认对话框，单击 YES 按钮即开使执行复制操作。

5. disk to Image

① 选择来源硬盘 Source drive 的位置。

② 选择备份档案储存的位置，如图 3-21 所示。

③ 单击 Open 按钮后，出现确认对话框，单击 YES 按钮即开使执行备份。

图 3-21　选择备份档案储存的位置

6. disk from image

① 选择还原档案，如图 3-22 所示。

② 选择要还原的硬盘 Destination drive。

③ 在做硬盘还原（复制）时，可依据使用要求设定分区大小。

④ 单击 Open 按钮后，出现确认对话框，单击 YES 按钮即开使执行还原。

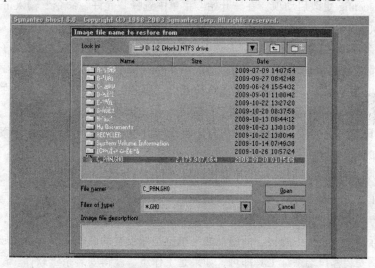

图 3-22　选择还原档案

3.4.3　Ghost 分区备份与还原

使用 Ghost 进行分区备份与还原是目前主要的一项应用。使用 Ghost 前配置一个完整、安全而又稳定的操作系统是重中之重。

1. Windows 系统的优化设置

（1）安装操作系统

至少要保证硬盘中有两个以上的分区，推荐把操作系统分区格式化为 FAT32 格式。

（2）修改系统设置，优化系统。在"控制面板"中选择"系统"选项，修改系统设置

① 在"高级"选项卡中，选择性能的设置：

- 在"视觉效果"选项卡中选中"自定义"单选按钮，在下面的各项选择中，只要选中"在窗口和按钮上使用视觉样式"复选框和"在桌面上为图标标签使用阴影"复选框即可实现没有修改前的效果。

- 在"高级"选项卡中选择虚拟内存的更改，按照计算机的内存大小和硬盘大小，给操作系统适当的增加虚拟内存。一般将初始大小设置为真实内存的 1.5 倍，最大值为 2 倍。

② 在"高级"选项卡中，选择启动和故障恢复的设置：

- 办公一族不需要装双系统，不必要选"显示操作系统列表的时间"选项，在"在需要时显示恢复选项的时间"选项中，设置 5s 即可。

- 办公一族没有必要处理系统警告，所以不用选择"将事件写入系统日志"和"发送管理警报"选项。

- 单击"错误报告"按钮，在打开的"错误汇报"对话框中选择"禁用错误汇报"选项，并选中"但在发生严重错误时通知"复选框。

③ 关闭系统还原。在"系统还原"中，选中"在所有驱动器上关闭系统还原"复选框即可。

④ 关闭远程协助和远程桌面。可以选择在"远程"选项卡中，取消选中"允许从这台计算机发送远程协助邀请"和"允许远程连接到这台计算机"复选框。

⑤ 利用 msconfig 更改启动项。在"开始"菜单中选择"允许"命令，输入 msconfig 命令，在"启动"选项卡中按照喜好设置启动项，当然必须的项是不能去掉的。

⑥ 删除多余的 Windows 组件。Windows XP 在提高强大功能的同时，也增加了一些多余的组件，比如现在都用 MSN Messenger 了，可以删除 Windows Messenger、MSN Explorer 等。

⑦ 停用不必要的服务。办公一族可能对计算机"服务"的需求不同，可以在网上搜查一篇这样的文章，按照作者的提示和工作的需要，删除一些无用的东西。

⑧ 设置打印机。办公室一般使用网络打印机，所以当设置好网路后，在"添加打印机"中将这个网络打印机设置好。

⑨ 中文输入法的修改。计算机工作最多的就是打字了，所以设置好常用的输入法，其他的输入法就可以在"文字服务和输入语言"对话框中将其删除。

（3）安装防病毒软件和防火墙

防毒和杀毒是重装系统中的核心问题。如果单位是域设置的话，一般都会在域服务器上设置网络杀毒，只要安装客户端杀毒工具即可；如果是工作组，就得安装杀毒软件。没有必要纠缠到底哪个杀毒软件最好，最重要的是不时地更新病毒库。

（4）安装一些必装软件

原则是安装系统必须的而且比较小的软件，不然会使系统很大，制作的镜像文件也大，不容易进行 Ghost。一般要安装压缩软件（Winrar）、下载软件（Flashget）、MP3 播放软件（Winamp）和视频播放万能软件（MFC）。

（5）删除系统盘下的驱动备份

在系统"文件夹选项"选项中选择"查看"选项卡中的高级设置中的"显示所有文件和文件夹"选项，同时取消选择"隐藏受保护的操作系统文件（推荐）"选项。这样，在操作系统盘下的

WINDOWS\system32 下会出现一个 380MB 的 dllcache 文件，这些都是些驱动备份，将其删除。

经过这些设置后，就可以进入 DOS，使用 Ghost 软件进行分区镜像文件的制作。

2．分区的备份与还原

对分区的操作功能分为以下三种：

- Partition to Partitiont（复制分区）。
- Partition to image（备份分区）。
- Partition from image（还原分区）。

（1）Partition to Partitiont

复制分区的方法很简单，首先选择来源区，再选择目的区，确定就可以了。这与磁盘之间的复制方法基本一样，就不多做说明了。

（2）Partition to image

① 选择要备份的硬盘。

② 选择要备份的硬盘分区，如 C 盘，这通常存放操作系统与应用程序，如图 3-23 所示。

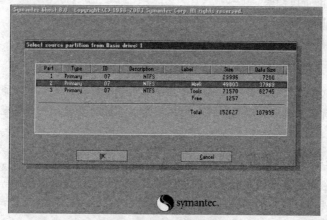

图 3-23　选择要备份的硬盘分区

③ 选择备份档案存放的路径与文件名（创建）。不能放在选择备份的分区。

④ 按【Enter】键确定后，出现提示框，如图 3-24 所示有三种选择：

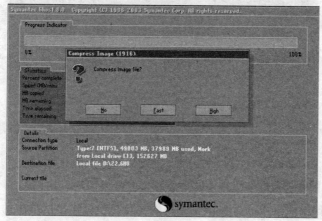

图 3-24　压缩比例选择

- NO：备份时不压缩资料（速度快，但占用空间较大）。
- Fast：少量压缩。
- Hight：最高比例压缩（可压缩至最小，但备份/还原时间较长）。

建议：为了节省硬盘空间，选择 High 高比例压缩，这样花费的时间就会较长。其实现在硬盘的容量应该是不成问题，还是选择 Fast 为好，克隆的数据更不易出现错误。

⑤ 确认，单击 YES 按钮执行操作。

注意：若要使用备份分区功能（如要备份 C 盘），必须有两个分区以上，而且 C 盘必须小于 D 盘的容量，并保证 D 盘上有足够大的空间储存档案备份。而如何限制映像文件的大小？一般来说，制作的映像文件都比较大，因此无论是更新还是恢复需要的时间都较长。其实，只需要将主分区 C 盘进行克隆就可以了，同时尽量做到少往主分区上安装软件，这样制作的映像文件就不会太大了。

（3）Partition from image

① 选择要还原的备份档案。

② 选择要还原的硬盘。

③ 选择要还原的硬盘分区。

④ 确认，单击 YES 按钮执行操作。

建议：使用 Ghost 进行数据备份，必须在克隆之前对硬盘或分区进行彻底的清理和优化，最好用一些工具软件清理系统中的垃圾文件和垃圾信息，再对硬盘进行一番整理，这样克隆的系统才是最好的。

3. 备份的检验与排错（见图 3-25）

此功能是检查磁盘或备份档案因不同的分区格式（FAT）、硬盘磁道损坏等因素造成备份与还原的失败。单击后选择要检查的文件即可开始检查。

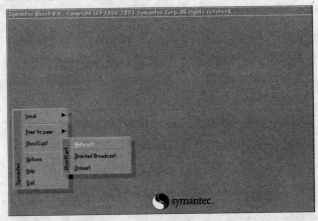

图 3-25　备份的检验与排错

4. 通过网络进行系统备份与回复（见图 3-26）

此项功能可以用于网络中的计算机，使用网线和交换机连接网络中的计算机，主机选择 MASTER，其他计算机选择 SLAVE，待网络检查无误即可实现对接，如图 3-27 所示。而备份与恢复的过程与在本机上的操作大同小异，基本没有什么区别。

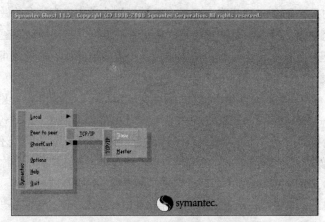

图 3-26　LPT 直连网络备份与回复

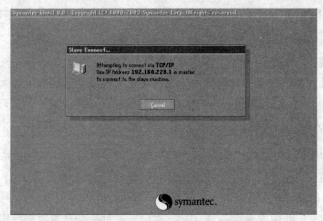

图 3-27　网络检查无误即可实现对接

5. 用 Ghost 备份的注意事项

（1）分区格式

首先要注意分区的格式，Windows XP 系统可以使用传统的 FAT 分区（FAT16、FAT32）和 Windows NT/XP 特有的 NTFS 分区格式。NTFS 分区格式更安全、有效，因此被普遍采用。而 Ghost 软件的低版本却不能正确的识别 NTFS 格式分区，所以，在操作前应选择高版本的 Ghost 软件，以确保能正确识别 NTFS 分区格式。

（2）硬盘属性设置

第二个要注意的是硬盘的属性，通常硬盘在 Windows XP 里是基本磁盘，基本磁盘上有分区（可分为主分区和扩展分区），基本磁盘是通常使用的磁盘属性，但有很多的特殊功能却不能在基本磁盘上实现，如镜像卷、容错卷等。这些功能的实现前提是将磁盘转化为动态磁盘，动态磁盘不能存在 DOS 操作系统下，也不能被 DOS 系统识别。在动态磁盘上没有分区的概念，取而代之的是卷，可以分为简单卷、跨区卷等。卷不像分区，同一分区只能存在于一个物理磁盘上，而同一个卷却可以跨越多达 32 个物理磁盘，这在服务器上是非常实用的功能。卷还可以提供多种容错功能（RAID0 或 RAID5）。

　　Ghost 软件只能识别基本磁盘，不能识别动态磁盘。如果磁盘属性是动态磁盘，不能使用 Ghost 软件备份。要注意的是，有的 SCSI 磁盘一旦插上就被识别为动态磁盘，有的做过硬件阵列的逻辑盘，也被识别为动态磁盘。特别需要注意的是，从基本磁盘可以转化为动态磁盘，原来的分区就会转变为简单卷，但要从动态磁盘转化为基本磁盘，就需要删除所有的卷才可以转化。

　　（3）备份和分发

　　使用 Ghost 软件可以完整的保留磁盘信息，因此在 Windows 98 时代，经常用它来同时安装一批计算机。但进入 Windows XP 时代，安装过程中会记录重要的硬件信息，因此备份只能在原来的计算机上恢复。如果更换了重要的硬件，或是换了计算机，备份恢复后就有可能不能正常的运行，这是 Windows XP 的硬件特性所决定的。Windows XP 中特别提供了分发工具，名称为 SYSPREP，在使用 Ghost 前先使用它，可以去除系统中的硬件信息，使得核心适合所有的硬件。使用这样的备份文件恢复后的第一次启动，系统将自动重新检测硬件并登记数据库。该过程和安装系统类似，只不过该过程很快且不需要安装光盘。

　　注意：使用 SYSPREP 重新封装处理后，系统会自动关机，请不要重新打开系统，否则硬件信息会重新被记录。

　　（4）有无域环境

　　随着网络的普及，越来越多的计算机运行在网络上，而域是管理和维护大型网络所必需的逻辑环境。Windows XP 的专业版都可以允许加入到域环境中，以接受集中的管理和策略限制。恢复 Ghost 备份后要想加入域，需要重新进行域的安全验证。

　　6．Ghost 使用技巧

　　（1）命令行参数

　　在使用 Ghost 的时候一定要先运行 Ghost 程序，然后在它的界面中操作，这样操作不但麻烦，而且还容易出错。实际上和 DOS 命令一样，Ghost 也可以通过命令行参数来操作，其参数就是 Ghost 中的 OPTION 选项，只不过以命令行的形式出现而已。现在以最常见的备份方式来说明 Ghost 的命令行参数的使用。

　　假设只有一个硬盘，多个分区，使用 Ghost 来备份已经装好操作系统的 C 盘，Ghost.exe 程序位于 D 盘的 backup 目录中，备份文件名为 c.gho。那么命令行为：

　　d:\backup\Ghost.exe -clone,mode=pdump,src=1:1,dst=d:\backup\c.gho -sure -z9

　　具体说明如下：d:\backup\Ghost.exe 是指 Ghost 程序的位置。-clone 是克隆的命令参数，它后面的部分都是克隆的"开关"。mode 这个开关可以有六个选项 copy（磁盘到磁盘的复制）、load（从备份文件恢复到磁盘）、dump（从磁盘备份到文件）、pcopy（分区到分区的复制）、pload（从备份文件恢复到分区）、pdump（从分区备份到文件）。src 这个开关是用来指出 clone 操作的源盘（分区、文件），如本例中的操作源区是 c 盘，它是第一个硬盘的第一个分区，所以参数是 1（第一个磁盘）:1（第一个分区）。如果是源的第一个磁盘，那么 src=1。dst 这个开关是用来指出目标区的，这里的目标是备份到一个文件中，所以在这里输入的是最后备份文件的路径和文件名。-sure 这个开关是让跳过确认过程。-z 是指备份过程中对内容的压缩比。-z 或者-z1 是快速压缩。z 后面的数字越大，压缩比率就越大，而速度也就越慢，压缩率最大的是 z9。

　　那么还原是否也可以使用命令行呢？当然可以，还原的命令行如下：

d:\backup\Ghost.exe -clone,mode=pload,src=d:\backup\c.Ghost:1,dst=1:1 -sure -rb

这里的 mode 用的是 pload，因为是从文件恢复到分区；src 变成了文件；dst 变成了分区。正好是备份过程的逆过程，唯一多出来的一个开关是-rb，它的意思是在恢复过程结束后重新启动计算机。

可以把这两个命令行保存成两个批处理文件，以后操作起来就方便了。

最后给出 Ghost 最常用的几个命令行参数，灵活应用可以提高备份数据的效率。

- –rb：本次 Ghost 操作结束退出时自动 REBOOT。这是一个很有用的参数，特别是在复制系统时人员可以放心离开了。
- –fx：本次 Ghost 操作结束退出时自动回到 DOS 提示符（前提是是以 DOS 命令的方式启动的 Ghost）。
- –crcignore：忽略 IMAGE FILE 中的 CRC ERROR。除非复制的东西无关紧要，否则不要使用此参数，以防数据错误。
- –sure：对所有要求确认的提示或警告一律回答 YES。此参数有一定的危险性，只建议高级人员使用。
- –fro：如果源分区发现坏簇，则略过提示强制复制。此参数可用来试着挽救硬盘坏道中的数据。
- –f32：将源 FAT16 分区复制后转换成 FAT32（前提是目标分区不小于 2GB）。由于支持 FAT32 的操作系统很少，所以除非是复制 Windows 98 分区，否则此参数慎用。
- –f64：将源 FAT16 分区复制后转换成 64KB/簇（原本是 512KB/簇，前提是目标分区不小于 2GB）。此参数仅适用于 Windows NT 系统，因为其他操作系统均不支持 64KB/簇的 FAT16。
- –fatlimit：将 NT 的 FAT16 分区限制在 2GB。此参数在复制 Windows NT 分区，且不想使用 64K/簇的 FAT16 时非常有用。
- –span：分卷参数。当空间不足时提示复制到另一个分区的另一个 IMAGE FILE。
- –auto：分卷复制时不提示就自动赋予一个文件名继续执行。

7. 关于不同分区类型硬盘克隆前的转换

因为硬盘分区有 FAT16 和 FAT32 两种类型，所以就会出现 FAT16 硬盘分区不能向 FAT32 硬盘分区进行克隆的问题。要解决这个问题，可以利用系统工具中的驱动器转换器（FAT32）将 FAT16 硬盘转换为 FAT32 硬盘，然后再进行克隆。

注意： 在进行由 FAT16 转换为 FAT32 的操作前，一定要先将 FAT16 硬盘上的各种杀毒软件卸载，否则会徒劳无功。另外，被转换的 FAT16 硬盘，一定要有 10% 以上的自由空间；FAT16 硬盘必须连接在 IDE 1 硬盘线的 Primary master 端口上，在 IDE 2 硬盘线 Secondary master 连接好光盘驱动器，否则会出现"注册表错误"的提示，无数次地"重新启动"计算机，无法完成转换。

8. 进行系统备份前的必要准备工作

为了更好、更快、更准确地运用 Ghost 软件进行系统软件的备份和快速恢复，在进行克隆备份前，要做好必要的准备工作：首先，要确保硬盘上的系统软件以及各种软件、打印机的驱动、扫描设备的安装调试都要正确无误；其次，要用杀毒软件对硬盘上的系统软件进行杀毒处理，确保能得到干净的系统备份。另外，如果硬盘足够大，可进行整个系统软件的备份。运行 Ghost 软件时，将备份的*.gho 文件最好存放在远离 C 盘的逻辑分区上，这样就可以避免 CIH 等病毒专门攻击硬盘 C、D、E 前面的分区，从而大大增加了所备份文件的安全性。

9. 在图形化界面下管理 GHO 文件

.gho 是 Ghost 制作映像文件时的默认扩展名，假如想恢复映像文件中的部分内容，那么就只能选择完全恢复。而且 Norton Ghost 简化版只能工作于纯 DOS 模式下，这样操作起来未免有很多不便，不过有了 Ghost Explorer 软件，就轻松多了。它能将做好的镜像文件读出并展开，然后就可以像对硬盘分区操作一样，对里面的任一文件进行提取和删除，而且整个过程都可以在 Windows 下完成。这样，系统分区只有少数几个文件损坏了、被覆盖了，也不用把整个分区都覆盖一遍，如图 3-28 所示。

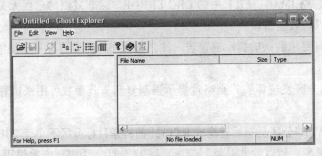

图 3-28　Ghost Explorer 主界面

在使用的时候，直接运行安装目录中的 Ghostexp.exe 文件，这是很熟悉的 Windows 标准窗口。然后通过"文件"｜"打开"命令，把一个原先已经保存在硬盘中的.gho 文件添加进来，这时原来很神秘的.gho 文件就会以真面目展现在眼前了。

（1）对映像文件进行局部恢复

运行 Norton Explorer，会发现它同 Windows 资源管理器界面一样，左窗格为映像文件对应磁盘的目录树，右窗格则显示相应文件或文件夹。从右窗格选定待恢复的文件后，单击工具栏中的"Restore（恢复）"按钮就可以将它快速恢复至指定位置。最重要的是可以只恢复部分内容，这就带来了极大的便利。

（2）随时更新映像文件

计算机系统的软硬件发生变化，就必须重新制作映像文件，虽然 Ghost 工作的速度可以达到 80MB/min，但还是要浪费时间。其实，只要从 Ghost Explorer 中的"Edit（编辑）"菜单下选择"Add（添加）"命令就可以随时对映像文件进行更新。和标准的 Windows 资源管理器一样，Ghost Explore 也支持鼠标的直接拖放功能，也就是说能够把一个文件/文件夹直接拖拽到桌面上进行解压缩，或者是将一个文件/文件夹通过拖拽方式很方便地添加到.gho 文件中。在它的帮助下，就能很便捷地把需要的工具添加到备份文件中，并且把备份文件中不需要的垃圾文件清理出去。

最后还要提醒在使用的时候应注意的三个方面：

- Ghost Explore 只是一个.gho 文件的查看工具，在进行分区备份的时候必须要有 Ghost.exe 主运行程序的支持，否则不能进行备份操作。
- 不能把 Ghost Explore 安装在需要备份的分区中，否则会因为不能压缩而导致备份失败。

- Ghost 是运行在 DOS 模式的程序，所以在 Windows 下备份的时候会先出现一个窗口提示转换到全屏模式运行，这时一般按任意键就可以了。

如果能完全掌握这些内容和技巧，并且应用到实际当中去，硬盘数据就安全多了。但是，数据备份只是保护硬盘数据的被动手段，要想真正实现数据的万无一失，最好的方法还是养成良好的上机习惯。

3.4.4　用 Ghost 时应考虑的问题

1．为什么要用 Ghost

用 Ghost 进行备份、恢复耗时较长，不能像 Pro Magic 那样实时恢复系统，也不能像还原精灵那样开机即能还原系统，如果在不能进入系统的情况下使用，还需要一些 DOS 方面的知识。但是 Ghost 有它的突出优点：还原彻底、可靠性高。因此，Ghost 适合在不经常还原，对数据不敏感，尤其是需要重装系统的情况下使用。

2．备份哪些文件

备份的文件越多越大，镜像文件也越大，备份、恢复时失败的可能性也越大，所以要尽可能地减少要备份的文件数目和大小。通常情况下，只备份系统盘即可。如果还有一些重要文件要备份，建议将它们存放到一个分区（非系统分区）中，然后进行整体备份。

3．什么时候备份

建议在刚安装好系统和常用软件的时候备份系统盘，因为这时系统内垃圾文件最少，性能较佳。当然，适当的优化能进一步减小镜像文件的体积。

4．在什么环境下备份

虽然新版本的 Ghost 能在 Windows 环境下运行，但建议在 DOS 下进行备份或还原。事先进行磁盘检查和碎片整理也很有帮助。

5．把文件备份到哪里

如果条件允许，最好是在两个不同的硬盘之间相互备份。如果是在一个硬盘下备份，必须备份到不同分区里。而 Ghost 程序文件本身不宜放在系统分区内，最好放在软盘内。

6．是否所有文件都需要还原

有时，并不需要将所有的文件还原，可以用 Ghost Explorer 浏览镜像文件，只还原需要的文件，这样能节约不少时间。

注意：使用 Ghost 进行备份或者还原时，一定要保证不能断电，否则很容易造成系统崩溃。

3.4.5　备份 Windows XP 系统分区应注意的问题

Windows XP 功能强大、界面美观，但同时体积庞大、安装时间过长，所以做好 Windows XP 的备份是非常重要的。用 Ghost 备份 Windows XP 系统分区需要注意如下一些问题：

1．使用新版本

无论 Windows XP 是安装在 NTFS 分区还是 FAT32 分区，都建议使用高版本的 Ghost，因为低版本的 Ghost 无法备份 NTFS 分区，而且在性能上也逊于高版本。

2．转移或删除页面文件

页面文件占据了很大一块硬盘空间，应该转移到系统分区之外，或在 DOS 状态下删除页面文件 pagefile.sys，否则影响镜像文件的大小和备份时间。

3．关闭休眠和系统还原功能

Windows XP 的休眠和系统还原功能也占用很大的硬盘空间。休眠功能要求和物理内存相当的空间，而且不能指定存放分区，所以必须要关闭。这些功能可以在备份结束后再次打开。

4．删除暂时不需要的临时文件

建议删除 Windows 临时文件夹、IE 临时文件夹和回收站中的文件，否则浪费储存空间和备份时间。另外，为了某些工作而安装的不是系统运行必需的文件也可以删除，如做艺术字时安装的字体文件。

5．检查磁盘和整理磁盘碎片

Windows XP 在用 Ghost 备份前一定要检查磁盘，保证该分区上没有交叉链接和磁盘错误。即使是用多操作系统，而且上次由于死机而产生的碎片或其他磁盘错误并不是在 Windows XP 系统分区里发生的，Windows XP 在启动时也能检测到，而且询问是否要进行磁盘扫描，严重影响了启动速度。做磁盘碎片整理对备份的好处是很明显的，这里就不赘述了。

6．注册常用软件

由于 Windows XP 自带 MSN 浏览器和 Windows Messenger，这两个软件都存放在 Windows XP 的系统分区，重新安装后还需要输入用户名、邮件地址和密码重新注册；另外有些软件，如金山毒霸等，重装系统后也要重新注册或输入序列号。所以，建议用户先注册好，再用 Ghost 备份，恢复后就可以免去很多操作上的麻烦。

7．及时更新备份

若更换了计算机的主板，在安装好相关程序或重装系统后，必须对系统分区重新进行备份，如果仍用旧的 Ghost 备份（更换配件前的备份）来还原，系统会发生严重错误以致崩溃。另外要注意，Ghost 对系统的还原是不可逆的，一旦用 Ghost 还原系统分区后，原系统分区中的一切数据将荡然无存，所以，建议用户在还原之前一定要把重要文件备份到另外的分区，以防万一。

本 章 小 结

完好的操作系统是计算机正常运行的前提条件，因此操作系统的安全是十分重要的。据统计，80%以上的数据丢失都是由于人们的错误操作引起的。当系统瞬间崩溃时，如何在最短的时间内让系统恢复正常工作，是人们最关心的问题。在计算机使用过程中，还要注重系统中的重要文档、个人资料、IE 收藏夹、Foxmail、Outlook Express 信件、地址簿信息，QQ 聊天记录等信息的备份。平时使用计算机的时候尽量要养成数据区与系统区进行隔离的习惯。随着 Windows 操作系统不断完善，系统本身也集成了许多备份工具，学会使用这些工具，对系统安全有很大的帮助。

另外，还有一些很好的备份工具帮助备份系统，Ghost 就是其中之一。Ghost 有它的突出优点：还原彻底、可靠性高。因此，Ghost 适合在不经常还原，对数据不敏感，尤其是需要重装系统的情况下使用。

实验思考题

1. 备份本机中的系统数据。

（1）注册表

常见存放目录：C:\Windows\System.dat

运行 regedit 命令，单击"确定"按钮，即可出现"注册表编辑器"对话框，选择"文件"|"导出"命令，可以把相应的注册表项导出为扩展名为.reg 的注册表文件加以备份。

（2）文档资料

常见存放目录：C:\My Documents

备份方法：平时使用的各种资料大多都存在"我的文档"里，直接复制备份就可以了，如果还有一些有用的东西放在桌面上的话，可以在 C:Windowsdesktop 文件夹下面复制。

（3）邮件

常见存放目录：C:\Program Files\Outlook Express；C:\Program Files\Foxmail

备份方法：邮件客户端一般都带有 E-mail 地址备份导出功能，选择"文件"|"导出"命令，可以把 E-mail 地址和邮件以 TXT 等格式导出备份。

（4）收藏夹

常见存放目录：C:\Windows\Favorites

备份方法：IE 和 Netscape 等许多浏览器都支持收藏夹导出。

（5）字体

常见存放目录：C:\Windows\fonts

备份方法：可以通过打开 Fonts 目录手工备份，前提是知道要备份的字体文件名。

（6）QQ 聊天记录

常见存放目录：C:\Program Files\QQ

备份方法：QQ 自带的导出备份功能很好用，选择"消息管理器"|"导出"命令，可把聊天记录导出到指定的目录中。

（7）硬件驱动

常见存放目录：C:\WINDOWS\system32

备份方法：将目录中的文件复制到其他分区。

2. 用 Ghost 来克隆出正常的系统，把克隆的文件保存在 U 盘或光盘中，利用这个 U 盘或软盘在计算机中重新安装系统。

3. 应用 Ghost 的扩展功能，完成以下操作：

① 用 Ghost 整理磁盘碎片。

② 用 Ghost 分区格式化。

第 **4** 章 | 微软办公软件的应用与故障处理

Microsoft Office 是常用的办公套装软件，对于从事文字处理、行政办公的用户来说，微软的 Office 系列办公软件产品是多数人的首选。微软的办公软件由多个产品组成：Word 是文字处理软件，可以用它来制作各式各样的文件；Excel 是电子表格软件，可以制作各类表格图表，并帮助快速完成许多重复烦琐的计算；PowerPoint 是演示文稿制作软件，可用它来制作课件和产品演示等；Access 是小型关系数据库，它还可以进行专业的数据库编程，用于管理大量的数据；FrontPage 则是一款比较成熟的网页制作工具，可完成简单网站的设计制作，且用法与 Word 类似，是一个比较便捷的网页制作软件；还有 Outlook 个人信息管理软件，用它可以记录通讯录、电子邮件、日程表等信息。Microsoft Office 是一个比较成熟的集成办公软件，已成为现代办公不可缺少的重要组成部分，是推进办公自动化的好帮手。

任何一种软件在使用过程中都不可避免地出现这样或那样的问题，有些问题会给工作带来无可挽回的损失。本章主要讲解在使用微软办公软件过程中经常遇到的一些故障，给出简便的处理办法。

4.1 挽救损坏的文档

在使用 Word 或 Excel 软件编辑一篇重要的文件时，由于突然断电、遇上 Windows 系统死机、病毒感染等原因，都会造成所编辑文件的损坏，轻者文件中的部分内容丢失，重者会造成所编辑的文件无法打开或不知去向。本节介绍的几种恢复损坏文件的方法，可以尽量减少损失。

4.1.1 恢复受损 Word 文档中的文字

1. 用 Word 转换器来恢复损坏文档

如果在打开一个 Word 文档时，计算机没有任何响应，该文档已经损坏。这时可以直接启动 Word 程序，在 Word 窗口中对菜单栏中工具选项内容进行设置，下次再启动 Word 程序时，就会自动使用 Word 自带的文件恢复转换器来恢复损坏文档中的文本。具体操作如下：

① 运行 Word 程序，打开 Word 工作窗口，选择菜单栏中的"工具"|"选项"命令，打开"选项"对话框，选择"常规"选项卡，选中"打开时确认转换"复选框，单击"确定"按钮退出，如图 4-1 所示。

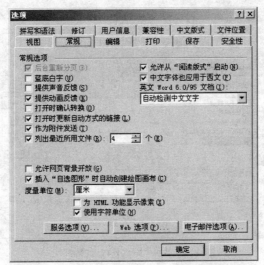

图 4-1　选中"打开时确认转换"复选框

　　② 打开"打开"对话框，选择"文件类型"下拉列表框中的"从任意文件中恢复文本"选项，选中要打开的目标文件，单击"打开"按钮，就可以像平时一样打开受损的文档了，如图 4-2 所示。

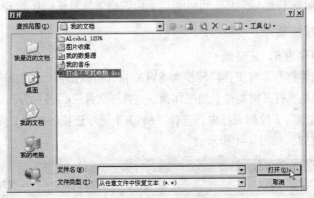

图 4-2　打开时的文件类型

　　通过上面的设置，可以用 Office 自带的文件转换器修复已损坏的文档并恢复文本。成功地打开损坏文档后，注意要将其另存为新的 Word 格式文件或其他格式文件（如文本格式或 HTML 格式）。修复后的文档中，段落、页眉、页脚、脚注、尾注和域中的文字将变为默认的文字。所以需要进行重新排版。遗憾的是，以上方法不能恢复文档格式、图形、图形对象和其他非文本信息。

　　如果要恢复有大量的图形对象和其他非文本信息的文档，就要借助专业修复软件进行处理。

2. 用 Word 专业修复软件修复损坏的文档

　　WordRecovery 能修复损坏的 Microsoft Word 文档文件，它是一个高级的数据恢复系统，支持所有现存的 Word 版本。

　　程序下载安装后，可以直接运行 Word Recovery 程序。运行后会出现图 4-3 所示的窗口，单击 Recover 按钮，弹出文件选择对话框，选择要修复的文件后，单击本窗口中的 Recover 按钮，系统会自动完成修复，并且自动生成"Recover + 原文件名"的新文件。

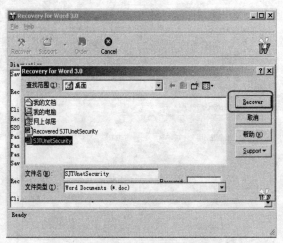

图 4-3　Word Recovery 修复程序

4.1.2　修复 Excel 文档的方法

Excel 文件是应用比较广泛的电子工作簿，一般可以包含 255 个工作表，每个工作表中还包含大量的数据。当打开以前编辑好的 Excel 工作簿，发现内容混乱，无法继续进行修改、打印等相关编辑时，说明 Excel 文件已经损坏。可以通过下面的步骤修复被破坏的 Excel 文档。

1. 转换格式完成修复

（1）将工作簿另存为 SYLK 格式

若 Excel 文件能够打开，将工作簿转换为 SYLK 格式可以筛选出文档的损坏部分，再另存为新的文件。操作方法是：打开需要修复的工作簿，选择"文件"|"另存为"命令，打开"另存为"对话框。在"保存类型"下拉列表框中，选择"SYLK（符号连接）(*.slk)"选项，选择好保存位置后单击"保存"按钮，如图 4-4 所示。

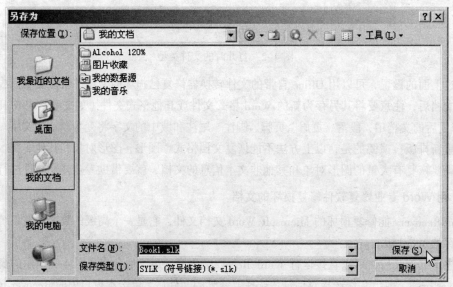

图 4-4　保存类型为 SYLK（符号链接）

关闭需要修复的工作簿文件，打开刚刚另存为 SYLK 类型的工作簿，损坏的内容已经修复，就可以进行正常的编辑了。

（2）利用 Word 转换文件格式

也可以尝试用 Word 打开 Excel 文件，如图 4-5 所示。进入 Word 后，打开要修复的 XLS 文件，如果 Excel 只有一个工作表，会自动以表的形式转入 Word 文档中，若工作簿中有多个工作表，系统会提示要打开一个"工作表"还是整个工作簿，如图 4-6 所示。打开后，先将文件中损坏的数据删除。选择"表格"|"转换"|"表格转换成文本"命令，根据提示可选用","间隔符或其他分隔符，另存为 TXT 文本文件。再用 Excel 直接打开该文本文件，在打开时，Excel 会自动提示文本导入向导，一般情况下只要直接单击"下一步"按钮即可，文件打开后，再另存为新的 Excel 文件即可。

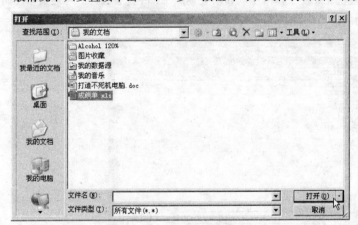

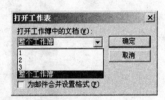

图 4-5 用 Word 打开 Excel 文件   图 4-6 打开有多个工作表的工作簿

这种修复方法是利用 Word 来直接读取 Excel 文件的功能来实现的，使用该方法的前提是工作簿文件头没有损坏，只是文件内容损坏。

2. 利用 Excel 2003 中的"打开并修复"功能

选择"文件"|"打开"命令，如图 4-7 所示。通过"查找范围"下拉列表框，找到并打开包含受损文档的文件夹，选择需要修复的工作簿文件。单击"打开"按钮旁边的下三角按钮，在弹出的下拉菜单中选择"打开并修复"命令，即可完成修复工作。

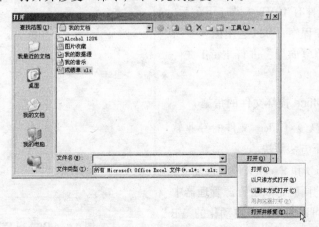

图 4-7 "打开并修复"选项

3．使用专用软件恢复

（1）Excel 内容查看程序

Excel 内容查看程序是用于查看 Excel 工作簿内容的免费实用程序，可从微软网站上直接下载，这里介绍的版本为 Excel Viewer 2003。借助 Excel Viewer 2003 软件，可以在没有安装 Excel 程序的情况下打开、查看和打印 Excel 工作簿。还可以将数据从 Excel Viewer 2003 中复制到其他程序中。

Excel 内容查看程序的文件名为 xlviewer.exe，下载后，双击 xlviewer.exe 启动安装程序。安装完毕，选择"开始"｜Microsoft Office Excel Viewer 2003 命令，启动该软件，尝试修复损坏的 Excel 工作簿。操作方法是：运行 Excel 内容查看程序，在该程序中打开损坏的工作簿，如图 4-8 所示；复制单元格，并将它们粘贴到新建的 Excel 工作簿中。如果要删除 Excel 查看程序，可通过"控制面板"中的"添加/删除程序"功能进行卸载。

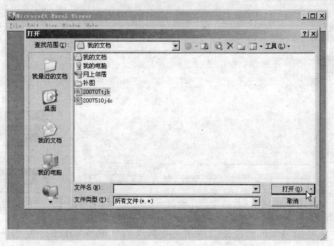

图 4-8　用 Excel Viewer 打开工作簿

（2）用 Office FIX 软件修复受损的 Excel 文件

Office FIX 是 Microsoft Office 的修复工具，它可以修复损坏的 Excel、Access 和 Word 文档，并提供修复这类文件的使用向导。该软件是共享文件，可以从 http://www.superdown.com/soft/627.htm 处下载，文件有 10MB 大小。下载后，安装运行 Office FIX 程序，可以运用图 4-9 所示的 excelfix 自动修复向导，进行 Excel 文件修复。

图 4-9　Office FIX 修复向导

4．其他恢复 Office 损坏文件的措施

假如没有用来恢复 Office 文件的专业软件，可以尝试用以下方法解决。

（1）对任何 Word 和 Excel 文件的修复

按【Shift】键的同时，双击资源管理器中的损坏文件。这样可以阻止运行自动化的 VB 代码以及其他引发文件错误的自动命令。

（2）对 PowerPoint 文件的修复

PowerPoint 文件很容易损坏，如果不采用专业软件恢复是比较麻烦的。不过可以尝试以下的补救措施：打开 PowerPoint 编辑窗口，新建空白幻灯片，选择"插入幻灯片"选项，从损坏的 PowerPoint 文件中把幻灯片导入到新建的文件中。

（3）对 Access 文件的修复

执行数据库修复和压缩操作都可以恢复损坏的 Access 数据库。如以上方法不成功，可以再尝试把对象导入新的 Access 文件。

4.1.3   减少 Word 文档丢失的几个建议

1. 改变 Word 定时存盘的时间间隔

在许多软件中都内置了定时存盘的功能，每过一段时间如果用户没有存盘，软件就会代为执行，非常方便。设置时间越短，Word 保存文档越频繁，在 Word 中打开文档后出现断电或类似问题时能够恢复的信息就越多，从而减少损失。具体操作如下：

① 选择"工具" | "选项"命令，打开"选项"对话框，选择"保存"选项卡。

② 选中"自动保存时间间隔"复选框。

③ 在"分钟"数字框中，输入时间间隔，如 1 分钟，如图 4-10 所示。

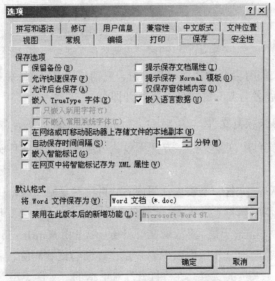

图 4-10   设置"自动保存时间间隔"

提示：定时保存文件功能仅对 Word 的 DOC 格式文件有效，其他文件无效，所以建议在编辑的时候先存为 DOC 格式，等编辑完成后再另存为其他格式。

2. 恢复自动保存的文档

如果设置 Word 为自动定时存盘，并且在时间间隔内设置了定时存盘的时间，那么，即使遇到所有发生断电等问题时，处于打开状态的文档此时都会显示出来，并且会以自动方式打开，仅会丢失最后一次"自动恢复"保存之后所做的修改。

3．让 Word 保存文档的备份

如果文档在保存的时候能够再保留一份备份的话，会使文档保险许多。在 Word 中可以设置文档的备份。操作方法如下：

① 选择"文件"|"另存为"命令，打开"保存"对话框，保存文档备份；或者选择"工具"|"选项"命令，打开"选项"对话框，选择"保存"选项卡。

② 选中"保留备份"复选框，单击"确定"按钮，如图 4-11 所示。

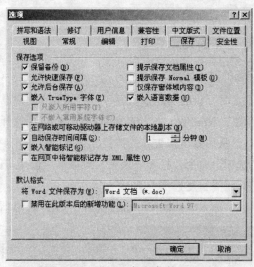

图 4-11　设置"保留备份"选项

以后 Word 在编辑文档时会自动地保存其备份，它的扩展名是.bak。如果遇到文档不能使用，只要找到相同主名，扩展名为.bak 的文件直接打开即可。

4．去掉文件头信息来恢复文件

如果使用"从任意文件中恢复文件"方法无效，可通过去掉其文件头的方法进行挽救。

操作方法如下：

① 建立一个空白 Word 文件，不输入任何内容，再将其复制一遍，在复制的文件中随便输入一些内容存盘，用 16 进制编辑器（如 WinHex 软件）比较两个文件，会发现大致从 Offset 值为 A00 处开始，内容便出现明显不同。于是，将故障文件备份一次，用 WinHex 打开其备份文件，将 Offset 值为 A00 以前的一些内容删掉，开始可以少删一点，逐渐尝试着删除，将删除后的文件保存。

② 用 Word 打开"去头"的文件。在"打开"对话框的"文件类型"下拉列表框中选择"从任意文件中恢复文本"选项，然后选中已删除文件头的文件，很有可能能够恢复原文件中的绝大部分内容。

5．利用启动参数拯救文件

有些 Word 文件是被作者利用自动运行的宏功能进行了加密，当自动运行的宏代码中出现了错误，可利用 Word 的"/m"启动参数命令，禁止 Word 宏的运行，从而拯救不能够正常运行的 Word 文件。建立 Word 启动的快捷键，再右击此快捷方式，在"目标"项的文件名后添加参数，如 C:\Program Files \Microsoft Office\Office10\WINWord.exe /m，双击此快捷方式，再打开上述 Word 文件，可能会恢复出其中的文本。

6. 保存 Office 软件的激活信息

如果使用的是 Office XP 办公软件，需要保存好 C:\Program Files\Common Files\Microsoft Shared\Office10\mso.dll 文件，以后重装 Office XP 软件时，必须把这个文件复制到 C:\Program Files\Common Files\Microsoft Shared\Office10 文件夹中，以避免重新激活。

7. 备份常用的模板

Office 办公软件中内置了许多有用的模板，如 WindowsXP，模板存放在 C:\Documents and Settings\用户名\Application Data\Microsoft\Templates 文件夹下（如 C:\Documents and Settings\Administrator\Application Data\Microsoft\Templates）。用"资源管理器"定位到相应文件夹下后，会看到一些扩展名为.dot 的文件，这些就是 Word 中自定义的模板文件，只要将它们备份，以后重新安装 Office 时，再把它们复制到上述文件夹中即可。

4.1.4　Word 字处理软件启动故障的修复

在启动 Word 时，有时会弹出这样的警告框，如图 4-12 所示，标题为 Microsoft Visual Basic，

提示内容为"隐含模块中的编译错误：Autoexec"，确定后仍可进入，但退出时又会出现此对话框。这是 Word 启动加载时出了问题。

图 4-12　启动时出现错误提示

首先选择"开始"|"运行"命令，打开"运行"对话框，在"打开"文本框中输入 C:\Program Files\ MicrosoftOffice\ Office\Winword.exe /a 命令，（其中参数"/a"的作用就是在启动 Word 时，禁止自动加载"加载项"和"共用模板"）。如果没出现上述的警告信息，可以确定是加载项和共用模板出了问题，可以到与启动和设置有关的"工具"菜单中寻找到"模板和加载项"选项。

打开"模板和加载项"对话框，发现在"模板和加载项"栏中多出一项 Pdfmaker.dot 模板。原因是安装 Adobe Acrobat 6.0 后会在 Word 运行时自动加载模板文件，当卸掉 Adobe Acrobat 6.0 软件后，Pdfmaker.dot 模板仍然存在。解决方法是：在 Word 没有启动的情况下，找到模板存放路径 C:\Program Files\Microsoft Office\Office\Startup，将 Pdfmaker.dot 文件删除即可。

如果要防止运行自动宏，而不想使用开关，还有一种办法，就是在启动 Word 时按【Shift】键。

无论是 Word 还是 Excel 在启动时，都有一些特殊功能参数，通过查找使用说明加以利用，这对办公软件的使用会带来方便，能够解决许多运行过程中的故障。

4.2　Office 系统的个性设置

在实际工作中，会遇到在家自己的计算机上自定义了 Office 的工作环境，如工具栏、菜单等，或者创建了满足工作需求的宏，同时希望将这些个性的设置与其他计算机保持一致，可试着采用下面的办法。

4.2.1   使用"用户设置保存"功能

若安装了 Office 2003 软件，可使用 Office 工具中的用户设置保存向导功能，轻松实现上面提出的目标，而且操作非常简单。

1. 制作保存本机设置的文件

① 选择"开始"|"所有程序"| Microsoft Office |"Microsoft Office 工具"|"Microsoft Office 2003 用户设置保存向导"命令，打开"Microsoft Office 2003 用户设置保存向导"对话框，如图 4-13 所示。

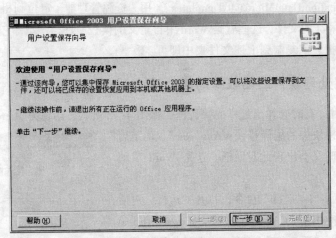

图 4-13   "用户设置保存向导"窗口

② 单击"下一步"按钮，打开"保存或恢复设置"界面，选中"保存本机的设置"单选按钮，如图 4-14 所示。

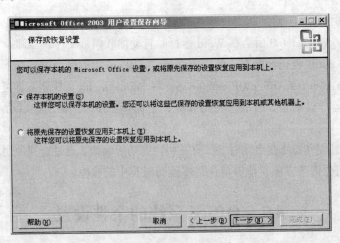

图 4-14   保存的设置

③ 单击"下一步"按钮，打开"选择要保存设置的文件"界面，这里使用的是默认设置，如图 4-15 所示。

④ 单击"完成"按钮，将在"我的文档"目录下得到"新建设置文件.ops"的本机设置文件。

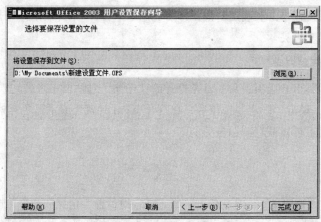

图 4-15 默认设置窗口

2. 将"本机设置的文件"恢复到其他计算机上

① 把上面得到的"新建设置文件.ops"文件复制到其他计算机上的"我的文档"中，在此计算机上，用和上面同样的方法打开"Microsoft Office 2003 用户设置保存向导"对话框。

② 单击"下一步"按钮，进入"保存或恢复设置"界面，选中"将原先保存的设置恢复应用到本机上"单选按钮，如图 4-16 所示。

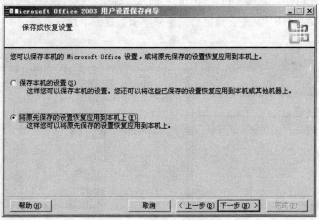

图 4-16 恢复设置窗口

③ 单击"下一步"按钮，进入"选择要从中恢复设置的文件"界面，由于已经把"新建设置文件.ops"文件放到"我的文档"文件夹下，因此采用默认设置即可。

④ 单击"完成"按钮，个性化的设置的恢复操作就完成了，自己计算机上的 Office 个性设置，就被搬到了其他的计算机上。

4.2.2 Word 系统中的个性设置

1. 设置"打开"对话框默认文件夹的位置

Word 中"打开"和"保存"对话框的默认文件夹都是"我的文档"，如果想改变指定位置，可选择"工具"｜"选项"命令，在打开的"选项"对话框中选择"文件位置"选项卡，选中"文件类型"列表框中的"文档"选项，再单击"修改"按钮，通过弹出的"修改位置"对话框，定位到存放文件的文件夹，单击"确定"按钮即可。以后"打开"和"保存"对话框的默认文件夹位置，就是刚设定的文件夹。

2. 设置使用"蓝底白字"

选择菜单"工具"｜"选项"命令，在打开的"选项"对话框中选择"常规"选项卡，选中"蓝底白字"复选框，单击"确定"按钮后，在打开 Word 时就变成了蓝色背景和白色字体形式。这种设置在一定程度上可以减轻眼睛疲劳。

3. 自定义菜单

（1）创建的菜单

选择"工具"｜"自定义"命令，打开"自定义"对话框，选择"命令"选项卡，在"类别"列表框中选择"新菜单"选项，可以看到在"命令"列表框内出现了"新菜单"选项。将"新菜单"命令从"命令"列表区拖动到 Word 的菜单栏中，这里为"帮助"菜单的右侧，如图 4-17 所示。

这时看到 Word 的菜单栏中增加了名称为"新菜单"的菜单项。在"自定义"对话框不关闭的情况下，右击该新菜单，在弹出的快捷菜单中选择"命名"命令，在命名后面的文本框内输入"新菜单"作为新建菜单的名称。

接下来为"新菜单"添加常用的操作命令。如希望把"插入"命令中的"交叉引用"命令添加到新建菜单的列表中。先选择"类别"列表框中的"插入"选项，再从右边的"命令"列表框中选择相应的选项，这里为"交叉引用"，将它拖至新菜单菜单项位置的下拉列表框内即可，如图 4-18 所示。

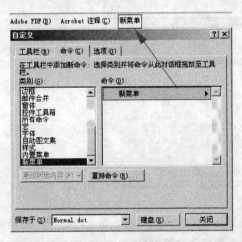

图 4-17   创建新菜单

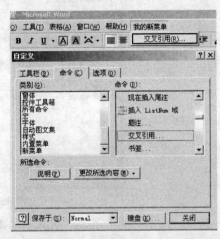

图 4-18   在我的新菜单中添加"交叉引用"命令

在图 4-18 中的"自定义"对话框下方有个"保存于"下拉列表框，如果保持默认选择 Normal，则自定义设置对所有文档都有效；如果选择另一个选项，即当前文档的名称，则进行的自定义设置只对当前文档有效，如图 4-19 所示。自定义之前可以根据需要，先选择好相应的选项。

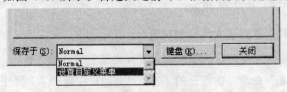

图 4-19   设置新菜单有效文档

（2）删除菜单

若不想要新建的菜单，则进行如下操作：打开"自定义"对话框，移动鼠标指针到菜单栏上，将要删除的菜单项拉出工具栏即可。删除菜单中的某个命令方法也是这样。

4. 自定义工具栏

创建一个工具栏，把常用的命令放到工具栏上，这也是提高效率的好办法。

（1）创建工具栏

先打开"自定义"对话框，选择"工具栏"选项卡，单击其中的"新建"按钮，在弹出的"新建工具栏"对话框中输入"我的工具栏"作为新建工具栏的名称，单击"确定"命令按钮，如图 4-20 所示。

如果想让自定义工具栏的设置适用于所有文档，则保持图 4-20 中的"工具栏的有效范围"文本框中的选项 Normal；如果希望自定义工具栏的设置仅适用于当前文档，则单击"工具栏的有效范围"框的下拉箭头，在弹出的列表框中选择"当前文档的名称"即可。

图 4-20　新建"我的工具栏"

这时可以看到"工具栏"列表框底部出现了"我的工具栏"选项，并且屏幕上出现"我的工具栏"浮动面板，切换到"命令"选项卡把常用的命令用拖拽的方法添加到"我的工具栏"面板上。

添加完成后，可以用鼠标拖拽整个"我的工具栏"到 Word 的工具栏位置，这时"我的工具栏"会自动嵌入到 Word 工具栏的下方，以后操作起来就方便了。

（2）删除工具栏

若不想要新建的工具栏了，可以将其删除。打开"自定义"对话框，选择"工具栏"选项卡，选中"工具栏"列表框中要删除的"我的工具栏"选项，单击"删除"按钮，并在弹出的对话框中单击"确定"按钮。

4.3　使用 Microsoft Office 软件的技巧

在使用 Office 软件时，很少注意它还有哪些其他作用，其实 Office 软件也隐藏着很多鲜为人知的功能。当然，有些需要借助其他软件，只要充分挖掘 Office 的应用功能，可以让 Office 发挥最大的作用。

4.3.1　用 Word 收看网络电视

1.在 Word 中添加媒体播放器

确认 Word 版本，建立新 Word 文档。在菜单命令栏中依次选择"插入"|"对象"命令，打开"对象"对话框，在"新建"选项卡中的"对象类型"列表框中浏览挑选媒体播放器如 Windows Media Player 或 RealOne Player 等，如图 4-21 所示。如果所需的媒体播放器不在该列表框中，选择"由文件创建"选项卡，通过"浏览"按钮选择计算机中的播放器，而后单击"确定"按钮退出。这样就能够在 Word 文档中看到所插入的媒体播放器图标了，双击该图标即可激活此播放器，"控件工具箱"将同时弹出。

2. 播放器属性设置

在插入文档的播放器上右击，在弹出的快捷菜单中选择"属性"命令，打开"属性"对话框，如图 4-22 所示。该对话框有"按字母序"和"按分类序"两个选项卡，其中都有 URL 一项，双击 URL，使其旁边的地址取值栏变成可输入状态，在此输入中央电视台新闻频道的流媒体 URL 地址 mms://winmedia.cctv.com.cn/live1，如果需要播放其他电视台节目，只要将 URL 中的地址改为相应的电视台流媒体链接地址即可。

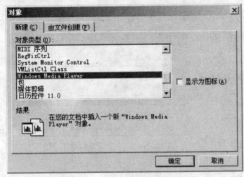

图 4-21   "对象"属性对话框

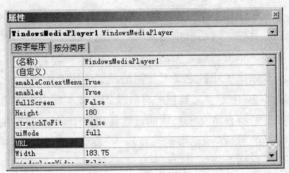

图 4-22   播放器属性设置

查看对话框中的 uiMode 选项，在此设置播放器的控件布局模式。此处的取值栏有多种模式可供填写包括 full 模式（全显示），mini 模式（迷）、none 模式、invisible 模式等，建议输入 full，该模式可显示播放窗口、状态窗口及播放、暂停、静音等全部功能按钮。

接下来，要更改播放器窗口大小，默认的高和宽分别是 180 和 184.75，如果不满意，可分别双击 Height 和 Width，修改数值以改变窗体大小。

设置完成后要激活几项必须用到的功能，单击 enableContextMenu 选项，取值栏中将出现下拉列表，从中选择 True 选项，激活"上下文菜单"功能；单击 Enable 选项，同样出现下拉列表，从中选择 True 选项，激活"启用控件"功能。其余属性参数保持默认即可。至此播放器属性设置完成。

3. 收看电视节目

经过以上设置后，就可以在 Word 中收看电视节目了。操作方法是：单击随播放器弹出的"控件工具箱"最左边的"设计模式"按钮，如图 4-23 所示，播放器即自动开始连接到所设置的电视台，只要网速够快，稍等一会，就能在 Word 中收看到中央电视台新闻频道的节目。

图 4-23   控件工具箱

4.3.2   用电视机播放 PowerPoint 演示文档

用 PowerPoint 制作的 PPT 演示文档，只能在计算机上播放，若能够把 PPT 演示文档制作成 DVD 或者 VCD 光盘，可以用 DVD 机或 VCD 机在电视机上观看，这样更加方便，而且也便于收藏。

1．PPT 转换原理

PPT 演示文档和视频文件完全是两种概念的东西，不能直接转换。如果用捕捉计算机屏幕视频的方式来做，效果又难以令人满意，而且声音不能同步捕捉。经过大量的比较和摸索，找到了解决这个问题的软件——PresenterSoft PowerVideoMaker。

PowerVideoMaker 是采用屏幕捕捉的原理来转换 PPT 文档，但它可以同步捕捉视频和声音，而且捕捉的质量非常高。该软件在进行转换时可直接使用 PowerPoint 来播放 PPT 文档，并在播放的同时进行高质量的视频捕捉，生成 AVI 和 WMV 视频文件。

2．将 PPT 转换成 WMV 及 AVI 文件

① 运行 PowerVideoMaker 后，如图 4-24 所示，单击 PowerPoint Source File 后的 Browse 按钮，导入要转换的 PPT 源文件。接下来在 Output Folder 处设置视频文件的输出位置，如果要生成 AVI 格式的视频文件，它会占用很大的硬盘空间，所以必须保证有足够剩余空间来存放它。

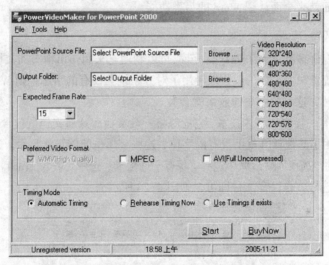

图 4-24　PowerVideoMake 主界面

② 在右边的 Video Resolution 栏中可选择视频文件的分辨率，如制作 DVD 要选中 720×576 单选按钮，这正好符合 PAL 制式 DVD 的画面尺寸。在 Expected Frame Rate 下拉列表框中设置视频文件帧率，由于演示文档不会有剧烈的画面变换，一般选择每秒 15 帧即可，这样可大大降低输出的 AVI 文件的体积。如果要制作 DVD，最好在 Prefered Video Format 栏中选中 AVI[Full Uncompressed]复选框，因为将 WMV 文件转换成 MPEG-2 格式远不如 AVI 方便。

③ 在窗口下方的 Timing Mode（计时模式）栏中有三个单选按钮：Automatic Timing（自动计时），选中它可自动设置幻灯片播放的时间；Rehearse Timing Now（现在排练计时），选中它可让手动控制幻灯片的播放，自定义每张幻灯片的播放时间；Use Timings if exists（使用已存在的计时），如果已经在 PPT 演示文档中设置了排练时间，则可以选中本项。

④ 设置完成后，单击 Start 按钮即可开始进行转换工作。根据不同的计时模式，转换的步骤也不一样，如果选择 Rehearse Timing Now，则软件会先调用 PowerPoint 的排练计时功能进行设置。接着会进行预转换、屏幕捕捉、视频转换及合并 WMV 文件等步骤，直至生成最后的 WMV 及 AVI 文件。

插入在 PPT 文档中的视频是无法捕捉的，但可以在制作 DVD 时把视频片段插入到 DVD 影片的合适位置中。

3．刻录光盘

在转换完后可以得到若干个 AVI 和 WMV 片段以及一个完整的 WMV 文件。如果要制作成 DVD 或 VCD，用 VirtualDub 把这些 AVI 文件按其序号顺序合并成一个文件，再使用 TMPGEnc 编码成 MPEG-2，即可很方便地使用 Nero 等软件制作成 DVD 光盘影碟了。要制作 VCD，Nero 可直接将 AVI 格式刻录为 VCD 光盘。

4.3.3　让 Word 干点兼职工作

Microsoft Word 是常用的字处理软件，它具有强大的编辑、排版、打印功能，使用它的人很多。不过，Word 除了能够全面胜任一般的字处理任务外，还能够做很多事情，如果加以注意并利用，可以方便不少。下面就来全面认识 Word 的另类功能。

1．嵌入 TTF 文件

在 Windows 下有许多精美的 TrueType 字库，可以利用它来制作出精美的文档，但是在 Windows 下，字库是属于系统资源而存在的，如果使用了对方系统上没有的字库，则 Windows 会自动以系统默认的字库来代替，这时候原先的效果就会大减。

不过，Word 中有一项嵌入字体技术，它能够将一篇文档和这篇文档所包含的字体结合成一个文件，这样即使使用了其他计算机上没有的字体，这些字体也能够正常显示。选择"工具"｜"选项"命令，在打开的"选项"对话框中选择"保存"选项卡，选中"嵌入 TrueType 字体"以及"只嵌入所用字符"复选框，再保存文件即可，如图 4-25 所示。

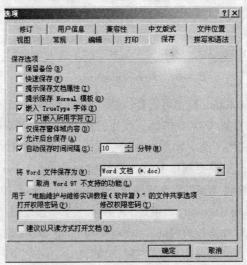

图 4-25　嵌入 TrueType 字体

2．免费学习英语

Word 中的词库量很大，包括从初级英语词汇到高级英语词汇以及分门别类的科技词汇。而且 Word 很智能化，在写完文章后，按【F7】键打开其内置的拼写检查和语法检查功能，能够自动发现拼写错误和语法错误，并且提出更正建议，如图 4-26 所示，由于在 Word 内部内置了多种国家英语词典版本（如美国、英国、澳大利亚、伯利兹、菲律宾等），通过它们可以更好地帮助用户比较它们之间的异同点，从而学到更多的英语知识。

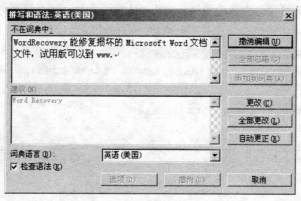

图 4-26　自动更正错误单词

3．简体与繁体自由转换

我国大陆、中国香港与澳门特别行政区以及台湾省在中文的编码上是不同的。我国大陆采用的是 GB 码，而我国台湾省采用的是 BIG5 即大五位码，这在交流过程中显得很不方便。但是更为麻烦的是，我国台湾省有些词语与大陆的词语也有差别，而且语法也有很大的差异。有许多 GB 与 BIG2 码转换软件，能够在这两种编码之间相互转换，但是，它只能"直译"，对于两地之间的词汇的不同是无能为力的。而在 Word 中，选择"工具"｜"语言"｜"中文简繁转化"命令，弹出图 4-27 所示的"中文简繁转换"对话框，只要选中"转化时包括词汇"复选框，则在转换时 Word 会自动把两地语言的差异找出来，并会自动地"翻译"好，图 4-28 所示为简体中文转换为繁体中文后的效果，其中所有的词汇已经被转换成功了（如"程序"已经变成了"程式"等）。

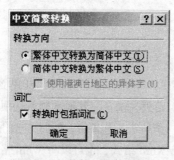

图 4-27　简体和繁体转换

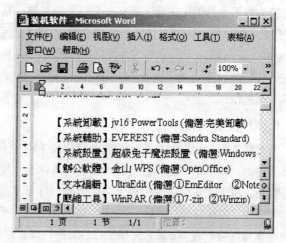

图 4-28　词汇转换成功

4．生成稿纸文档

Word 有一个稿纸方式输出功能。只要运行 Word 后，选择"文件"｜"新建"命令（注意，不能单击工具栏上的"新建"图标或直接按【Ctrl+N】组合键，用这两种方法启动的是 Word 默认模板），打开"新建文档"任务窗格，单击"本机上的模板"文字链接，打开"模板"对话框，选择"报告"选项卡，并双击其中的"稿纸向导"图标，再顺着向导即可生成稿纸文档，如图 4-29所示。而且生成稿纸时可以自由地设置稿纸大小及方向、脚注、选择稿纸网络线种类等信息，而且它们之间可以进行自由地组合，这些都比 WPS 2000/Office 的稿纸方式灵活。

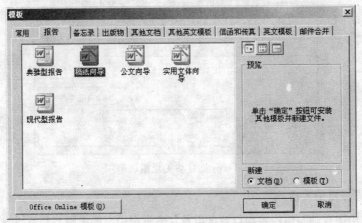

图 4-29　打开"稿纸向导"模板

如果计算机中没有安装此模板，系统会自动启动 Office 安装程序，并会提示插入 Office 安装光盘进行安装。

5．批量转化图像

利用 Word 可以非常方便地制作出图文并茂的作品，但是有时往往出于特殊需要（如出版、发行等），要求把其中内嵌的图片还原出来。可以使用 Word 打开该文件，选中相应图像后复制，再启动画图程序进行粘贴，最后再存盘。对于仅含有少数图片的文件还可以这样处理，如果文档中已经内置了大量图片文件，那么一个一个地复制、粘贴则比较麻烦。其实，只要选择"文件"|"另存为 Web 页"命令，Word 就会自地把其中内置的图片以 image001.jpg、image002.jpg、image004.jpg、image004.jpg 等文件保存到以另存后的 Web 文件名再加上 ".files"的文件夹下（如"转换后的文档.files"等，与在 IE 中保存的网页一样），只要进入相应文件夹查看、复制即可，而且图片质量很好。

6．批量转换文档

若想将 Word 生成的许多 DOC 文件转化为 TXT 文件，操作方法是：选择"文件" | "新建"命令（注意：不能单击工具栏上的"新建"图标或直接按【Ctrl+N】组合键），打开"新建文档"任务窗格，单击"本机上的模板"文字链接，打开"模板"对话框，选择"其他文档"选项卡，双击其中的"转换向导"图标，如图 4-30 所示。再按照向导一步一步操作即可，如图 4-31 所示。该向导既允许用户将 Word 中所有支持的文件格式批量转换成 Word 格式，也可以将 Word 格式批量转换至 Word 中所有支持的文件格式，包括 RTF 文件、Web 页文件、Lotus 1-2-3.Microsoft 工作表、Outlook 工作簿等。

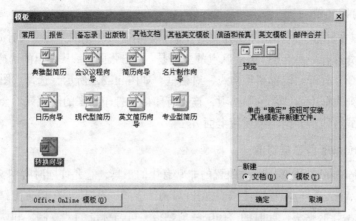

图 4-30 选择"转换向导"模板

图 4-31 转换向导

7. 处理网上下载文字

（1）删除行首行尾的文字

从网上下载了大量的文字，但是行首和行尾却有大量的空格，手动删除又太麻烦。其实，在 Word 中要删除行首行尾的文字非常简单，只要选中所有文字，再单击工具栏中的"居中"按钮，再选择"左对齐"按钮，会看到行首多余的空格全部没有了。也可以用组合键【Ctrl+E】使其居中，再按【Ctrl+L】组合键使其左对齐。

（2）增加段首空格

在使用 Word 创建文件时可以很方便地设置文字自动缩进两格。在文档中按【Ctrl+H】组合键，打开"查找和替换"对话框，单击"高级"按钮，再单击"特殊字符"按钮，从弹出的菜单中选择"段落标记"命令，在"替换为"文本框中插入"段落标记"再加上两个空格，即表示将段落标记替换成段落标记再加上两个空格，这样每段就会自动缩进两格。

（3）快速删除空行

按【Ctrl+H】组合键，并在打开的"查找和替换"对话框中选择"高级"按钮，再单击"特殊字符"按钮，从弹出的菜单中选择"段落标记"两次（即显示为^p^p），在"替换为"文本框中输入"段落标记"（显示为^p），执行替换操作即可删除空行。

8. 无麻点打印文档

用 Word 可以在屏幕上制作出图文并茂的作品，如果嵌入一幅图片后，用针式打印机打印时，图片中的白色部分总有一些麻点。去除麻点的方法是：右击张图片，从弹出的快捷菜单中选择"设置图片格式"命令，打开"设置图片格式"对话框，如图 4-32 所示，选择"图片"选项卡，选择"颜色"下拉列表框中的"灰色"选项，连接打印机，打印出来的图片就不会出现麻点了。如果使用的不是针式打印机，请不要使用上面方法。

9. 扩展 Windows 剪贴板功能

剪贴板（ClipBoard）是 Windows 内置的非常有用的工具，它允许同时容纳 24 组数据，而且也能够被其他的 Windows 应用程序使用。打开 Word，选择"编辑"|"Office 剪贴板"命令，就会启动 Office 中的增强剪贴板，此时的"Office 剪贴板"可与标准的"复制"和"粘贴"命令配合使用。当在字处理软件中按【Ctrl+C】组合键时，该项目会被复制到"Office 剪贴板"中，在任何时候均可将其从"Office 剪贴板"中粘贴到任何 Windows 应用程序中，而且在退出 Office 之前，收集的项目都会保留在"Office 剪贴板"中，除非清空或者 Office 剪贴板容量已满。在使用 Office 剪贴板时，必须将 Word 应用程序打开，为减少其空间，可将其调整成一很小的窗口（不能最小化，因为 Office 剪贴板是它的子窗口，一旦 Word 窗口被最小化后，Office 剪贴板也会被最小化而影响使用）。在 Windows 应用程序中进行工作，粘贴内容时，只要双击任务栏中的 Office 剪贴板图标或者单击 Word 程序窗口，Office 剪贴板窗口就会显示出来了，此时就可以看到剪贴板中的数据及个数，选择需要的内容直接粘贴即可，十分方便，如图 4-33 所示。

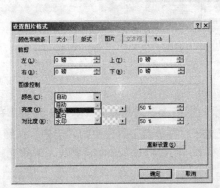

图 4-32　设置图片格式

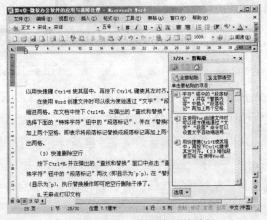

图 4-33　使用多重剪贴板

4.3.4　用 Excel 制作自动记录考勤表

1. 基本框架设置

首先要进行的工作当然就是新建工作簿，在工作表中输入姓名、日期等，制订考勤表的基本框架。

① 启动 Excel，新建工作簿，命名为"员工考勤表"，在工作簿中建立 12 张工作表（按 12 月建立）。

② 在当月工作表的 A1、B1 单元格中分别输入"姓名"、"日期"，在 A2 单元格中输入第 1 个员工的姓名，接着选择 A2、A3 单元格，单击"合并及居中"按钮将两个单元格合并为 1 个单

元格，按照以上方法录入其他员工的姓名，如图 4-34 所示。

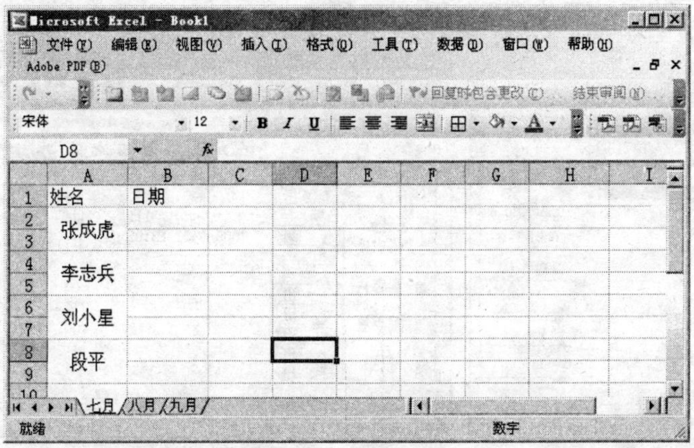

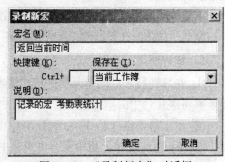

图 4-34　创建考勤表

③ 在单元格 C1 中输入"1 日"，系统将自动转成"7 月 1 日"（这里假定考勤从 7 月 1 日星期一开始）。用鼠标选择 C1 单元格，并移动鼠标到单元格的右下角，待出现实心"十"字的填充柄后，按住左键拖拽到需要的位置，这样在 1 日后便形成了日期序列。

④ 单击日期序列最后的自动填充智能填充标记，在弹出来的菜单中选择"以工作日填充"选项，系统便自动将星期六、日去掉，不记入考勤日期。

⑤ 选重整日期行，打开"单元格格式"对话框，选择"数字"选项卡。在"分类"列表中选择"自定义"选项，在类型文本框中输入"d"日""，单击"确定"按钮。

2．录制宏

① 选择工作表中的任意单元格，选择"工具"｜"宏"｜"录制新宏"命令，打开"录制新宏"对话框。在"宏名"文本框中输入准备录制的宏的名称"返回当前时间"，单击"确定"按钮后即进入宏的录制阶段，如图 4-35 所示。

图 4-35　"录制新宏"对话框

② 输入公式"=now( )"，按【Enter】键，再单击工具栏中的"停止录制"按钮，结束录制。

3．制作宏按钮

① 选择"视图"｜"工具栏"｜"绘图"命令，打开"绘图"工具栏，选择"绘图"工具栏中的"绘图"｜"对齐"｜"对齐网格"命令。

② 选择"视图"｜"工具栏"｜"窗体"命令，打开"窗体"工具栏，单击"窗体"工具栏中的"按钮"按钮，接着在单元格 B2 中拖动鼠标绘制按钮，Excel 将自动打开"指定宏"对话框，选择其中的"返回当前时间"宏，并单击"执行"按钮，如图 4-36 所示。

③ 单击按钮，将按钮上的文字更改为"上班"，并对文字大小、字体进行设置。单击"绘图"工具栏上的"选择对象"按钮，按住【Ctrl】键，用鼠标将刚才制作的按钮拖至单元格 B3 中，即将制作好的按钮复制到 B3 中，将按钮上的问题更改为"下班"。

④ 确认"绘图"工具栏上的"选择对象"按钮被选中，单击"下班"按钮，按住【Shift】键

再单击"上班"按钮,将两个按钮同时选中。按住【Ctrl】键,用鼠标将选中的两个按钮拖动复制到 B 列的其余单元格中。最终效果如图 4-37 所示。

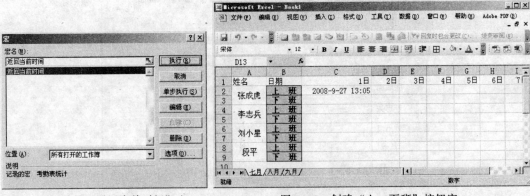

图 4-36　选择"返回当前时间"宏　　　　图 4-37　创建"上、下班"按钮宏

4．记录出勤

选中待插入上下班时间的单元格,单击同一行中的"上班"或"下班"按钮即可。在单击"上班"、"下班"按钮时会返回很长一串数字,其实只需输入如"13:30"这样的时间即可。选择"格式"|"单元格"命令,在打开的"单元格格式"对话框中选择"数字"选项卡,在分类列表框中选择"时间"选项,在"类型"列表框中选择 13:30,最后单击"确定"按钮即可。

应把出勤记录由公式结果转换成具体的时间数值,否则当公式被重新计算后,其结果将更改。选中表中的所有数据单元格,右击在弹出的快捷菜单中选择"复制"命令,再选择"编辑"|"选择性粘贴"命令,在打开的"选择性粘贴"对话框中选中"数值"单选按钮,单击"确定"按钮。

5．统计结果

① 在日期行之后的单元格中依次输入"迟到"、"早退"、"病假"、"事假"等需要统计的项目。并将这几列中的单元格上下两两合并,使之对应于姓名行,如图 4-38 所示。

② 单击单元格 Y2,输入公式"=COUNTIF(C2:X2,">8：30")"(这里假设上班时间为 8:30),按【Enter】键,Y2 单元格中便会出现选中员工所有迟于 8:30 上班的工作日天数。同理,在 Z2 单元格中输入公式"=COUNTIF(C3:X3,">17：00")"(假设下班时间为 17:00),按【Enter】键,Z2 单元格中便会出现选中员工所有早于 17:00 下班的工作日天数。

图 4-38　创建相关统计项目

③ 单击 AB2 单元格输入公式"=COUNTIF(C2:X3,"事假")",并按【Enter】键确认,AB2 单元格中便出现了选中员工本月的事假次数。

④ 其他人的统计方法可以利用 Excel 的公式和相对引用功能来完成。

⑤ 选择"工具"｜"选项"命令,在弹出的对话框中选择"重新计算"选项卡,并单击"重算活动工作表"按钮。这样所有员工的考勤就全部统计出来了。

经过上述步骤的操作,用 Excel 编制的考勤机就完成了。由于 Excel 有很强的统计功能,所以到月底进行考勤统计时,就很方便了。

本 章 小 结

Microsoft Office 是应用比较广的办公自动化软件,在使用过程中不可避免的会出现这样或那样的问题。本章主要对在使用 Office 过程中遇到的一些主要问题进行了总结,提出了解决的方法。

实验思考题

1. 如果更新 Office 办公软件,如何查找升级网站。
2. 修复、查找一个丢失的 Word 文档。
3. 假设没有恢复 Office 文件的专业软件,如何恢复已损坏的文档。

第 **5** 章 | 数据与文件的管理与修复

计算机中存放着大量的数据与文件，如果不能够进行有序的管理，查找所需文件会带有很大的麻烦。当一些重要的数据与文件发生损坏时，不能进行有效的修复，也会带来很大的损失。本章主要讲述对计算机中存放的数据与文件的管理和修复问题，提出切实可行的方案和方法。

5.1　数据与文件的管理与保存

计算机和现代通信技术相结合使得信息技术产业得到了迅猛发展，推动了办公自动化技术的应用，电子文件大量产生，由电子文件与数据形成的电子档案给档案管理带来了革命性的挑战。成堆的有用无用的纸、杂乱无章的书籍和办公用品散落在各处，这是传统办公桌上的情形。在计算机的内部，计算机桌面上的"资源管理器"中，也同样充斥着无序与混乱的数据文件。这种虚拟的混乱极大地影响了计算机的性能和办公效率，当面临这个问题时，人们通常都认为硬盘空间又不够了，计算机性能落后了，需要更换一台新的计算机了或需要更换大硬盘等。实际上真正需要的是将计算机里的文件真正管理起来。

5.1.1　数据、文件的分类与归档

首先了解一下电子文件的逻辑和实体归档问题。实体归档是指电子文件形成后通过磁盘或网络传输的形式将电子文件移交档案部门统一保管。由于电子文件信息与载体的可分离性，使电子文件的逻辑归档成为可能。逻辑归档是指在网络环境中，只告诉档案部门电子文件的存储路径而不改变其原存储位置和存储方式。在这种系统中，电子文件、归档者与接收者可能相距很远，只需进行简单的键盘操作，便可实现归档目标，比熟悉的传统归档方法方便许多。可一旦网络瘫痪或受损，电子文件也可能从此消失，逻辑归档是档案管理的又一全新课题。

对传统纸质档案，各国大多采取了集中统一管理的模式。而对电子文件，其物理结构和逻辑结构往往是不一致的，同一个电子文件中的正文、图形、批示、附件等可以不在同一个载体上存放，即使在不同的载体上也不影响其正常显示与输出。在电子文件的传输载体转换等信息处理过程中，其物理结构经常发生变化，而逻辑结构却可以保持不变。澳大利亚国家档案馆对电子档案采用分布式管理方式，不主张电子档案集中保存，而要求存放在电子文件的形成单位。

我国根据《中华人民共和国档案法》、《中华人民共和国档案法实施办法》及国家档案局第 6 号《电子公文归档管理暂行办法》、国标 GB/T18894-2002《电子文件归档与管理规范》等有关法律法规，对电子文件数据管理与储存从类型、归档等方面进行规范和统一。

1. 归档类型

要收集积累的电子文件类型有文本文件、图像文件、图形文件、影像文件、声音文件、多媒体文件、超媒体链接文件、程序文件和数据库文件。

文本文件：指用计算机文字处理技术形成的文字文件、表格文件等，收集时应注明文件存储格式、文字处理工具等，必要时同时保留文字处理工具软件。归档时应重点收集定稿电子文件和正式电子文件。文字型电子文件以 XML、RTF、TXT 为通用格式，归档后档案馆要全部转为 PDF 格式保存，以确保电子文件的真实性和不可改动。

图像文件：指用扫描仪、数码照相机等外部设备获取的静态图像文件。对用扫描仪等设备获得的非通用格式的图像文件，收集时应将其转换为通用格式，如无法转换，则应将相关软件一并收集。扫描型电子文件以 JPEG、TIFF 为通用格式。

图形文件：指采用计算机辅助设计或绘图工具获取的静态图形文件，归档时应注意其设备依赖性、易修改性等问题，不要遗漏相关软件及各种数据信息。对用计算机辅助设计或绘图等设备获取的图形文件，收集时应注明其软、硬件环境和相关数据。

影像文件：指用数码摄像机、视频采集卡等视频设备获取的动态图像文件。对用视频或多媒体设备获取的文件以及用超媒体链接技术制作的文件，应同时收集其非通用格式的压缩算法和相关软件。视频和多媒体电子文件以 MPEG、AVI 为通用格式。

声音文件：指用音频设备获得并经计算机处理的文件。归档时应注意收集其属性标识和相关软件。音频电子文件以 WAV、MP3 为通用格式。

超媒体链接文件：指用计算机超媒体链接技术制作的文件。

数据库文件：指用计算机软硬件系统进行信息处理等过程中形成的各种管理数据、参数等。数据库文件以 DBF、XLS 文件为通用格式。

程序文件：指计算机使用的商用或自主开发的系统软件、应用软件等。

对用专用软件产生的电子文件原则上应转换成通用型电子文件，如不能转换，收集时则应连同专用软件一并收集归档。

2. 归档

电子文件的归档可分为两步进行：对实时进行的归档先做逻辑归档，然后定期完成物理归档。

（1）逻辑归档

具有稳定可靠的网络环境、有严密安全管理措施以及对内容重要的电子文件制作了纸质版本的单位，可以直接向档案馆电子文档中心实施逻辑归档。基本要求如下：

① 电子文件归档操作由具体经办人完成，办理完毕的电子文件要注明标识。

② 档案馆电子文档管理员要会同各单位计算机系统管理人员设定查询归档电子文件的权限。

③ 网络管理人员要把归档电子文件的物理地址存放于指定的计算机服务器上，服务器必须采取双机备份等可靠的备份措施。

④ 归档的电子文件要有该电子文件产生及运行过程的背景信息及源数据。

⑤ 局域网内部要有可靠的安全防范措施，系统设备更新时，必须制订严密的数据转换办法，确保数据准确无误并能在新系统中运行。

⑥ 电子文件归档后，档案人员、网络管理人员要及时清理计算机或网络上重复的电子文件。

⑦ 各单位设备更新时要及时做好数据向新设备的转换工作，做好数据更新记录，将转换后的新数据向档案馆移交归档。

（2）物理归档

各单位电子文件承办人要及时将应归档的电子文件光盘，向各单位电子文件管理员实施物理归档。基本要求是：

① 各单位档案员要根据本单位纸质档案归档范围与本单位电子文件管理员共同制订本单位电子文件的归档范围与归档计划。

② 电子文件承办人应根据归档范围，在电子文件产生时就要对应归档电子文件标注一定的标记（文件题名、形成日期、编号等）。

③ 各单位办理完毕的电子文件，在计划规定的期限内复制到磁盘或光盘上（为禁止对文件写操作，尽量刻录到一次写操作的光盘上），载体上标注好盘内文件的内容、类别、存入日期及磁盘编号等，如要保密还要标明密级。凡在网络中予以逻辑归档的电子文件，均应定期完成物理归档。物理归档的电子文件仍要在单位计算机硬盘或光盘上保留一年后方可销毁。

④ 特殊格式的电子文件（非通用格式），归档时应在存储载体上同时备份相应查看软件。对用数据库管理系统生成的数据库文件，数据库结构字段名为非汉字结构的归档时应附数据库结构说明书，标明每个字段的汉字名称；如记录内容用代码表示的应全部转换为汉字表示，以确保数据库信息的可利用性。

⑤ 电子文件承办人在向本单位电子文件管理员归档时，应以磁盘为单位填写《归档电子文件登记表》，与盘片一同交给电子文件管理员归档。

当了解了有关的法律和法规后，如何将其应用到实际工作中，对计算机中的数据与文件进行有效的管理，下面将详细介绍这方面的内容。

5.1.2 数据、文件的存储管理

计算机操作系统不但为使用计算机提供了方便，也为进行文件与数据的管理提供了平台。下面就以 Windows 系统为例，讲解如何在计算机中管理和保存这些电子文件与数据。

1. 发挥"我的文档"的作用

Windows 系统提供的文档保存目录"我的文档"，能方便地在桌面上、"开始"菜单、资源管理器、保存/打开窗口中找到，利用它可以有利于方便而快捷地打开、保存文件。可以利用"我的文档"中已有的目录，也可以创建新的目录，将经常需要访问的文件存储到这里。由于"我的文档"默认存放在 C 盘，在重装系统时可能会误删除，可以在非系统盘建立一个目录，然后右击桌面上的"我的文档"图标，从弹出的快捷菜单中选择"属性"命令，打开"我的文档属性"对话框，单击目标文件夹下的"移动"按钮，然后在新的窗口中指定刚创建的文件夹。重装系统后再次执行以上操作，重新指向此文件夹即可，既安全又便捷。

2．建立最适合的文件夹结构

文件夹是文件管理系统的骨架，对文件管理来说至关重要。建立适合的文件夹结构，需要首先对接触到的各种信息、工作和生活内容进行归纳分析。每个人的工作和生活都不同，接受的信息也会有很大差异，因此分析信息类别是建立结构的前提。例如，有相当多的 IT 自由撰稿人和编辑就是以软件、硬件的类别建立文件夹；而很多老师，就是以工作内容，如教学工作、班主任工作建立文件夹。

同类的文件名字可用相同字母前缀的文件来命名，同类的文件最好存储在同一目录中，如图片目录用 image、多媒体目录用 media、文档用 doc 等，简洁易懂，一目了然，而且方便用一个软件打开。这样，当想要找到一个文件时，能立刻想到它可能保存的地方。

3．控制文件夹与文件的数目

文件夹里的数目不应当过多，一个文件夹里面有 50 个以内的文件是比较容易浏览和检索的。如果超过 100 个文件，浏览和打开的速度就会变慢且不方便查看。这种情况下，就得考虑存档、删除一些文件，或将此文件夹分为几个文件夹或建立一些子文件夹。如果文件夹中的文件数目长期只有很少的几个文件，建议将此文件夹中的文件合并到其他文件夹中。

4．注意结构的级数

分类的细化必然会带来结构级别的增多，级数越多，检索和浏览的效率就会越低，建议整个结构最好控制在二、三级。另外，级别最好与经常处理的信息相结合。越常用的类别，级别就越高。例如，负责多媒体栏目的编辑，那多媒体这个文件夹就应当是一级文件夹，老师本学期所教授的课程、所管理班级的资料文件夹也应当是一级文件夹。文件夹的数目、文件夹里文件的数目以及文件夹的层级，往往不能两全，只能寻找一个最佳的结合点。

5．文件和文件夹的命名

为文件和文件夹取一个好名字至关重要。但什么是好名字，却没有固定的含义，以最短的词句描述此文件夹的类别和作用，不需要将其打开就能记起文件的大概内容，这就是好的名字。要为计算机中所有的文件和文件夹使用统一的命名规则，这些规则需要来制订。最开始使用这些规则时，肯定不会像往常一样随便输入几个字那样轻松，但一旦体会到了规则命名带来方便查看和检索的好处时，相信会坚持不懈地执行下去。

从排序的角度上来说，常用的文件夹或文件在起名时，可以在前面加一些特殊的标示符。例如，当某一个文件夹或文件相比于同一级别的来说，被访问的次数多得多时，就会在此名字前加上一个"1"或"★"，这可以使这些文件和文件夹排列在同目录下所有文件的最前面，而相对次要但也经常访问的，可以加上"2"或"★★"，依此类推。

文件名要力求简短，虽然 Windows 支持长文件名了，但长文件名也会给识别、浏览带来混乱。

6．处理中与已经完成的文件要分开

如果一年前的文件还和现在正要处理的文件存放在一起，如果几个月前的邮件还和新邮件存放在一块，那将会很难一眼找到想要的东西。及时处理过期的文件，该备份的备份，该删除的删除，是一个良好的习惯。以老师教学为例，上学期教授课程的教案与资料，本学期使用的频率会非常小，所以应当将它存放到另一个级别较低的文件夹中，或者刻录成光盘。

而本学期的一些文档，因为要经常访问，最好放置在"我的文档"中以方便随时访问。对于老师来说，一个学期就是一个周期，过一个周期，就相应地处理本周期的文件夹。对于其他行业的人来说，也有不同的周期，要根据实际工作和生活需要对文件夹、文件进行归档。

为了数据安全，及时备份是必要的，及时备份文件并删除不需要再使用的文件，养成一个良好的操作习惯是很重要的。

7．发挥快捷方式的便利

如果经常要快速访问文件或文件夹，那可以右击选择"创建快捷方式"命令，再将生成的快捷方式放置到经常访问的地方。当文件和文件夹不再需要经常使用时，则要及时将快捷方式删除，以免快捷方式塞堵了太多空间或牵扯了太多的注意力。

8．现在开始与长期坚持

建立完善的结构、规范化地命名、周期性地归档，这是马上要做的。并不复杂的操作却能大大提高工作效率，节省已经很有限的时间。

如果现在就开始，那首先拿出一张纸，明了信息类别，明确文件夹的个数与位置，为创建文件夹制订命名规则及归档规则。然后按此规则将计算机中已经存在的大量信息进行移动、更名、删除等操作。

也许开头会很难，也许规则会很烦琐，但相信过不了多久，就会习惯于看到井井有条的文件与文件夹，提高管理的效率。

5.2　移动存储设备上数据的修复

由于移动存储设备普及，使用 U 盘等设备存放数据文件也变得更加方便，但是无论多完备的设备都会出现故障，U 盘一旦出现故障，存放在里面的数据、文件就无法使用。本节将介绍如何抢救 U 盘中的数据。

5.2.1　抢救 U 盘中的数据

U 盘是现在使用最广泛的一种移动存储设备，容量/价格比越来越大。由于是移动存储设备，在使用 U 盘中经常会遇到以下一些问题。

1．U 盘插到计算机上没有任何反应

为了修复 U 盘，先要了解 U 盘正常工作的条件，要想让 U 盘正常工作必须具备以下几个条件：

（1）供电

分为主控所需的供电和 Flash 所需的供电，这两个是关键。而 U 盘电路非常的简单，如没有供电一般都是安全电感损坏或 3.3V 稳压块损坏。稳压块有三个引脚分别是电源输入（5V）、地、电源输出（3.3V），工作原理就是当输入脚输入一个 5V 电压时，输出脚就会输出一个稳定的 3.3V。只要查出哪里是没有供电的根源，问题就很好解决了。

（2）时钟

因主控要在一定频率下才能工作，跟 Flash 通信也要用时钟信号进行传输，所以如果没有时钟信号，主控就不会工作。其实时钟产生电路很简单，在检查这方面电路的时候，只需要检查晶

振及其外围电路即可，晶振怕摔而 U 盘小巧很容易掉在地上造成晶振损坏，只要更换相同的晶振即可。一般晶振是无法测量的，判断其好坏最好的方法就是更换一个好的晶振。

（3）主控

如果上述两个条件都正常那就是主控芯片损坏了，只要更换主控就可以。

当把 U 盘插到计算机 USB 接口上，计算机没有反应，一般为硬件故障，主要原因就是上面提到的三个方面。只要用替换法确定故障部件然后进行替换修复即可。

2．U 盘修复软件无法访问

U 盘插入计算机，提示"无法识别的设备"。对于此现象，首先说明 U 盘的电路基本正常，只是与计算机通信方面有故障，而对于通信方面有以下几点要检查：

（1）U 盘接口电路

此电路没有什么特别元件就是两根数据线 D+和 D-，所以在检查此电路时只要测量数据线到主控之间的线路是否正常即可。一般都在数据线与主控电路之间会串接两个小阻值的电阻，以起到保护的作用，所以要检查这两个电阻的阻值是否正常。

（2）时钟电路

因 U 盘与计算机进行通信要在一定的频率下进行，如果 U 盘的工作频率和计算机不能同步，那么系统就会认为这是一个"无法识别的设备"了，这时更换晶振即可。

（3）主控

如果上述两点检查都正常，那就可以判断主控损坏了。

3．U 盘无法格式化

可以识别 U 盘，但打开 U 盘时提示"磁盘还没有格式化"，但系统又无法格式化，或提示"请插入磁盘"；打开 U 盘，里面都是乱码，容量与本身不相符等。

对于此现象，可以判断 U 盘本身硬件没有问题，主要是文件系统问题。此故障用 U 盘修复工具重新建立文件系统即可。

对于无法写文件、不能存储等现象，一般都是 Flash 性能不良或有坏块而引起的，一般低格一下就会没有问题了。

4．U 盘数据的恢复

Smart Flash Recovery 是一个很好的 U 盘数据恢复软件，如图 5-1 所示。其使用方法十分的简便，在此不做详细介绍了。

图 5-1　Smart Flash Recovery 主界面

5．连接计算机后无法访问的处理

可用 U 盘烧录修复程序进行重新烧录，PDX8 就是 U 盘烧录修复程序之一，如图 5-2 所示。它可以修复很多问题，例如，U 盘能检测到但无法读取数据或无法访问，变成了 0 字节，又或是容量变小了……。解决的方法是进行烧录，U 盘烧录的这个软件可以使 U 盘重新恢复容量，正常读取。

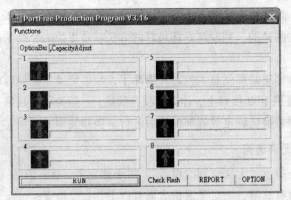

图 5-2　PDX8 U 盘烧录修复程序主界面

5.2.2　MP3 的基本维护

1．MP3 的硬件介绍

MP3 是 MPEG 标准下的第三层音频信号的压缩解码技术。所以 MP3 有自己的解码芯片，也就是主控芯片。常见的有三种主控解码芯片的方案：美国 SIGMAT35 系列、34 系列；矩力 2085，2075 方案；还有就是羚羊方案。

Flash 芯片在 MP3 中是一个相当重要的部件。它直接影响 MP3 的存储容量。还有带 FM 收音功能的收音板，一般是直接加焊在电路板上的，很少有直接集成的电路板。在电路板上还有大量的电容、电阻、电感，起到分压、限流、保护等作用。

MP3 中还有一个比较重要的电子元件——晶振。晶振的作用是在电路产生震荡电流。在 MP3 里的晶振有不同的频率，如 24.576Hz、24.000Hz、6.000Hz 等，针对不同主控芯片使用不同频率的晶振。晶振也有不同的形态，有比较多见的柱型晶振，还有帖片晶振等，但功能是一样的。有些 MP3 里会有两个晶振，其中一个可能是 FM 收音板的晶振，要注意区分。

MP3 的输出部件有显示屏和耳机口。USB 口属于连接计算机的输入/输出设备。显示屏是 MP3 中比较脆弱的部件之一，易碎、易磨花。还有，显示屏与电路板之间的连接排线也是比较脆弱的，很容易误揭开、焊断，一旦损坏很难修复。显示屏主要有普通的数字液晶屏、点阵液晶屏，这两种一般都有彩色背光片提供光源；OLED 屏；可以支持多色彩同点发光的冷光屏；触摸屏等。总之，各种显示屏都非常娇贵，在维修时一定要小心。

2．常见故障的处理

首先要判断 MP3 是否有电流，电流是否稳定，是否过大。电压一定要正确，一般干电池电压为 1.5~1.2V，充电锂电池电压为 3.6V 左右，USB 接口在 4.5~5V 之间。当 MP3 常见故障如下：

① 有电流，电流稳定，能开机，但控制功能不能正常使用。说明 MP3 的电路、主控芯片正常，如果排除按键的问题后，基本可以确定是系统程序的问题，只要找到合适的固件程序对 MP3 刷新后就可以使用了。这里要注意的是，MP3 的默认文件系统是 FAT 型，在 Windows 系统中将 MP3 格式设置成 FAT 方式才能使用。

② 有电流，电流不稳定，用万用表测试 MP3 的电源电流，按下开机键，电流跳一下，然后归位，再按一下再跳动一下后归位。一般情况下，这就证明是 MP3 的晶振出问题了，因为晶振不

正常工作，就不能产生震荡电流，更换晶振后再加电测试。

③ MP3 中如果没有电流，就要考虑电路板是否有断路。可以先连到计算机上，如果连接计算机正常，说明 MP3 是正常的，只是供电电路出了问题；如果连接计算机也没有显示，则可能是连线发生断路。

④ 如果 MP3 加电开机一切正常，只是 USB 不连计算机传输数据，或者连计算机后只能给 MP3 充电。检查 USB 线路是否正常，可用万用表的欧姆挡进行测试，察看是否有断路。某些机型的 SIGMAT 芯片固件丢失，也会有连不上计算机。SIGMAT35 系列和 2085 系列的芯片不用加电可直接连计算机。

还有一些问题是可以很直观看见的，如耳机口拖焊，加焊即可，如果无法加焊就只能连飞线；还有贴片开关失灵，先用镊子在开机状态下触击贴片开关的两极，看是否能够达到开关的作用，如果可以，就可确定是贴片开关的问题，更换一个新的开关即可，如果还是不能达到开关作用，在按下开关的时候用万用表测贴片开关两极是否是通路。

5.2.3　MP3 日常的保养

MP3 小巧灵活，使用方便，得到大家的喜爱。但是如果使用不当，不注意平时的保养，同样会缩短使用寿命。对于 MP3 的保养工作不会像 DV 之类的数码产品那么复杂和烦琐，最需要注意的就是以下三个方面：

1. 装进布袋防止灰尘

MP3 放在包里，很容易被一些钥匙等随身物品刮坏，再有 U 盘外形设计的 MP3 播放器，挂在身上很容易掉盖，而且厂家这部分的配件又不多，长久下去，很容易损坏 USB 的接口，因此给 MP3 穿上一件“衣服”是必不可以少的。一般国内的一线品牌在销售时都会随机附送一个布袋或皮袋，这样在一定程度上可以保护 MP3 完整不被刮花。除了刮花外，灰尘也是要注意的，一般长时间裸露在空气中，灰尘都会进入到 MP3 细小的缝隙中，除了袋子的包裹外，还需要给主机清洗机身，以免灰尘影响机器的运作。

说到数码产品，防潮不得不提。对于电子器件高度集成的 MP3，潮湿会使电子零件罢工，导致线路短路而损坏。因此，要注意防潮湿和防磁，整机最贵重的部位就是解码芯片和 Flash 芯片（集成在主面板上），将它保护好可以有效地延长 MP3 使用寿命。

2. 电池的保养

MP3 播放器一般有两种电池经常用到，一种就是普通常用的碱性电池，另一种是锂电池，但由于多数的锂电池都是集成在 MP3 中，很少能卸出来的，因此对锂电池的保养是充分放电后再充电使用，不然电池的记忆效应可能导致电池寿命缩短。而碱性电池的保养除了要注意上面的事项外，还要注意，如果一段时间不用，要将电池取出来，特别是一次性的碱性电池，不然电池破损漏出液体会腐蚀损坏 MP3。

3. 耳机的保养

MP3 播放器音质的好坏除了主机的解码芯片外，耳机也是一个重要的部分。由于耳机是个很娇小的部件，因此保养需要注意的地方较多。一般来说，耳机买回来后最好买个耳罩，耳罩不但能很好地保护耳机，同时也是使耳朵和耳机接合的更加紧密，并且有隔音和不易脱落等优点。市面上的耳罩种类很多，一般多为绒布、纤维、人造皮等，经过长时间使用后，极容易沾上汗水或油渍，需要定期清洁。最基本的清洁方法是用吸油纸或一些清洁绒布的喷剂，印在耳罩范围吸走油污。若长时间不使用耳机，最好是用胶袋封好再放入防潮珠，确保不会发霉。

5.2.4　修复光盘上损坏的数据文件

1. 用迅雷软件帮助修复损伤的 VCD 光盘

迅雷是常用的网络下载工具，它也可以用来修复不能播放的 VCD 光盘。迅雷有这样一个特点：在下载视频或者音频文件时，只要大小超过 10%，就将文件的扩展名".td"去掉，从而进行播放。我们可以利用这个原理来修复 VCD 光盘。

怎样用迅雷下载本地的数据呢？需要先安装 IIS 软件，打开"添加/删除程序"窗口，单击窗格左侧的"添加/删除 Windows 组件"按钮，将系统安装光盘放入光驱，选中"Internet 信息服务（IIS）"复选框，按照提示操作即可完成安装，如图 5-3 所示。

图 5-3　IIS 安装向导

IIS 安装好后，通过控制面板打开"管理工具"对话框，双击其中的"计算机管理"图标，展开"服务和应用程序"|"Internet 信息服务"|"默认 web 站点"选项，右击，在弹出的快捷菜单中选择"新建"|"虚拟目录"命令，这时要确保 VCD 在光驱中。

根据弹出的虚拟目录创建向导，先给目录起一个别名，后面要用到，这里设置为 G。然后输入虚拟目录的路径，单击"浏览"按钮，选择光盘，最后一直单击"下一步"按钮完成创建。

虚拟目录创建好后，可以用迅雷来下载光盘里面的 VCD 文件，打开迅雷，新建一个任务，在网址里面输入 http://125.0.0.1/G/MPEGAV/AVSEQ02.DAT，其中 http://125.0.0.1/G 是虚拟目录的地址，G 是虚拟目录的别名，MPEGAV/AVSEQ02.DAT 是 VCD 文件在光盘中的位置，设置好后，单击"确定"按钮进行本地下载，如图 5-4 所示。

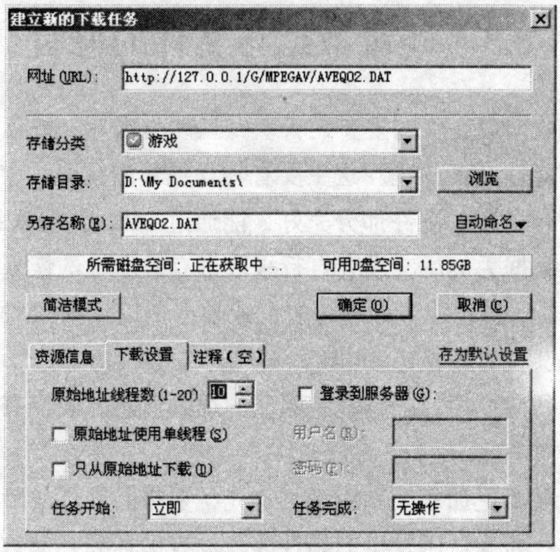

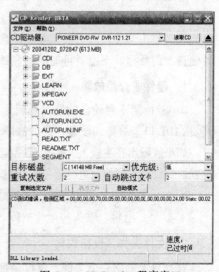

图 5-4　下载任务设置栏

下载的时候，如果其中的一个进程遇到了错误数据，它的下载速度就会变慢，但其他好的数据仍然可以进行下载，这样除了错误数据，其他数据就会全部下载到硬盘。此时迅雷窗口显示的完成就不是 100%，这样只要把"AVSEQ02.DAT.td"后面的".td"去掉，改成"AVSEQ02.DAT"就可以用播放器来播放了。

2. 用工具软件恢复光盘数据

CD Reader 是一款高效的光盘数据恢复工具，可以从破损的 CD、DVD 上恢复数据。它的恢复重读速度快，且可以防止计算机在恢复过程中停止响应。在使用刻录机的情况下可以获取速度上的提升，同时也可恢复更多的数据。

运行 CD Reader.exe 程序，打开 CD Reader BETA 程序窗口，如图 5-5 所示。选择"文件"|"选项"命令，打开"选项"对话框，在 language 下拉列表中按文件名选择所需语言就可以使用了。第一步，单击"读取 CD"按钮，读取光盘上的文件；第二步，单击"自动模式"按钮，开始扫描光盘上的文件，如图 5-6 所示；第三步，选定扫描出的错误文件，单击"复制选定文件"按钮，打开文件保存窗口，选择保存路径和文件名。损坏的光盘文件即可被保存到指定的文件夹中。

图 5-5　CD Reader 程序窗口

图 5-6　CD 扫描窗口

5.3 硬盘数据与文件的修复

硬盘是计算机中存放数据或文件的主要设备。一旦硬盘损坏，硬盘上存放的文件和数据能否进行恢复，数据恢复的可能性有多少呢？这主要看硬盘损坏的情况。

第一种情况是介质没有损坏，硬件部分完好，能通过 BIOS 自检找到，并且无异响声。

一般来说，如果发现数据丢失后，没有自行采取带有破坏性的恢复尝试，如杀病毒、直接用各种方法恢复数据等操作，这种情况下数据恢复的成功率可以达到 85% 以上，有些情况如病毒破坏、误删除及误格式化等甚至可以接近 100%。

第二种情况是介质、硬件损坏，电路板有明显的烧毁痕迹，硬盘有异响或 BIOS 自检不能识别硬盘参数。

这种情况下的数据恢复要更加复杂和困难。首先，要排除硬件故障，使介质在特殊的工作平台上能正确地工作。其次，要确认所发生的硬件故障没有破坏到存储数据的介质本身。这种情况下数据恢复的平均成功率要低。

5.3.1 硬盘故障产生的原因

软故障：误分区、误格式化、误删除、误克隆、MBR 丢失、BOOT 扇区丢失、病毒破坏、黑客攻击、分区信息丢失、RAID 磁盘阵列失效等因素都能够造成硬盘数据丢失。

硬故障：硬件故障一般表现为在 BIOS 设置中不能识别硬盘，硬盘有异响或主轴电机不转、通电后无任何声音等现象。产生这些现象的原因主要是磁盘划伤、磁头组变形、芯片及其他元器件烧坏、磁头偏移，磁头损坏等。硬盘的硬件故障要到专业的数据恢复中心才能够进行修复，拯救硬盘上的数据。下面对可能的硬盘故障情况进行一下分析。

1. 硬件或介质故障

BIOS 检测不到硬盘的情况是属于硬件故障，造成这类故障的原因可分为主板的硬盘控制器（包括 IDE 口）故障和硬盘本身的故障。

如果故障出在主板上，那么对硬盘上的数据没有影响。如果故障出在硬盘上，就需要确定故障位置然后针对不同情况进行修复。硬盘可能的故障主要在控制电路、电机和磁头以及盘片等位置。

- 如果是控制电路的故障，一般修好后，就可以读出数据。
- 如果是电机、磁头和盘片故障，要返回原厂，数据恢复基本没有希望。

2. 文件丢失、误格式化

在硬盘上删除一个文件，仅仅是把这个文件的首字节改为 E5h，并没有删除文件数据区的内容，因此很容易恢复。对于不连续存储的文件还要恢复文件链表，建议用工具软件处理，例如，可以安装 Norton Utilities，用来查找文件链表，也可以使用 Recovernt 等工具软件来恢复硬盘数据。

注意：千万不要在发现文件丢失后，再在本机安装恢复工具软件，这样可能会把文件覆盖掉。

如果丢失的文件在 C 盘，应该马上关闭电源，用光盘启动，运行数据恢复软件进行文件的恢复，或者把硬盘串接到其他安装有恢复工具软件的计算机上进行处理。

对于误格式化的硬盘恢复也可以用这些工具软件进行处理。

3．硬盘被加密或变换

当发现硬盘被加密或变换，千万不要用 FDISK/MBR、SYS 等工具进行处理，否则硬盘上的数据再也无法找回，一定要反解加密算法，或找到被移走的重要扇区。对于那些能够进行加密硬盘数据的病毒，清除时一定要选择能恢复加密数据的可靠杀毒软件。

4．密码遗忘造成硬盘不能使用

最简单的方法就是用系统启动盘找到支持该文件系统结构的软件利用把密码文件清除或者是复制出密码档案，用破解软件套字典来处理。前者处理时间短但所有用户信息丢失；后者处理时间长，但保全了所有用户信息。对 UNIX 系统，建议一定先做一张应急盘。

再介绍一种比较极端的情况：硬盘自检正常，而从硬盘和光盘都无法正常启动。这种现象可能是病毒或恶意程序造成分区表的损坏。DOS3 以上版本启动中都要检索分区表这一特点，把分区表置为死循环，造成启动中死机。只要修改英文版 MS-DOS6.22 的 IO.SYS 文件，把 C2 03 06 E8 0A 00 07 72 03 替换为 C2 03 90 E8 0A 00 72 80 90，启动时就可以锁住硬盘。

5．全盘崩溃和分区丢失

首先重建 MBR 代码区，再根据情况修正分区表。修正分区表的基本方法是：查找以 55AA 为结束的扇区，再根据扇区结构和后面是否有 FAT 等情况判定是否为分区表，最后计算填回数据。也可以用 NDD 等工具进行处理。如果文件仍然无法读取，可考虑用 TIRAMINT 等工具软件进行修复。如果在 FAT 表彻底崩溃的情况下，恢复某个指定文件，可以用 DISKEDIT 或 DEBUG 查找已知信息。

5.3.2　硬盘数据丢失和损坏的原因

1．操作不当造成数据丢失

硬盘上的数据丢失通常是由于操作不当造成的。如果遇到系统安装在 C 盘，文件系统使用的是 NTFS 格式，而其他分区是 FAT32 格式的情况。当再一次重装系统，用启动盘启动，用 FormatC: 命令格式化原始的系统分区时，实际上格式化的不是 C 盘而是 D 盘，因为原先的 C 盘是 NTFS 格式，DOS 下看不到 NTFS 分区，DOS 系统自动把硬盘上的第一个 FAT32 分区当成了"C 盘"，如果这个分区恰好是存放重要数据的分区，全部数据、文件将全部被格式化掉。

克隆（Ghost）操作不当，造成硬盘数据丢失的情况也比较多。主要有克隆顺序弄反，克隆选项选错（如应该是分区对分区恢复而错选了分区对硬盘操作等）。

分区逻辑错误也会造成硬盘上的数据丢失，通常表现为分区大小跟实际大小有出入。例如，10GB 的分区在资源管理器中显示为 120GB，或者 120GB 的分区显示为 10GB。同样，硬盘本身大小也会出现这样的问题，从 60GB 变成 0GB 等。

分区表丢失也是很常见的软件故障。主要表现为硬盘原始分区或者部分分区的丢失，在磁盘管理器中看到未分区的硬盘或者未分区的空间。对于以上几种情况都可以 100%恢复出硬盘的数据。

2．其他情况引起数据丢失

① 打开某个磁盘，提示要进行格式化操作，变成 RAW 格式。磁盘的卷标没了，变成了"本地磁盘"，双击盘符不能进入，而提示"磁盘未被格式化，想现在格式化吗？"，右键查看盘符属性显示文件系统为 RAW 格式，容量变为 0 字节。

② PQ 转换出错。FAT32→NTFS 转换或者重新调整分区大小的过程中，程序出现错误或者突

然断电，都会导致硬盘分区不可访问，提示磁盘参数错误等信息。还有一种情况是，从 FAT32 向 NTFS 转换顺利完成，但是中文命名的文件和文件夹都变成"????"或者乱码。

③ 硬盘逻辑锁错误。当硬盘无论挂到哪一台计算机上，系统都不能运行起来，但是在 BIOS 中能够检测到该硬盘的存在。

④ BOOT 扇区错误。这是最常见的硬盘软件故障，通常表现为：

- 分区能打开，文件和目录都变成乱码。
- 分区打不开，单击该分区会提示"此分区未格式化，是否要先格式化"。

造成这种故障的原因一般是：不正常关机、病毒破坏、突然断电等。如果是 BOOT 扇区出现问题而引发的上述症状，可以 100%恢复硬盘分区中的数据。

⑤ 硬盘逻辑坏道又称软坏道，通常由软件操作或使用不当造成的。表现为：

- 打开、运行或复制某个文件时硬盘出现操作速度变慢，长时间操作都不成功，某一区域或同时出现硬盘读盘异响，Windows 系统提示"无法读取或写入该文件"，这些都表明硬盘某部分出现了坏道。
- 每次开机，Scandisk 磁盘检查程序会自动运行，表明硬盘上有需要修复的重要错误，如坏道。运行 Scandisk 程序时如不能顺利通过，表明硬盘肯定有坏道。当然，扫描虽能通过，但出现红色的 B 标记，也表明其中有坏道。
- 计算机启动时硬盘无法引导，用光盘启动引导后可以看见硬盘盘符，但无法对该区进行操作，表明硬盘上可能出现了坏道。具体故障表现为：开机自检过程中，屏幕提示 Hard disk drive failure、Hard drive controller failure 或类似信息，则可以判断是硬盘驱动器或硬盘控制器硬件故障；读写硬盘时提示 Sector not found 或 General error in reading drive C 等错误信息，则表明硬盘磁道出现了物理损伤。当然，这种情况也可能是物理坏道引起的。

⑥ 误删除跟误分区、误格式化的情况差不多，只要不往误操作过的分区上写数据，恢复的概率在 95%以上。

感染病毒导致分区表（partition table）或其他的某个部分被损坏。像 CIH 病毒（virus），在染上病毒的瞬间就无法读硬盘。

对于因以上的故障造成硬盘数据的丢失，可以用数据恢复软件恢复出硬盘分区中的大部分数据或文件。

5.3.3　硬盘数据恢复实例

介绍和认识了以上硬盘经常出现的故障现象，在这一节将完成几个硬盘数据恢复的具体操作。

【实例 1】文件被误删除

【故障现象】最简单同时也是最常见的数据损坏现象是删除文件后清空了回收站，或按住【Shift】键进行彻底删除，要不然就是在"回收站"的"属性"中选择了"删除时不将文件移入回收站，而是彻底删除"的设置。

【解决方法】如何恢复 NTFS 分区下被误删除的文件，File Scavenger（http://www.quetek.com/）软件就可以胜任。File Scavenger 可以在 Windows XP 系统下使用，同时必须以 Administrator 用户登录系统，而且对 NTFS 格式的分区有效。它支持压缩过的 NTFS 分区或文件夹中文件的恢复，对格式化过的 NTFS 分区中的文件也有效。

File Scavenger 目前有两种版本：硬盘安装版和光盘版（其下载地址可以通过百度搜索查找下载）。硬盘版的安装和一般软件安装过程是一样的，唯一需要注意的是：使用 File Scavenger 恢复文件的最安全方法就是在文件已经被删除之后安装 File Scavenger（当然不要将软件安装在删除文件所在的分区）。

用 File Scavenger 恢复删除的文件。找回一个存放在 D 盘上被彻底删除的 Veryimportant.txt 文件。

① 运行 filescav.exe 文件，会显示出 filescav 主窗口，即文件清道夫版本 3.0，如图 5-7 所示。

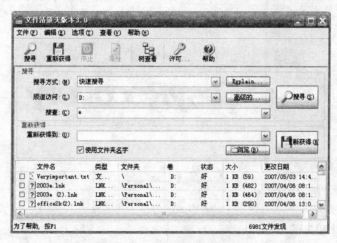

图 5-7　filescav 程序主窗口

② 在"搜寻"条件中，选择搜寻方式、文件丢失的分区和搜寻的文件类型。设置完成后，单击"搜寻"按钮，在下方的列表框中将列出所有的被删除的文件。

③ 找到 Veryimportant.txt 文件，并单击"新获得"按钮，进行指定文件的恢复。如果文件能够被恢复，就可以在先前指定的恢复文件存储路径中找到它。

【实例 2】不可恢复情况的处理

【故障现象】如果文件在删除之后，其存储的磁盘空间进行过写操作，在通常情况下恢复的几率为 0。因此，误删除文件可以恢复的重要前提就是不要在删除文件所在的分区进行写操作。

【解决方法】Easy Recovery 支持的文件系统格式有很多，如 FAT、NTFS 等，并且有专门的 For Novell 版本。Easy Recovery 对于分区破坏和硬盘意外被格式化都可安全的恢复，所要做的就是将数据损坏硬盘挂到另外一台计算机上进行恢复。Easy Recovery 对于中文的文件名和目录名支持效果不好。

用 Easy Recovery 恢复删除的文件。Partition Magic 是 Power Quest 公司开发的硬盘资料复原工具。它是一套恢复硬盘因病毒感染、意外格式化等因素所导致资料损失的工具软件，能将已删除的文件资料找出并恢复，也能找出已重新格式化的硬盘、被破坏的 FAT 分配表、启动扇区等，几乎能找出及发现任何在硬盘上的资料（支持 FAT16 和 FAT32 及长文件名）。恢复回来的资料能选择在原来所在位置恢复或保存到其他可写入资料的硬盘，也提供了自动备份目录、文件和系统配置文件的功能，能在任何时间恢复。

① 安装并运行 Easy Recovery 软件，打开 Easy Recovery 主程序窗口，如图 5-8 所示。从主窗口右侧的功能列表中可以看到包含了磁盘诊断、数据恢复、文件修复、E-mail 修复等全部 4 大类目 19 个项目的各种数据文件修复和磁盘诊断方案。

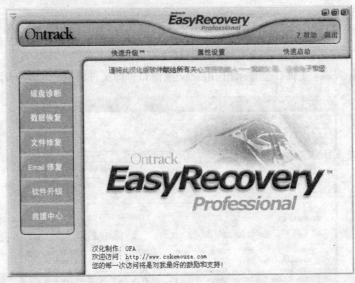

图 5-8　Easy Recovery 主程序窗口

② 修复 D 盘上丢失的文件。

单击"数据恢复"按钮，打开"数据恢复"窗口，如图 5-9 所示。

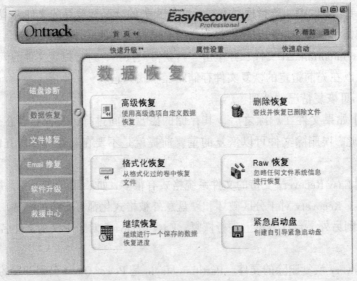

图 5-9　"数据恢复"窗口

在这个窗口中可以看到有六种数据恢复模式。单击"删除恢复"按钮，打开"删除恢复"向导，选择需要恢复文件的硬盘和进行一些相关设置后单击"下一步"按钮。系统扫描出被删除的所有文件，如图 5-10 所示。选中要恢复的文件，单击"下一步"按钮，选择一个保存恢复的位置，单击"下一步"按钮，完成文件的恢复操作。

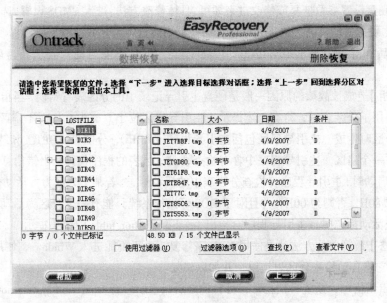

图 5-10 扫描出被删除的文件

【实例 3】删除分区的恢复

【故障现象】一个 IBM 80 GB 硬盘，被 Windows XP 自带的磁盘管理工具将所有分区完全删除，删除之后没有进行任何操作。

【解决方法】需要恢复的硬盘分区中有 FTA32 分区和 NTFS 分区，故采用支持 NTFS 的 Easy Recovery 软件。

① 分区的恢复。

运行 Easy Recovery 程序，单击"数据恢复"按钮，打开"数据恢复"窗口，单击"高级修复"按钮，进入磁盘选择窗口，选中 IBM-DTTA-351010 下的 Unknown File System Type（4.43GB）选项，单击"下一步"按钮，进入修复窗口。

在接下来的窗口中可以设置该分区的起始扇区号（start sector）和中止扇区号（end sector），然后单击"下一步"按钮继续。

进入选择分区文件格式窗口，在 File system Type 的下拉式菜单中选择 NTFS 或 FTA32 格式，单击"下一步"按钮。硬盘开始搜索完成恢复。

② 格式化后的恢复。

使用 Easy Recovery 还可以对格式化的分区进行恢复，只要分区后没有写入任何文件，是可以完全恢复的。操作很简单，打开 Easy Recovery 程序后，在"数据恢复"功能菜单中选择"格式化恢复"选项就可以完成了。

【实例 4】常见故障屏幕提示信息的处理

① 屏幕出错信息：Non System disk or disk error，Replace and strike any key when ready，用光盘启动后，在 H:>后输入 C:，屏幕显示：Invalid drive specification，系统不认硬盘。

【故障分析】造成该故障的原因一般是 CMOS 中的硬盘设置参数丢失或硬盘类型设置错误。

【解决方法】进入 CMOS，检查硬盘设置参数是否丢失或硬盘类型设置是否错误，如果确是该故障,只需将硬盘设置参数恢复或修改过来即可。具体修改方法:进入 CMOS 设置,选择 HDD AUTO DETECTION（硬盘自动检测）选项，即可自动检测出硬盘类型参数，然后依次修改。

② 开机后，屏幕上显示:Invalid partition table，硬盘不能启动，若从光盘启动则可识别 C 盘。

【故障分析】造成该故障的原因一般是硬盘主引导记录中的分区表有错误,当指定了多个活动分区或病毒占用了分区表时，将有上述提示。主引导扇区位于 0 磁头 0 柱面 1 扇区,用 fdisk.exe 程序对硬盘分区时生成。主引导扇区包括主引导程序（MBR）、分区表（DPT）和结束标志 55AA 三部分，共占一个扇区。主引导程序中含有检查硬盘分区表的程序代码和出错信息、出错处理等内容。当硬盘启动时,主引导程序将检查分区表中的活动标志。若某个分区为可活动分区(Active)，则有分区标志 80H，否则为 00H，并且对于 DOS 等操作系统只能有一个分区为活动分区,若分区表中含有多个活动标志时，主引导程序会给出 Invalid partition table 的错误提示。

【解决方法】最简单的方法就是使用 NDD 来修复（由于不能进入 Windows，使用的是 DOS 版本的 NDD），它将自动检查分区表错误，并加以修复。

③ 屏幕出错信息：系统自检正常，可自检之后只显示一行 Operation system not found 出错信息就不再引导。但是用光盘启动计算机后，可以看到硬盘上的任何内容。

【故障分析】这种问题一般是 MBR 在检查活动分区的时候出现的，和上一问题的出错类似，所不同的是，上一个问题是分区表中活动分区标志过多，而本例是没有活动分区造成的。

【解决方法】用光盘启动计算机，然后执行分区程序 fdisk.exe，按【2】键来选择激活活动分区（Set active partition）。在接下来的选择活动分区窗口中，选择想要启动的分区，这里选择的是"1"——Primary DOS（主 DOS 分区），对应于的系统启动盘。

④ 主机加点自检,自检完毕，硬盘指示灯闪亮，屏幕出现错误信息：Operting system not found，硬盘启动失败。用光盘启动成功，进入硬盘时，出现：Invalid drive Specification 错误信息。

【故障分析】用 Norton Disk Edit 查看磁盘的物理 0 扇区，发现分区结束标志 55AA 被破坏。

【解决方法】这种问题也可利用 NDD 来修复，如果没有 NDD，也可以采用相应的磁盘编辑工具，直接将物理 0 扇区的最后两个字符改为 16 进制的 55AA 即可。

⑤ 开机后屏幕上出现 Error loading operating system、Missing operating system 或者是 Disk I/O Error Replace the disk then press any key 的提示信息。

【故障分析】造成该故障的原因一般是 DOS 引导记录出现错误。DOS 引导记录位于逻辑 0 扇区，是由高级格式化命令 Format 生成的。主引导程序在检查分区表正确之后，根据分区表中指出的活动分区起始地址读 DOS 引导记录,若连续读五次都失败,则给出 Error loading opearting system 的错误提示。若能正确读出 DOS 引导记录，主引导程序则会将 DOS 引导记录送入内存 0:7C00h 处。然后检查 DOS 引导记录的最后两个字节是否为 55AAH，若不是这两个字节，则给出 Missing operation system 的提示。

【解决方法】对于以上这些问题都可以使用 NDD 来解决，不过根据不同的出错提示有不同的解决方案:

- 出错提示为 Invalid system disk, Replace the disk, and then press anykey。这种情况一般是因为系统引导文件 IO.sys 被删除或者损坏，可以用 DOS 引导光盘启动系统，然后进行"sys E: C:"将系统引导文件传送到 C 盘。（E 盘为光盘位置）

- 出错提示为 Error loading system。这种提示说明分区表中标明的活动分区的起始位置错误或者 DOS 引导记录出错，只能用 NDD 修复。
- 出错提示为 Missing operating system。用 DiskEdit 编辑相应活动分区的引导区，并将最后分区结束标志改成 55AA。

对于以上几种出错信息，如果硬盘中数据不是很重要，也可以考虑用 Format 来解决。

5.3.4　硬盘修复过程中的基本概念

在研究硬盘修复和使用专业软件修复硬盘的过程中，必将涉及一些基本的概念要有所了解，下面对这些概念进行介绍。

1. Bad sector (坏扇区)

在硬盘中无法被正常访问或不能被正确读写的扇区都称为 Bad sector。一个扇区能存储 512B 的数据（不同的文件系统扇区大小不同），如果在某个扇区中有任何一个字节不能被正确读写，则这个扇区为 Bad sector。除了存储 512 B 外，每个扇区还有数十个 Bytes 信息，包括标识（ID）、校验值和其他信息。这些信息任何一个字节出错都会导致该扇区变为 Bad sector。例如，在低级格式化的过程中每个扇区都分配有一个编号，写在 ID 中。如果 ID 部分出错就会导致这个扇区无法被访问到，则这个扇区属于 Bad sector。有一些 Bad sector 能够通过低级格式化重写这些信息来纠正。

2. Bad cluster (坏簇)

在对硬盘分区并进行高级格式化后，每个区都会建立文件分配表（File Allocation Table，FAT）。FAT 中记录有该区内所有 cluster（簇）的使用情况和相互的链接关系。如果在高级格式化（或工具软件的扫描）过程中发现某个 cluster 使用的扇区包括有坏扇区，则在 FAT 中记录该 cluster 为 Bad cluster，并在以后存放文件时不再使用该 cluster，以避免数据丢失。有时病毒或恶意软件也可能在 FAT 中将无坏扇区的正常 cluster 修改为 Bad cluster，导致正常 cluster 不能被使用。这里需要强调的是，每个 cluster 包括若干个扇区，只要其中存在一个坏扇区，则整个 cluster 中的其余扇区都不再被使用。

3. Defect (缺陷)

在硬盘内部所有存在缺陷的部分都被称为 Defect。如果某个磁头状态不好，则这个磁头为 Defect head。如果盘面上某个 Track（磁道）不能被正常访问，则此 Track 为 Defect Track。如果某个扇区不能被正常访问或不能正确记录数据，则该扇区也称为 Defect Sector。可以认为 Bad sector 等同于 Defect sector。总的来说，某个硬盘只要有一部分存在缺陷，就称这个硬盘为 Defect hard disk。

4. P-list (永久缺陷表)

现在的硬盘密度越来越高，单张盘片上存储的数据量超过 40GB 硬盘厂家在生产盘片过程极其精密，但也极难做到 100%完美，硬盘盘面上或多或少存在一些缺陷。厂家在硬盘出厂前把所有的硬盘都进行低级格式化，在低级格式化过程中将自动找出所有 defect track 和 defect sector，记录在 P-list 中。并且在对所有磁道和扇区的编号过程中，将 skip（跳过）这些缺陷部分，让用户永远不能用到它们。这样，用户在分区、格式化、检查刚购买的新硬盘时，很难发现有问题。一般的硬盘都在 P-list 中记录有一定数量的 defect，少则数百，多则数以万计。如果是 SCSI 硬盘的话可以找到多种通用软件查看到 P-list，因为各种品牌的 SCSI 硬盘使用兼容的 SCSI 指令集。而不同品牌不同型号的 IDE 硬盘，使用各自不同的指令集，想查看其 P-list 要用针对性的专业软件。

5. G-list (增长缺陷表)

用户在使用硬盘过程中，可能会发现一些新的 defect sector。按"三包"规定，只要出现一个 defect sector，商家就应该为用户更换或维修。现在大容量的硬盘出现一个的 defect sector 概率实在很大，于是，硬盘商家就要为售后服务忙碌不已了。于是，硬盘厂商设计了一个自动修复机制，称为 Automatic Reallcation。大多数型号的硬盘都有这样的功能：在对硬盘读写的过程中，如果发现一个 defect sector，则自动分配一个备用扇区替换该扇区，并将该扇区及其替换情况记录在 G-list 中。这样，少量的 defect sector 对用户的使用没有太大的影响。

也有一些硬盘自动修复机制激发条件要严格一些，需要用某些软件来判断 defect sector，并通过某个端口（如 50h）调用自动修复机制。常用的软件有 Lformat、ADM、DM 中的 Zero fill；Norton 中的 Wipeinfo 和校正工具；西数工具包中的 wddiag；IBM 的 DFT 中的 Erase 等。这些工具之所以能在运行过后消除了一些"坏道"，很重要的原因就在这个 Automatic Reallcation（当然还有其他原因），而不能简单地概括这些"坏道"是"逻辑坏道"或"假坏道"。可以找一个能查看 G-list 的专业工具后就知道，运行这个工具后，G-list 将会增加多少记录！"逻辑坏道"或"假坏道"记录在 G-list 中并用其他扇区替换。

当然，G-list 的记录不会无限制，所有的硬盘都会限定在一定数量范围内。如火球系列限度是 500，美钻二代的限度是 636，西数 BB 的限度是 508 等。超过限度，Automatic Reallcation 就不能再起作用。这就是为何少量的"坏道"可以通过上述工具修复（有人就概括为"逻辑坏道"可以修复），而坏道多了不能通过这些工具修复（"物理坏道"不可以修复）。

6. Bad track (坏道)

这个概念源于十多年前小容量硬盘（100MB 以下），当时的硬盘在外壳上都贴有一张小表格，上面列出该硬盘中有缺陷的磁道位置（新硬盘也有）。在对这个硬盘进行低级格式化时（如用 ADM、DM 5.0，或主板中的低格工具），需要填入这些 Bad track 的位置，以便在低格式化过程中跳过这些磁道。现在的大容量硬盘在结构上与那些小容量硬盘相差极大，这个概念用在大容量硬盘上有点牵强。

可以发现国内很多刊物和网上文章中还有这么几个概念：物理坏道、逻辑坏道、真坏道、假坏道、硬坏道、软坏道等。在国外的硬盘技术资料中没有找到对应的英文概念，也许是中国人概括的吧。既然有那么多的人能接受这些概念，也许某些专家能作出一些的合理解释。不习惯使用这些概念，不想对它们作牵强的解释，读者们看看是谁说的就去问谁吧。

7. 深入了解硬盘参数

正常情况下，硬盘在接通电源之后，都要进行"初始化"过程（又称"自检"）。这时，会发出一阵自检声音，这些声音的长短和规律不同品牌的硬盘而各不一样，但同型号的正常硬盘的自检声音是一样的。有经验的人都知道，这些自检声音是由于硬盘内部的磁头寻道及归位动作而发出的。为什么硬盘刚通电就需要执行这么多动作呢？简单地说，是硬盘在读取记录在盘片中的初始化参数。

硬盘有一系列基本参数，包括品牌、型号、容量、柱面数、磁头数、每磁道扇区数、系列号、缓存大小、转速、S.M.A.R.T 值等。其中一部分参数就写在硬盘的标签上，有些则要通过软件才能检测出来。这些参数仅仅是初始化参数的一小部分，盘片中记录的初始化参数有数十甚至数百个。硬盘的 CPU 在通电后自动寻找 BIOS 中的启动程序，然后根据启动程序的要求，依次在盘片中指定的位置读取相应的参数。如果某一项重要参数找不到或出错，启动程序无法完成启动过程，硬盘就进入保护模式。在保护模式下，用户可能看不到硬盘的型号与容量等参数，或者无法进入任何读写操作。有某些系列的硬盘就是这个原因而出现类似的故障，如 FUJITSU MPG 系列自检声正常却不认盘，MAXTOR 美钻系列认不出正确型号及自检后停转，WD BB EB 系列能正常认盘却拒绝读写操作等。

不同品牌不同型号的硬盘有不同的初始化参数集，以较熟悉的 FUJITSU 硬盘为例，简要地讲解其中一部分参数，以便读者理解内部初始化参数的原理。

通过专用的程序控制硬盘的 CPU，根据 BIOS 程序的需要，依次读出初始化参数集，按模块分别存放为 69 个不同的文件，文件名也与 BIOS 程序中调用到的参数名称一致。如西部数据（DM）硬盘内部的基本管理程序部分参数模块的简要说明如下，

- – PL 永久缺陷表。
- – TS 缺陷磁道表。
- – HS 实际物理磁头数及排列顺序。
- – SM 最高级加密状态及密码。
- – SU 用户级加密状态及密码。
- – CI 硬件信息，包括所用的 CPU 型号、BIOS 版本、磁头种类、磁盘碟片种类等。
- – FI 生产厂家信息。
- – WE 写错误记录表。
- – RE 读错误记录表。
- – SI 容量设定，指定允许用户使用的最大容量（MAX LBA），转换为外部逻辑磁工具。头数（一般为 16）和逻辑每磁道扇区数（一般为 63）。
- – ZP 区域分配信息，将每面盘片划分为 15 个区域，各个区域上分配的不同的扇区数量，从而计算出最大的物理容量。

这些参数一般存放在普通用户访问不到的位置，有些是在物理零磁道以前，可以认为是在负磁道的位置。可能每个参数占用一个模块，也可能几个参数占用同一模块。模块大小也不一样，有些模块才一个字节，有些则达到 64KB。这些参数并不是连续存放的，而是各有各的固定位置。

读出内部初始化参数表后，就可以分析出每个模块是否处于正常状态。当然，也可以修正这些参数，重新写回盘片中指定的位置。这样，就可以把一些因为参数错乱而无法正常使用的硬盘"修复"回正常状态。

如果有兴趣进一步研究，不妨将硬盘电路板上的 ROM 芯片取下，用写码机读出其中的 BIOS 程序，可以在程序段中找到以上所列出的参数名称。

5.3.5　低级格式化修复硬盘

在必要的时候需要对硬盘进行"低级格式化"（简称"低格"）。进行低格所使用的工具也有多

种：有用厂家专用设备做的低格，有用厂家提供的软件工具做的低格，有用 DM 工具做的低格，有用主板 BIOS 中的工具做的低格，有用 DEBUG 工具做的低格，还有用专业软件做的低格等。

不同的工具所做的低格对硬盘的作用各不相同。低格可以修复一部分硬盘，低格也有一定的危险，会严重损害硬盘。对于不能读取数据的硬盘，低格是修复硬盘的一个有效手段。实践表明低格过程有可能进行下列几项工作，不同的硬盘低格过程相差很大，不同的软件的低格过程也相差很大。

1．对扇区清零和重写校验值

低格过程中将每个扇区的所有字节全部置零，并将每个扇区的校验值也写回初始值，这样可以将部分缺陷纠正过来。例如，由于扇区数据与该扇区的校验值不对应，通常就被报告为校验错误（ECC Error）。如果并非由于磁介质损伤引起，清零后就有可能将扇区数据与该扇区的校验值重新对应起来，而达到"修复"该扇区的功效。这是每种低格工具和每种硬盘低格过程最基本的操作内容，同时也是为什么通过低格能"修复大量坏道"的原因。另外，DM 工具中的 Zero Fill（清零）操作与 IBM DFT 工具中的 Erase 操作，也有同样的功效。

2．对扇区的标识信息重写

在多年以前使用的老式硬盘（如采用 ST506 接口的硬盘），需要在低格过程中重写每个扇区的标识（ID）信息和某些保留磁道的一些信息，当时低格工具都必须有这样的功能。但现在的硬盘结构已经大不一样，如果再使用多年前的工具来做低格会导致意外。

3．对扇区进行读写检查，并尝试替换缺陷扇区

有些低格工具会对每个扇区进行读写检查，如果发现在读/写过程出错，就认为该扇区为缺陷扇区。然后，调用通用的自动替换扇区（automatic reallocation sector）指令，尝试对该扇区进行替换，也可以达到"修复"的功效。

4．对所有物理扇区进行重新编号

编号的依据是 P-list 中的记录及区段分配参数（该参数决定各个磁道划分的扇区数），经过编号后，每个扇区都分配到一个特定的标识信息（ID）。编号时，会自动跳过 P-list 中所记录的缺陷扇区，使用户无法访问到那些缺陷扇区。如果这个过程中途掉电或死机，有可能导致部分甚至所有扇区被报告为标识不对（Sector ID not found，IDNF）。要特别注意的是，这个编号过程是根据真正的物理参数来进行的，如果某些低格工具按逻辑参数来进行低格，是不可能进行这样操作的。

5．写磁道伺服信息，对所有磁道进行重新编号

有些硬盘允许将每个磁道的伺服信息重写，并给磁道重新赋予一个编号。编号依据 P-list 或 TS 记录来跳过缺陷磁道（defect track），使用户无法访问（即永远不必使用）这些缺陷磁道。这个操作也是根据真正的物理参数来进行。

6．写状态参数，并修改特定参数

有些硬盘会有一个状态参数，记录着低格过程是否正常结束，如果不是正常结束低格，会导致整个硬盘拒绝读写操作，这个参数以富士通 IDE 硬盘和希捷 SCSI 硬盘为典型。有些硬盘还可能根据低格过程的记录改写某些参数。

7. 低级格式化工具进行的操作

① DM 工具中的 Low level format 操作，选择进行 A 和 B 操作。速度较快，极少损坏硬盘，但修复效果不明显。

② Lformat 工具，选择进行 A、B、C 操作。由于同时进行了读写检查，操作速度较慢，可以替换部分缺陷扇区。但使用的是逻辑参数，所以不可能进行 D、E 和 F 的操作。遇到 IDNF 错误或伺服错误时很难通过，半途会中断。

③ SCSI 卡中的低格工具，由于大部分 SCSI 硬盘指令集通用，该工具可以对部分 SCSI 硬盘进行 A、B、C、D、F 操作，对一部分 SCSI 硬盘（如希捷）修复作用明显。遇到缺陷磁道无法通过。同时也由于自动替换功能，检查到的缺陷数量超过 G-list 限度时将半途结束，硬盘进入拒绝读写状态。

8. 常见问题

① 低格能不能修复硬盘？

答案：合适的低格工具能在很大程度上修复硬盘缺陷。

② 低格会不会损伤硬盘？

答案：正确的低格过程绝不会在物理上损伤硬盘。用不正确的低格工具则可能严重破坏硬盘的信息，而导致硬盘不能正常使用。

③ 什么时候需要对硬盘进行低格？

答案：在修改硬盘的某些参数后必须进行低格，如添加 P-list 记录或 TS 记录，调整区段参数，调整磁头排列等。另外，每个用户都可以用适当低格工具修复硬盘缺陷，注意：必须是适当的低格工具。

④ 什么样的低级格式化工具才可以称为专业低级格式化工具？

答案：能调用特定型号的记录在硬盘内部的厂家低级格式化程序，并能调用到正确参数集对硬盘进行低级格式化，这样的低级格式化工具均可称为专业低级格式化。

5.4　数码存储设备中数据文件的修复

随着数码照相机的普及，很多人都开始使用数码照相机拍摄，凭着简单、便捷的照片存取方式以及越来越接近传统照片的清晰度，数码照片大有取代传统照片的趋势。尤其是数码照片可以存储在一张小小的存储卡中，可以在计算机上观看或者随时打印、冲印，十分方便、快捷。

经常使用数码照相机会遇到这样一个问题，因为各种原因误删了存储卡上的图像文件或者误把存储卡格式化了，辛辛苦苦拍摄的图片一去不复返。对计算机使用不熟练，就难免会出现各种各样的误操作，导致存储卡上的数据全毁。有些数码照相机的菜单都是英文的，如果英语不太好，该误操作在所难免。如何才能避免这一问题呢？有两个办法。

① 使用数码相机前需要掌握一些基本的计算机技术，并且要仔细阅读数码相机的说明书，不太有把握的操作不要先做，了解清楚了以后再进行下一步，还要多掌握一些基本的英文单词是最好的了。

② 失误一旦发生，只能想办法进行修复，Digital Image Recovery 是一款很好的修复软件。它

可以帮助恢复存储卡中误删除的照片，甚至可以恢复已经被格式化的存储卡，找回所失去的所有照片。

这个软件可以在 Windows 系统平台上使用，也有供苹果机 Mac 使用的版本，可以说只要是目前的主流操作系统就都可以运行 Digital Image Recovery。

这个软件可以恢复几乎所有的存储卡介质，包括 CF 卡、SD 卡、MMC 卡、IBM 小硬盘、索尼记忆棒和 SM 卡等存储介质。可以恢复的图像格式有 JPG、TIF、PNG、GIF、BMP、Canon CRW；可以恢复的声音和录像格式有 AVI、MOV、WAV 三种，几乎涵盖了当前较流行的存储卡和存储格式。

Digital Image Recovery 以前是共享软件，无须注册，但是现在由于某些原因，名字改为 Photo Recovery，并且只提供 DEMO 版下载，完全版需要付费。这个版本提供了许多语言可供使用者选择，有英语、德语、法语、繁体中文、日语等。

软件很小，只有 575KB，解压缩以后也只有 603K。这个软件需要安装，直接单击 setup.exe 即可，然后按照提示可以很顺利地完成安装过程，此时的桌面上会出现一个"红十字"样的小图标，下面写着 Digital Image Recovery 字样，双击这个图标即可运行程序。

在运行程序之前，需要将数码照相机连接到计算机上，现在的许多数码照相机连接上计算机之后，系统都会默认为是一个"可移动存储器"。如果照相机不支持这一功能，那么只能使用读卡器，把存储卡放入读卡器，然后再连接到计算机上，这样 Digital Image Recovery 才能顺利进行下一步。

运行程序，系统会提示选择语言，建议大家选择英文。然后选中数码照相机存储卡所在的盘符，选择恢复后的存储路径，程序默认保存在 C:/Program Files/Digital Image Recovery 的路径下。给恢复后文件命名，程序默认文件名称为 image1 到 image1。

一切准备工作完毕，单击 Start（开始）按钮，这时下面的状态条就会从左向右移动，界面上也会出现一个数码照相机向一个文件夹传送文件的画面，直到全部工作完成。如果在这个过程中想停止，那么单击 Cancal（取消）按钮即可。软件运行结束后，会提示一共修复了多少张误删的照片。

另外，和大多数硬盘数据恢复软件一样，存储卡一旦发生了误删除操作，就不要再进行任何读写，否则就无法得到满意的修复结果了。

再推荐的是另一款修复工具 Photo Recovery，以前也是一个免费软件，叫做 Digita Image Recovery，现在开始收费了。这是一个功能非常强劲的修复工具，能够修复很多类型的内存卡，包括 Flash Card、SmartMedia、SONY Memory Stick、IBM Micro Drive、Multimedia Card、Secure Digital Card 以及 Compact disc，而它能修复的图片文件类型包括：

图片：JPEG、exif、TIFF、PNG、GIF、BMP、Canon CRW。

音乐影像文件：AVI、MOV、WAV。

Photo Recovery 修复图片文件的唯一前提是需要把数码照相机的内存卡作为一个独立的驱动器。

Photo Recovery 使用非常简单，运行它并找到数码照相机内存卡所在的盘符，确定要修复的文件，单击 Start，然后就是耐心等待修复结果了。

Photo Recovery 也有一个令人遗憾的地方，无法修复因为数据写入时数码照相机断电所导致的数据丢失。因此，另外推荐一款软件 ImageRecall Lite Edition。这款软件专门修复内存卡因为读取错误而无法读取文件的情况，针对数码照相机内存卡特有的问题进行修复。

Photo Recovery 与 ImageRecall Lite Edition 两款软件可以通过百度搜索查下载网站进行下载。

本 章 小 结

在计算机的使用过程中，经常会遇到一些有惊无险的事，如软件设置错误、系统感染病毒、文件意外删除等都会导致计算机中的数据损坏或丢失。如果能够掌握和了解有关进行拯救这些重要数据的方法，就会使损失减小到最低。本章就数据与文件的管理、数据修复进行了介绍，讲述了计算机中数据、文档的分类和归档的规范，对硬盘、光盘的数据恢复。重点就硬盘中数据的恢复方法和所使用到的工具软件进行了介绍。本章重点是探讨数据修复，而不是数据的保护，因此一句话，那就是防患于未然，减少对数据的威胁，如何最大程度的减弱这些威胁，对每一种可预知的潜在威胁都有相应的预防和对策，计算机中数据安全才会有最大的保障。这些对策主要包括选择良好的反病毒和系统维护产品，提高用户操作水平和安全意识、形成系统的信息管理和备份制度等。总之，对数据恢复的认识与病毒是相同的——与其亡羊补牢，不如防患未然。

实验思考题

1. 数据恢复。
① 删除 D 盘的一个文件，用 FinalData 进行恢复。
② 删除一个内含文件的文件夹，用 FinalData 进行恢复。
③ 格式化 E 硬盘分区（原来有文件），用 FinalData 进行恢复。
④ 删除 D 盘的一个文件，用 EasyRecovery Pro 进行恢复。
⑤ 删除一个内含文件的文件夹，用 EasyRecovery Pro 进行恢复。
⑥ 格式化 E 盘分区（原来有文件），用 EasyRecovery Pro 进行恢复。
2. 网上查找一个数字文件的修复工具，按照书中介绍的方法修复一幅数码照片。
3. 对不能读取的硬盘进行一次低级格式化。

第 **6** 章 | 计算机网络的使用与故障处理

现在人们依赖计算机网络的程度越来越高，每天要上网收发 E-mail、与朋友在线聊天、浏览信息、下载信息等，但是网络之中却又处处充满了危机，打开 E-mail、浏览网页会中毒，不经意间黑客、病毒都可能入侵计算机，不小心可能就成了某个新病毒实验品。怎样才能确保个人网络环境的安全呢？

其实网络黑客与病毒并不危险，危险的是个人的上网及网络维护习惯是否正确。即使一次的病毒清除了，下次病毒还是会因为使用者的不良上网习惯来访，因此只有养成正确的上网习惯并掌握一定的网络维护方法，才能保证计算机的安全。

6.1　全力打造个人网络安全

世界真奇妙，谁能想到一根网线就能够彻底改变了人们的生活，通过互联网可以轻松实现在家办公、VOD 视频点播、在线游戏等。网络的快速发展确实让使用者尝到了甜头，但同时也会给带来无奈：就在上网冲浪时，网络病毒、黑客频频出现，危害计算机的正常运行和信息的安全。

对于网络用户来说，各种潜在的威胁可能会随时到来，往往是"明枪好躲、暗箭难防"。网络病毒、黑客工具人们比较重视，损失相对少一些，但对于利用特殊手段窥探个人隐私的后门程序却有所忽视，明明已经造成隐私外泄，却毫不知情。采取什么样的措施才能确保个人网络安全，成为人们最为关注的问题。下述几例方法有助管理好计算机，保证上网的安全。

6.1.1　网络中隐身的设置

经常在网上冲浪的网络用户要注意，Windows 9x 以上的操作系统都具有对以前用户登录信息的记忆功能，下次重新启动计算机时，会在用户名栏中发现上次用户的登录名，这个信息可能会被一些不法分子利用，而给用户造成威胁。为了防止信息的泄露，有必要隐藏上机用户的登录的信息，有三种方法可以使用。具体步骤如下：

【解决方法一】选择"开始" | "控制面板" | "网络连接"命令，打开"本地连接属性"对话框，在"常规"选项卡中，选中"Microsoft 网络的文件和打印机共享"复选框，单击"卸载"按钮，在弹出的对话框中单击"确定"按钮，就可以禁止"Microsoft 网络的文件和打印机共享"了，从而也会将这台计算机在网络中隐藏起来，如图 6-1 所示。

【**解决方法二**】选择"开始"|"运行"|"命令",打开"运行"对话框,在"打开"文本框中输入 regedit 命令,单击"确定"按钮,打开注册表编辑器,展开到 HKEY_LOCAL_MACHINE\SYSTEM\CurrentControl Set\Services\ LanmanServer\Parameters,在右窗格中将 Hidden(REG_DWORD 型)的值改为 1(0 为不隐藏),如图 6-2 所示。完成后退出注册表编辑器,重新启动计算机即可。

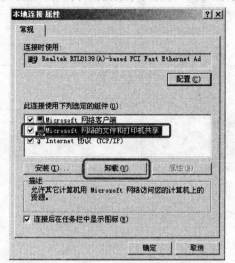

图 6-1 卸载"Microsoft 网络的文件和打印机共享"

图 6-2 修改相关注册信息

【**解决方法三**】首先选择"开始"|"运行"命令,打开"运行"对话框,在"运行"对话框的"打开"文本框中输入 gpedit.msc 命令,单击"确定"按钮,启动组策略。在打开的组策略组窗口中,依次展开"计算机配置"|"Windows 设置"|"安全设置"|"本地策略"|"用户权利指派"文件夹,双击右窗格中的"拒绝从网络访问这台计算机"选项,如图 6-3 所示。在"本地安全策略设置"对话框中(见图 6-4),单击"添加"按钮,在弹出的对话框中单击"高级"按钮,用"立即查找"功能选择确定阻止哪些用户通过网络访问计算机。使用以上办法重新设置以后,这台计算机已经隐藏起来,再也不用为资源泄漏问题而担心了。

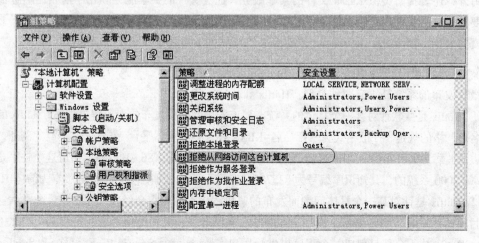

图 6-3 配置"拒绝从网络访问这台计算机"策略

图 6-4　添加要阻止的用户

经过以上几种方法的设置，计算机在网络中就安全多了，黑客很难在网络中找到这台计算机。

6.1.2　经常更新系统补丁软件

为了保护计算机免受来自 Internet 的侵袭，杀毒软件的病毒库需要经常进行更新。目前，多数反病毒软件都有自动提醒功能，如果病毒库已经使用了一段时间而没有更新的话，杀毒软件便会弹出提醒。看到后请务必及时更新杀毒软件的病毒库，因为杀毒软件对于病毒库内没有定义的病毒，是不能查杀的。因而，定期的更新和安装系统补丁程序，也是保证系统安全运行的重要保障。

另外，更新 Windows 操作系统本身的补丁也很有必要，当前 Microsoft 推出安全补丁的频率很高。但从另一个方面来看，Microsoft 虽然不能避免漏洞出现，但却一直在积极采取措施，很有成效。在开始菜单里有一个直达 Windows 更新站点的链接，Windows XP 有自动更新功能，能够自动在后台下载最新的升级文件。让计算机软件处于最新版本，对于计算机安全很重要。

另外，还要提防类似 Kazaa 文件的共享服务，这类文件的共享服务和几年前相比陷阱很多。如果要使用这类软件来下载文件，一定要检查一下文件大小是不是合理。尤其要核查一下下载文件的真实名称，因为 Peer-to-Peer（点对点）共享软件本身就是一个不安全因素。

1. 什么是 Windows 补丁

微软发布的系统补丁有两种类型：Hotfix 和 Service Pack。

① Hotfix 是微软针对某一个具体的系统漏洞或安全问题而发布的专门解决程序，Hotfix 的程序文件名有严格的规定，一般格式为"产品名-KBXXXXXX-处理器平台-语言版本.exe"。例如，微软针对震荡波病毒而发布的 Hotfix 程序名为 Win2K-KB835732- X86.CHS.exe，知道这个补丁是针对 Windows 2000 系统的，其知识库编号为 835732，应用于 X86 处理器平台，语言版本为简体中文。

② Hotfix 是针对某一个具体问题而发布的解决程序，因此它会经常发布，数量非常大。想要知道目前已经发布了哪些 Hotfix 程序是一件非常麻烦的事，更别提是否已经安装了。因此，微软将这些 Hotfix 补丁全部打包成一个程序提供给用户安装，这就是 Service Pack，简称 SP。Service Pack 包含了发布日期以前所有的 Hotfix 程序，因此只要安装了它，就可以保证不会漏掉一个 Hotfix 程

序。而且发布时间晚的 Service Pack 程序会包含以前的 Service Pack，如 SP3 会包含 SP1、SP2 的所有补丁。

2．如何更新安装补丁

（1）手动安装

微软的帮助和支持网站 http://support.microsoft.com/提供了大量技术文档、安全公告、补丁下载服务，经常访问该网站可及时获得相关信息。另外，各类安全网站、杀毒软件厂商网站经常会有安全警告，并提供相关的解决方案，当然也包含了各类补丁的下载链接。通过链接下载补丁程序后，只需运行安装并按提示操作即可。

（2）在线更新

手动安装是比较麻烦的，而且不知道系统到底需要哪些补丁，因此，推荐采用在线自动更新的方式。以 Windows 2003 为例，操作方法是：进入控制面板，双击"自动更新"图标，打开"自动更新"对话框，根据实际需要来选择自动更新方式。这样系统的自动更新功能就打开了，系统会自动连接微软网站下载更新，操作非常简单。

另外，还可以进入 IE 浏览器的"工具"菜单，单击 Windows Update 命令，IE 浏览器会自动打开 http://update.microsoft.com/网页，并自动对系统进行检测。由于微软对网站进行更新，因此会先要求下载新的在线更新软件。稍后，IE 浏览器显示出更新方式选择页面，如图 6-5 所示。页面提供了快速和自定义两种升级方式，推荐一般用户选择"快速"方式，这种方式只查找安装最适合计算机、最重要的更新程序。单击"快速"按钮后，IE 浏览器会自动查找最新的更新程序，如图 6-6 所示。接着 IE 会要求安装相应的组件，以便下一步的安装，单击"立即下载和安装"选项即可。安装完成后，系统重新启动。再次进入升级网站，单击 Microsoft Update 链接，IE 会进入正版 Windows 验证界面，如图 6-7 所示。选择"是，请帮助我验证 Windows 并获取适用于我的计算机的所有重要更新程序(推荐)"单选按钮后，单击"继续"按钮进入微软的产品认证选择界面。选择"仅显示其他产品的更新程序(如果不更新 Windows，您的计算机安全将容易受到威胁"单选按钮后，单击"继续"按钮进入补丁更新界面。

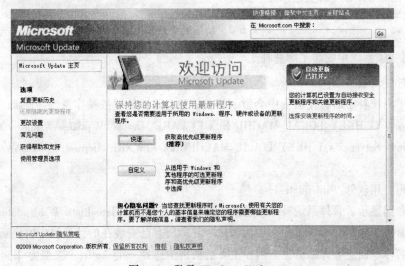

图 6-5　登录 Windows Update

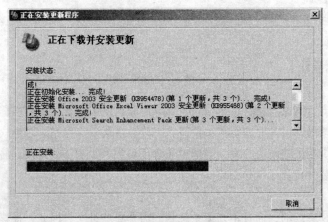

图 6-6　"安装更新新程序"窗口

图 6-7　新版更新界面

3. 如何知道系统中安装了哪些补丁

（1）通过注册表查看

当安装了系统补丁后，注册表中会留下相关信息，具体位置按操作系统不同而不同：

- Windows XP HKEY_LOCAL_MACHINE\SOFTWARE\Microsoft\Updates\Windows XP。
- Windows Server 2003 HKEY_LOCAL_MACHINE\SOFTWARE\Microsoft\Updates\Windows Server 2003。

（2）利用专用软件 WinUpdatesList

有一款专门显示、管理系统补丁信息的工具软件——WinUpdatesList。WinUpdatesList 的主窗口包含两个窗格，如图 6-8 所示。上方的窗格中显示所有已安装在的计算机中的更新列表，列表显示了补丁名称、描述等详细信息。当在上方的窗格中选择一个 hotfix（类型为 Update）更新，下方的窗格中将会显示选定 hotfix 安装的文件列表。如果想要获得某个指定更新的详细信息，在

上方的窗格中选择希望查看的项目，然后在文件菜单（或者右击弹出快捷菜单）中选择　"打开
网页链接"命令。浏览器会自动打开一个包含选定更新信息的微软站点的窗口，这样就可以了解
这个升级包的所有信息了。

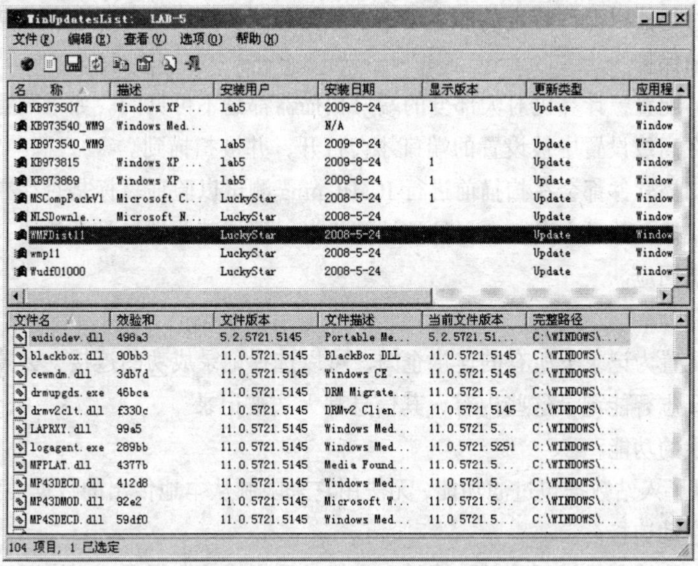

图 6-8　WinUpdatesList 的主窗口

6.1.3　配置 Windows XP 系统网络防火墙

安装和配置防火墙是当前一种有效地保护计算机或网络安全的好办法。但是需要有一部集成
防火墙/NAT 的 Cable/DSL 路由器，或者一款防火墙软件，如 ZoneAlarm，BlackIce 等。这些设备
或软件价格很高，配置也比较麻烦，不容易推广。其实在 Windows XP 系统中已经集成了防火墙
功能，可以使用 Windows XP 家庭版或专业版完成防火墙的配置。

Windows XP 中的 Internet 连接防火墙（internet connection firewall，ICF）为系统的对外连接提
供了基本的保护，它使用了全状态数据包检测（stateful packet inspection）技术，阻挡外部的数据
包到达客户端。除非是客户端主动请求的，按照默认设置，其所有的数据包都会被丢弃。

1. 防火墙安装建议

ICF 还不足以胜任整个网络的安全保卫任务，ICF 不适合运行在那些已经处于严密保护的网
络中的计算机上或者运行了某些网络服务的计算机上，网络服务通常包括文件和打印共享、Web
服务以及 FTP 服务等。在这些情况下，为了提供自定义级别的保护，需要使用更专业的防火墙。

还有些情况，客户端计算机上使用 ICF 防火墙不能提供额外的保护，这通常发生在计算机直
接连接到 Internet 或者外部网络的情况下。使用 DSL 或者 Cable 调制解调器，或者因为移动经常
要连接到不同网络中的便携式计算机可以从 ICF 得到最多保护。

2. ICF 的特性

ICF 使用三种方式来保护计算机：全状态数据包监测、端口扫描保护和安全日志。下面将对
这三种方式分别进行说明。

（1）全状态数据包监测

ICF 使用的全状态数据包监测技术会把所有由本机发起的网络连接生成一张表，并用这张表跟所有的入站数据包作对比，如果入站的数据包是为了响应本机的请求，那么就被允许进入。除非有实施专门的过滤器以允许特定的非主动请求数据包，否则所有数据包都会被阻挡。

（2）端口扫描保护

当使用默认的配置，计算机对大部分的端口扫描器都是不可见的。如果配置被改变以允许特定的连接，那么在高级设置中被设置的端口才会打开，并被扫描到。

大部分端口扫描软件都会在扫描前进行 ICMP ping 测试以验证目标是否存在，默认情况下，ping 命令会被忽略掉，并且在受 ICF 保护的计算机上，即使某些端口是开放的，在被扫描时这些端口仍然不会做出回应。

（3）安全日制

ICF 可以被配置为记录下所有的连接企图，可以选择记录成功的连接、丢掉的数据包或者两者都记录。不过日志智能记录这些内容，其信息都无法被记录。

（4）尚未提供的功能

ICF 仅仅提供了入站数据包过滤功能，无法用它来限制从本地传出的数据类型，这意味着 ICF 无法限制本机的主动连接。

ICF 的设置仅能控制局域网外部计算机到本机的网络连接，但无法对谁可以访问哪些服务进行限制。这样就不能对某台特定的计算机、用户或者网络的访问进行控制。如果开启了某些服务，它将允许所有人访问这些服务；如果没有开启服务，则所有的连接都将被拒绝。然而，可以使用 IP 过滤的方法对所有入站和出站的连接进行控制。

3．启用 ICF

在启用 ICF 前必须做到：首先，要以管理员身份登录系统；其次，ICF 必须没有在组策略中被禁用。如果使用默认设置启用 ICF 防火墙会禁用文件和打印共享的能力，ICF 同样会禁用浏览网络邻居的能力。

如果 ICF 没有被启用，还可以通过以下方法启用：选择"控制面板|网络连接"命令，打开"网络连接"窗口，右击本地连接图标，从弹出的快捷菜单中选择"属性"命令，打开"本地连接属性"对话框，选择"高级"选项卡，单击"通过限制或防止从Internet 访问此计算机来保护计算机和网络"旁边的"设置"按钮，如图 6-9 所示。

图 6-9　启用 ICF 防火墙

打开"防火墙"设置对话框，在该对话框中有三个选项卡。选择其中的"高级"选项卡，单击"网络连接设置"选项组中的"设置"按钮，打开"高级设置"对话框，如图 6-10 所示。

在"服务"选项卡中显示了可用的常见服务的选项，随意选择一个服务后都会出现一个新的窗口，允许在新窗口里指定运行该服务的计算机的名称或者地址。除非计算机是用来作为网关，否则，窗口应该显示 ICF 运行的计算机的名称。

还可以在"服务设置"对话框中，单击"添加"按钮，然后用输入服务具体信息的方法添加额外的服务。例如，要添加一个 8080 端口的 Web 服务，所输入的信息如图 6-11 所示。

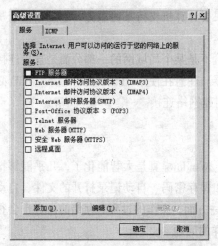

图 6-10　在"服务"选项卡上选择服务

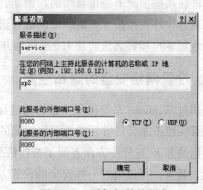

图 6-11　添加额外的服务

提示：如果是通过 DHCP 服务器获得 IP 地址，那么在这里应该输入计算机名而不是 IP 地址，因为 IP 地址随时都可能改变。

在打开的"防火墙"设置对话框的"高级"选项卡中还可以进行"安全日志记录"设置，允许对 ICF 的活动状态进行记录，可以选择记录丢弃的数据包、成功建立的连接或者两者都记录，同时还可以对日志文件的保存位置和大小进行设置。如果日志文件达到了规定的最大尺寸，旧的记录将会被新记录覆盖。日志文件无法被自动压缩，如图 6-12 所示。

对 ICMP 设置选择允许通过的 ICMP 消息类型，不像 TCP/UDP 服务，ICMP 选项区分为：入站和出站数据包。ICMP 数据包可以用来收集网络信息，建议不要启用任何一种消息类型，除非必须，如图 6-13 所示。

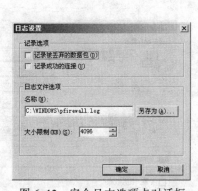

图 6-12　安全日志选项卡对话框

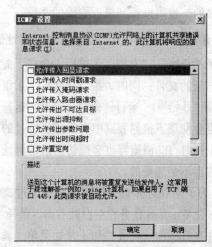

图 6-13　ICMP 选项卡窗口

4．总结

ICF 对计算机提供了基本保护，这个保护仅限于入站连接，出站连接或者到本地局域网的连接则不会受到任何限制。默认的配置会阻挡外部所有到本机服务的连接，并会针对端口扫描进行一些保护。通过打开相应的端口，可以允许个别服务通过防火墙，但是并没有选择类型。无法通过的内容或者目标地址允许或者拒绝网络传输，如果要计算机支持某些服务，它应当位于一些更专业的防火墙后，这不是 ICF 所能提供的。

ICF 在某些情况下是很有用的，例如，当计算机不是某个局域网的一部分而是直接连接到互联网，或者在外直接拨号到组织中的远程访问服务器。注意在使用 IPSec 的环境下，ICF 必须被禁用，否则客户端将无法协商 IPSec 策略并且无法创建网络连接。

6.1.4　设置网络安全的隐私空间

使用过 Windows 系统的用户都有过这样的感觉，Windows 真是太智能化了，几乎能够把操作的过程都保留下来，以方便快速调出想到的内容（如保存密码、自动记录打开的文件、自动记下浏览的网站等）。这样一方面方便了查找信息，但另一方面，操作的过程、存储的内容也会很容易被泄露。其实，可以通过一些安全的设置，解决这样的问题。

1．清空"回收站"

在"资源管理器"中删除文件时，Windows 并不会直接把它删除掉，而是放到回收站中。因此，在删除完文件后，还要双击桌面上的"回收站"图标，清空回收站中所有的文件。

① 如果确信删除的文件不再需要，可以右击桌面"回收站"图标，在弹出的快捷菜单中选择"属性"命令，在打开的"回收站属性"窗口中选中"删除时不将文件移入回收站，而是彻底删除"复选框。这样文件就会直接从硬盘上删除了，而不会进入回收站。

② 在删除网络邻居共享文件夹、移动设备（如 U 盘、移动硬盘）中的文件时，要注意 Windows 不会把这些设备上的文件放入回收站，在删除之前最好备份。

③ 双击桌面"回收站"图标，打开"回收站"窗口后，如果文件较多，可以在空白处右击，从弹出的快捷菜单中选择"排列图标"|"按删除日期"命令，这样可以很容易分辨出哪些文件是最近删除的，也可以看到最近删除的文件。

2．清除保留文档、运行记录、浏览网址信息

选择"开始"|"文档"菜单后，会在下面发现很多最近访问的文件；同时，按下【Win+R】组合键，或者选择"开始"|"运行"命令，打开"运行"对话框后，也会发现下拉列表框中有很多运行过的项目；另外，上网时 IE 浏览器也会把访问过的网址记录下来，这些都不是想要的。

① 为了不在计算机中保留以前访问过文档的信息，可以在 Windows 任务栏空白处右击，选择"属性"命令，并在打开的"任务栏和「开始菜单」属性"对话框中选择"「开始」菜单"选项卡，单击"经典「开始菜单」"后面的"自定义"按钮，打开"自定义「开始」菜单"对话框，如图 6-14 所示，并单击"要删除最近访问过的文档、程序和 Web 站点记录,请单击'清除'。"旁的"清除"按钮，即可清除以上项目内容。

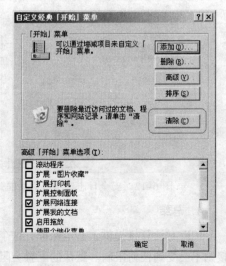

图 6-14　"任务拦"属性窗口

② 另外，在 IE 浏览器中选择"工具"｜"Internet 选项"命令，在打开的对话框中选择"常规"选项卡，单击"删除文件"和"清除历史记录"按钮，可以即时删除曾经浏览过的网站信息。

3. 临时文件

Windows 系统运行时，会在 C:\WINDOWST\TEMP 文件夹中存放系统临时文件。例如，双击 WinZip 中的文件时，它们就会被解压到临时文件夹下。过多的临时文件会占用硬盘空间，影响系统运行。可以直接进入该文件夹，将其中的文件删除，但每次这样做太麻烦，可以让 Windows 来自动删除这些临时文件。

① 复制一个 DELTREE.EXE 文件到 C:\根目录下。

② 编辑 C:\AUTOEXEC.BAT 文件，加入以下内容：

```
@echo off
Echo Deleting temporary Directory,be waiting...
deltree /y c:\Windows\temp >nul
Echo Making temporary Directory,be waiting...
Md c:\Windows\temp
Echo  Starting  Windows...
```

③ 重新启动的计算机。

当系统一开机就会自动执行批处理文件，并把 Windows 临时目录下的垃圾文件清除干净。

在 Windows XP 多用户操作系统下，用户临时文件被存放在 C:\Documents and Settings\Profile\Local Settings\Temp 文件夹下（如果是 Administrator，则放在 C:\Documents and Settings\Administrator\Local Settings\Temp 文件夹下，其他用户依此类推），可以编程定期删除它们。

4. 清除密码

有的时候为了使用方便，选择了保存密码功能，但这样在方便之余也会使密码被盗的可能性增强。下面就把这些密码重新设置，除去保存密码的选项。

（1）邮箱密码

如果使用 OE，可以选择"工具"｜"账户"命令，在打开的对话框中选择"邮件"选项卡，选中一个邮箱后，单击"属性"按钮，在打开的对话框中选择"服务器"选项卡，并清除"密码"文本框中的文本，取消"记住密码"复选框即可，如图 6-15 所示。

电子信箱一般由发件箱、收件箱、已发送邮件箱、废件箱四个部分组成。在离开计算机前，可以把这些信箱中的信件导出来，然后把它们彻底删除掉。

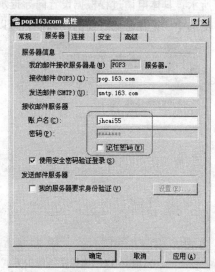

图 6-15　取消邮箱密码

（2）IE 浏览器网页中的密码

有时在 IE 浏览器网页中输入一个用户名后，密码就会自动填上，这样极不安全。可以选择"工具"｜"Internet 选项"命令，在打开的对话框中选择"内容"选项卡，单击"自动完成"按钮，在打开的"自动完成设置"对话框中取消选中所有项目，单击"清除表单"和"清除密码"按钮，清除所有以前自动完成的内容，如图 6-16 所示。

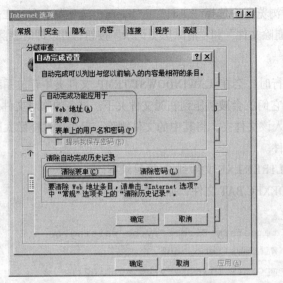

图 6-16   取消 IE 浏览器网页上的密码

（3）QQ 密码

QQ 密码失窃基本上有两种：一种是黑客通过各种方式，在计算机中种下木马，以获得计算机的控制权；第二种是在网吧、机房等公用计算机上使用 QQ，如果这些计算机安装了盗取 QQ 密码的黑客软件，安装者就可以轻易获得在此计算机上登录过的所有 QQ 号码的密码。为了防止 QQ 密码被盗，首先要在 QQ 安全中心申请密码"升级二代密保"。密码保护方式有四种，如图 6-17 所示，具体申请过程根据设置向导提示可完成。另外，在启动 QQ 主程序后的用户登录界面中取消选中"记住密码"前的复选框，可以除去记住的密码，防止被盗，如图 6-18 所示。

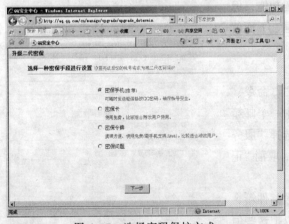

图 6-17   选择密码保护方式

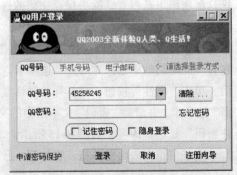

图 6-18   取消记住密码

（4）MSN 的安全设置

现在攻击者可以借助 MSN 嗅探软件获取同一局域网内所有正在使用的 MSN 账号，因而密码和 MSN 的安全设置是提高 MSN 信息传输的安全性保证。首先禁用自动登录，MSN 有开机自动自动登录的功能，本意是为了方便用户，但是如果非用户本人使用该计算机，那么用户的信息很容易被其他人看到，造成不必要的损失，所以建议用户禁用自动登录功能。方法是：切换到 MSN 主

窗口，选择"工具"|"选项"命令，在打开的"选项"对话框中选择"登录"选项卡，取消选中"连接到 Internet 时允许自动登录"复选框，如图 6-19 所示。要想彻底禁止 Windows live Messenger 在 Windows XP 自动运行，还需要修改组策略。方法是：选择"开始"|"运行"命令，在打开的运行对话框中输入 gpedit.msc 命令，打开组策略编辑器窗口，然后打开"本地计算机"|"计算机配置"|"管理模块"|"Windows 组件|Windows Messenger 文件夹，双击"初始化时不自动启动 Windows Messenger"属性，在打开的对话框中的"设置"选项卡中选中"已禁用"单选按钮即可，如图 6-20 所示。

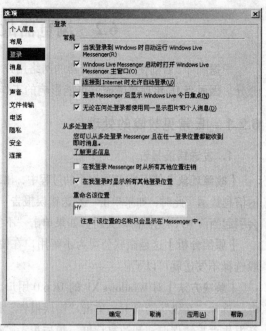

图 6-19 取消自动登录功能

5. 清除 Word 文件列表

Word 可能是用得最多的文字处理软件了，Word 会自动记录打开的文档，并把它们放在"文件"菜单下，也留下了文件操作的痕迹。不过，只要选择 Word 中的"工具"|"选项"命令，在打开的"选项"对话框中选择"常规"选项卡，取消选中"列出最近所用文件"复选框即可清除，如图 6-21 所示。

对于 Excel、PowerPoint 和 Access 也可以进行类似地操作。

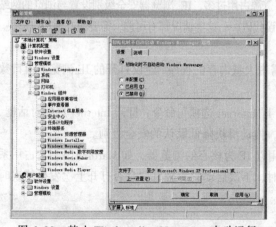

图 6-20 禁止 Windows live Messenger 自动运行

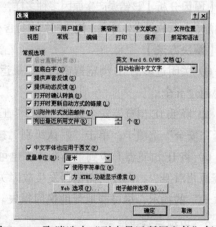

图 6-21 取消选中"列出最近所用文件"复选框

6. 词霸记录文件

金山词霸是很多人都使用的词典软件，为了方便，它也会自动记忆查找的单词。不过，可以进入它的安装文件夹 C:\Program Files\Kingsoft\XDict，找到 xdict.ini 文件用"记事本"打开，定位到[History]节下，删除该节下的内容即可，如图 6-22 所示。

图 6-22 定位到[History]节

6.2 浏览器故障及其处理方法

根据统计，目前使用 IE 浏览器的网络用户占 96%还多，而使用其他浏览器的用户是很少的一部分。因而当 IE 出现故障时就可能影响的工作，严重时也会造成计算机系统的崩溃。

6.2.1 IE 常见故障的处理

1. 发送错误报告

【故障现象】使用 IE 浏览网页的过程中，出现"Microsoft Internet Explorer 遇到问题需要关闭……"的信息提示。此时，如果单击"发送错误报告"按钮，则会创建错误报告。单击"关闭"按钮之后会引起当前 IE 浏览器窗口关闭；如果单击"不发送"按钮，则会关闭所有 IE 浏览器窗口。

【原因分析】这是微软公司为了解用户在使用 IE 浏览器中出现的错误而设计的一个程序，一般选择不发送就可以了。

【解决方法】对 Windows XP 的 IE 6.0 用户，选择"控制面板"|"系统"命令，打开系统对话框，选择"高级"选项卡，单击"错误报告"按钮，选中"禁用错误报告"复选框，并选中"但在发生严重错误时通知"复选框，最后单击"确定"按钮。

2. IE 发生内部错误，窗口被关闭

【故障现象】在使用 IE 浏览器浏览一些网页时，出现错误提示"该程序执行了非法操作，即将关闭……"，单击"确定"按钮后又弹出一个对话框，提示"发生内部错误……"。单击"确定"按钮后，所有打开的 IE 浏览器窗口都被关闭。

【原因分析】该错误产生原因多种多样，内存资源占用过多、IE 浏览器安全级别设置与浏览的网站不匹配、与其软件发生冲突、浏览网站本身含有错误代码……这些情况都有可能，需要耐心地加以解决。

【解决方法】

① 关闭过多的 IE 浏览器窗口。如果运行需占大量内存的程序，建议打开的 IE 浏览器窗口数不要超过五个。

② 降低 IE 浏览器安全级别。选择"工具"|"Internet 选项"命令，打开 Internet 选项对话框，选择"安全"选项卡，单击"默认级别"按钮，拖动滑块降低默认的安全级别。

③ 将 IE 浏览器升级到最新版本。也可使用以 IE 为核心的浏览器，如 Marthen 3x。它占用系统资源相对要少，而且当浏览器发生故障关闭时，下次启动它，会有"是否打开上次发生错误时的页面"的提示，尽可能地帮助挽回损失。

3. 出现运行错误

【故障现象】用 IE 浏览器浏览网页时弹出"出现运行错误，是否纠正错误"提示信息，单击"否"按钮后，可以继续上网浏览。

【原因分析】可能是网站本身的问题，也可能是由于 IE 浏览器对某些脚本不支持。

【解决方法】

① 启动 IE 浏览器，执行"工具"|"Internet 选项"命令，在打开的对话框中选择"高级"选项卡，选中"禁止脚本调试"复选框，最后单击"确定"按钮即可。

② 将 IE 浏览器升级到最新版本。

4．IE 窗口始终最小化的问题

【故障现象】每次打开的新窗口都是最小化窗口，即便单击"最大化"按钮后，下次启动 IE 后新窗口仍旧是最小化的。

【原因分析】IE 具有"自动记忆功能"，它能保存上一次关闭窗口后的状态参数，IE 本身没有提供相关设置选项，不过可以借助修改注册表来实现。

【解决方法】

① 打开"注册表编辑器"窗口，找到 HKEY_CURRENT_USER\Software\Microsoft\Internet Explorer\Desktop\Old WorkAreas，然后选中右窗格中的 OldWorkAreaRects 选项，将其删除。

② 同样在"注册表编辑器"中找到 HKEY_CURRENT_USER\Software\Microsoft\Internet Explorer\Main，选择右窗格的 Window_Placement 选项，将其删除。

③ 退出"注册表编辑器"，重启计算机，然后打开 IE，将其窗口最大化，并单击"往下还原"按钮将窗口还原，接着再次单击"最大化"按钮，最后关闭 IE 窗口。以后重新打开 IE 时，窗口就正常了。

5．IE 无法打开新窗口

【故障现象】在浏览网页时，单击超链接无任何反应。

【原因分析】多半是因为 IE 新建窗口模块被破坏所致。

【解决方法】选择"开始"|"运行"命令，打开"运行"对话框，在"打开"文本框中输入并运行 regsvr32 actxprxy.dll 和 regsvr32 shdocvw.dll，将这两个 DLL 文件注册，然后重启系统。如果还不行，则可以将 mshtml.dll、urlmon.dll、msjava.dll、browseui.dll、oleaut32.dll、shell32.dll 也注册一下。

6．脱机却无法浏览本机上的网页

【故障现象】通过 IE 浏览器的"脱机浏览"功能，差不多能浏览所有已经下载到本地硬盘的网页内容，这对拨号上网的用户来说更是省钱的一大法宝。但有时，目标网页虽然在硬盘上，但是却提示"无法浏览"。

【原因分析】这多半是由于修改了系统时间，引起了 IE 浏览器历史记录的错乱。

【解决方法】

① 可使用直接在"临时文件夹"中搜索的方法来激活它。按【Win+F】组合键，在"包含文字"文本框中输入部分记忆中的关键字，单击"浏览"按钮选择 IE 临时文件夹的地址，如 C:\WINDOWS\Temporary Internet Files，单击"开始查找"按钮，在结果列表里双击目标页打开。

② 可以尝试用腾讯 TE 等浏览器来脱机浏览。

7．联网状态下，浏览器无法打开某些站点

【故障现象】上网后，在浏览某些站点时遇到各种不同的连接错误。

【原因分析】这种错误一般是由于网站发生故障或者没有浏览权限所引起。

【解决方法】针对不同的连接错误，IE 会给出不同的错误信息提示，比较常见的有以下几个：

① 提示信息：404 NOT FOUND。这是最为常见的 IE 错误信息。主要是因为 IE 不能找到所要求的网页文件，该文件可能根本不存在或者已经被转移到了其他地方。

② 提示信息：403 FORBIDDEN。常见于需要注册的网站。一般情况下，可以通过在网上即时注册来解决该问题，但有一些完全"封闭"的网站还是不能访问的。

③ 提示信息：500 SERVER ERROR。通常由于所访问的网页程序设计错误或者数据库错误而引起，只有等待对方网页纠正错误后再浏览了。

8．IE 浏览器无法重新安装

【故障现象】IE 浏览器不能正常使用，在重装时却提示"发现系统中有该版本的 IE"而拒绝安装；"添加或删除程序"中又没有卸载选项。

【解决方法】"重装"是解决 IE 浏览器故障的"终极大法"，也是初级用户的法宝。

IE 6.0 的两种重装方法

方法 1：打开"注册表编辑器"，找到 HKEY_LOCAL_ MACHINE\SOFTWARE\Microsoft\Active Setup\Installed Components\{89820200-ECBD-11cf-8B85-00AA005B4383}，将 IsInstalled 的 DWORD 值改为 0 就可以了。

方法 2：放入 Windows XP 安装盘，选择"开始"|"运行"命令，打开运行对话框，在"打开"文本框中输入 rundll32.exe setupapi,Install HinfSection DefaultInstall 132 %windir%\Inf\ie.inf。

6.2.2 IE 浏览器被攻击后的修复

1．操作系统和浏览器等信息在网站上显示

浏览某些网站时，会将浏览者所使用的计算机采用的操作系统、浏览器、访问该站点的次数以及每次停留的时间等内容显示在网站上。消除办法：将 Cookies 文件夹的属性改为只读即可。

2．IE 浏览器默认主页被修改

IE 浏览器上方的标题栏被改成"欢迎访问……网站"的样式，这是最常见的篡改手段，受害者众多。可通过修改注册表来解决：

① 在 Windows 启动后，选择"开始"|"运行"命令，打开"运行"对话框，在"打开"文本框中输入 regedit 命令，然后单击"确定"按钮，打开注册表编辑器。

② 展开注册表到 HKEY_LOCAL_MACHINE\SOFTWARE\Microsoft\Internet Explorer\Main，在右窗格中找到串值 Start Page 并双击，将 Start Page 的键值改为 about:blank 即可。

③ 同理，展开注册表到 HKEY_CURRENT_USER\Software\Microsoft\Internet Explorer\Main，在右窗格中找到串值 Start Page，然后按②中所述方法进行处理。

④ 退出注册表编辑器，重新启动计算机即可。

【特殊故障】当 IE 浏览器的起始页变成了某些网址后，即使通过选项设置修改好了，重启以后又会变回该网址，十分的难缠。这其实是在计算机里加了一个自运行程序，它会在系统启动时将 IE 起始页设成此网站。

【解决方法】打开注册表编辑器，首先依次展开 HKEY_LOCAL_MACHINE\ Software\ Microsoft\ Windows\Current Version\Run 主键，将其下的 registry.exe 子键删除，然后删除自运行程序 C:\Program Files\registry.exe，最后从 IE 选项中重新设置起始页即可。

3．恶意网页篡改 IE 浏览器的默认页

有些 IE 浏览器被篡改了起始页后，即使设置了"使用默认页"仍然无效。这是因为 IE 起始页的默认页也被篡改了。具体来说就是以下注册表项被修改：HKEY_LOCAL_MACHINE\Software\Microsoft\ Internet ExplorerMain\Default_Page_URL, Default_Page_URL 这个子键的键值即起始页的默认页。

【解决方法】打开注册表编辑器，然后展开上述子键，将 Default_Page_URL 子键键值中那些篡改网站的网址改掉即可，或者设置为 IE 浏览器的默认值。

4．IE 浏览器默认主页被修改且被锁定

修改 IE 浏览器默认主页，并且锁定设置项，禁止用户更改。这主要是修改了注册表中下面这些键值（DWORD 值为 1 时为不可选）：[HKEY_CURRENT_USER\Software\ Policies\Microsoft\ InternetExplorer\Control Panel]"Settings"=dword:1、[HKEY_CURRENT_USER\Software\ Policies\Microsoft\ InternetExplorer\Control Panel]"Links"=dword:1、[HKEY_CURRENT_USER\Software\Policies\Microsoft\ InternetExplorer\Control Panel]"SecAddSites"=dword:1。

【解决方法】将上面这些 DWORD 值改为 0 即可恢复功能。

5．默认首页变灰色且按钮不可用

这是由于注册表 HKEY_USERS\DEFAULT\Software\Policies\Microsoft\ Internet Explorer\Control Panel 下的 DWORD 值 homepage 的键值被修改的缘故。原来的键值为 0，被修改为 1（即为灰色不可选状态）。

【解决方法】将 homepage 的键值改为 0 即可。

6．IE 浏览器标题栏被修改

在系统默认状态下，是由应用程序本身来提供标题栏的信息，但也允许用户自行在上述注册表项目中添加信息。一些恶意网站正是利用了这一点，将串值 Window Title 下的键值改为其网站名或更多的广告信息，从而达到改变浏览者 IE 浏览器标题栏的目的。

具体说来，被更改的注册表项目为：HKEY_LOCAL_MACHINE\SOFTWARE\Microsoft\Internet Explorer \Main\Window Title HKEY_ CURRENT_ USER\Software\Microsoft\Internet Explorer\Main\ Window Title。

【解决方法】

① 选择"开始"|"运行"命令，打开"运行"对话框，在"打开"文本框中输入 regedit 命令，然后单击"确定"按钮。

② 展开注册表到 HKEY_LOCAL_MACHINE\SOFTWARE\Microsoft\Internet Explorer\Main，在右窗格中找到串 Window Title，将该串值删除即可，或将 Window Title 的键值改为"IE 浏览器"等喜欢的名字。

③ 同理，展开注册表到 HKEY_CURRENT_USER\Software\Microsoft\Internet Explorer\Main，然后按②中所述方法进行处理。

④ 退出注册表编辑器，重新启动计算机，运行 IE 浏览器，会发现困扰的问题已经被解决了。

7．IE 浏览器右键菜单被修改

被修改的注册表项目为：HKEY_CURRENT_USER\Software\Microsoft\Internet Explorer\ Menu Ext，在其下新建了网页的广告信息，并由此在 IE 浏览器右键菜单中出现。

【解决方法】打开注册表编辑器，展开到 HKEY_CURRENT_USER\Software\Microsoft\Internet Explorer\ MenuExt，删除相关的广告条文即可。注意不要把下载软件 FlashGet 和 Netants 也删除掉，这两个是"正常"的，除非不想在 IE 浏览器的右键菜单中见到它们。

8．IE 浏览器默认搜索引擎被修改

在 IE 浏览器的工具栏中有一个搜索引擎的工具按钮，可以实现网络搜索，被篡改后只要单击搜索工具按钮就会链接到那个篡改网站。出现这种现象的原因是以下注册表项目被修改：HKEY_LOCAL_MACHINE\Software\Microsoft\InternetExplorer\Search\CustomizeSearch 和 HKEY_LOCAL_MACHINE\Software\Microsoft\Internet Explorer\Search\SearchAssistant。

【解决方法】打开注册表编辑器，依次展开上述子键，将 CustomizeSearch 和 SearchAssistant 的键值改为某个搜索引擎的网址即可。

9．自动弹出广告信息

每次上网，经常有网页广告信息弹出，很让人讨厌。

【解决方法】打开注册表编辑器，展开到 HKEY_LOCAL_MACHINE\Software\Microsoft\ Windows\ CurrentVersion\Winlogon，然后在右窗格中找到 LegalNoticeCaption 和 LegalNoticeText 这两个字符串，删除这两个字符串即可。

10．浏览网页注册表被禁用

上网时，注册表被禁用，这是由于注册表 HKEY_CURRENT_USER\Software\Microsoft\ Windows\ CurrentVersion\Policies\System 下的 DWORD 值 DisableRegistryTools 被修改为 1 的缘故，将其键值恢复为 0 即可恢复注册表的使用。

【解决方法】用记事本程序建立以 REG 为扩展名的文件，将下面这些内容复制其中即可：REGEDIT4[HKEY_CURRENT_USER\Software\Microsoft\Windows\CurrentVersion\Policies\System] "Disable Registry Tools"=dword:00000000。

11．查看"源文件"菜单被禁用

在 IE 浏览器窗口中选择"查看"|"源文件"命令，发现"源文件"菜单已经被禁用。这是恶意网页修改了注册表，具体项目为 HKEY_CURRENT_USER\Software\Policies\Microsoft\ Internet Explorer 下建立子键 Restrictions，然后在 Restrictions 下面建立两个 DWORD 值：NoViewSource 和 NoBrowserContextMenu，并为这两个 DWORD 值赋值为 1。

在注册表 HKEY_USERS\.DEFAULT\Software\Policies\Microsoft\Internet Explorer\Restrictions 下，将两个 DWORD 值 NoViewSource 和 NoBrowserContextMenu 的键值都改为 1。

通过上面这些键值的修改就达到了在 IE 浏览器中使鼠标右键失效，使"查看"菜单中的"源文件"被禁用的目的。

【解决方法】将以下内容另存为扩展名为.reg 的注册表文件，如 unlock.reg。双击 unlock.reg 导入注册表，不用重启计算机，重新运行 IE 浏览器就会发现 IE 浏览器的功能恢复正常了。

```
Windows Registry Editor Version 5.00
[HKEY_CURRENT_USER\Software\Policies\Microsoft\InternetExplorer\Restrictio
ns]
"NoViewSource=dword:00000000
 "NoBrowserContextMenu"=dword:00000000
 [HKEY_USERS\.DEFAULT\Software\Policies\Microsoft\Internet
Explorer\Restrictions]
   "NoViewSource"=dword:00000000
   "NoBrowserContextMenu"=dword:00000000
```

6.2.3　IE 浏览器潜力功能挖掘

大家对 IE 浏览器一定非常熟悉，但是大部分用户也仅限于浏览网页，实际上这么"庞大"的一个软件（就安装文件就有 70 多兆），功能当然不只是浏览网页了。

IE 浏览器功能强大，但有些功能，操作系统都已经自带了，所以 IE 浏览器的功能往往被遗忘掉。下面整理了一些 IE 浏览器比较实用的功能，相信让读者会眼前一亮。

1．快速访问根目录

一般习惯上用打开资源管理器的方式来打开文件，实际上在使用 IE 浏览器时，如果需要打开文件，可以直接在浏览器中打开资源管理器。具体方法是：在浏览器操作界面的地址栏中直接输入一个反斜杠字符（\），接着按【Enter】键，就可以访问根目录了。同理，如果想打开 IE 根目录下的文件夹只要在 "\" 后面直接输入文件夹名称即可。

2．利用 IE 浏览器的邮件功能

IE 浏览器可以直接利用集成在浏览器中的电子邮件软件来发送和接受邮件。一般来说，如果想建立一个新邮件，都是打开 Outlook Express，然后单击 "新建" 邮件按钮。实际上 IE 浏览器就可以直接编辑新邮件，在 IE 浏览器的 "工具" 菜单中找到相关命令。虽然实际上是调用了 IE 默认的邮件编辑工具，但是这样还是方便不少。

3．改变临时文件夹的存放位置

IE 浏览器在默认情况下会把临时文件存放在系统盘（如 C 盘）中的临时文件夹中。那么，用户的 C 盘空间满了该怎么办？可以把 IE 浏览器的临时文件夹设置在有富余空间的驱动器中。方法如下：首先把旧文件夹复制到新的地方。打开 Windows 资源管理器窗口，接着再进入到 C:\Windows 子目录中，在资源管理器右窗格中找出 Temporary Internet Files 文件夹，把它复制到当前位置指定的驱动器中。

运行 IE 浏览器，打开其主操作界面，选择菜单栏中 "工具" | "Internet 选项" 命令，打开选项对话框，选择 "常规" 选项卡。然后在 Internet 临时文件设置栏下单击 "设置" 按钮，在打开的设置对话框中，再单击 "移动文件夹" 按钮。这样，程序会弹出一个 "浏览文件夹" 的对话框，在该对话框中单击 D 盘中的新文件夹，最后再单击一下 "确定" 按钮，然后依次关闭 "设置" 对话框和 "Internet 选项" 对话框。重新打开计算机运行 IE 浏览器，这时所有的临时文件都将被存储在设置的新驱动器中。

4．利用浏览器地址栏直接运行程序

当浏览器在打开的情况下，如果这时需要运行系统中另外一个程序的话，不必再暂停浏览器的运行，打开另外一个窗口来启动程序，可以直接使用浏览器把需要的程序打开。具体操作步骤如下：首先确保打开浏览器窗口，在地址栏中直接输入运行程序在硬盘中的绝对路径，如在地址栏中输入 d:\winnt\Ptlic32.exe，输入完毕后按【Enter】键，浏览器就会在浏览窗口中自动打开指定程序的界面。

5．清除表单中的记录

IE 浏览器有自动填写表单的功能，可以把用户输入到网页中的表单信息存储起来。如果用户返回到曾经填写过的表单页面中，浏览器会提示用户使用最近一次输入的信息。这样一来，表单很快会变得十分拥挤，所以需要将其删除。

实际上利用浏览器自带的功能就可以轻松地清除所有表单中的信息记录。选择"工具"｜"Internet 选项"命令，打开对话框的"内容"选项卡，单击"自动完成"按钮，将会弹出"自动完成设置"对话框。在对话框的"清除自动完成历史记录"设置栏中，单击"清除表单"按钮。如果用户想要删除口令记录信息，就可以直接单击"清除密码"按钮。最后，在弹出的确认对话框中单击"确定"按钮。

6．使用浏览器来下载文件

用户可以不再使用其他 FTP 工具从 FTP 服务器上下载文件，而直接使用 IE 浏览器进行下载。具体操作方法如下：

打开浏览器操作界面，在菜单栏中找到"工具"｜"Internet 选项"命令，然后在打开的对话框中选择"高级"选项卡，在"浏览"栏中选中"使用基于 web 的 FTP"复选框，最后再单击"确定"按钮，就可以使用浏览器中内置的 FTP 程序来下载文件。

7．用浏览器快速查看文件

如果在一个文件夹中有很多网页，想一一浏览的话，双击第 1 个文件，Windows 会自动打开一个浏览器窗口，然后切换回资源管理器，双击第 2 个文件，又打开一个新的浏览器窗口，然后是第 3 个、第 4 个……。这样反反复复打开、关闭窗口，操作麻烦、速度慢，而且打开窗口过多，最终会耗尽系统资源。那么如何才能在一个窗口中快速地显示这些网页？具体操作方法如下：

打开资源管理器，找到要查看的文件夹，使待查看的文件在文件列表中显示出来。双击第 1 个文件，就像上面所说，将打开一个默认的浏览器窗口。适当调节浏览器窗口的大小和位置，使它不至于挡住资源管理器中的文件列表。然后用鼠标把第 2 个文件从文件列表中直接拖放到浏览器窗口，当松开鼠标时，被拖拽的文件就会立刻在浏览器窗口显示出来。一次拖放显示一个文件。

6.2.4　IE 修复软件

IE 浏览器一旦出了问题，轻则不能复制粘贴、不能在新窗口中浏览、不能使用鼠标右键菜单，重则非法操作、"蓝屏"错误甚至死机。所以需要优秀的 IE 修复软件。

1．龙旋风 IE 修复大师 1.4 钻石版

下载地址：http://www.onlinedown.net/soft/2896.htm（或者在地址栏输入"龙旋风—IE 修复大师"）。

龙旋风 IE 修复大师能防止 IE 浏览器被恶意篡改，它能彻底恢复 IE 浏览器的标题和默认主页、清除系统启动时出现的广告窗口和恶意程序、取消"Internet 选项"对话框中所有属性设置的禁用、取消对 IE 浏览器菜单的禁用、取消不能使用注册表编辑器的限制、取消 IE 浏览器中不能使用鼠标右键的限制等功能。此外，它还具有个性化设置、IE 上网隐私保护、清理垃圾等功能。

2．IE 修复专家 V5.09

下载地址：http://www.newhua.com/soft/14434.htm（或者在地址栏输入"IE 修复专家"）。

IE 修复专家是老牌的 IE 修复软件了，它能修复 IE 各种常规项目（标题栏、IE 首页、IE 右键菜单、IE 工具栏的按钮），甚至包括 OutLook 标题。它能全面修复各项 Internet 选项，包括常规、安全、连接、内容、高级等所有选项设置。它的进程管理功能很有特色，可以终止隐藏运行的恶意程序。此外，它能对 IE 相关隐私安全进行设置（包括历史记录、临时文件、Cookie 等），十分方便。

3．黄山 IE 修复专家 V8.59

下载地址：http://www.newhua.com/soft/18437.htm（或者在地址栏输入"黄山 IE 修复专家"）。

黄山 IE 修复专家是后起之秀，但是发展很快。它能修复被恶意网页所破坏的 IE、系统优化；清除 QQ 自动发送信息病毒，黑客、蠕虫、木马病毒。值得称道的是，它能修复顽固性篡改（被用户用其工具已修复好的 IE 及经常性间隔一段时间就又会自动打开恶意网页），清除用户打开的文本文件、可执行文件等关联性病毒。

4．Windows 修复大师 V2.2

下载地址：http://www.onlinedown.net/soft/24327.htm（或者在地址栏输入"Windows 修复大师"）。

Windows 修复大师是一款集 IE 防修改、系统安全设置、目录伪装于一身的工具，它能修复被恶意网站窜改的 IE、自动保护 IE 首页、右键菜单，禁止启动时弹出窗口和注册表编辑器等许多保护功能。同时它能清理系统自动运行的程序、修复被非法网站修改的 Windows 设置（如开始中的"关闭"、"运行"等选项）。它还能使用目录伪装来保护个人文件夹。

6.3　共享 Internet 的优化与设置

6.3.1　优化设置 ADSL

通过 ADSL 共享上网，已经成为首选上网途径。尽管这种上网方式要比传统的电话拨号上网速度快许多，但这种速度离真正的宽带速度还有一定的距离。当然，如果能开动脑筋，挖掘 ADSL 自身的潜力出发，还是有办法让 ADSL 更快，甚至让其速度接近真正的宽带速度。一起来看看下面的 ADSl 优化方法，通过这些方法的设置，ADSL 上网速度要比平时快许多。

1．启用数据分包功能

如果在网上传输大容量数据信息时，会发现 ADSL 此时的上网速度将非常缓慢；相反，如果在网上传输小容量的数据信息时，将觉得 ADSL 的上网速度变得非常快。根据这一特点，可以启用 ADSL 的数据分包功能，让 ADSL 在传输大容量数据信息时，自动把这些数据分成小包来传输，

这样就会感觉不到 ADSL 在传输大容量数据时有中断现象，也不用很长时间来等待了。要想启用 ADSL 的数据分包功能，可以按照如下步骤来设置：

① 选择"开始"|"运行"命令，打开"运行"对话框，在"打开"文本框中输入注册表编辑命令 regedit，单击"确定"按钮，打开注册表编辑器。

② 展开到 HKEY_ LOCAL_ MACHINE\SYSTEM\ CurrentControlSet\Services\ Tcpip\ Parameters，在对

应 Parameters 分支的右窗格中，检查一下是否包含 SackOpts 双字节值，如果没有的话，可以右击 Parameters 分支，并从弹出的快捷菜单中选择"新建"|"双字节值"命令，然后把新创建的双字节值命名为 SackOpts。

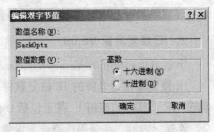

③ 双击 SackOpts 键值，弹出图 6-23 所示的"编辑双字节值"对话框，在"数值数据"文本框中输入数字 1，再单击"确定"按钮。

图 6-23　数值设置窗口

④ 重新启动计算机，这样安装在该计算机中的 ADSL 就能自动启用数据分包功能了。此时再用 ADSL 上网传输大容量数据时，会发现速度一下子快了不少。

2．设置合适缓冲区大小

通常情况下，TCP/IP 默认的数据传输单元接受缓冲区的大小为 576KB，如果将这个缓冲区的大小设置得比较大的话，一旦某个 TCP/IP 分组数据发生错误时，那么整个数据缓冲区中的所有分组内容都将被丢失并且进行重新传送。显然，不断地重新进行传输，会大大影响传输数据的效率。为此，设置合适的缓冲区大小，确保传输数据的效率始终很高，将会对传输速度有着直接的影响。在设置缓冲区大小时，可以按照如下步骤来进行：

① 选择"开始"|"运行"命令，打开"运行"对话框，在"打开"文本框中输入注册表编辑命令 regedit，单击"确定"按钮，打开注册表编辑器。

② 展开到 HKEY_LOCAL_ MACHINE\SYSTEM\CurrentControlSet\Services\VxD\MSTCP，如图 6-24 所示。

图 6-24　创建名为 DefaultRcvWindows 字符串值

③ 在对应 MSTCP 分支的右窗格中，检查一下是否存在字符串值 DefaultRcvWindows，要是不存在的话，可以右击 MSTCP 项目，从弹出的快捷菜单中选择"新建"|"字符串值"命令，并将新创建的字符串值命名为 DefaultRcvWindows。然后，双击 DefaultRcvWindows 键值，并在其后出现的数值设置对话框中输入 256960。

④ 单击"确定"按钮，重新启动计算机。此时，ADSL 的上网速度就会快一些。

3．动态优化 MTU 数值

TCP/IP 的 MTU 数值直接影响着 ADSL 的数据传输效率。如果该数值设置得过大，那么在实际传输数据时需要重新进行分组，这样会降低传输效率；如果将该数值设置得过小，同样也不利于数据的高速传输。为此，不少人通过修改注册表的方法 "强行"将 ADSL 的最大 MTU 数值设置为 1450。其实，不同 ISP 提供的 ADSL 最大 MTU 数值是不完全相同的，如果千篇一律地将 ADSL 的最大 MTU 数值"固定"为 1450，有可能还会降低 ADSL 的数据传输效率。那么，有没有办法，在用 ADSL 上网的过程中，自动检测 ISP 提供的线路状态，并且根据实际情况动态地优化好 MTU 数值，让 ADSL 数据传输效率始终处于最理想的状态。答案是肯定的，可以借助 DSL Speed 工具来帮忙进行动态优化。

① 从 ftp://61.155.52.131/adslpatch.exe 下载 DSL Speed 工具，对其按照常规方法进行安装。安装完毕后，双击桌面上的对应快捷图标，然后单击 Continue in Trail Mode 按钮，打开图 6-25 所示的优化设置界面。

② 在该界面的 Normal Optimize 选项卡中，先单击 Testing Your DSL Connection Speed Online 按钮，在随后出现的 Internet 页面中，按照提示来检测 ADSL 上网速度。检测完毕后，就能在图 6-26 所示的结果页面中看到 ADSL 的上网速度了。

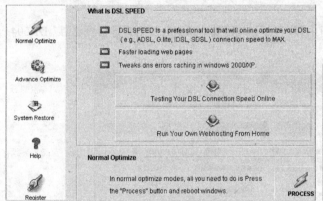

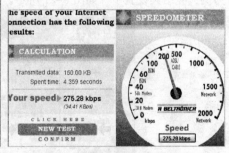

图 6-25　优化设置界面　　　　　图 6-26　查看 ADSL 的上网速度

③ 单击图 6-25 界面中的 PROCESS 按钮，当屏幕出现"优化成功重新启动计算机后生效"的提示窗口时，单击"确定"按钮，以表示认可。

④ 切换到 Advance Optimize 选项卡中，并单击其中的 Start 按钮，这样 DSL Speed 工具就会开始检测 ADSL 所在的 ISP 环境参数，并对这些参数进行动态分析验证，以便找到最理想的 MTU 数值。分析验证操作完毕后，再单击 PROCESS 按钮，这样 DSL Speed 工具就会自动以最理想的 MTU 数值来对 ADSL 进行动态优化。优化完毕后，必须重新启动计算机，动态优化 MTU 数值的任务就完成了。

4．对 ADSL 进行超频

为了尽可能地将 ADSL 设备自身的"潜力"挖掘出来，可以借助 ADSL 超频奇兵这样的优化工具来对 ADSL 进行超频，以便提高上网速度。

6.3.2 利用 ADSL 网上建站

当今，ADSL 已相当普及，大大提高了上网的速度，费用也不高。能否利用现有的资源，在互联网上建立站点、发布信息、共享资源呢？答案是肯定的，现介绍一些建站方法供参考。

1．配置环境

硬件：家用计算机一台（含网卡）；ADSL 调制解调器，这个服务商一般会提供；ADSL 路由器，不是必备的，但如果处在局域网中，要建立功能丰富的网站，如 FTP、E-mail、防火墙等，使用它会方便许多。

软件：操作系统最好采用服务器版，如 Windows 2000 Server 或 Windows Server 2003；在操作系统中安装 Internet 信息服务管理器（IIS）、SERV-U FTP 管理软件、MDaemon 邮件服务器。服务的选择必须考虑到计算机速度及宽带的速度，否则浏览速度会很慢。

2．域名申请

大多数的 ADSL 用户，其 IP 是动态的，但现在许多服务商提供动态域名申请，包括 www.3322.org、www.kaao.com、www.cngame.org。根据爱好申请一个，阅读服务商的帮助信息，下载客户端程序，运行安装，动态域名就生效了。接下来，不管从 ADSL 提供商那里分配的 IP 是什么，只要在 IE 浏览器的地址栏中输入申请的动态域名，即可登录计算机。

3．路由器设置

如果使用 ADSL 路由器，并且局域网中有多个用户，还要对 ADSL 路由器进行设置。以 DI-604+ 为例，介绍其设置步骤如图 6-27 所示。

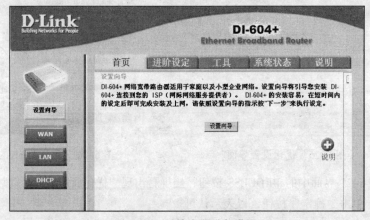

图 6-27   对路由器进行设置

从浏览器登录路由器管理界面，选择"设置向导"选项卡，在其中可以对 ADSL 的登录账户、不同服务器使用时间、网络过滤等进行设置，这些过程只要依照设置向导的提示就可以完成。然后，单击"执行"按钮，并重启，这样路由器就设置好了。

4．IIS 设置

在管理工具中启动 Internet 信息服务管理器（IIS），使用的是 Windows 2003。右击"默认网站"选项，从弹出的快捷菜单中选择"属性"命令，打开"默认网站属性"对话框，如图 6-28 所示。

在"主目录"选项卡中，将"本地路径"设置为计算机中网页存放的路径，其更详细的设置请大家参考 Internet 信息服务管理器（IIS）的使用书籍。这样，网页便可以发布到互联网中了。

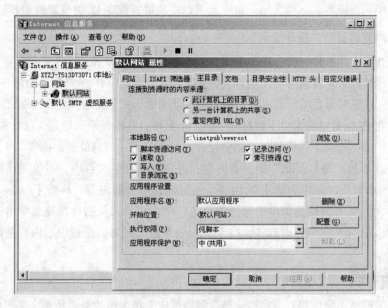

图 6-28　服务器管理页面

6.3.3　上网冲浪秘笈

1. 把热门网站加到 IE 浏览器的链接中

是否注意到在 IE 浏览器的地址栏右侧还有两个按钮，其中最靠近右边的就是"链接"。单击它旁边的">>"按钮就会弹出一个下拉列表框，其中包含了一些网址。它的作用其实和收藏夹一样，但是，通过"链接"访问网站要比从收藏夹中调出网站方便得多。那么如何将网站添加到链接栏呢？很简单，单击"工具栏"中的"收藏夹"按钮，选择"添加到收藏夹"命令，在收藏夹下有一个"链接"文件夹，把当前网站添加到该文件夹下，它就会出现在链接栏中了。

2. 用快捷键启动喜爱的站点

对于要经常访问的站点，可以在 IE 浏览器中为它建立一个快捷启动方式，利用快捷键直接启动站点。方法如下：例如，要经常访问《家用计算机世界》的 HPC 读者论坛，首先要将其放到 IE 浏览器的收藏夹中，然后打开"收藏"菜单，在菜单中找到"HPC 读者论坛"选项，右击，在弹出的快捷菜单中选择"属性"命令，在打开的属性对话框中单击"快捷键"后的文本框，按【C】键，单击"确定"按钮。启动 IE 浏览器，再打开"收藏"菜单进行选择或直接按【Ctrl+Alt+C】组合键就可以直接启动 IE 浏览器并访问 HPC 读者论坛了。

3. 设置 IE 浏览器的工具栏

IE 浏览器允许用户自己对工具栏进行设置。设置方法如下：选择"查看"|"工具栏"|"自定义"命令，打开"自定义工具栏"对话框。在"可用工具栏按钮"列表框中选择要增加的工具按钮，单击"添加"按钮就可以添加到"当前工具栏按钮"列表框中；在"文字选项"下拉列表

中可以指定是否在工具栏中显示工具按钮的文字说明，以及文字显示的位置，"显示文字标签"是在工具栏上的每个按钮下面显示按钮的名称，"无文字标签"是在工具栏上显示图标；在"图标"选项下拉列表中可以设置图标的大小。这样就可以根据需要改变 IE 浏览器的工具栏按钮了。

4．让 IE 浏览器显示"每日提示"

和微软的其他应用软件一样，IE 浏览器启动后，也可以自动显示一个"每日提示"的内容，以便帮助用户尽快熟练掌握软件的使用方法。但有的用户会发现 IE 浏览器启动后并不显示"每日提示"的内容，这是因为在系统的设置中关闭了该项功能，只需要选择"帮助"|"每日提示"命令，就会发现在 IE 浏览器的窗口下面打开了一个小窗格，其中显示的即是"每日提示"的内容。在小窗格内每单击一次"下一提示"文字链接，系统会显示一项新的提示内容。

如果想一次看到"每日提示"的所有内容，并将其保存到文件中，可以用下面的方法：在"每日提示"的小窗格内单击，按【Ctrl + A】组合键选中全部内容，再按【Ctrl + C】组合键复制到剪贴板中（或从右键快捷菜单中选择"全选"命令，再次从右键快捷菜单中选择"复制"命令），启动 Word 或其文字处理软件，按【Ctrl + V】组合键将剪贴板中的内容粘贴过来，然后保存文件即可。

5．破解屏蔽右击功能的网站

现在有很多网站不能使用右击功能，当看到网页中有精美图片或者精彩文字想保存时，一右击就弹出一个窗口，显示些莫名其妙的信息。其实这是利用 Java 语言实现的锁住鼠标右键的功能，用下面的方法就可以使之失效：在页面目标上右击，会弹出一个窗口，这时不要松开鼠标右键，将鼠标指针移到窗口的"确定"按钮上，同时单击左键。松开鼠标左键，这时窗口消失，再将鼠标移到目标上松开鼠标右键，想要的功能就出来了。

现在还有一些锁住鼠标右键的网站，用户一右击就出现添加到收藏夹的窗口，用以上的方法不能破解，因为用单击"取消"按钮的同时就失去了右键的目标焦点，不过可以用如下方法破解：在目标上右击，出现添加到收藏夹的窗口，这时不要松开右键，也不要移动鼠标，而是使用键盘的【Tab】键，移动焦点到取消按钮上，按【Space】键，窗口消失再松开鼠标右键，就可以实现需要的功能。

6．快速返回访问过的网站

当在网上顺着超链接的指引去到处浏览时，也许突然又想回到起始或者曾经到过的某个站点，这时很多人都是习惯性地连续单击浏览器的"后退"按钮，一屏一屏地返回，这样很浪费时间。可以直接单击 IE 浏览器"后退"或"前进"按钮右侧向下的小箭头，就会出现一个下拉菜单，其中记录着本次上网打开过的全部站点，单击一下要返回的站点就可以了，非常便捷。

7．如何下载网上"隐藏"的 RM 文件

RM 文件是网上多媒体使用最广泛的文件，因其文件小而受到大家的喜欢。通常一首 3MB 的 MP3，转换成 RM 格式后只有 500KB 左右。

但现在很多音乐网站均不提供 RM 文件的直接下载（就算用 Netants 的 Download ALL 也无法找到），只提供试听或欣赏。对于大多数像这种用 33.6KB 拨号上网的用户，网上收听太慢，下载 MP3 费时。看看下面的技巧：

选择网站上的试听或欣赏文件，单击试听或者右击从弹出的快捷菜单中选择下载，就有一个名为*.ram 的文件下载下来，大小为 1KB。然后断开"连接"，找到*.ram 文件 。其实*.ram 就相当于一个快捷方式，双击打开，Realplayer G2 就会弹出来播放并要求连接到 Internet，这时要选中"取消"按钮不连接上网。然后，Realplayer G2 就会弹出消息框，指出无法打开"HTTP：//*..../*.ram"，拖动鼠标选中此链接，右击复制下来，然后用专用的下载软件（如 Netants）下载此链接即可。

6.4　局域网网络故障排除策略

6.4.1　故障排除过程

在开始动手排除故障之前，最好先准备一支笔和一个记事本，然后，将故障现象认真仔细记录下来。不管是排除大型网络故障，还是十几台计算机的小型网络故障，在观察和记录时一定要注意细节，因为有时正是一些最小的细节使整个问题变得明朗化。

1．识别故障现象

作为管理员，在排故障之前，必须确切地知道网络到底出了什么毛病，是不能共享资源，还是找不到另一台计算机等。知道出了什么问题并能够及时识别，是成功排除故障最重要的步骤。为了与故障现象进行对比，作为管理员必须知道系统在正常情况下是怎样工作的，否则，不好对问题和故障进行定位。

识别故障现象时，应该向操作者询问以下几个问题：

① 当被记录的故障现象发生时，正在运行什么进程（即操作者正在对计算机进行什么操作）？

② 这个进程以前运行过没？

③ 以前这个进程的运行是否成功？

④ 这个进程最后一次成功运行是什么时候？

⑤ 从那时起，哪些发生了改变？

带着这些疑问来了解情况，才能对症下药排除故障。

2．对故障现象进行详细描述

当处理由操作员报告的问题时，对故障现象的详细描述显得尤为重要。如果仅凭一面之词，有时还很难下结论，这时就需要管理员亲自操作一下刚才出错的程序，并注意出错信息。例如，在使用 Web 浏览器进行浏览时，无论输入哪个网站都返回"该页无法显示"之类的信息。使用 ping 命令时，无论 ping 哪个 IP 地址都显示超时连接等信息。诸如此类的出错消息会为缩小问题范围提供许多有价值的信息。对此，在排除故障前，可以按以下步骤操作：

① 收集有关故障现象的信息。

② 对问题和故障现象进行详细描述。

③ 注意细节。

④ 把所有的问题都记录下来。

⑤ 不要匆忙下结论。

3. 列举可能导致错误的原因

作为网络管理员，则应当考虑导致无法查看信息的原因可能有哪些，如网卡硬件故障、网络连接故障、网络设备（如集线器、交换机）故障、TCP/IP 协议设置不当等。

注意：不要着急下结论，可以根据出错的可能性把这些原因按优先级进行排序，一个个先后排除。

4. 缩小搜索范围

对所有列出的可能导致错误的原因逐一进行测试，而且不要根据一次测试，就断定某一区域的网络是运行正常或是不正常。另外，也不要在认为已经确定了第一个检查错误后就停下来，应直到测试完为止。

除了测试之外，网络管理员还要注意：千万不要忘记网卡、交换机、modem、路由器上的 LED 指示灯。通常情况下，绿灯表示连接正常（modem 需要几个绿灯和红灯都要亮），红灯表示连接故障，不亮表示无连接或线路不通。根据数据流量的大小，指示灯会时快时慢的闪烁。同时，不要忘记记录所有观察到的测试手段和结果。

6.4.2 常见故障的处理方法

1. 确认网络故障

对于计算机的错误，要先检查该计算机网卡是否安装好、TCP/IP 协议是否安装并设置正确、Web 浏览器的连接设置是否得当等一切与已知故障现象有关的内容。然后，剩下的事情就是排除故障。

处理完问题后，还必须搞清楚故障是如何发生的，是什么原因导致了故障的发生，以后如何避免类似故障的发生。拟定相应的对策、采取必要的措施、制定严格的规章制度。

虽然故障原因多种多样，但总的还是硬件问题和软件问题，说得再确切一些，这些问题就是网络连接性问题、配置文件选项问题及网络协议问题。

2. 检查网络连接性

网络连接性是故障发生后首先应当考虑的原因。连接性的问题通常涉及网卡、跳线、信息插座、网线、交换机、modem 等设备和通信介质。其中，任何一个设备的损坏，都会导致网络连接的中断。连通性通常可采用软件和硬件工具进行测试验证。例如，当某一台计算机不能浏览网页时，网络管理员应产生的第一个想法就是网络连接性的问题。是否可以通过测试进行验证、是否看得到网上邻居、是否可以收发电子邮件、是否 ping 得到网络内的计算机。只要其中一项回答为 yes，那就可以断定本机到交换机的连通性没有问题。当然，即使都回答 No，也不能表明连通性肯定有问题，而是可能会有问题，因为如果计算机网络协议的配置出现问题也会导致上述现象的发生。另外，查看网卡和交换机接口上的指示灯是否闪烁及闪烁是否正常，这也是个好办法。

排除了计算机网络协议配置不当而导致的故障问题，再查看网卡和交换机的指示灯是否正常、测量网线是否畅通。

3. 连通性故障

（1）故障表现

- 计算机无法登录到服务器。
- 计算机无法通过局域网接入 Internet。
- 计算机在"网上邻居"中只能看到，而看不到其他计算机，从而无法使用其他计算机上的共享资源和共享打印机。
- 计算机无法在网络内实现访问其他计算机上的资源。
- 网络中部分计算机运行速度异常缓慢。

（2）故障原因

- 网卡未安装或未正确安装，或与其设备有冲突。
- 网卡硬件故障。
- 网络协议未安装或设置不正确。
- 网线、跳线或信息插座故障。
- UPS 电源故障。

（3）解决方法

① 确认连通性故障。当出现一种网络应用故障时，如无法接入 Internet，首先尝试使用其网络应用，如查找网络中的计算机，或使用局域网中的 Web 浏览等。如果其网络应用可正常使用，如虽然无法接入 Internet，却能够在"网上邻居"中找到其他计算机，或可 ping 到其计算机，即可排除连通性故障。如果其网络应用均无法实现，继续下面操作。

② 查看 LED 灯判断网卡的故障。首先查看网卡的指示灯是否正常。正常情况下，在不传送数据时，网卡的指示灯闪烁较慢，传送数据时，闪烁较快。无论是不亮，还是长亮不灭，都表明有故障存在。如果网卡的指示灯不正常，需关闭计算机更换网卡。对于交换机的指示灯，凡是插有网线的端口，指示灯都亮。由于是交换机，所以，指示灯的作用只能指示该端口是否连接有终端设备，不能显示通信状态。

③ 用 ping 命令排除网卡故障。使用 ping 命令查看本地的 IP 地址或计算机名（如 ybgzpt），检查网卡和 IP 网络协议是否安装完好。如果能 ping 通，说明该计算机的网卡和网络协议设置都没有问题，问题出在计算机与网络的连接上。因此，应当检查网线和交换机及交换机的接口状态，如果无法 ping 通，说明 TCP/IP 协议有问题。这时，可以在计算机"控制面板"的"系统"中，查看网卡是否已经安装或是否出错。如果在系统中的硬件列表中没有发现网络适配器，或网络适配器前方有一个黄色的"！"，说明网卡未安装正确。需将未知设备或带有黄色的"！"网络适配器删除，刷新后，重新安装网卡。并为该网卡正确安装和配置网络协议，然后进行应用测试。如果网卡无法正确安装，说明网卡可能损坏，必须换一块网卡重试。如果网卡安装正确则原因是协议未安装。

④ 如果确定网卡和协议都正确，还是网络不通，可初步断定是交换机和双绞线的问题。为了进一步进行确认，可再换一台计算机用同样的方法进行判断。如果其计算机与本机连接正常，则故障一定是在先前的那台计算机和交换机的接口上。

⑤ 如果确定交换机有故障，应首先检查交换机的指示灯是否正常，如果先前那台计算机与交换机连接的接口灯不亮说明该交换机的接口有故障。

⑥ 如果交换机没有问题，则检查计算机到交换机的那一段双绞线和所安装的网卡是否有故障。判断双绞线是否有问题可以通过"双绞线测试仪"或用两块三用表分别让两个人在双绞线的两端测试。主要测试双绞线的 1、2 和 3、6 四条线（其中 1、2 线用于发送，3、6 线用于接收）。如果发现有一根不通就要重新制作。

通过上面的故障压缩，就可以判断故障出在网卡、双绞线或交换机上。

4．协议故障

（1）故障表现

- 计算机无法登录到服务器。
- 计算机在"网上邻居"中只能看到本机图标而看不到其计算机，从而无法使用其计算机上的共享资源和共享打印机。
- 计算机无法通过局域网接入 Internet。

（2）故障原因

- 协议未安装：实现局域网通信需安装 NetBEUI 协议。
- 协议配置不正确：TCP/IP 协议涉及的基本参数有 4 个，包括 IP 地址、子网掩码、DNS、网关。任何一个设置错误，都会导致故障发生。

（3）解决方法

① 检查计算机是否安装 TCP/IP 和 NetBEUI 协议，如果没有，建议安装这两个协议，并把 TCP/IP 参数配置好，然后重新启动计算机。

② 使用 ping 命令，测试计算机的连接情况。

③ 在"控制面板"的"网络"属性中，单击"文件及打印共享"按钮，在打开的"文件及打印共享"对话框中查看是否选中了"允许其用户访问的文件"和"允许其计算机使用的打印机"复选框，或者其中的一个。如果没有，全部选中或选中一个。否则，将无法使用共享文件夹。

④ 重启后，双击"网上邻居"图标，将显示网络中的计算机和共享资源。如果仍看不到计算机，可以使用"查找"命令，查找计算机，如果能找到，就没问题了。

⑤ 在"网络"属性的"标识"中重新为该计算机命名，使其在网络中具有唯一性。

5．配置故障

配置故障也是导致故障发生的重要原因之一。网络管理员对服务器、路由器等的不当设置自然会导致网络故障。计算机的使用者（特别是初学者）对计算机设置的修改，往往也会产生一些令人意想不到的访问错误。

（1）故障表现及分析

配置故障更多的时候是表现在不能实现网络所提供的各种服务上，如不能访问某一台计算机等。因此，在修改配置前，必须做好原有配置的记录，并最好进行备份。

配置故障通常表现为以下几种：

- 计算机只能与某些计算机而不是全部计算机进行通信。
- 计算机无法访问任何设备。

（2）解决方法

① 首先检查发生故障的计算机的相关配置。如果发现错误，修改后，再测试相应的网络服务能否实现。如果没有发现错误，或相应的网络服务不能实现，执行下个步骤。

② 测试系统内的计算机是否有类似的故障，如果有同样的故障，说明问题出在网络设备上，如交换机。反之，检查被访问计算机并对该访问计算机所提供的服务作认真的检查。

计算机的故障虽然多种多样，但并非无规律可循。随着理论知识和经验的积累，故障排除将变得越来越快、越来越简单。严格的网络管理是减少网络故障的重要手段；完善的技术档案是排除故障的重要参考；有效的测试和监视工具则是预防、排除故障的有力助手。

本 章 小 结

计算机网络的使用，会经常出现这样或那样的问题，为了保障网络的通畅，需要掌握一定的网络维护知识，本章主要就网络安全设置、网络中个人密码保护、Windows 系统的防火墙设置等内容进行了介绍。通过掌握本章中对网络使用和维护的方法，会给工作和学习带来很大的帮助。

实验思考题

1. 练习保护本机 IP 地址设置。

局域网中 IP 地址被别人不小心占用的现象时有发生，严重影响了局域网的管理和维护效率。为了提高局域网的管理和维护效率，有必要对随意修改 IP 地址的行为进行限制。

提示：

① 停用网络连接服务法。

② 限制修改网络参数法。

③ 限制访问网络属性法。

④ 隐藏本地连接图标法。

⑤ 隐藏网上邻居法。

2. 计算机如何设置才能营建一个属于自己的计算机网络安全空间？

提示：

（1）清空回收站

在"资源管理器"中删除文件时，Windows 并不会直接把它删除掉，而是将其放到回收站中。因此，在删除完文件后，还要双击桌面上的"回收站"图标，看一看里面有没有要删除的东西。如果有，选中它们，再按【Del】键，把它们彻底从硬盘上删除掉。

（2）让计算机中不保留文档、运行记录和浏览网址记录

为了减少密码被盗的可能性，找出下面通信软件，把保留密码设置都要删除掉。

①邮箱密码　　　　　②浏览网页中的密码　　　　　③QQ 中的密码

④MSN Messenger 中的密码　　　　　⑤剪贴板中的内容

第 **7** 章 维护工具软件的使用

计算机除了必须安装操作系统外，还需要安装一些常用的工具和应用软件。在计算机中安装的应用软件，有些安装后仅使用过几次，有些甚至只在安装时使用过，因而造成计算机中的软件越装越多，计算机运行速度越来越慢，影响计算机的使用。那么在一台计算机中，到底需要装哪些应用软件呢？一般认为，对普通的计算机用户来说，应该安装常用的七类软件就足够了。本章的主要内容就是对常用的工具软件的使用以及故障的处理进行详细介绍，并通过具体实例分析，使读者快速掌握这些工具软件的使用。

7.1 应用软件安装概述

在计算机中安装应用软件是很平常的事，但是在安装软件的过程中，一定要对所使用的软件版本有所了解，才能保证软件的安全实用。下面就来了解一下有关计算机软件的基本知识。

7.1.1 认识软件的安装版本

一个成熟的应用软件，需要一个很长的生产周期，为了保证产品质量因而产生了不同时期的产品，并以不同的代号表示，这就是软件版本产生的原因。如果不能够正确的认识软件版本的意义和作用，盲目地使用不明版本的软件，就会给计算机带来大量的垃圾，影响计算机的正常运行。下面来认识一下不同版本的意义。

（1）Alpha 版（内部测试版）

一般只在软件开发公司内部运行，不向外界公布使用。主要是开发者对产品进行测试，检查产品是否存在缺陷、错误，验证产品功能与说明书、用户手册是否一致。

（2）Beta 版（外部测试版）

软件开发公司为对外宣传，将非正式产品免费发送给具有典型性的用户，让用户测试该软件的不足之处以及存在的问题，以便在正式发行前进一步改进和完善。这类软件可通过 Internet 免费下载，也可以向软件公司索取。

（3）Demo 版（演示版）

主要是演示正式软件的部分功能，用户可以从中得知软件的基本操作，为正式产品的发售扩大影响。如果是游戏的话，则只有一两个关卡可以玩。该版本的软件也可以从 Internet 上免费下载。

（4）Enhace 版（增强版或加强版）

如果是一般软件，一般称为"增强版"，会加入一些实用的新功能。如果是游戏，一般称为"加强版"，会加入一些新的游戏场景和游戏情节等。这是正式发售的软件版本。

（5）Free 版（自由版）

这一般是个人或自由软件联盟组织的成员制作的软件，免费给用户使用，没有版权，一般也是通过 Internet 免费下载。

（6）Full Version 版（完全版）

也就是正式版，是最终正式发售的软件。

（7）Shareware 版（共享版）

有些公司为了吸引客户，对于制作的某些软件，可以让用户通过 Internet 免费下载的方式获取。不过，此版本软件多会带有一些使用时间或次数的限制，但是可以利用在线注册或电子注册成为正式版用户。

（8）Release 版（发行版）

带有时间限制，也是为软件产品的扩大影响所做的宣传策略之一。例如，Windows Me 的发行版就有使用时间的限制。这类产品可从 Internet 上免费下载或由公司免费赠送。

（9）Uprgade 版（升级版）

当某个软件有以前的正式版本时，可以购买升级版，将软件升级为最新版。升级后的软件与正式版在功能上相同，但价格会低些，这主要是为了给原有的正版用户提供优惠。

了解了软件版本的作用以后，就要根据需要选择不同版本的软件进行安装，对于经常使用到的软件，最好还是安装 Full Version 版本的软件。

7.1.2　软件的补丁程序

软件的补丁程序对计算机的安全运行是非常重要的。也许计算机运行一切正常，没有必要安装系统或软件的补丁程序，这是非常错误的认识，在缺少补丁程序的情况下，系统会很容易崩溃。为什么软件的补丁程序会有这样大的作用呢？在使用这些补丁程序前，先来了解一下补丁程序的分类。计算机相关的补丁程序包括系统安全补丁、程序 bug 补丁、英文汉化补丁、硬件支持补丁和游戏补丁五类，下面介绍这些补丁程序的功能与作用。

1. 系统安全补丁

系统安全补丁主要是针对操作系统的缺陷量身订制的程序。以 Windows 2000 系统为例，只安装了 SP1 计算机会经常发生"开机蓝屏死机"或者是"非法程序错误"等问题。当初在微软公司推出号称"永不死机"的 Windows 2000 展示会上，显示器就给一个蓝色的脸面，后来才知道这是一个系统漏洞所致，之后增加了 SP2 包问题得到解决。在当今的网络时代，去 Internet 上冲浪、与好友交流的时候，如果系统存在着漏洞，网络黑客就会利用系统的漏洞侵入到计算机盗取重要信息，还可以对一些分区进行格式化操作，造成数据的丢失和损坏。因此，微软公司为了增强系统的安全性和稳定性，也在不断地推出系统的安全补丁。

2. 程序 bug 补丁

同操作系统一样，没有真正十全十美的应用程序，如所使用的 IE 浏览器、Outlook 邮件程序、

Office 应用软件等都存在着或多或少的缺陷，可以通过嵌套在网页中的恶意代码、附加在邮件中的蠕虫病毒或者是针对 Word 文档起作用的宏病毒等来影响系统的正常运行，导致部分文件丢失或者程序无法正常使用。由于软件缺陷还会有一些应用程序安装后造成与其软件的冲突。例如，曾经有一个版本的 QuickTime 就与 IE 浏览器冲突，安装了这个版本的 QuickTime 之后，将无法打开 IE 浏览器；又如，超级解霸的某个版本也无法在 Windows XP 下正常运行。造成这些问题的原因，都是这些软件存在着不同的缺陷。针对应用程序中的缺陷，各家软件厂商也推出了不同的除错补丁，一方面可以解决已知的各种错误，同时还可以加强软件的功能，使应用软件变得更加强大。

3．英文汉化补丁

很多优秀的应用程序都是英文版本，这对于一些英语水平不高的用户来说就存在着语言障碍，很难快速使用发挥其功能。应用程序本地化让很多编程高手对 ACDSee、Server-U、Dreamweaver、Flash 等优秀软件进行了汉化操作，在原有的英文版本基础上添加汉化补丁，同时软件厂商也针对不同软件进行汉化补丁的开发。英文版本的软件安装了这些汉化补丁后就能够显示中文界面，使用起来也就更加便捷了。图 7-1 所示是著名的压缩工具软件 RAR 安装了汉化补丁后的工作界面。

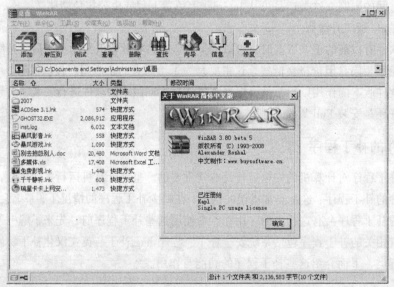

图 7-1　RAR 汉化后的工作界面

4．硬件支持补丁

如果使用的主板采用 VIA（威盛）芯片组，那么在安装完操作系统后一定要安装主板的四合一补丁程序，这是因为 VIA 芯片组和一些硬件设备之间的兼容性不是很好，或者无法将硬件的全部功效完全发挥出来。而且随着操作系统的升级，各种硬件的驱动程序无法实现全部兼容，这就迫使硬件厂商根据操作系统的更新推出更合适用户使用的硬件补丁程序。

在软件使用过程中，正版软件厂商都会在新的版本型号出来前，提供帮助软件正常运行的补丁程序，以微软公司的 Windows 操作系统为例，平均每年要为用户提供上百个不同类型的补丁程序，及时安装软件的补丁程序会对计算机的安全运行提供很大的帮助。

7.1.3　软件的安全卸载

计算机中过多地安装应用软件，会造成计算机运行过慢，因而要及时清理安装后不经常使用的应用程序。但是对这些应用程序的清理不当，或卸载的方法不正确，不但软件清除不干净，而且还会影响到系统的正常运行。正确卸载软件的方法如下：

1. 利用软件自带的程序卸载

软件安装完成后，在安装目录中除了程序运行的一些必要文件外，一般还会有一个名为"Uninstall+软件名"的文件，它的图标类似于回收站模样（有些软件可能有些出入，但一般都很好识别）。执行该程序后，就会自动引导程序卸载向导将软件彻底删除。

软件安装完成后，卸载程序有时也会同软件一起安装到程序菜单中。选择"开始"|"程序"命令，在程序菜单中也会看到 "Uninstall****"或"卸载****"的命令项，如图 7-2 所示。当需要卸载"卡卡上网安全助手"的软件时，单击下面的卸载命令，就会出现程序卸载向导的对话框，提示一步一步地完成软件删除工作。

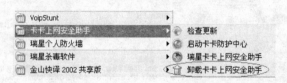

图 7-2　"瑞星卡卡上网安全助手"的卸载

2. 使用"控制面板"卸载

大多数的软件都提供了自带的软件卸载程序，但是也有相当一部分软件没有这个卸载程序，这时只能借助 Windows 系统在控制面板提供的"添加/删除程序"来完成软件的删除工作。

选择"开始"|"设置"|"控制面板"命令，打开"控制面板"窗口。双击"添加/删除程序"图标，打开"添加/删除程序"窗口。在列表中列出了计算机中安装的所有程序，选中要删除的程序，然后单击"删除"按钮，如图 7-3 所示，就会运行程序删除向导，完成该程序的删除操作。

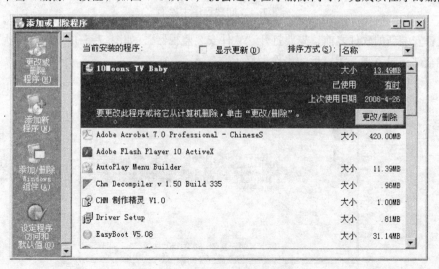

图 7-3　在控制面板中删除程序

3. 使用工具软件卸载

上面提到的方法是卸载软件最常见的方法，但是，对于一些使用上述方法不能卸载的软件只能借助一些专业的删除软件（如"完美卸载"）进行卸载。

（1）使用"完美卸载"软件

在安装应用程序前，首先安装"完美卸载"软件。在其他软件安装过程中，它的"监视功能"可以把软件安装时所有写入的文件记录下来，到需要卸载时，可以按照记录信息把所有的文件彻底删除。

"完美卸载"安装完成后，会出现三个小程序：软件卸载工具、软件安装监视器和磁盘垃圾清理软件。图 7-4 所示为卸载程序主界面。

图 7-4　卸载程序主界面

在准备安装新的软件之前，先要打开"软件安装监视器"，如图 7-5 所示。这样所安装的软件过程就全部记录下来，为以后的操作做好了准备。

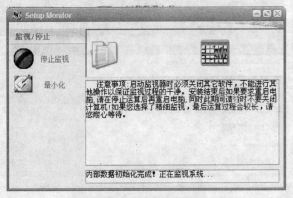

图 7-5　软件安装监视器

（2）使用 Absolute Uninstaller

Absolute Uninstaller 是一款与 Windows 标准添加/卸载程序相似的工具，但其功能更为强大。Windows 程序往往不能完全卸载应用程序，会遗留损坏的注册表键值和一些无用文件，而这些垃圾文件会影响系统运行。Absolute Uninstaller 能快速彻底清除这些垃圾文件，并提供一个更为友好的应用程序卸载方式，以提高计算机的运行效率，如图 7-6 所示。

图 7-6　Absolute Uninstaller 程序主界面

4．在注册表中删除软件的遗留项

在整理硬盘上的文件时，不小心把软件目录删除了，因为没有正确卸载软件，使得硬盘上的软件本身已经不存在了，但在"添加/删除程序"中依然保留着信息。这样的残留信息过多，同样会影响系统的运行。要删除"添加/删除程序"中的残留信息，可以通过修改注册表来完成。选择"开始" | "运行"命令，在打开的"打开"对话框中输入 regedit 命令，打开注册表编辑器。展开到 HKEY_LOCAL_MAC- HINE\Software\Micrsoft\Windows\CurrentVersion\Uninstall，其中所有的子键都是"添加/删除程序"中的项，如图 7-7 所示，找到需要删除的程序内容后删除，这时在"添加/删除程序"中相应的遗留项也就消失了。

图 7-7　"添加/删除程序"注册信息

掌握了以上程序卸载方法，会使计算机运行得更稳定。

7.2　系统维护工具软件

系统维护工具软件的作用是帮助用户一起管理和优化计算机的资源，简化计算机系统维护的难度，保证计算机的安全运行。目前，这类软件有很多，但在一台计算机中最好只安装一种维护工具软件，以免发生冲突。在本节中主要介绍"超级兔子"系统维护软件的设置和使用。

7.2.1　"超级兔子"软件介绍

"超级兔子"是一个比较全面的计算机系统维护工具，可以清理计算机中大多数文件、注册表里面的垃圾，同时还具有较强的软件卸载功能，专业的卸载可以清理一个软件在计算机内的所有记录。"超级兔子"V9.0 版本，分为"系统优化工具"和"其他实用工具"两类，在"系统优化工具"中包括 6 组系统维护选项（升级天使、驱动天使、硬件天使、清理天使、魔法设置、IE 浏览器守护天使）；在"其他实用工具"也包括 6 组系统维护与安全设置选项（反弹天使、内存虚拟磁盘加速器、文件安全助手、系统备份、快速关机工具、内存管理）。通过优化、设置系统大多数的选项，可以打造一个完善的 Windows 系统。

在"IE 浏览器守护天使"中的上网精灵具有 IE 浏览器修复、IE 浏览器保护、恶意程序检测及清除工能，还能防止其他人浏览网站，阻挡色情网站，以及端口的过滤。

在"升级天使"中的"Windows 升级补丁"选项，可以检测计算机中操作系统是否存在安全漏洞，保持计算机使用最新系统程序，还可以查看计算机是否需要适用于所有的 Windows 程序、硬件或设备的更新程序。另外，在"升级天使"中还有装机软件和软件管理功能，帮助用户完成常用软件的安装。

在安装计算机系统过程中，驱动程序的安装最为重要。"驱动天使"为用户的驱动程序的安装提供方便，它可以自动识别当前计算机的驱动信息，完成一键安装所有驱动，同时还具有驱动备份、升级和恢复功能。

超级兔子中的"清理天使"是一个简单易用的系统优化工具。通过工具栏中工具按钮，用户可以选择完成系统垃圾清理、注册表清理和软件的专业卸载。

超级兔子中的"文件安全助手"可以隐藏磁盘、加密文件，保证计算机中系统、磁盘、文件夹和文件的安全。超级兔子系统备份是国内唯一能完整保存 Windows XP/2003/Vista 注册表的软件，它彻底解决系统中存在的问题。

超级兔子 9.0 版本，分为标准版和专业版和免安装版，虽然版本不同，它们的功能差异不大。

标准版：包括共有 12 个软件，分别为清理天使、升级天使、驱动天使、魔法设置、反弹天使、IE 浏览器守护天使、系统检测、文件安全助手、IE 浏览器守护天使、内存虚拟磁盘加速器、系统备份、快速关机工具。但不提供网卡驱动。

专业版：即在标准版基础上，带有魔法盾，并且带网卡驱动。

免安装版：下载后不需要安装，解压后直接用鼠标双击其中的 srgui9.exe 程序就可以运行了。

（1）超级兔子 V9.0 标准版的安装

首先通过百度搜索或超级兔子官方网站下载超级兔子 9.0 正式版。下载后运行 sr_v9_final.exe 文件，进入超级兔子 9.0 正式版安装向导界面如图 7-8 所示，根据安装向导的说明进行安装即可。

安装完成后，直接运行超级兔子，在屏幕上就会显示超级兔子的"工具"主界面如图 7-9 所示。在默认的情况下，超级兔子会随系统启动，扫描系统漏洞，监视系统垃圾，帮助用户管理计算机系统。

图 7-8 "超级兔子"安装向导界面

图 7-9 超级兔子的"工具"主界面

（2）超级兔子的设置

超级兔子安装完成后，可以对它的运行状态进行设置，单击超级兔子主页面右上方的"设置"选项，打开超级兔子的设置对话框如图 7-10 所示，在"设置"对话框中有"升级设置"、"开机启动设置"和"开机检测设置"三个设置选项。设置内容一般采用默认设置，或根据计算机的状态和系统情况，用户可以进行个性设置。

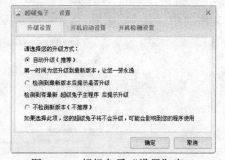

图 7-10 超级兔子"设置"窗口

7.2.2 超级兔子中"状态"工具的使用

超级兔子运行后，可进入到"状态"页面，如图 7-11 所示，在这个页面下可以完成对计算机当前状况的快速检测。单击"立即检测"按钮，一键完成包括快速检查系统漏洞并及时修复、阻止恶意程序篡改您的 IE 浏览器、修复备损坏的 IE 浏览器等多项工作，根据扫描结果单击项目右测的"查看修复"既可完成相应的操作，从而完成全面的优化系统，提高计算机的运行速度。

图 7-11　超级兔子"状态"界面

在这个页面上还有一项功能，可以对计算机的硬件性能进行测试、评分。通过对计算机、内存读/写能力的测试，给出综合的评价和使用建议。超级兔子中的"状态"页面，为用户准备了四项系统维护工具，如图 7-12 所示。"系统漏洞扫描和修复"帮助用户查找计算机中操作系统的漏洞，并及时修复和安装系统补丁程序；"驱动程序更新检测"主要是检查计算机中硬件驱动程序的情况，及时的更新驱动程序可以提高计算机的运行状态；"系统垃圾清理"是帮助用户查找计算机中的文件垃圾，这些"垃圾"若不能及时的清理会严重的影响计算机的正常运行；"IE 修复、检测危险程序"可以帮助用户检测浏览器上网情况，面对网络中的"黑客"和病毒，浏览器是它们主要攻击的对象，安装木马程序篡改浏览器。

对于一般用户通过"状态"页面上四项工具的使用基本上保证了计算机的安全运行。另外，还可以在每次开机后都可以进行 CPU 和内存的检测，通过记录测试得分的比较，掌握计算机运行的状态。

图 7-12　"状态"界面的检测工具

7.2.3　超级兔子中"工具"页面的使用

在超级兔子"工具"页面中包括 12 项实用的系统管理工具，分为两类：一类是"系统优化工具"；另一类是"实用工具"。系统优化工具中的升级天使、清理天使与魔法设置等工具，对系统维护提供简捷的方法，对系统的维护更方便、更快捷；实用工具中的文件安全助手、快速关机工具和系统备份等工具，可以帮助用户很好的管理计算机，提高计算机安全性，提高系统运行速度。下面对以上工具的使用进行一下介绍：

1."启动程序"管理

计算机系统安装完成后，会启动一些系统服务和在启动组添加一些程序，很多软件在安装时也会在启动组里添加一些项目，启动一些系统服务。这些系统服务和启动组中添加的软件会随着系统启动时一起启动、运行。如果要停止它的自动运行，需要在启动项中删除它就可以了；但如果该软件的启动是由注册表来管理的，就很难查找。打开"魔法设置"中的"启动程序"功能选项窗口，在"自动运行"的标签窗口中，将会列出注册表，以及"启动"菜单中所有的项目，如图 7-13 所示。如果将选择框中的"对钩"去掉，表示下次系统启动后禁止运行该程序，但程序项目仍然保留在原处，只是不随系统启动运行而已，这样在需要与系统启动时还可恢复，如果需要彻底删除自动运行的程序，可以右击要删除的程序，在弹出的快捷菜单中选择"删除项目"命令，则是真正的在启动项中将程序删除，以后也不能够恢复了。

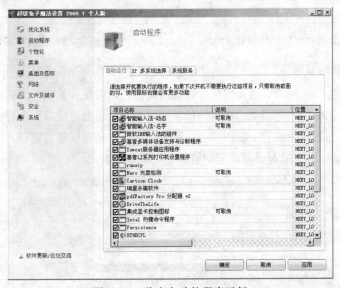

图 7-13　移出自动的程序运行

2.计算机个性化设置

计算机的个性化设置，一直是用户关心的问题，但是计算机进行个性化设置一般都需要有比较丰富的专业知识。在"魔法设置"的"个性化"界面中，如图 7-14 所示，为用户提供对计算机进行个性化方便操作。用户可以通过"输入法顺序"标签，调整首选的输入法；通过"OEM 信息"标签，定义修改"我的电脑"的属性显示；可以打开"文件夹图标"标签为每一个文件夹更换不同的图案。

3．磁盘与光驱管理

在"魔法设置"中的"文件及媒体"功能选项中，可以完成对磁盘、光盘及 U 盘的管理。有些光盘放入光驱后会自动执行。如果不需要这样的选择，可以打开在"文件及媒体"的窗口中"光盘"选项标签，取消选择"自动运行光盘"选项，这样就关闭该项功能了。而"自动播放音乐 CD"选项，表示能否自动播放音乐 CD，下面的"自动播放 CD 程序"选项是让用户选择用来播放 CD 的首选软件，例如通过单击"浏览"按钮，选择 "超级解霸"为 CD 播放器的首选软件。而"复原"按钮则可以自动恢复系统的默认的播放程序，如图 7–15 所示。

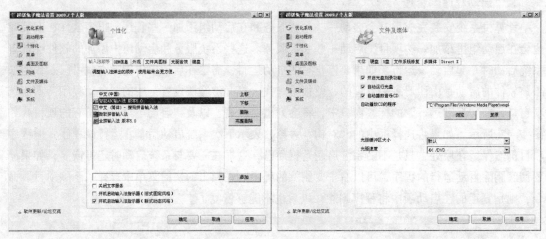

图 7–14　计算机"个性化"设置窗口   图 7–15　光盘驱动器管理窗口

4．桌面与图标的管理

使用"魔法设置"中的"桌面及图标"管理的功能，可以使计算机的桌面进行更加个性化处理。选择"桌面及图标"中的"桌面图标"标签选项，可以帮助完成桌面图标图形的更换，为桌面图标下的文字添加不同的颜色，如图 7–16 所示。另外，还可以通过选择"桌面及图标"中的"桌面墙纸"标签选项，完成对桌面墙纸的管理。

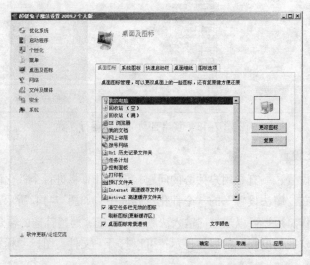

图 7–16　　"桌面及图标"管理窗口

5. 多用户与密码管理

多用户与密码管理是保障多个用户使用同一台计算机安全性的保障，禁止匿名登录可以限制非本机用户使用这台计算机。在"魔法设置"的"安全"功能窗口的"多用户登录"标签中，可以完成对多用户登录的管理。选择"使用自动登录系统"选项，可以为不同用户完成"启动时要显示的标题"、"启动时要显示的信息"等内容设置，输入自动登录的用户名及密码，在再次开机时会自动完成登录的手续，如图 7-17 所示。

6. 清除系统垃圾与痕迹

计算机中经常安装一些软件，有些软件虽然已经不在使用了，仍会在注册表内留下以前的记录，时间一长注册表会产生很多垃圾，硬盘中也残留着一些文件影响系统的运行。要想使注册表清洁些，可以使用"工具"中的"清理天使"工具对计算机进行清理。单击"清理天使"按钮，打开"清理天使"窗口，如图 7-18 所示。在"清理天使"窗口中有"使用痕迹清理"、"系统垃圾清理"等五项系统清理按钮，可以完成对系统垃圾文件，垃圾软件的清理工作。

图 7-17　多用户与密码管理窗口

图 7-18　"清除天使"窗口

7.3　数据压缩工具软件

Win RAR 是一个非常常用的文件压缩软件，它功能强大、操作方便。Win RAR 有一个比较方便的地方就是它不用压缩成 ZIP 或 RAR 文件就可以直接创建自解压文件（即生成 EXE 格式文件）。Win RAR 软件除了完成文件、数据的压缩功能外，还有很多应用的领域，有待开发。

7.3.1　用 WinRAR 制作"安装程序"

由于操作系统的安装时间较长，常常使用克隆软件（Ghost）将优化好的操作系统做一个备份，在系统崩溃时用来恢复系统。是不是也可以将一些安装并设置好的参数应用到软件中，进行单独备份呢？这完全可以借助压缩软件 WinRAR 来实现。

下面就以最常用的 Winamp 为例，简单地介绍其"安装程序"的制作方法。

1. "安装程序"制作的准备

先安装好 WinRAR 压缩软件，然后安装音乐播放软件（Winmap）及其各种面板、插件；安装完成后运行 Winmap 程序，将各种选项参数设置好，清空歌曲列表框中的歌曲列表。至此，准备工作就做好了。

2. "安装程序"制作

① 打开硬盘上 Winmap 所安装的文件夹，按【Ctrl+A】组合键选中该文件夹中的所有文件，右击，从弹出的快捷菜单选择 "添加到压缩文件…" 命令，打开参数设置对话框，如图 7-19 所示。在 "常规" 选项卡中选中 "创建自解压格式压缩文件" 复选框，输入想要生成的可执行文件的文件名，压缩方式选择 "最好" 选项。

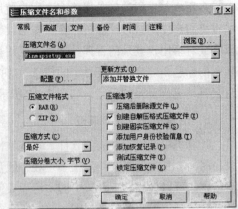

图 7-19 添加到档案文件

② 切换到 "高级" 选项卡，单击 "自解压选项" 按钮，打开 "高级自解压选项" 对话框，如图 7-20 所示。在 "解压路径" 文本框中输入 C:\Program Files\Winmap，在 "解压后运行" 文本框中输入 Winmap.exe。

③ 切换至 "高级自解压选项" 选项卡中的 "高级" 选项卡，单击 "添加快捷方式" 按钮，弹出 "添加快捷方式" 对话框。在创建位置中选择 "桌面" 单选按钮，在 "源文件名" 文本框中输入 Winmap.exe，"目标文件夹" 文本框中输入 C:\Program Files\Winmap，"快捷方式描述" 文本框输入 "Winmap 简体中文版"、"快捷方式" 文本框中名输入 "Winmap 简体中文版.lnk"。然后单击 "确定" 按钮，如图 7-21 所示。

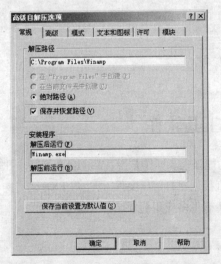

图 7-20 "高级自解压选项" 对话框

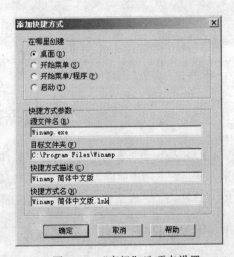

图 7-21 "高级" 选项卡设置

若要在 "开始" 菜单中添加快捷方式，可以返回到 "高级自解压选项" 对话框中的 "高级" 选项卡中，继续单击 "添加快捷方式" 按钮，所有的快捷方式添加完后，在快捷方式文本编辑框中将列出刚才添加的快捷方式参数，也可以直接在这个文本编辑框中编辑或修改添加快捷方式的参数内容。所有参数都设置好以后，一直单击 "确定" 按钮，即可完成 Winamp 的 "安装程序" 制作，以后可以把这个安装程序安装到所有计算机中。

3. 安装 Winmap 软件

在没有安装 Winmap 软件的计算机上，可以直接运行制作好的安装程序，安装完成后，系统便会自动打开 Winamp 程序，而且还会在桌面和开始菜单中添加一些预先设置好的快捷方式，这样就实现了软件的自定义安装效果。

注意：用这种方法制作的安装软件，只适用于那些不需要在 Windows 系统目录下添加文件和不需要在注册表中添加信息的软件。

7.3.2 用 WinRAR 创建秘密空间

WinRAR 除了可以完成基本压缩与解压缩功能外，还附加了许多操作简单、方便、实用的功能，可以为计算机的使用带来方便。

为了保护计算机中的重要资料或文档，经常使用各种加密工具来进行加密，其实用 WinRAR 也可以轻松实现这一功能。下面以一篇 A.txt 文本文件为例，介绍进行文件加密的操作过程。

① 找一张 BMP 格式图片（其他格式的也可以），把它复制到与 A.txt 同一个文件夹下，并命名为 B.bmp。按住【Ctrl】键，先选中 A.txt 文件，再选中 B.bmp 文件，然后右击，在弹出的快捷菜单中选择"添加到压缩文件"命令。

② 弹出图 7-22 所示的对话框，将"压缩文件名"文本框中原有的扩展名.rar 改为.bmp，在"压缩方式"下拉列表框中将默认的"标准"改为"存储"选项，即不进行压缩。

③ 选择"文件"选项卡，如图 7-23 所示，查看"要添加的文件"文本框中的图片文件是否在文本文件前面，如果不是的话，更改过来。

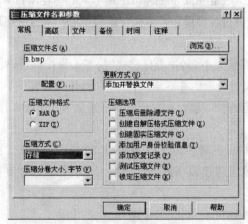

图 7-22　添加压缩文件名

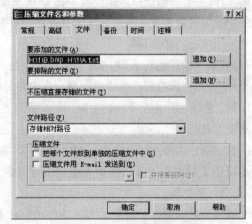

图 7-23　添加加密的文件

④ 选择"高级"选项卡，单击"设置密码"按钮，弹出"带密码压缩"对话框，如图 7-24 所示。选中"显示密码"和"加密文件名"复选框，在"输入密码"文本框中输入密码。为了增强加密的安全性，在这里输入汉字"中国"作为密码。

⑤ 最后单击"确定"按钮退出，就可以把 A.txt 文件合并到 B.bmp 文件中。

⑥ 经过加密的图片，依然可以用图片浏览工具进行浏览，而

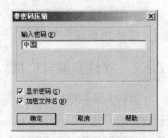

图 7-24　设置密码窗口

且与未合并前没有太多的变化，不知道秘密的人绝对不会想到一张图片中还会隐藏着秘密文档。使用"渗透"类的图像加密工具查看图像时，虽然可以发现其中的隐藏文件，但由于在合并时选择了加密文件名及文件本身选项，在不知道密码的情况下是绝对打不开的，而且连加密文档中的文件名也看不到，有很高的安全性。

⑦ 如果想查看其中的文档内容，要先更改扩展名为 RAR 后，再用 WinRAR 打开，也可直接选择用 WinRAR 打开图片文件，然后输入正确的密码即可。

经过以上的操作，用 WinRAR 开创了秘密工厂，目前还没有没什么软件可以破译这种文件加密的方法。

7.4 硬盘分区万能的工具

Power Quest 公司的 Partition Magic 软件是当前最好的硬盘分区以及多操作系统启动管理工具，是实现硬盘动态分区和无损分区的最佳选择。作为专业的硬盘分区管理工具，它支持大容量硬盘，能在 FAT 和 FAT32 分区间方便地实现相互转换，能在不丢失资料的情况下切换 16 和 32 位文件系统，拆分、删除、修改硬盘分区。利用 Partition Magic 还可以实现多 C 盘引导（即创建多个 C 盘）、在两个分区间移动应用程序并且能立即更新应用程序的驱动盘符参数。

7.4.1 Partition Magic 功能介绍

磁盘分区是计算机使用过程中较难理解的概念，同时硬盘的分区操作也是一件比较麻烦而危险的工作，主要原因是很多操作需要在 DOS 下进行。而 Partition Magic（以下简称 PM）能在 Windows 界面中非常直观地显示磁盘分区信息并且能对磁盘进行各种操作。掌握 PM 的用法，实为掌握计算机应用的一门必修课。

PM 最大的优点在于，用 PM 对硬盘进行分区、调整大小、转换分区格式时，相关操作都是"无损操作"，不会影响到磁盘中的数据。用 PM 对硬盘进行操作并不复杂，PM 的操作会形成一个操作队列，必须在单击左下角的"应用"按钮后才能起作用，而在此之前可以任意撤销和更改操作，并不会对磁盘产生影响。

在磁盘分区格式转换方面。可以将 NTFS 格式的分区转换为 FAT 或 FAT 32 格式的分区。而且也提供了将主引导分区转换为逻辑引导分区，或者将逻辑引导分区转换为主引导分区并支持 Linux 分区等功能。

程序的界面简洁，增加了 Resize Partitions 和 Merge Partitions 操作向导。

有一个非常好的 Merge Partitions 功能，可以将两个相邻的 FAT 或 FAT32 格式的磁盘分区合并为一个分区，实现真正意义上的数据无损分区合并。

提供 DOS 应急盘创建，创建盘数为两张，而且提供方便的启动批处理功能。

7.4.2 软件安装与使用

运行安装程序，安装向导会提示选择安装方式，一般选择 Typical，即典型安装。如果希望订制自己的安装，可以选择 Custom 方式，选择自己想要的功能，然后进行安装，提示程序安装完成后，就可以使用了，具体操作可按照下列实例完成。

【实例 1】调整分区容量。

由于分区的原因，在计算机中安装新的软件或安装新的操作系统时，会出现某个分区容量不够的情况，特别是 C 盘常常会被剩余空间不足所困扰，这时使用 Partition Magic 工具就可以在不破坏现有的系统下完成分区的扩容，具体操作如下。

（1）选择硬盘和分区

运行 PM 程序，会看到不同颜色区块，这是用颜色来区分不同类型的分区，这些颜色的含义。绿色为 FAT 格式；蓝色为 HPFS 格式（OS/2 使用）；墨绿色为 FAT32 格式；粉红色为 NTFS 格式（NT 使用）；紫色为 EXT2 格式（Linux 用）；灰褐色为未使用的自由空间。首先在软件左窗格任务栏中选择"调整一个分区的容量"选项，如图 7-25 所示。

接着弹出一个"调整分区的容量"向导窗口，单击"下一步"按钮，先选中要调整分区的硬盘驱动器，然后进入下一步选择需要调整容量的分区，如图 7-26 所示。

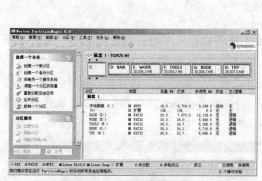
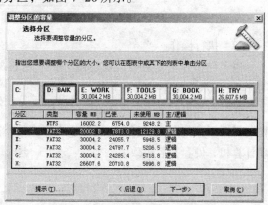

图 7-25　PM 程序主界面　　　　　　　　图 7-26　分区选择窗口

（2）调整分区的大小

在接下来出现的对话框（见图 7-27）中会显示出当前硬盘容量的大小以及允许的最小容量和最大容量。在"分区的新容量"数值框中输入改变后的分区大小。

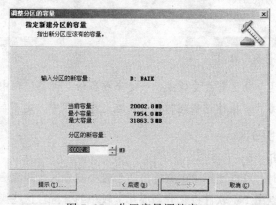

图 7-27　分区容量调整窗口

提示：最大值不能超过上面提示中所允许的最大容量。单击"下一步"按钮，在下一个对话框中选择要减少哪一个分区的容量来补充给所调整的分区。

最后，确认在分区上所做的更改。在对话框中，如图 7-28 所示，会出现调整之前和之后的对比，在核对无误后，单击"完成"按钮回到主界面。

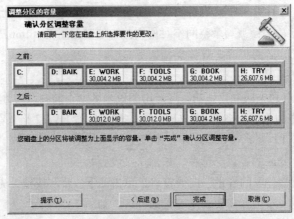

图 7-28　调整前后的对比对话框

（3）执行操作

以上的操作只是对分区调整做了一个规划，要想使调整起作用还要单击"应用"按钮，如图 7-29 所示，调整才真正开始。

此时会弹出一个"应用更改"对话框，单击"是"按钮后，即开始进行调整，此时会弹出"过程"对话框，如图 7-30 所示。其中有三个显示操作过程的进度条显示操作进度，完成后重新启动计算机，硬盘扩容生效。

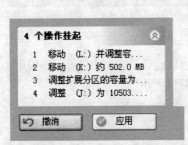

图 7-29　操作执行界面

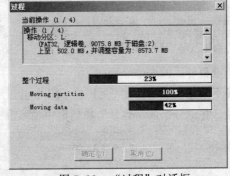

图 7-30　"过程"对话框

提示： 如果调整的两个分区有重要数据，一定先要备份。调整过程中，不要对正在执行操作的分区进行读写操作。另外，操作过程耗时较长，在这个过程中一定不要断电。

【实例 2】合并与分割分区。

（1）硬盘分区的合并

当硬盘分区比较小时，可以使用 PM 软件将两个较小的分区合并成一个大的分区。如果硬盘上单个分区过大，也可以用 PM 软件将它分割成几个较小的分区。这些操作除了可以通过选择主页面左边栏中的命令并根据操作向导进行操作外，还可直接选择欲操作的分区，通过右键快捷菜单来进行。

在 PM 软件主界面中选中要合并的分区，然后右击，在弹出的快捷菜单中选择"合并"命令，打开"合并邻近的分区"对话框，如图 7-31 所示。在"合并选项"栏中选择要合并的分区，然后在"文件夹名称"文本框中指定用于存放合并分区数据的文件夹名称（如果要把两个分区合并成为一个分区，参加合并的其中一个分区的全部内容会被存放到另一个分区中指定的文件夹下面）。最后，单击"确定"按钮结束。

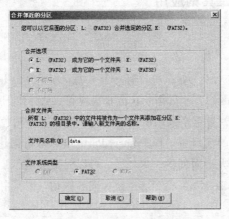

图 7-31 "合并邻近的分区"对话框

（2）硬盘分区的分割

分割操作与合并类似，先选中要分割的分区并右击，然后在弹出的快捷菜单中选择"分割"命令，打开"分割分区"对话框，如图 7-32 所示。先在数据选项卡中指定好新建分区的卷标、盘符，然后移动想要存放到新分区的文件夹，可以双击左侧的文件夹把它放在新建的分区中。最后，在"容量"选项卡中设定新建分区的容量。完成后，单击"确定"按钮结束。

提示：分割分区的操作对 NTFS 分区无效。

【实例 3】文件系统的转换。

分区的文件系统有多种多样的类型，如常见的 FAT16、FAT32、NTFS 等，可以使用 PM 软件来实现分区文件系统的转换。右击要转换分区的盘符，然后从弹出的快捷菜单中选择"转换"命令，弹出"转换分区"对话框，如图 7-33 所示，选择要转换的格式，单击"确定"按钮即可。如果使用的是 Windows 98 之类的系统只能把 FAT16 转换为 FAT32，而对于 Windows XP 系统中，可实现 FAT32 与 NTFS 格式之间的转换。

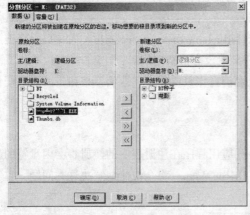

图 7-32 "分割分区"对话框

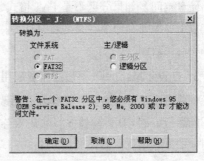

图 7-33 "转换分区"对话框

以上是 PM 软件最经常的应用，除此之外，使用 PM 软件还可用来复制分区、格式化分区，操作方式可以根据提示向导完成。

7.4.3　PM 软件中其他工具的应用

1．为硬盘建立分区

【实例 1】创建主分区。

PM 软件支持创建四个主分区。如系统现有一个 C 盘，另有 D 盘和 E 盘两个逻辑盘。从现有 C 盘划出一部分空间创建主分区的方法如下：右击 C 盘盘符，从弹出的快捷菜单中选择 Resize|Move 命令，用鼠标从右向左拖动，直至空余出所要的空间；再右击灰褐色的区域，从弹出的快捷菜单中选择 Create 命令，在打开的窗口中选择 Primary Partition，即可创建一主分区。

如不想改变现有 C 盘的大小而创建一主分区，可以先把 D 盘、E 盘的尺寸减小（用鼠标逐个向右拖动），对 C 盘使用 Resize|Move 命令，用鼠标向右拖动，把自由空间划归到 C 盘，再按前述步骤创建新的主分区。

【实例 2】建立逻辑分区。

将鼠标指向主界面中未被分区的硬盘，单击它即启动创建新分区的向导。单击"下一步"按钮，按照向导设置即可完成创建逻辑分区的操作。如果计算机上接有多个硬盘，需要选择在哪一个硬盘上建立新分区；选择所建分区的文件分区表格式；输入所要建立分区的大小，设置卷标（也可以不设卷标），完成后将会自动创建一个新逻辑分区。

要想在逻辑分区中间建立一个新逻辑分区，如在 D 盘和 E 盘间建立一新分区。先选择容量较大的 D 分区，使用 Resize|Move 命令，用鼠标从右边向左边拖动，空出一定的自由空间；同样选择 E 分区，使用 Resize|Move 命令，用鼠标从左边向右边拖动，空出一定的自由空间；这两部分自动合到一起，变成灰褐色，右击该区域，选择 Create 命令，进行必要的参数选择，就可以建立新分区。

2．优化硬盘提高性能

PM 软件还可以根据各分区的容量，分析文件分区表和剩余空间簇的大小。一旦发现簇大小不是最优化的，给出调整容量的建议，建议运行 Reclaim wasted space 向导；对于剩余空间，建议运行 Redistribute free space 向导。只要根据实际情况，单击"下一步"按钮即可完成。

另外，PM 软件还可以回收浪费的硬盘空间。

具体操作步骤：在主窗口下方的工具栏中选择 Reclaim wasted space 图标，向导提示将搜索浪费的硬盘空间。如果分区不是 FAT 格式，向导将显示没有浪费空间。

以上的操作和命令，只是暂时寄存，如果想取消操作只要单击"取消"按钮，所做的任何操作都不会生效。

3．Driver Mapper——快速修复应用程序盘符

创建或删除分区会导致硬盘盘符的改变，一些应用程序在注册表中的注册将会因盘符的改变而不能运行，如 CD 自动播放将会失效等。使用 Driver Mapper 将会快捷地解决这一问题。它完全以向导的方式出现，具体操作如下：

（1）Windows 环境

运行 Driver Mapper 搜集信息，单击"下一步"按钮继续。Driver Mapper 需要知道增加、删除了几个分区，导致变化了几个盘符。例如，原有 C 盘，D 盘为光驱，现在增加了 D、E 盘，光驱变为 F 盘，改变了两个盘符。在出现的对话框中有两个选项：Only One Drive Letter Change 和 More Than One Drive Letter Change，应根据实际情况选择。一般来说，如果改变两个以上的盘符，如在 D 盘和 E 盘前增加了一个逻辑分区，Driver Mapper 将一步一步地做处理，先将 E 盘转换为 F，再将 D 盘转换为 E。删除时的盘符处理与此相反。单击"下一步"按钮继续，打开新的对话框，要求选择盘符。如原先的软件装在 E 盘，现在由于增加了分区，E 盘变成了 F 盘，原始盘符应选 E，新盘符应选 F；同理，要改变光驱盘符，则原始盘应选 F，新盘符应选 G（假设 F 为原光驱盘符）。选择完成后，Driver Mapper 将会扫描注册表和所有逻辑盘路径。在出现的结果窗口中，选择 Change All Path Found 则同意对所找到的结果作改变；选择 View Changes To Be Made 则可以查看所有要改变的信息；如果对某处不作更改，可以不选中。确认后，Driver Mapper 将把信息写入，重新启动计算机后改变生效。再运行一次 Driver Mapper，选择应用程序所在的盘符，所有安装的程序又都"活"了。由于应用程序盘符和光驱盘符的改变，要想使二者都变为可用，一般应运行 Driver Mapper 两次或多次。

（2）DOS 环境

在 DOS 下转到 PM 所在的目录运行\Utility\Dos\Drvmapdt.exe 或在 Windows 中运行 Drive Mapper for DOS，即可启动 DOS 版的 Drive Mapper。选择 N=Next Screen，同样要求给出驱动器改变的数目，O=Only One Drive Letter Change、M=More Than one Drive Letter Change。输入相应的字母后，要求输入原始驱动器盘符，接着输入新盘符， E=Enter Drives Again 多次输入要改变的盘符，N=Next Screen 进入下一屏（B=Back to Previous Screen 回到上一屏）。选择 N，Drive Mapper 开始对系统进行扫描，扫描结束后，选择 M=Make changes，则确认改变，选择 D=Done，结束本次操作。

4．Magic Mover——移动应用程序

在应用 PM 进行分区重组以后，想把一部分应用程序移动到相应的分区中，而不想重新安装，用 Magic Mover 可以完成这项任务。它可以方便地将某一硬盘中的 Windows 应用程序完整地移动到另一个分区中，在移动的同时，自动修改该程序在 Windows 中的有关盘符配置，免去重新安装、配置运行环境等操作，保证应用软件正常运行。

运行 Magic Mover，默认是对所有分区进行扫描，可以单击 Option 按钮对不想扫描的分区进行设置。选择要移动的应用程序，包括桌面上的和"开始"菜单中的程序，可以单击"+"来展开。选择一个程序后，单击"下一步"按钮，打开扫描窗口。在 Select the destination folder 文本框中输入要将程序移动到的目的文件夹，单击 Browse 按钮可以对目的文件夹进行选择。单击 Details 按钮将给出此次操作要建立的文件夹、移动的文件、删除的文件夹等详细内容。单击 Move 按钮即开始对文件夹进行移动。如果文件夹不存在，将提示用户建立。仅需几分钟，程序就挪移成功，方便快捷。一个任务完成后，单击 Continue 按钮将会进行新的移动任务。

说明：在运行 Magic Mover 之前，最好不要运行其他程序，应关闭任何磁盘高速缓存程序和一切驻留内存的 TSR 程序。

5．Pqboot——快速引导工具

配备了多个 C 盘，也安装了多个操作系统，如何使用不同的操作系统呢，PQboot 作为指定

分区快速引导工具，能够方便地选择哪一分区作为 BOOT 盘。它全面支持 FAT32，支持 Windows XP、Windows 2003 等操作系统。即使有一个 C 盘被病毒攻击，其他 C 盘照样能够启动工作。

运行方式如下：在 DOS 下输入 Pqboot.exe（或在 Windows 中启动 Pqboot.exe，最终仍会进入 DOS 操作）。目前，处于活动状态的分区显示为 Primary、Bootable；选择要启动的分区，输入 ID 号，如 3，按【Enter】键后生效。Pqboot 将启动计算机，引导操作系统即所选择的另外的 C 盘。

7.4.4　PM 软件应用中需注意的问题

由于 PM 软件的操作主要针对硬盘，所以一旦操作不当就会导致硬盘数据的丢失。因此，在使用 PM 软件时，一定要注意以下几个问题：

1. 保持电源稳定

PM 的突出优点是不损坏硬盘数据而对硬盘进行分区、合并分区、转换分区格式等操作。这些操作无疑要涉及大量数据在硬盘分区间移动，而移动中转站就是物理内存（RAM 部分）和虚拟内存，但物理内存（RAM 部分）和虚拟内存却有一个致命弱点：一旦失去供电，所储存的数据便会消失。因此，运行 PM 时必须保持电源稳定。

保持电源稳定要从两方面着手：一方面要保持市电的稳定，最好的解决办法是准备一台不间断电源（UPS）；另一方面，使用系统中"电源管理"低能耗功能，有利于保护硬盘和监视器。若正使用 PM 对硬盘进行操作，而计算机操作系统没有接收到外部指令（按键盘键或移动鼠标等）而进入休眠或等待状态出现，硬盘将关闭，硬盘数据将被损坏。

防止系统"电源管理"进入休眠的办法是：选择"控制面板"|"电源选项"命令，打开"电源选项属性"对话框，将"电源使用方案"设为"始终打开"，把"系统待机"、"关闭监视器"、"关闭硬盘"全部设为"从不"。

2. 慎用分区系统格式转换操作

使用 PM 可方便、快捷地实现几种文件系统格式的转换，但在转换之前应注意：

- 多数程序不会受 FAT16 转换为 FAT32 或 NTFS 的影响，但是 FAT32 或 NTFS 格式对于一些依赖于纯 FAT16 格式的软件（如磁盘实用程序 PCTOOLS 9.0、Norton 95 等）不能很好地支持。要使用这些软件需要将 FAT32 再转换回 FAT16 格式，或者升级这些实用程序到最新版本，再或下载使这些软件与 FAT32 或 NTFS 相兼容的补丁。

- 由于 FAT16 文件系统的局限性，一个 FAT16 格式的分区最大容量是 2473.2M。对于一个超过 2GB 的分区进行 FAT32 转换为 FAT 操作时，可能会导致盘符混乱且该分区不可读。用 PM 查看，显示 Stack Overflow（堆栈溢出）的错误信息。修改错误可试着运行 Fdisk，把出错的逻辑分区删除，再重建逻辑分区。

- 转换为 FAT32 的分区容量不能小于 256M；若将一个 FAT32 分区转换为 FAT 格式，必须保证至少有 300～400M 的自由空间，否则可能导致硬盘数据丢失。

- 文件系统格式可以实现硬盘上的特定空间和文件对特定用户开放，其他用户受到进入或读写权限限制。但一旦转换为 FAT16 或 FAT32，硬盘上的所有空间和文件将对所有用户开放；同时，在 NFTS 下对部分文件设置的特殊文件属性也将消失。

3．合并分区要小心

PM 可以将一个硬盘上相邻的、系统格式相同的两个分区合二为一。这项功能适用于两个分区自由空间都所剩无几，而又需要一块拥有较大自由空间分区的情况。

合并分区操作要花费较长的时间。若两个分区较大且分区内数据较多，合并操作可能要花费数个小时之久，进度相当缓慢，有时会有"死机"的错觉。

使用 PM 合并两个分区一定要有耐心才行，运行期间绝对不允许有因等不及或误以为"死机"而关闭或重启计算机的情况发生。此类事情一旦发生，等再进入计算机时会发现要合并的两个分区被冠以 PQFLEX 的卷标并且分区显示为 PqRP 文件系统格式（事实上并非是一种文件系统格式，而是中断 PM 后产生的一种不稳定文件格式状态），分区及其中的数据丢失，甚至根本无法进入计算机。

4．谨慎对待 PM 与其他应用软件的兼容性

PM 可以与大多数的应用软件兼容，但对个别工具软件，如杀毒软件、磁盘工具等就存在不兼容的情况。

（1）杀毒软件

PM 的多数操作都要涉及硬盘数据及分区表的改动，这些改动往往被杀毒软件视为潜在病毒攻击计算机系统的信号，对这些操作加以制止，从而引起应用软件间的冲突。

使用 PM 以前，最好用杀毒软件将硬盘及可能要用到的存储介质彻底查杀一遍病毒，确信没有病毒的情况下将杀毒软件关闭，再运行 PM 软件。

（2）诺顿磁盘医生（norton disk doctor，NDD）

NDD 是一个强大的磁盘工具，能够诊断并修复各种各样的磁盘问题。用 PM 对分区空间改变大小不当会引起 NDD 的错误提示。

如果 NDD 对位于磁盘根部的一个扩展分区检测提示"一个扩展分区有无效的参数并且可能无法使用…"，这时应关闭 NDD，使用 PM 将这个逻辑分区容量适当增大，让其尾部留有一定的可用空间。

另外，PM 删除、移动、或缩放分区后，NDD 可能认为用户无意中删除了一个分区，将善意提醒用户是否恢复这个分区，不选择恢复。让 NDD 对这一分区重新做一标识，以后就不会再出现"选择恢复"提示。

（3）磁盘压缩实用程序

希望 PM 能与 DriveSpace 等磁盘压缩程序兼容，比较可靠的途径是适量增大经压缩过的分区所保留的自由空间。

另外特别要注意的是，当硬盘上有重要数据时最好不要使用 PM，否则可能会造成损失，即使真的要使用也务必在事前做好备份工作。一旦发生问题不要慌张，更不能一气之下重新分区格式化而造成无法挽回的损失，找对硬盘工具熟悉的高手帮忙查看能否解决，如果硬盘上数据真的非常重要还可以找专门的数据恢复公司解决，一般都是有希望找回数据的。

硬盘储存数据要运用一定的文件系统格式，主要有 FAT16、FAT32、NTFS 和 HPFS。高一级的格式能比低一级的格式在驱动器上多创建几百兆的额外硬盘空间，从而更高效地存储数据。此外，可加快程序的加载速度，减少所用的系统资源。

PM 本身有比较强大的除错和错误恢复功能，但是为保证数据安全，还应该注意以下事项：

① 查毒。很多的分区表/引导区病毒都能对 PM 的操作造成致命的结果，这点往往容易被遗忘。

② 进行磁盘检查。如果条件允许，最好包括介质扫描，因为磁盘介质错误可能导致 pq 操作的中途错误，严重的甚至无法忽略而导致不期望的结果。可能的话最好进行一些磁盘优化的操作。

③ 执行 PM 之前，必须禁止 BIOS 中的病毒警告功能。

④ 使用 PM 时，不要对被操作的分区进行写操作。

本 章 小 结

在微型计算机系统的各种工具软件中，包含了丰富的实用功能。学习并掌握这些工具软件的使用，对微型计算机系统故障的检测、系统的维护、特别是软件的维护，都是十分有效的。

安装软件再简单不过了，但就是这个简单的操作却也常出错。当安装无法进行的时候，如何解决呢？软件安装中出现的问题还有很多，如安装时自动退出、安装时出现文件损坏等，这些问题大部分是因为计算机进程中出现了一些非法进程干扰了软件安装，或者是安装文件本身就已经损坏所造成的。对于这些问题的解决，要从认识软件版本开始。

实 验 思 考 题

1. 安装"超级兔子"工具软件，对计算机进行安全设置。

2. 熟悉以下工具软件的使用。

- Internet Explore 浏览器。
- WinRAR 压缩工具。
- Norton Antivirus 杀毒工具。
- 超级解霸和 Winamp。
- QQ 网上聊天工具。
- Acrobat Reader 电子阅读器。
- FlashGet 下载网上资源。
- 金山词霸电子词典。
- HyperSnap 截图专家。
- Offline Explorer 离线浏览。
- 超级兔子优化计算机。
- WinISO 和 Daemon 光盘工具。
- Ghost 和 Partition Magic。

到网上查找这些软件，下载后进行安装，查看这些软件可以帮助做些什么？

第 8 章 | 笔记本式计算机的维修基础

由于笔记本式计算机的灵活、方便和价格的不断降低，现在拥有笔记本式计算机的人越来越多。但多数拥有笔记本式计算机的人对于如何去维护和使用都有些不知所措。了解笔记本式计算机与台式计算机的不同，了解笔记本式计算机的特点，这样才能做到有的放矢，将笔记本式计算机使用好、维护好。

8.1　笔记本式计算机基础

笔记本式计算机有两个名称，一个是 NOTEBOOK，简称 NB；一个是 LAPTOP。NOTEBOOK 就是中文里"笔记本"的意思；而 LAPTOP 的含义则是"大腿上"，意思是可以在大腿上使用，与之对应的则是 DESKTOP（台式计算机），就是通常说的 PC。在使用的功能上笔记本和台式计算机并没有本质的区别，只是外型和使用性能上有一定差异。

8.1.1　笔记本式计算机的组成

1. 外壳

用户首先接触到的就是笔记本式计算机外壳部分，如图 8-1 所示。外壳的干净和完好程度同时也影响着使用者的心情。有些人把笔记本式计算机的外壳比做人的脸，随着时间的迁移会慢慢印上岁月的留痕。

为了获得美观的视觉效果，多数厂商采用了塑料（或复合金属材料）加涂层的外壳，这种外壳虽具有漂亮的外观和良好的手触感，但同时也给使用者带来一些小麻烦。如果使用时不小心，外壳部分，尤其是 LCD 顶盖部分就会被划坏，露出难看的底层材料，在一定程度上影响了整体的外观。

图 8-1　笔记本式计算机外观

说到外壳，不能不说笔记本式计算机的托腕部分，这是在使用中最常被人体接触到的部位，在工作时手腕因计算机产生的热量也会出汗，时间长了必将会造成托腕涂层的腐蚀。很多厂商早已注意到这个问题，因此会看到一些厂商开始采用无涂层的纯色塑料托腕或者是像 SONY 那样在托腕处贴上一些关于机型介绍的帖纸来保护托腕。

为了保护笔记本式计算机的外壳，应给笔记本式计算机选配一个质地良好、结实耐用的外包，可以对外壳起到保护作用，更重要的是可以有效地使笔记本式计算机免遭不测。

2．LCD 屏幕

LCD 是笔记本式计算机的重要部分，是人机交互的主要界面，如图 8-2 所示。由于组成 LCD 的面板材料非常脆弱又极易破损，所以，一旦受到外界施力过大便会对 LCD 造成不可修复的损坏，会出现显示模糊，水波纹等现象，影响显示输出效果。很多人习惯用手指在屏幕上乱点、乱画，这样不仅会给 LCD 上留下难看又难清洁的手指印，而且 LCD 还会被手指甲划出不可修复的划痕，影响屏幕的正常使用。

图 8-2　笔记本式计算机屏幕

3．键盘

笔记本式计算机的键盘，如图 8-3 所示，是与计算机组装在一起的，键帽下面是导电橡胶与印刷电路板连接。因而在使用中要注意清洁，应尽可能地不让计算机暴露在过大的烟尘环境中。最好不要在计算机前吃零食，尤其是残渣乱飞和汁液很多的食物，如果打翻在键盘上，很难清洁，可能会渗透到主机内部，损坏主板，由于这种损坏不属于免费保修范围，会带来很大的损失。

图 8-3　笔记本式计算机键盘

4．指针定位设备

普遍应用在笔记本式计算机上的指针定位设备有指点杆和触摸板两种，前者主要被 IBM 的全系列机型和早期的 Toshiba、DELL 等机型使用，后者是最常见到的一种笔记本式计算机指针定位设备。每次使用前最好清洁一下手部卫生，并将手上的水分擦拭干净。

5．外部接口

为了使用方便，在笔记本式计算机上集成了很多外部接口，例如串口、并口、VGA OUT 接头、网络接口、USB 接口等，如图 8-4 所示。这些接口一般都在笔记本式计算机的侧面，使用时要注意区分。

图 8-4　笔记本式计算机上的外部接口

6．电池

对于笔记本式计算机来说，电池是一个比较重要的部件，它的状态和质量直接关系到笔记本式计算机在缺少外界电源的工作能力。而电池在笔记本式计算机中又算是一个不折不扣的消耗部件，因此笔记本式计算机电池的保养和合理使用问题也是经常被讨论到的话题。

由于镍氢电池的机型已经很少见到了，所以在这里将着重介绍普遍使用的锂离子电池。一般锂离子电池的寿命周期为 300～500 次的充放。由于电池的寿命主要是由充电次数来决定的，所以避免频繁地使用电池应该说是最根本的一个方法，也就是说在有电源的环境中尽量不要使用电池来供电。

因此，在 AC 供电稳定的前提下，尽量取下电池使用计算机。如果长期不使用电池，应将电池充到 40% 后放置于阴凉地方保存；如果充满电后将电池置于高温下，也会对电池造成极大的损害。关于电池的保养问题在后面将会详细介绍。

7．光驱

笔记本式计算机光驱如图 8-5 所示，与台式计算机光驱不同，一般为非自动伸缩式，所以平时拉出和推入托架的时候要注意不要歪斜，并且不要用力过猛。还应尽量少使用那些质量低的光盘，由于这样的光盘多粗制滥造，有的不圆甚至不平，经常读取这样的光盘，光驱不久就会因光头损耗而报废。

图 8-5　笔记本式计算机光驱

光驱更换起来不仅麻烦而且价格相对台式机光驱要贵 3～4 倍，所以平时尽可能的少打带盘游戏或者看影碟，而采用虚拟光驱或者 DVDidle 等程序将光盘文件读取到硬盘上运行。

8．硬盘

笔记本式计算机自然少不了要移动，因此笔记本式计算机硬盘在防震性能方面比台式计算机硬盘要好得多，很多笔记本式计算机厂商还通过防护垫和加固托架来降低硬盘可能受到的冲击。但是这并不表示可以拿工作状态的笔记本式计算机随便的移来移去，尽量在硬盘不工作的时候移动计算机，并且要轻拿轻放。因此，在颠簸剧烈的交通工具上放电影、打游戏，对笔记本式计算机损害更加严重。

可以通过在电源管理选项中进行相关的设置，使硬盘在一定不操作时间内自动关闭，这样除了节省一定的电池电力外还可以有效地减少硬盘长时间旋转造成的机械磨损。

笔记本式计算机作为一个可以移动办公的工具，它的附件开发也越来越多，如无线网卡、摄像头、蓝牙设备等。

随着硬件价格的不断降低，笔记本式计算机将越来越普及。只有对笔记本式计算机有更多的了解，才能使笔记本式计算机发挥更大的效能。

8.1.2　笔记本式计算机与台式计算机的区别

随着个人计算机的普及，计算机已经成为工作中不可缺少的工具。经常外出也需要一台便于携带的笔记本式计算机。但是同等配置的笔记本式计算机总是高于台式计算机的价格，究竟笔记本式计算机与台式计算机有什么不同？

笔记本式计算机在外形上不同于台式个人计算机，如 CRT 显示器、机箱和键盘。它的突出特点就是小、巧、轻、薄，便于携带。它在性能和组成结构上与台式计算机完全一致，而且操作使用也兼容，它是台式个人计算机向小型化、低能耗方向发展的延伸。从技术上看，它不但全面移植了台式个人计算机的软、硬件技术及制造工艺，而且为实现小型低能耗还采取了一系列的新技术新工艺。这类超小型的笔记本式计算机不仅方便上网，而且在管理个人信息、经营信息、也十分便利。

在笔记本式计算机中，主板和CPU同样是决定笔记本式计算机性能和档次的核心部件，它不但决定了笔记本式计算机的性能，而且也决定了它的工作稳定性和可靠性。

主板采用all in one结构设计是笔记本式计算机的一大特点。台式计算机通常要由一块主板和若干辅助板卡构成，主板带有4～8个标准I/O插槽，这些插槽可以安装软/硬盘控制卡、网卡、音效卡、图像加速卡等设备，以满足不同应用环境的个人计算机系统。而笔记本式计算机则是采用all in one设计的单一主板结构，全机只有一块主板，主板上安装了中央处理器CPU、存储器、显示控制器、软/硬盘控制器、输入/输出控制器、网络控制、图像控制、图像压缩/解压缩控制等板卡，绝大部分集成到专用的集成电路芯片中，主板采用六层以上的多层印制板。由于板上的元器件安装密度很高，为减少发热，集成电路芯片一般都采用低功耗的CMOS芯片。

与台式计算机相同，大容量的硬盘也是笔记本式计算机的必配设备。但它必须符合笔记本式计算机尺寸小、容量大、功耗低、品质高的条件。

目前，笔记本式计算机配备的驱动器多在10～20倍速之间，有内置和外置的区别。用户在选购内置式笔记本式计算机时，要特别注意厂家是否很好地解决了散热问题，这有利于笔记本式计算机的使用寿命。

笔记本式计算机采用的是完全不同于CRT显示器的液晶显示屏（LCD）。液晶显示的最大特点是驱动电压小、功耗小；自身不发光，使人的眼睛不易疲劳，有利于眼睛的健康。液晶显示屏还具有平、薄、轻的特点，并且容易实现大面积显示的要求，因此特别适合做笔记本式计算机的显示器。显示屏是关键部件，也是最昂贵的部件，它比台式个人计算机的CTR显示器价格贵数倍，通常要占去笔记本式计算机40%以上的成本。目前，笔记本式计算机液晶显示屏的主流配置是14英寸，显示模式为SVGA，分辨率为1280×800像素，支持上万种色彩。

电源系统是仅次于CPU及其主板、显示屏的第三大关键部件。电源系统包括电源适配器、充电电池和电源管理系统等。目前，笔记本式计算机在无交流电源的地方大多采用锂电池供电。延长电池供电时间无疑是用户和厂商都非常关心的问题，除采用高效新型电池和使用节电型元器件之外，运用电源管理程序实现节电控制也是非常有效的方法。

首先来看一下笔记本的处理器，从第一台具有真正意义上的笔记本式计算机东芝T1100，到现在采用Core 2Duo T9600 2.80GHz CPU的笔记本式计算机，处理器经历了几代变迁。最早的T1100采用的是Intel 8086处理器，主频不足1MHz，而直到1989年才出现专门为笔记本式计算机而设计的移动处理器Intel 80386SL/80386DL。随着CPU制造工艺的不断进步，移动处理器的功耗不断减少，而频率则不断增高，到目前三大处理器厂商，期望在笔记本领域占领制高点，获得更多笔记本生产厂家的支持。

目前，主流处理器的主要生产厂商是英特尔、AMD两家，中国台湾的威盛公司与美国全美达退出移动处理器的市场。

1. 英特尔

英特尔移动处理器的种类是最繁多的（见图8-6），自从英特尔推出"迅驰"以来，就牢牢地掌控了笔记本式计算机的发展方向，无论是产品、技术还是市场，都随着英特尔处理器和芯片组的节奏在走，因此对于购买笔记本式计算机的用户来说，了解英特尔最新处理器的变动，对于作出最佳的决策是很有帮助的。目前，英特尔移动处理器，如酷睿 2 双核 T5800、酷睿 2 双核 P7350 等产品，来满足不同用户对处理器性能、价格的需求，表 8-1 列出了目前 Inter 主流处理器的主要参数。

图 8-6　Intel 笔记本处理器

表 8-1　Intel 主流处理器的主要参数

处理器型号	架　构	主　频	前端总线	二级缓存	指令集	制　程	功　耗
酷睿 2 双核 T7250	Meron	2.0GHz	800MHz	2MB	SSE3	65nm	35W
酷睿 2 双核 T8100	Penryn	2.1GHz	800MHz	3MB	SSE4.1	45nm	35W
酷睿 2 双核 T7350	Penryn	2.0GHz	1066MHz	3MB	SSE4.1	45nm	25W
酷睿 2 双核 T8400	Penryn	2.2GHz	1066MHz	3MB	SSE4.1	45nm	25W

英特尔正式发布了代号为 Montevina 的迅驰 2 平台，其中处理器部分采用了改良后的 45nm 酷睿微架构，采用更快地前端总线频率，还加入了更为先进的 SSE4.1 多媒体指令集，在视频编解码相关应用中会有明显的效能提升。更为重要的是，首次推出了功耗仅为 25W 的 P 系列处理器，它们和 T 系列的区别在于功耗降低了 10W，因此发热量更小、笔记本续航时间更长，而性能方面则没有受到任何影响，P7350 和主频更高的 P8400 均是这种综合表象极为出色的新处理器。与之前推出的 45nm 酷睿 2 双核 T8100 比起来，在二级缓存容量相同的情况下，P7350 将前端总线提升到了 1 066MHz，而功耗却降低了 10W，可以说是一次巨大的进步。

2．AMD 处理器移动炫龙

从 2006 年，Intel 开始将笔记本处理器朝双核化发展。在双核化发展上，AMD 自然不会让自己落在后面，在台式机处理器利用速龙 64 X2（Athlon64 X2）与 Intel 对抗之外，移动处理器方面，它们也推出了炫龙 64 X2（Turion64 X2）。

在移动处理器市场上，虽然说 AMD 的双核处理器在上市时间上要略晚于 Intel 的产品，不过由于它能够支持 64 位技术，并且价格比较低廉，再加上 AMD 已经获得的大量厂商支持。因此，在炫龙 64 X2 上市之后，如图 8-7 所示，无论是国际厂商惠普、戴尔、还是国内厂商华硕、

图 8-7　AMD 移动处理器炫龙 64 X2

ACER、明基、神舟，都有多款热门笔记本采用 AMD 处理器，而且由于性价比比较高，这些产品销量也都非常不错。从来没有一款 AMD 的移动处理器，能够像今天的炫龙 64 X2 一样，得到如此

广泛的支持。表 8-2 列出了 AMD 移动主流处理器基本参数。

表 8-2　AMD 主流移动炫龙双核处理器主要参数

型　号	主　频	二 级 缓 存	系 统 总 线
AMD 炫龙 X2 TL–52	1.6 GHz	512KB×2	800MHz
AMD 炫龙 X2 TL–56	1.8 GHz	512KB×2	800MHz
AMD 炫龙 X2 TL–58	1.9 GHz	512KB×2	800MHz
AMD 炫龙 X2 TL–60	2.0 GHZ	512KB×2	800MHz
AMD 炫龙 X2 TL–64	2.2 GHZ	512KB×2	800MHz
AMD 炫龙 X2 TL–66	2.3 GHz	512KB×2	800MHz
AMD 炫龙 X2 RM–70	2.0 GHz	512KB×2	1 800MHz

在中高端笔记本式计算机方面，AMD 以双核炫龙（AMD Turion64 X2）为主，双核炫龙处理器支持 64 位移动处理技术、DDR2 内存、65nm，支持反病毒技术和虚拟化技术。同时，AMD Turion 64 X2 双核心处理器在省电方面，除了支持 PowerNow!外，还支持深度休眠模式，系统休眠过程中可把缓存中的资料写入内存，CPU 能够完全停止运行。

3. 笔记本式计算机的电池

电池是笔记本式计算机实现移动办公的主要能源。笔记本式计算机使用的电池主要分为镍镉电池、镍氢电池、锂电池、燃料电池四种。

（1）镍镉电池（Ni–Cd）

最早的笔记本式计算机都是使用镍镉电池（Ni–Cd），由于当时电池技术不够先进，因此镍镉电池有很多的缺点，如体积大、重量大、容量小、寿命短、有记忆效应等。这些无疑是与笔记本所追求的的轻便、快捷的性能背道而驰。目前镍镉电池已经被淘汰。

（2）镍氢电池（Ni–MH）

镍氢电池是目前最环保的电池，注重环保的国家都大力提倡使用镍氢电池，因为其易于回收再利用，且对环境的破坏也最小。不过镍氢电池与锂电相比，还是有一些缺点。充电时间长、重量较大、容量比锂电小，还有记忆效应。它的记忆虽然不像镍镉电池那么大，但还是需要放电，用户必须用尽后再充电。但是镍氢电池的充电次数能够达到 700 次以上，某些质量好的产品充放电可达 1200 次，比锂电池长寿而且价格也很大众化。

（3）锂电池（Li）、锂离子电池（Li–ion）、高分子锂二次锂离子电池（Li–polymer）

锂电很早以前就有了，当时使用不太安全，经常会在充电时出现燃烧、爆裂的情况。改进型的锂离子电池（Li–ion）加入了能抑制锂元素活跃的成份，它是锂电池的替代产品，它的阳极采用能吸收锂离子的碳极，放电时，锂变成锂离子，脱离电池阳极，到达锂离子电池阴极。充电时，阴极中锂原子电离成锂离子和电子，并且锂离子向阳极运动与电子合成锂原子。放电时，锂原子从石墨晶体内阳极表面电离成锂离子和电子，并在阴极处合成锂原子。所以，在该电池中锂永远以锂离子的形态出现，不会以金属锂的形态出现，当然也就不会出现燃烧、爆炸等危险。锂离子在阳极和阴极之间移动，电极本身不发生变化。这是锂离子电池与锂电池本质上的差别。从而使锂电真正达到了安全、高效、方便，而老的锂电也随之淘汰了。区分它们的方法也相当简单：从电池的标识上就能识别，锂电的标识为 Li，而锂离子电池为 Li–ion，如图 8-8 所示。

图 8-8　锂电池

高分子锂二次锂离子电池（Li-polymer）是说在这三种主要构造中至少有一项或一项以上使用高分子材料做为主要的电池系统。在形状方面，高分子锂二次锂离子电池具有可薄形化、可任意面积化与可任意形状化等多项优点，因此可以配合产品需求，做成任何形状与容量的电池。在厚度方面，高分子锂二次电池的厚度约为 2～4mm，而目前的锂离子电池的最小厚度则是 6mm，可至少降低 50%左右的厚度，可以达到的最小厚度大约为 0.5mm。

现在，笔记本式计算机和手机使用的所谓锂电，其实就是锂离子电池。锂离子电池有着其电池所不能比拟的优点：工作电压高；体积小、重量轻、能量高；安全快速充电；允许温度范围宽；放电电流小、回忆效应小（现在有些观点认为锂离子电池完全没有记忆效应，这是一种不负责的说法）、无环境污染等。当然锂离子电池也有自身的不足，那便是价格高、充电次数少（它的充放电次数只有 400～600 次，经过特殊改进的产品也不过 800 多次。按每天充电一次计算，最好的锂电池也不过两年多就不能用了。）、与干电池无互换性、工作电压变化大、放电速率大、容量下降快、无法大电流放电。

（4）燃料电池

燃料电池（见图 8-9）包括碱性 FC（AFC）、磷酸型 FC（PAFC）、熔融碳酸盐 FC（MCFC），固体氧化物 FC（SOFC）及质子交换膜 FC（PEMFC）等，是一种化学电池，它利用物质发生化学反应时释放出的能量，直接将其变换为电能。从这一点看，它和其他化学电池如锰干电池、铅蓄电池等是类似的。但是，它工作时需要连续地向其供给活性物质（起反应的物质）—燃料和氧化剂，这又和其普通化学电池不大一样。由于它是把燃料通过化学反应释出的能量变为电能输出，所以被称为燃料电池。

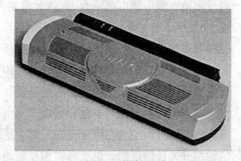

图 8-9　燃料电池

燃料电池由三个主要部分组成：燃料电极（正极）；电解液（就是所说的"燃料"）；空气/氧气电极（负极）。最初，电解质板是利用电解质渗入多孔的板而形成，现在正发展为直接使用固体的电解质。工作时向负极供给燃料（氢），向正极供给氧化剂（空气）。氢在负极分解成正离子 H+和电子 e-。氢离子进入电解液中，而电子则沿外部电路移向正极。电的负载接在外部电路中。在正极上，空气中的氧被电解液中的氢离子吸收抵达正极上形成水。这正是水的电解反应的逆过程。利用这个原理，燃料电池便可在工作时源源不断地向外部输电。电池在工作时，燃料和氧化剂均由外部供给。因此，原则上只要不断输入反应物，不断排除反应产物，燃料电池就能连续放电。燃料电池兼备了无污染、高效率、适用广、无噪声和具有连续工作等优点。燃料电池工作的副产品只有水和热量，无噪声，基本无污染，效率比起一般的发电系统高得多，达到43%～58%。如果把反应产生的热量也利用上，效率可以高达80%；但是另一方面值得改进的问题是，燃料电池成本太高（燃料电池用来在低温下生成氢所需的白金催化剂价格昂贵，获得单位能量的成本高于锂电池）、副产品、散热问题以及补充的燃料的获取。这些都是有待日后进一步解决的问题，但是它为笔记本式计算机电池的未来描绘了美好的前景。

所以对于目前的电池来说，并没有十全十美的电池选择。对于不同要求的用户可以根据需要选购相应类型的电池，当然笔记本生产商也在花大力气开发更强劲更便携的电池。

由于现在市场上出现的普及率最高的是锂离子电池（Li-ion），因此应认识一下笔记本电池中需要弄清的几个重要参数：电池容量、正常工作温度、生产日期等。

- 电池容量：主要从电池所标识mAh来判断，它的中文名称是毫安时。毫安时的大小直接关系到笔记本电池的使用时间，但也不能一概而论。并不是说笔记本电池的容量越大使用越持久，在实际的使用过程中还有笔记本的耗电量有关。可以想象一台笔记本配置越高能耗就越大，运行的运算量越大电量流逝的速度也就越快。

- 正常工作温度：是指电池能正常工作的温度范围，在非正常温度使用时有可能出现危险（爆炸）以及不必要的麻烦（漏液、突然断电）。

- 生产日期：这在一些较老型号的笔记本电池中会出现，它直接说明了这块电池的可以使用时间的长短，这是决定一块电池的正常使用时间的很重要的参数。所以购买一款笔记本的时候要留意电池的生产日期，哪怕新的电池放上较长的时间其使用寿命也会有相应的缩减的。对于期望购买二手笔记本式计算机的用户更是应该留意该方面的参数。

究竟怎么分辨电池的参数呢？从上面的图片中可以看出电池采用的类别为Li-ion，也就是锂离子电池。额定输出电压为10.8V，电量为4 800mAh。当然也有生产厂商、生产地、正常工作温度（0℃～60℃）等，目前电池都采用这样的标识，可以通过上面放大的图片去了解笔记本电池的一些基本情况。

对于笔记本式计算机电池的外部结构只能看看上面的一些参数，内部结构相信很多人都"不敢"了解。毕竟笔记本电池的价格还是比较昂贵。

其实笔记本电池的本质和普通的充电电池并无二样，如图8-10所示，只是各大厂商都针对机型的外观进行了电池组外壳的加工，所以说如果剥开笔记本电池的外壳，其内部构造和普通的电池组并无任何区别，也就是说相互制约各大品牌笔记本电池通用的最大障碍是笔记本式计算机的各大品牌间的独立设计。

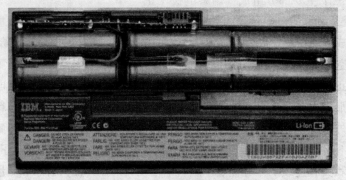

图8-10　笔记本电池的内部结构

仔细看看一款电池的内部，这其实是几组电池的串并联电路，一般来说，受到单节电池容量和笔记本电池要求电压的约束，笔记本电池一般采用先串联后并联的办法来保证其工作电压和电池容量。例如，一款标称 12.5V，4 000mAh 的笔记本电池，其先由三节单节电压 4.2V、2 000mAh 的电芯串联，达到其标称的 12.5V 电压，然后通过一组一样的电池单元再组成并联电路，将电池的整体容量提升到 4 000mAh，这款电池也就是一般所说到的 6CELL 电池组。

对于笔记本式计算机电池的内外以及供电原理都有了一定的了解后，就能更好地在日常工作、生活中使用笔记本电池。

8.2　笔记本式计算机的选择

由于笔记本式计算机体积小、重量轻、携带方便，越来越受到人们的青睐，已经逐渐走进普通大众的生活。但是，作为一个技术密集型的产品，在选择时一定要充分了解产品的特点，依据对产品的需求再去选购。

8.2.1　笔记本式计算机品牌概述

目前，国内的笔记本式计算机市场，从品牌的国别产地来分，主要有三大"派系"的产品。另外，在选择的时候还需注意需求、预算和售后服务。

1．美系笔记本式计算机

美系笔记本式计算机主要是以惠普和戴尔等为主要品牌的美国产品。这类产品在外观设计上一般比较传统，对便携性能的考虑相对较少，注重产品的实际使用性能和良好的数据保护。这类产品的技术性能较高，一般多属于相对高端的产品，产品质量也很不错，因而价格与其他产品相比也要高一些。

2．日韩生产的笔记本式计算机

日韩系列笔记本式计算机主要是以日本的东芝、索尼、松下产品和韩国的三星、LG 等品牌为主的产品。这类产品多以外型设计时尚、超轻超薄为特色，强调的是做工细腻色彩时尚，其价格也普遍较高。

3．国产笔记本式计算机

国产笔记本式计算机主要是大陆的联想、方正、神舟等产品和台湾地区的宏基、华硕等厂商生产的产品。这些产品的主要特点是：内地生产的大部分笔记本式计算机采取的是价格策略，价格普遍相对较低，由于生产技术的不足，在一些产品的细节上常常存在一些不尽人意的地方；台湾地区生产的笔记本式计算机强调的是产品的性价比，其外型设计具有鲜明的企业文化特点，在市场中的价格浮动也较大。

4．确定需求

选择笔记本式计算机同选择其他产品一样，弄清楚自己的需求是非常重要的。往往由于定位不准，在选购完产品后而后悔。为了弄清需要，一般从以下几个方面考虑：

① 主要要用笔记本式计算机做什么？这涉及不同工作性质的人群，对于大多数个人用户来说，应该考虑一些综合素质比较全面的计算机。

② 需要超轻薄笔记本式计算机吗？对外观的要求如何？超轻薄的计算机通常外观都比较时尚，惹人喜爱，不过超轻薄计算机通常是笔记本式计算机中性能最差的一种，虽然外观时尚但通常意味着容易磨损。标准超轻薄计算机的定义是：厚度小于 1 英寸（25.4mm），重量小于 1.8kg（超过以上标准的都不算"超轻薄"）。超轻薄计算机的 CPU 采用奔腾单核 SU2700 处理器，英特尔 GS40 主板芯片组。

③ 在哪里使用这台计算机？这个问题涉及购买地点和保修服务，对出国留学人员非常重要。

④ 计算机水平如何？这个问题决定哪些类型的计算机适合。如果自认是笔记本式计算机高手（请注意不是台式机的"高手"），那么对技术支持的考虑可以比较少。

⑤ 需要配合哪些外部设备使用？如果有特殊需要，最好注意目标计算机是否有这些设备。

5. 避免预算控制不明

在选购过程中，最容易产生一个错误就是不能很好地控制预算，所以在选购时一定要明确控制预算。

① 先确定理想预算和最高预算。

② 不过分追求原装。

③ 不忽视一分钱一分货的道理。看到一家商家的价格比其他商家同样型号的价格来得更低，就要特别警惕附件是否不全或是否没有给应得的赠品。

6. 不要忽视售后服务和附加价值

大多数笔记本式计算机都要求把保修卡的回执寄回指定地点才使维修资格生效，所以在购机之后不要忘记寄回保修单。此外，如果在国外购买带有国际联保资格的机器，不要忘记让商家开一张写有本人姓名、联络方式和机器序列号的当地发票（如果是代人购买，则要写机主的名字），有些厂家（如 IBM、Compaq 和 Toshiba）就是凭这张发票才能在国内申请保修，否则机器保修资格就无法得到，白白损失价值高昂的服务。

8.2.2　笔记本的系列含义

笔记本的型号在不断增加，各品牌不同的系列经常搞得用户不清楚每个系列代表的机型特点。在这里介绍几款笔记本式计算机中每款系列所代表的意义和特性。

1. SAMSUNG 笔记本式计算机

三星笔记本式计算机主要可分为四大系列：R 系列（主流全能）、X 系列（时尚高端）、Q 系列（轻巧便携）和 P 系列（商务经典）。

三星笔记本型号命名规则：型号的第一个字母是系列号，可以看出这款产品的市场定位；系列号后面的第一个数字可以看出这款产品的屏幕尺寸（2 代表 12 英寸、3 代表 13 英寸、4 代表 14 英寸，5 代表 15 英寸）；第二位和第三位数字可以看出这款机器是第几代产品（数字越大就表示这款产品越新）；横线后面的字母和数字是这款产品的配置代码，用来跟同一系列的其他机型做区分。

举例说明：三星 X360-AA03。其中，"三星"是品牌名；"X"是系列号，代表这款机器属于时尚高端类产品；"3"代表这款产品配备了 13 英寸屏幕；"60"表示所有这两位数字低于 60 的产品都没它新、所有这两位数字高于 60 的产品都比它新；横线后面的"AA03"是这款产品的配置代码，用来跟同一系列的其他机型做区分。

2. 联想笔记本式计算机

目前，联想笔记本式计算机主要可分为三大系列——联想 3000 系列（以低廉的价格，主攻个人消费类市场）、联想 IdeaPad 系列（以出色的影音娱乐功能为特色，主攻个人消费类市场）和联想昭阳系列（以优秀的机身设计为特点，主攻商务办公市场）。

3. 惠普笔记本式计算机

目前，市面上的惠普笔记本主要可分为三大系列——惠普 Compaq Presario CQ 系列（以低廉的价格为卖点，主攻个人消费类市场）、惠普 Pavilion dv 系列（以出色的影音娱乐功能为卖点，主攻个人消费类市场）和惠普 Compaq 系列（以优秀商务功能为卖点，主攻商务办公市场）。

4. 戴尔笔记本式计算机

戴尔笔记本式计算机主要可分为：家用产品和商用产品。其中，家用产品包括 Inspiron 系列经济类机型、Studio 系列影音娱乐类机型和 XPS 系列游戏类机型；商用产品包括 Vostro 系列经济类机型、Latitude 系列安全可靠类机型和 Precision 系列工作站类机型。

戴尔大多数家用笔记本式计算机和一部分商用笔记本式计算机的型号命名规则都比较简单，基本都是由"品牌名"、"系列名"、"屏幕尺寸"、"第几代产品"和"配置代码"组成。

举例说明：戴尔 Vostro1310（S520194CN）。其中，"戴尔"是品牌名；"Vostro"表示这款产品属于经济类商务机型；"13"表示这款产品采用 13 英寸屏幕设计；"10"表示所有这两位数字低于 10 的产品都没它新、所有这两位数字高于 10 的产品都比它新；最后括号内的一组字母和数字是这款产品的配置代码，只要登陆戴尔官方网站就可以查出相应的配置。

最后，我们可以得出结论：戴尔 Vostro1310（S520194CN）是一款采用 13 英寸屏幕设计的经济类商务笔记本式计算机。

5. SONY 笔记本式计算机

目前，索尼笔记本式计算机主要可分为十大系列：Z2 系列（13 英寸商务本）、TT 系列（11 英寸商务本）、TZ 系列（11 英寸商务本）、CS 系列（14 英寸个人消费类本）、CR 系列（14 英寸个人消费类本）、SR 系列（13 英寸个人消费+商务两用本）、AW 系列（18 英寸影音娱乐本）、FW 系列（16 英寸影音娱乐本）、JS 系列（20 英寸居家影音娱乐本）和 NS 系列（经济型影音娱乐本）。

6. 东芝笔记本式计算机

目前，市面上的东芝笔记本式计算机主要可分为四大系列：Satellite 系列（以低廉的价格为卖点，超强性价比类产品）、Portege 系列（以轻薄的机身为卖点，超便携类产品）、Qosmio 系列（以强大的影音娱乐功能为卖点，多媒体类产品）和 Tecra 系列（以安全可靠的机身设计为卖点，商务类产品）。

东芝笔记本型号命名规则：系列号后面的第一个字母是机型代码（不同的字母表示不同的机身设计，比如：材料、质量、接口等）；第一个数字可以看出这款机器是第几代产品（数字越大就表示这款产品越新）；后面的数字是这款产品的配置代码，用来跟同一系列的其他机型做区分。

8.3　笔记本式计算机的维护

如何维护保养笔记本式计算机是每一位笔记本式计算机用户关心的话题，下面通过对笔记本式计算机各个组件的维护保养技巧、对数据备份的要领、对典型故障的解决等方面内容的介绍，正确合理地使用笔记本式计算机，延长笔记本式计算机寿命，同时保证数据的安全。

8.3.1　笔记本式计算机的基本维护保养

1．液晶显示屏幕（LCD panel）

① 在工作中如有较长时间不使用笔记本式计算机时，可透过键盘上的功能键暂时仅将液晶显示屏幕电源关闭，除了节省电力外亦可延长屏幕寿命。另外，不要用力盖上液晶显示屏幕上盖或是放置任何异物在键盘及显示屏幕之间，避免上盖玻璃因重压而导致内部组件损坏。

② 请勿用手指甲及尖锐的物品（硬物）碰触屏幕表面，以免刮伤。

③ 液晶显示屏幕表面会因静电而吸附灰尘，建议购买液晶显示屏幕专用擦拭布来清洁屏幕，请勿用手指擦除，以免留下指纹，擦拭要轻。

④ 请勿使用化学清洁剂擦拭屏幕。

2．电池（battery）

① 在无外接电源的情况下，倘若当时的工作状况暂时用不到 PCMCIA 插槽中的卡片，建议先将卡片移除以延长电池的使用时间。

② 室温 20℃～30℃为电池最适宜的工作温度，温度过高或过低的操作环境都将降低电池的使用时间。

③ 在可提供稳定电源的环境下使用笔记本式计算机时，将电池移除可延长电池寿命是不正确的。就一般笔记本式计算机而言，当电池电力充满之后，电池中的充电电路会自动关闭，所以不会发生过充的现象。

④ 建议每三个月进行一次电池电力校正的动作。

⑤ 电源适配器（AC adapter）使用时参考国际电压说明。

3．键盘（keyboard）

① 累积灰尘时，可用小毛刷来清洁缝隙，或是使用一般清洁照相机镜头的高压喷气罐将灰尘吹出，或使用掌上型吸尘器来清除键盘上的灰尘和碎屑。

② 清洁表面，可在软布上沾上少许清洁剂，在关机的情况下轻轻擦拭键盘表面。

4．硬盘（hard disk）

① 尽量在平稳的状况下使用，避免在容易晃动的地点操作计算机。

② 开/关机过程是硬盘最脆弱的时候，此时硬盘轴承转速尚未稳定，若产生震动，则容易造成坏轨。建议关机后等待 10s 左右后再移动计算机。

③ 平均每月执行一次磁盘重组及扫描，以增进磁盘存取效率。

5．光驱（CD-ROM）

① 使用光盘清洁片定期清洁雷射读取头。

② 请双手并用地将光盘片置入光驱中，一只手托住托盘，另一只手将盘片确实固定，可避免托盘变形。

6. 触控板（touchpad）

① 使用触控板时请务必保持双手清洁，以免发生光标乱跑的现象。

② 不小心弄脏表面时，可将干布沾湿一角轻轻擦拭触控板表面，请勿使用粗糙布等物品擦拭表面。

③ 触控板是感应式精密电子组件，请勿使用尖锐物品在触控面板上书写，亦不可重压使用，以免造成损坏。

7. 散热（thermal dissipation）

① 一般而言，笔记本式计算机制造厂商将透过风扇、散热导管（heat pipe）、大型散热片、散热孔等方式来降低使用中所产生的高温。

② 为节省电力并避免噪声，笔记本式计算机的风扇并非一直运转，而是 CPU 到达一定温度时，风扇才会启动。

③ 将笔记本式计算机放置在柔软的物品上，如床上、沙发上，有可能会堵住散热孔而影响散热效果进而降低运作效能，甚至死机。

8. 其他组件保养（others）

清洁保养前请务必依照下列步骤保养您的笔记本式计算机以及相关的外围设备：

① 关闭电源并移除外接电源线，拆除内接电池及所有的外接设备连接线。

② 用小吸尘器将连接头、键盘缝隙等部位的灰尘吸除。

③ 用干布沾湿一点再轻轻擦拭机壳表面，请注意千万不要将任何清洁剂滴入机器内部，以避免电路短路烧毁。

④ 等待笔记本式计算机完全干透才能开启电源。

8.3.2 重要数据的备份

笔记本式计算机因其方便的机动性能，是使用者随身携带的最佳伙伴，但笔记本式计算机可能会因以下状况而造成数据的遗失，导致工作停顿。如意外的删除或覆盖、硬盘损坏、计算机病毒破坏、天然灾害（水灾、火灾）、机器被窃以致数据遗失等，都可能会让数据在无形之中受伤。

数据的重要性是无价的，因此要养成经常备份的好习惯，才能将损失降到最低，在笔记式计算机的使用上才会更加自由、方便、安全。

1. 善用软件工具

以适当比例将硬盘予以分区，以保证工作数据的安全。硬盘数据发生问题主要可以区分成两种状况：

第一种是为硬盘本身的故障。此类问题的预防方法，除了避免在开/关机过程摇晃计算机外，平时的备份数据习惯也是最重要的。

第二种为操作系统损毁或中毒造成无法开机。针对此情况，如果在安装操作系统之前，就已经将硬盘以适当的比例进行划分，且将重要的数据都已经备份在不同的存储操作系统的分区中，这时就可以透过其他方式或工具来设法挽救操作系统甚至重新安装操作系统，而不用害怕硬盘中辛苦建立的数据受到损坏。

倘若操作系统已经安装在整个硬盘中，也就是硬盘中只有一个分区，这时候若要再加入一个分区来运用的话，则可以通过支持 Windows 系统的硬盘分区软件，如 Partiton Magic 来进行。

2．有序地将硬盘中的数据分类存放

为了更有效率地备份数据，建议平时在存放数据时，应妥善分类。一般说来，需要备份的数据可分为下列几种：

① 文件类数据，如 Office 文件、图片、MP3 等。

② 邮件类备份数据，如寄件备份、通讯簿等。

③ 浏览器用网站连接数据，如 Netscape 中的 Bookmarks 等。

尽可能地将以上三类数据存放在逻辑分区（如 D 盘）的某一个文件夹中，此种做法的好处是：当要进行备份作业时，只要固定将该文件夹复制到其他存储媒体中，就不容易发生遗漏的情况，从而简化了备份数据的复杂度。

3．重要的数据备份观念：异地备份

最安全的备份就是将数据放置在不同的存储媒介中，且将存储媒介放置在不同的地点。这就是异地备份观念，同样地适用于个人。虽然华硕贴心的设计一机两碟、一机多碟，但定时的备份习惯还是最佳保全数据的方法。

4．其他建议事项

（1）硬盘保密

使用者可以设定硬盘机密码，在 BIOS 设定程序的 Security 选单中设定，在系统开机过程中先询问硬盘密码。当硬盘机被别人拿去使用时，若没有密码就无法使用这个硬盘，也无法开机，确保数据不致遭人窃取。

（2）系统保密

在 BIOS 设定程序的 Security 选单中亦可以设定一组使用者密码，在每一次开机或是进入 BIOS 设定程序时将会询问系统管理者密码。如此一来，可以避免未经授权的使用者操作您的计算机。

假如设定了以上两种密码，系统在开机时，首先会询问开机密码。设定完密码后，妥善保管密码数据，倘若遗忘只有求助原厂支持。

5．浸水处理

① 千万不可贸然开机，否则会让笔记本式计算机的损坏更加严重。

② 立刻拆下笔记本式计算机的电源线及电池，如有外接或抽取式的模块零件（如光驱、软盘机、扩充内存）一并取下。

③ 将笔记本式计算机机体内的污水尽量倒光，找一条柔软的湿纸巾或软布将污泥轻轻拭去，并尽量避免磨损表面。

④ 再用电扇将机体及零件吹干，并在第一时间内送到服务站由受过训练的专业工程师处理，这样才能将损坏减低到最低。

6．外出使用

① 确定所有备份电池的电力都已充满。可以在操作系统下察看电池电量显示。

② 关闭笔记本式计算机电源开关。

③ 将液晶显示屏幕上盖关上，并确定上盖确实卡住定位。

④ 拔掉交流电源线。

⑤ 拔掉所有连接线。

⑥ 将笔记本式计算机放入专用背袋内，以避免灰尘污染及碰撞情形发生。并注意不要在笔记本式计算机专用背袋内放置过多物品，以避免压坏液晶显示器玻璃。

7．保持良好的省电习惯

透过电池供电执行作业时，若能够维持良好的省电习惯，一方面不但可以降低能源的消耗，另一方面又能延长电池的使用寿命。因此，要把笔记本式计算机内建设省电功能切换到开启状态。注意养成下列各项节约能源管理习惯：

保存电池电力最基本的做法是：每逢有可供利用的交流电源时，就避免使用充电电池。由于变压器的体积小、重量轻，随身携带非常方便，所以尽可能地常利用电源适配器，这样当真正需要用电池时，手边随时都会有一个充满的电池。

（1）使用暂停热键

暂停热键是笔记本式计算机中最有用的，如需暂时离开，只要按下这个按键，即可使计算机系统进入最省电模式。返回时，按下任何按键（待命模式）或电源开关（休眠模式），就能使系统回复到原先正在执行作业的位置。

（2）屏幕亮度

液晶显示屏幕越亮，消耗的电力越多。因此，为了要有更长的电池使用时间，避免将屏幕亮度设定得比必要的还要高。此外，当暂时不使用笔记本式计算机却又不想关机时，可以将液晶显示屏幕光源关闭，这样可省下最多的电量。

（3）软驱与光驱

软盘机与光驱这两项外围设备均会消耗相当可观的电池电力。因此，当计算机正由电池供电执行作业时，尽可能少地使用软驱与光驱。

总之，为了能够使笔记本式计算机更好地工作，要平时就需多细心。

8.3.3　正确为笔记本式计算机电池充电

笔记本式计算机电池如果不能正确充电的话会影响其使用寿命以及使用时间。因而，对笔记本式计算机的维护中，一项重要内容就是要对笔记本式计算机的电池进行正确的充电。

一些配备锂离子电池的笔记本式计算机运用了诸如 SBS 智慧电池系统的技术，能够精确地测量电池寿命，所以使用起来要省心一些。虽然锂离子电池有很多优点，但要延长电池的使用寿命、维持较长时间的供电，还需要掌握一些专业的充电方法。

新买回来的锂离子电池在初次使用时，要进行三次完全的充放电，即电池至少要完全充满一次电，再将电量放尽，重复三次后再使用。以激活电池内部的化学物质，使电池内部的电化学反应进入最佳状态，在以后的使用中就可以随意地即充即用。但要保证一个月之内电池必须有一次完全的放电，这样的深度放电能激发电池的活化性能，对电池的使用寿命起着关键的作用。如果超过三个月电池未使用，再次使用之前也应同新电池一样进行三次完全的充放电，以确保激活电池。

若使用镍氢电池，要很好地控制充电时间，应注意不要频繁地过度充电，否则会缩短电池的使用寿命。此外，镍氢电池在充电前应该完全放电，在充电时也要充分充电。在正常使用前，也要求完成三次完全的充放电。

大多数用户习惯在每次使用笔记本式计算机时，都插接上交流电源供电，很少用电池给笔记本式计算机供电。其实应该每月至少用电池来供电一两次，将电池完全用光，再接上交流电一次性充满。对于充电电池来说，将电量用完再充满，有益而无害，因为笔记本式计算机使用的锂离子电池存在一定的惰性效应，长时间不使用会使锂离子失去活性，需要重新激活。当笔记本式计算机在室内使用交流电时最好将电池取出，以免使其经常处于充电状态。充电时最好关上笔记本式计算机，使电池能够完全充满电，不要在充电中途拔掉电源。充电完毕，应该在30min后使用。

另外，由于电池中的电量很容易耗尽，大多数笔记本式计算机又只有一块电池，因此，部分笔记本式计算机厂家开发了快速充电的功能，让用户在电量耗尽后可以用最快的速度补充电能。如DELL的笔记本式计算机就具备ExpressCharge功能，可以在一小时内充电90%以上。为什不到100%呢？因为根据锂电池的充放电特性，如果经常快速充电到100%，电池的寿命就大大缩短，所以后面的10%会由之前的快充改为慢充来延长电池寿命。对于没有这种功能的普通笔记本式计算机来说，最好的办法就是关机充电，关机充电会比开机充电缩短30%以上的充电时间。

8.4　笔记本式计算机故障的处理

笔记本式计算机在日常的使用中难免会出现这样或那样的问题，了解和掌握一些常见故障的处理方法，会对工作和学习带来很大的帮助。

8.4.1　笔记本式计算机维修思路

1. 开机检查方法

首先，先检查一下电源适配器有无电压输出，如有，再查12V、5V、3.3V的电源供电芯片有没有基准电压和待机电压5V，再看电池充电器有没有供电、CPU供电电路有没有3.3V的供电、有没有基准电压、电源管理芯片这边通过场效应管的高低门驱动器有无供电、具不具备待机、查一下保险电阻有没有坏、滤波电容有没有坏。

有时也会有这种情况，电池充不满电，但电池又确定是好的。这很有可能是以下几种情况：

- 电路提早终止了充电。
- 场效应管及升压电容损坏。
- 芯片内部控制参数损坏造成。

如果能放电不能充电，升压电容和场效应管都没坏，这样就只有更换芯片了。一般芯片是不容易坏的。

（1）不能开机的故障

一看二听三检测。

① 看有没有明显的可见故障。如有没有地方烧焦、变形、崩裂等，闻一闻有没有地方有烧焦味道。

② 开机听听有没有不正常的声响，从哪里发出的。

③ 在没有专门工具的情况下只能由万用表测保险电阻是否烧断，有没有明显的短路等；CPU、内存条是不是接触良好等。注意通电时不能人为短路造成破坏。

（2）显示屏显示不正常

从故障来看有可能是显示屏或屏线有问题。

① 检查主板供电上屏是否正常，电压一般为 1 点几伏、2 点几伏、3 点几伏。IBM 机因为高压板的供电都是和液晶屏同一条数据线，所以还有几组为 5 点几伏、10 点几伏左右的电压，0 伏则是地线。

② 如果有供电，检查显示屏接口处，用万用表测量电压，电压值如上。如果现在没有电压了，可以肯定是屏线故障，换一条新屏线或用相同耐压的排线替代原有的屏幕连线即可。如果故障还是存在的话，显示屏也有可能有故障了，这种同时存在的情况很少，确定到显示屏的电压正常，则要修显示屏了。在显示屏上有一块微处理信号芯片，因为没有电路图，所以不能确定每一个脚的工作电压，只能用示波器看这块芯片处理之后的波形是否正确；一是如果不合，就换块同型号芯片；如果合，就检查周边的电容。二是如果还不行，就只有换块显示屏了，因为是显示屏的压线松动。三如果没有供电，则要检查显卡输出电压是否稳定，这部分电压是到一块处理信号芯片，然后输出到屏线。如果电压正常，就可以确定是这块芯片的故障，换回同型号芯片就可以有电压输出到屏线了，之后可以接着同第二步一样进行检查。

（3）首先检查主板上不上电，检测一下电源管理芯片 1632 或 1631（大多数是这两个芯片）的第五脚有没有 5V 电压，21、22 脚有没有 16V 和 5V。再查看一下有没有 2951 八条腿的片子，测试有没有 5V。

2. 不开机的检修方法

对于有故障的笔记本式计算机，首先可以采取不开机的检修，这样保证不扩大故障的范围。不开机的检修就是对故障的笔记本式计算机不进行加电情况下的检修，其方法如下：

① 首先要排除直流电池、电源适配器和电源插座是否松动接触不良，打开机盖查看主板上的附着物，CPU、内存等部件是否松动、脱落等现象。

② 打开机壳看主板上供电电路中的保险丝是否烧毁。如果烧毁，可用万用表使用低值电阻（X1）挡，测量主板电源正负极间的电阻值，正常情况下，正向测量阻值不能过小（反向测量可以忽略！）。若显示电阻值为零或很小则可能为隔离电路故障，需进入下一步进行检查。

③ 检测 CPU 主供电电路和电池充电路，电路为 3.3V 或 5V。测量主供电电路对地阻值，首先测高端管是否击穿，供电负载是否击穿，如果是 0Ω 表明击穿短路了，高端管被击穿时，易造成电源控制器芯片本身损坏。如果有正常的几百欧阻值，但一加电就短路，表明是稳压二极管已经保护了，这是高端还管击穿的结果。

④ 电源控制器芯片本身损坏的故障现象：一是供电和控制都正常，但没有输出。二是待机状态下总供电正常，但一按下开机键总供电瞬间就会短路。

⑤ 测量 16V 电源对地电阻，检查系统供电电路，若阻值很小，一般为高端管击穿。具体情况有如下两种：

a. 高端管对地数值几百欧，高端管击穿或芯片损坏（与低端管并联的负载一般都是好的）。

b. 高端管对地数值几十欧左右，与低端管并联的负载，同时也有被击穿的滤波电容、稳压二极管和负载芯片等。

⑥ 查看内存插槽附近的贴片电容，电路板上的电容 95%都是用于滤波，一端和地相连，另一端就接着 3.3V/5V 产生电路的输出。检查这些贴片电容有无脱焊，烧毁现象。

最后还要特别注意笔记本式计算机的使用环境，包括硬件环境、软件环境和周围环境。

a. 周围环境：电源环境、其他高功能电器、磁场状况、网络硬件环境、温湿度、环境的洁净程度。

b. 硬件环境：机器内的清洁度、温湿度，部件上的跳接线设置、颜色、形状，用户加装的与机器相连的其他设备等一切可能与机器运行有关的其他硬件设施。

c. 软件环境：除标本软件及设置外，用户加装的其他应用与配置。

d. 装配检测：由于笔记本式计算机的装配的特殊性，因此在检修时一定要注意机器的装配是否正确。

3. 笔记本式计算机在拆装时要注意的事项

① 拆卸笔记本式计算机时需要绝对细心，对准备拆装的部件一定要仔细观察，明确拆卸顺序、安装部位，必要时用记下步骤和要点。

② 当使用合适的工具，如镊子、钩针等工具。但使用时也要小心，不要对计算机造成人为损伤。

③ 拆卸各类电缆（电线）时，不要直拉拽，而要明确其端口是如何吻合的，然后再动手，且用力不要过大。

④ 由于笔记本式计算机很多部件都是材质是塑料，所以拆卸时遇到此类部件用力要柔，不可用力过大。

⑤ 不要压迫硬盘、软驱或光驱。

⑥ 由于笔记本式记算机中很多部件或附件十分细小，如螺丝、弹簧等，所以严格记录下每个部件的位置，相关附件的大小，位置等十分重要，拆卸下的部件按类码放，对提高维修效率很有帮助。

⑦ 最后，就是安装时遵循记录，按照拆卸的相反程序依次进行。

8.4.2　笔记本式计算机中高发故障的部件

根据多年维护笔记本式计算机的经验，在使用笔记本式计算机的过程中，最容易发生故障的部件主要有以下几种。

1. 主板

笔记本式计算机的故障中主板问题占到了大多数。一般主板损坏表现出来的是机器无法开机。主板出现故障，很多情况是集成电路短路造成的。一般主板有损坏，只能更换主板。主板的价格都占整机 1/4 左右，一旦出问题是一件很麻烦的事情。需要防范的是：不要将液体漏进主板，这是最容易犯的错误；不要轻易刷新 BIOS。另外，电压过高主板被击穿，也很常见。如果在用电高峰或是停电后电力刚恢复、打雷时，建议用电池供电，不要接市电。

2．硬盘

虽说笔记本式计算机硬盘比台式计算机硬盘抗震，但还是十分怕震动。笔记本式计算机的硬盘虽比台式计算机要小得多，但原理是一样的，也是由于复杂的电子元件构成。虽说厂家对笔记本式计算机的抗震性进行了优化，但是由于其自身的构成，还是十分怕震。

3．LCD

LCD 比较脆弱，也是一个易碎品。LCD 主要是由玻璃、液晶和灯管组成，十分脆弱。虽说 LCD 有机盖保护，但在目前笔记本式计算机轻薄的趋势下，这种保护是非常有限的。在 LCD 上不要放重物，否则会使玻璃层碎裂。笔记本式计算机放在包里携时，注意别让笔记本式计算机碰到硬物。不小心掉在地上，LCD 也往往是最易损坏的。LCD 是笔记本式计算机的主要部件之一，约占整机价钱的 1/4，一旦受损很难修好，只能更换。

4．串、并口

这些接口因为不支持热拔插，有些使用者在没有关机的情况下进行操作，很容易把串、并口烧毁，更有甚者，造成主板短路报废。虽说可以更换串、并口，但是比较麻烦。虽然现在很少使用串、并口，但笔记本式计算机用于工程调试的话，这两个接口是不能缺少的，在需要的时候派不上用场是非常麻烦的事情。

5．触摸板

用手指操作触摸板时，要保持手的清洁，否则会使上面的涂层很快消失，严重缩短使用寿命。时间一长，轻则笔记本式计算机键盘磨损，重则报废。

6．光驱

这类故障与一些常看碟片有着极大的关系。原厂标配的光驱一般都在千元以上，要是经常看碟片的话，一般一年左右光驱就会报废。如果想要看碟片，最好是买个 DVD 播放机。

8.4.3　笔记本式计算机的运行故障

笔记本使用时间长了，难免会出现故障，下面就一些常见的故障现象进行一下介绍，了解和掌握常见故障的处理方法。

【实例 1】笔记本无法开机

笔记本无法开机可以说是常见的故障现象，那么引起笔记本无法开机是什么原因呢？常见的现象主要有以下几种：

- 电池损坏。当电池损坏的时候，会引起无法开机，此时只要把电池取下，换上外接电源就可以正常使用。
- BIOS 刷新失败或中病毒。修复的难度比较大，要把 BIOS 卸下，再放到专用的设备上重新写入。
- 电源板问题。引致电源板问题的原因有很多，如保险丝烧断、控制芯片烧坏等，由于电源板的芯片组的芯片比较精细，维修芯片有一定的难度，所以很多维修中心都建议更换新的电源板。

【实例 2】内建触控板无法使用

- 请确定手部没有过多的汗水或湿气，因为过度的湿度会导致指标装置短路。请保持触控板表面的清洁与干燥。

- 当打字或使用触控板时，请勿将手部或腕部靠在触控板上。由于触控板能够感应到指尖的任何移动，如果将手放在触控板上，将会导致触控板反应不良或动作缓慢。

【实例 3】笔记本式计算机的温度升高

- 在 35℃的环境下，笔记本式计算机底座的温度可能会达到 50℃。
- 确定通风口没有被阻塞住。
- 如果风扇在高温之下（50℃以上）无法正常运作，则请与服务中心联络。某些需要依靠处理器的程序也会导致笔记本式计算机的温度升高到某一程度，使笔记本式计算机自动放慢 CPU 的速度，借以保护其不因高温而损坏。

【实例 4】USB 装置无法使用

- 请检查 Windows "控制面板"中的设定值。
- 请确定已经安装了必要的驱动程序。
- 关于其他的帮助，请与厂商联络。

【实例 5】无法使用红外线装置

① 开机后，按【Del】进入 Setup。

② 进入 Setup 后，选择 Peripheral Setup 选项。

③ 进入 Peripheral Setup 后，选择 COM2 Infrared PORT 选项。

④ 将 COM2 Infrared PORT 选项由 Disable | Auto 设置，IR Mode 选项由 FIR|IrDA 设置。

⑤ 按【Esc】键离开后，选择 Save Setting and Exit 选项存储并离开 Setup。

以上操作过程对于不同型号和品牌的笔记本式计算机可能有所不同，具体的操作过程需要根据具体的 BIOS 说明进行。

【实例 6】鼠标无法移动

可先检查是否安装 Touch pad 驱动程序、设置是否正确。鼠标突然不能移动的另一个主要原因是由于"死机"造成的。可通过按【Ctrl+Del+Alt】组合键热启动的方式，重新开机看鼠标是否正常。如果经常发生此现象，建议重新安装系统。

【实例 7】无法正常关机

大多数是由于使用者在添加（或删除）软件时，改动了系统注册表文件，造成关机程序无法执行，造成不能正常关机。解决方法是：按【Power】键持续 4～5s，看是否能关机，如不能关机，可采取移除外接电源并取出电池的方法强行关机。重新启动后，可采取重新安装系统的方法，修复注册表文件。

【实例 8】黑屏

- 按【Power】键后，状态窗口反复闪烁，但屏幕不亮。这时需检查电量是否正常，然后再确认是否插有内存。
- 按【Power】键后，状态窗口有电池图标显示，有风扇转动声音，但不停止。这种情况可能是由于 CPU 接口松动所致，这就需要请专业技术人员打开机壳，重插 CPU。

8.4.4　笔记本式计算机屏幕常见故障的处理

1. 笔记本式计算机的屏幕常见故障的处理

（1）屏暗

笔记本式计算机在使用一段时间后有时会出现屏幕变黑的现象但在光线充足的地方却可以看

到里面有内容的情况，也就是常说的屏暗现象。造成屏暗的原因主要有以下 4 个方面：

① 高压板损坏。高压板的作用是负责将直流电压转换并提升为交流电压的一个集成电路，由于它的损坏而导致液晶屏中的背光灯管无法供电是最主要的原因，也是较为常见的故障原因。

② 屏幕连线损坏。屏幕连线（见图 8-11）是连接主板、高压板和液晶屏的重要部件，它的损坏也是造成屏幕暗的主要原因。常见是屏幕连线连接高压板处断裂从而导致高压板不能正常进行电压转换。

图 8-11　笔记本屏幕连线

③ 背光灯管。背光灯管的主要作用是提供光源，由于长时间的使用而导致背光灯管的损坏也是造成屏暗的主要原因。另外，背光灯管损坏除造成屏幕暗外还会造成屏幕发红等症状。

④ 主板。由于主板接口的损坏而导致无信号和电压供给也是造成屏幕暗的一个原因，虽不常见但也希望能够了解。

（2）笔记本花屏

笔记本花屏是极其常见的故障，产生的原因很多，不同的原因所产生的故障现象也有所不同，解决方法也各异。这里的花屏是指字符混乱，在图形状态下显示为图像凌乱。

① 显卡的主控芯片散热效果不良，会产生花屏故障现象。解决方法：改善显示卡的散热性能，清除散热片上的尘土，或更换新的散热风扇。

② 显存速度太低以至于不能与主机的速度匹配时，也会产生花屏现象。解决方法：更换新的显卡。

③ 当显存损坏后，在系统启动时就会出现花屏混乱字符的现象。解决方法：更换显存芯片。注意：有些显存集成在显卡芯片里，这样必须更换显卡芯片。

④ 在某些病毒发作时也会出现花屏。解决方法：用杀毒软件杀毒即可消除。

2. 笔记本式计算机液晶屏的保养

擦拭液晶屏最好不要使用酒精一类的清洁物质，这是因为酒精具有一定的腐蚀性，虽能去除液晶屏上沾染的污垢，但如果长期使用会导致液晶屏表层薄膜不清。

擦拭液晶屏一定要注意轻柔，在拿着钢笔等硬物的情况下一定要小心不要碰到液晶屏，这将会造成屏幕的损坏。

不要在键盘上方喝水或者吃零食，也不要在键盘区域梳理头发，因为这样很容易导致异物落进键盘的空隙，轻则键位的失灵，重则会因异物渗入到笔记本内部造成电路的污染。许多笔记本就是因为这些原因，都出现了莫名其妙的故障，造成笔记本不能正常使用。

不要对着液晶屏大声说话，因为这样唾沫会溅到液晶屏上，而唾液含有淀粉酶等一些腐蚀性较强的物质，液晶屏将会因此落下擦拭不掉的"污点"，继而影响到视觉的实际效果。

尽量不要把书籍等重物放置在笔记本上，这很容易导致上盖的扭曲变形，对于液晶屏的损害不容忽视。不要对液晶屏"指指点点"，硬物很容易导致液晶屏出现不可修复的坏点。

8.4.5　笔记本式计算机电池的维修

对于笔记本式计算机的使用功能，各制造厂无不尽全力，研发出功能强大、系统稳定的笔记本式计算机，在硬件的设计上，也越来越人性化。一部价格不菲的笔记本式计算机，电池的使用方式往往被使用者忽略，当电池发生使用问题时才来关心其使用方式及维修问题。其实笔记本式计算机电池的使用更需加强使用观念，才不会多花冤枉钱去购买新电池。根据经常遇到的问题总结出常见的笔记本式计算机电池故障原因及预防对策。

1. 笔记本式计算机的电池故障分析

笔记本式计算机电池的维修，要从两个部分说起：一是电池组内部电路板及电池芯（硬件），二是电路板中储存各种电池使用参数资料（软件）。

硬件部分的故障一般是无法维修的，如电路板中的某个零件烧坏了，或是某个电池芯损坏了，通常无法维修。因为，目前多数的笔记本式计算机电池都以胶合方式来封装电池组，与塑料黏合后，要使用外力破坏拆开，其塑料外壳肯定会损坏，且在拆开过程中，可能会使电池芯或电路板短路，造成更严重的损坏。所以只要是硬件部分的故障，通常建议使用者更换新电池。

软件部分的维修：电池组的运作，其实有许多参数设定来与笔记本式计算机主机沟通，各厂所使用的 IC 及软件不同，但主要的目的都是电源管理，让电池在使用安全状况下，有效运用每一分电力。但有些误操作的情况，或是电池置放过久及本身的偏差，使得此参数设定混乱，所以有些笔记本式计算机在设计时会加入电池自校正程序，执行该程序，电池会自动调整至最佳状态，否则无法解决问题。

2. 激活"衰老"的笔记本式计算机电池

笔记本式计算机电池使用时间长了，就常常充不满，甚至显示电池损坏。因此，电池的保养和恢复就是笔记本式计算机用户需要关心的话题。保养的过程也常常被称为"激活"、"活化"，非常形象地体现出这一让电池"死"而复生的过程。电池活化的基本原则就是充放电的时候电流一定要小（但也不能太小，否则时间过长），还有就是尽量要充满、放完全。

（1）电池损坏的原因

电池在使用了一段时间之后就会"衰老"。具体表现是内阻变大，在充电的时候两端电压上升得比较快，这样就容易被充电控制线路判定为已经充满了，容量也自然是"下降"。由于电池内阻比较大，放电时电压下降幅度大、速度快，系统很容易误认为是电压不够，电量不足（其实是有电放不出）。可以看出，电池的衰老是一个恶性循环的过程，在发现电池工作时间变短时就应该进行补救，否则迟早都会报废。

另外，很多锂电池失效是电池包里的某节电芯失效导致的。这种现象是无法避免的，因为电池每节电芯的性质不可能完全一致，用久了就有某些质量稍差的先老化，破坏了整体（串联之后）的放电曲线。简单说，就是那节坏的电芯先充满，放电又先放完，而这个时候其电芯的容量都没有被完全利用。某一节电芯过充/过放不会令监控电路认为整个电池是充满/放的。例如，充电的时候，其他的电芯开始接近满充电压的时候，那节坏的电芯可能已经达到 4.30V 甚至更高的端电压，导致过充损坏，而其他的却充不满。可以尝试一下打开电池包，相信在万用表的帮助下，可以很快找到损坏的电芯（电压异常者）。如果条件允许，根据电芯对应参数更换合格品即可。

（2）电池的充放电

锂离子电池充电时先是以恒流的方式快速充电，在电压达到一定值后再以恒压方式慢速充电。通常笔记本式计算机是没有严格的恒流充电监控装置的。系统负载大的时候充电电流就小，反之就大，这个电流由 AC 电源适配器的功率余量决定。很明显，系统充电时电池会与其部件，如 CPU、硬盘、LCD 等争夺能源。试一边运行，一边充电的方式，发现充电电流在 0.70～1.70A 之间变化，不能满足锂离子电池的充电要求，所以担心这种工作时充电会对电池有所损坏。说明书上要求对笔记本式计算机充电时不要进行操作就是这个道理。

在开机充电的时候，如果能够选择充电方式，就不要选择快充模式（express charge mode），避免电池过早"充满"。还有就是电池电量低的时候禁止使用 CPU 的最高性能，以减少对电源的争夺。如果笔记本式计算机使用的 CPU 是支持 SpeedStep 技术的，最好安装上驱动程序（负责任的厂商都会安装的）以方便调节性能。SpeedStep 程序的图标是一幅蓝色小旗，右击它就可以出现性能调节选项。在 Windows XP 系统下，SpeedStep 程序会出问题，这时候只能依靠修改 BIOS 参数或者一些品牌专用的调节程序，如笔记本式计算机的工具软件功能非常强大。

对锂电池的放电需要开机，让其自然放电为好。最好不要用物理的方法（负载电阻）。不是说这样不行，只是危险性比较大，如果内部的保护电路没起作用的话，整个电池就作废了，最坏的可能就是电池爆炸，当然这个可能性很小。电路隐患导致危险不是没可能的，一些大牌厂商都有发现设计上存在的潜在危险因素而回收过电池。

笔记本式计算机电池的保护线路中的零件通常有调压块、控制芯片、保险、温度探头等。温度保护器通常是一次性的，内部有个保险丝（有些是 130℃熔断），用来监控调压块的工作情况。如果充放电过程异常，立刻会有一个电流通过温度保护器，将保险丝熔断，电池内部的电路此时为断路状态，而且不可恢复。如果要修复只有更换温度保护器，但此种温度保护器在市场上很难找到。

放电就是尽量小电流的放电，先让 CPU 降速、硬盘停转、屏幕调最暗（或者合上关掉），然后不要运行任何程序，直到笔记本式计算机自动关机。之所以强调小电流放电就是为了阻止笔记本式计算机过早检测出电池电压不足。

在停用硬盘，关闭屏幕，取消电源报警的状态下对笔记本式计算机进行完全放电（放了接近6h）后，电池容量从 31.72Wh 恢复到了 33.65Wh。

3. 笔记本式计算机的电源管理

移动性是笔记本式计算机最主要的特征，如何提高它的灵活性和稳定性是笔记本式计算机面对的首要问题，作为笔记本式计算机的供电部分，更是保障其有效工作的关键环节。笔记本式计算机的电源系统是仅次于 CPU 及其主板、显示屏的第三大关键部件。电源系统包括电源适配器、充电电池和电源管理系统等。

考虑到散热问题电源适配器都独立于笔记本式计算机主机之外，一般都适用 100V～240V 的交流输入，将交流变为直流供主机工作。除此还有为机内电池充电的功能，为防止长时间充电降低电池寿命，机内设有检测电路和充电状态指示，并可在电池充电充满后自动切断充电回路。因而，笔记本式计算机对电源要求很高，稳定性和抗干扰性是检验电源适配器的主要指标。为了避免输入电源的纹波系数过大或突然的高电流冲击而烧毁电源适配器，尽可能接至带有过载保护的电源插座。

一旦出现停电现象，电池便体现出它的优越性了。笔记本式计算机的便携性很大程度取决于电池的支持，电池是整个电源系统的心脏，所以不能轻视它。笔记本式计算机最早采用的是镍氢电池；这种电池虽然也具有较好的性价比和较大的功率，但电池的持续放电时间较小，所以很快就被锂离子电池取代。锂电池储能密度较大，可随时充电，且持续放电时间长，一般在 3h 左右。在改善电池性能增大电池容量的同时，高档笔记本式计算机使用功耗更低的处理器和改进冷却结构，从整体上减少笔记本式计算机的功率，增加待机时间。

笔记本式计算机通常有三块电池：第一块主电池，在交流电未接通的情况下，主电池保证机器正常运行，同时给备份和实时钟电池充电，主电池一般能够持续供电 3.5h；第二块是备份电池，它保证继续执行启动模式下，数据和运行程序备份所需的电源，供电时间在 1h 左右；第三块实时时钟电池，它为机器内部实时时钟和日历供电以及维持系统配置数据的保存提供了能源，能够持续工作 1 个月。对于如何延长电池的使用寿命提出以下几点忠告：

首先，用户在有备用电池的情况下，应该轮流使用，尽量减少对一个电池的过度消耗。其次，在长期不使用笔记本式计算机的时候，一定要将电池卸掉，避免对笔记本造成损害。再次，当电池电量完全充满的时候，应该断开交流电的输入。因为过度充电会使电池过热，缩短电池的使用寿命。最后，在电池太凉或者太热的时候不要充电，充的适宜温度在 10℃～30℃。

当然，笔记本式计算机在增加电池寿命的同时，还可以通过其他方式节省笔记本式计算机用电。笔记本式计算机供电的时间长短除了取决于电池的本身寿命，电源管理也影响它的工作时间。如果电池供电系统管理的越好，那它在工作中的回报也就越大。笔记本式计算机包含如下几种常见的高级电源管理功能：

操作模式：操作模式可控制处理器速度和设定省电计时器。

待命模式：当用户在短暂的时间段内不操作机器时，可进入待机模式。

暂停模式：当用户长时间离开计算机时，可以进入暂停模式。

休眠模式：在用户离开办公室数天内，笔记本式计算机可以进入休眠模式。

以东芝笔记本式计算机为例，它可以用三种模式进行设置，其供电方式分别为标准模式、节电模式和完全模式。通过三种模式的循环转换，通过调整显示屏的亮度、各个部件的电压功耗可以满足在不同环境下的工作需要。

运用电源管理程序实现节电控制也是非常有效而可行的方法，目前东芝笔记本式计算机已普遍采用这种智能节电管理技术，它是利用软件的方法对各主要耗电部件的用电状态进行控制，对暂不工作的部件减少甚至停止供电。如管理程序检测到用户超过一定时间未用键盘则会自动关掉显示屏背景淘汰；检测到未用硬盘则会关掉硬盘驱动器电源等。在准备工作状态，CPU 时钟停止，显示及硬盘驱动器电源切断，电源消耗能减少 70%以上。

4．正确使用和保养电池

上一节对电池故障和使用做了介绍，只要按照正确的方法使用，电池是可以延长使用寿命的。下面介绍有关电池激活和保养的方法。

（1）激活新电池

想让笔记本电池使用时间长，一定要有好的开端，这就得从购买笔记本时说起。新计算机在第一次开机时电池应带有 3%的电量（这也是厂商通用的做法。如果第一次打开购买的笔记本，发现电池已经充满，肯定是被人用过了），此时，应该先不使用外接电源，把电池里的余电用尽，直至关机，然后再用外接电源充电。把电池的电量用尽后再充，充电时间一定要超过 12h，反复做三次，以便激活电池，这样才能为今后的使用打下良好的基础。

（2）尽量减少使用电池的次数

此方法给人感觉好像有些小气，但这也是最有效的。要知道，电池的充放电次数直接关系到电池的寿命，每充一次，电池就向退役前进了一步。建议尽量使用外接电源，使用外接电源时应将电池取下。有时为图方便，经常在一天中多次插拔电源，且笔记本式计算机装有电池，这样做，对电池的损坏更大。因为，每次外接电源接入就相当于给电池充电一次，电池自然就折寿了。

（3）电量用尽后再充电和避免充电时间过长

不管使用锂电还是镍氢电，一定要将电量用尽后再充（电量低于 1%），这是避免记忆效应的最好方法。关于锂电没有记忆效应的说法，在前面已说明是商家的错误引导。锂电同样会有记忆效应，只是它的记忆效应比镍氢小一些罢了。与手机电池的充电方法相同，当给笔记本式计算机电池充电时，尽量避免时间过长，一般控制在 12h 以内。至于防止曝晒、受潮、化学液体侵蚀、避免电池触点与金属物接触等注意事项，在这里也就不多提了。

（4）保护电池，笔记本厂商有何妙招

据了解，现在很多笔记本厂商都考虑到电池的易损性，并在产品中加入了对电池的保护技术，如联想、惠普、东芝、康柏等。当中考虑最周到的是联想，联想的笔记本式计算机能够检测电池放电情况，直到电量低于 2% 后才开始一次性充电，这样能对电池起到很好保护作用。

（5）电池出问题的补救方法

如果电池已经出现待机时间明显缩短、严重记忆效应等问题该如何补救呢？不妨按下列方法试试：首先进入 BIOS 里关闭电源管理，因为很多笔记本式计算机都有节电模式，当电量过低时会自动关机。然后重启计算机，在进入 Windows 之前，按【PAUSE】键，停留在 Windows 画面，直到电量耗尽而关机，重复三次后进行充电。还可以使用联想的放电软件，主要软件可以到联想网站寻找，名称是 isbr01ww.exe（也可以从 PCHome 软件下载获取）。

本 章 小 结

本章主要介绍了笔记本式计算机的组成和笔记本式计算机与台式计算机的差别。另外，对笔记本式计算机的选择和系列含义进行阐述。通过本章的学习应重点了解和掌握笔记本式计算机维护和保养的方法，注意笔记本式计算机使用环境的选择。笔记本式计算机最忌震动，包括跌落、冲击、拍打和放置在较大震动的表面上面使用，这些恶劣环境很容易造成笔记本式计算机的外壳、硬盘和屏幕损坏，在行驶的车辆上使用笔记本式计算机也是经常造成硬盘损坏的原因。此外，潮湿的环境也对笔记本式计算机有很大的损坏，包括将水和饮料泼到计算机上，以及在湿度很大的地方使用笔记本式计算机。目前，市场上的民用笔记本式计算机并没有防水设计，泼到笔记本式计算机上的液体会顺着键盘的空隙流入主板，造成短路烧坏计算机。对笔记本式计算机有较大损坏的还包括灰尘和烟雾较重的环境，灰尘和烟雾中的颗粒会随着风扇带起的散热气流污染笔记本式计算机的散热系统，造成散热能力下降，灰尘严重时会造成短路甚至是卡死风扇。实际使用中最容易被人忽略的就是桌面的灰尘，它常被散热风扇吸入笔记本式计算机中，因此请注意桌面的清洁。

过热和过冷的地方也会使笔记本式计算机工作不正常或者损坏，过热的地方一般是指温度在40℃或以上的地方（如阳光直射的室外或者闷热的房间内），这些地方会造成笔记本式计算机的散热不畅而死机；而过冷（如-20℃）的地方会造成笔记本式计算机的屏幕显示不正常，或者硬盘读取不畅。

还要注意笔记本式计算机电池的维护，笔记本式计算机的运行故障和屏幕故障有时也与电池有关。正确使用电池能够减缓笔记本式计算机电池衰老速度。

总而言之，最适合笔记本式计算机的地方是干燥、空气清洁、没有较大的震动和强烈的电磁干扰、温度在0℃～30℃之间的室内环境。

实验思考题

1. 按照本章讲解的内容，做一次笔记本式计算机外壳的维护。
2. 如何正确的为笔记本式计算机电池充电？如何激活已经"衰老"的笔记本电池？
3. 列出笔记本式计算机故障的高发部件名称，如何对这些高发部件进行保养？
4. 按照笔记本式计算机维修思路，查找笔记本式计算机屏幕故障。

笔记栏

笔 记 栏